EL CAMINO DEL PERDÓN

El camino
del perdón

David Baldacci

Traducción de Mauricio Bach

Papel certificado por el Forest Stewardship Council'

MIXTO
Papel procedente de
fuentes responsables
FSC
www.fsc.org FSC® C117695

Penguin
Random House
Grupo Editorial

Título original: *Long Road to Mercy*

Primera edición: julio de 2021

© 2018, Columbus Rose Ltd.
Publicado por acuerdo con The Aaron Priest Lit. Ag., New York
y representado por Casanovas & Lynch Literary Agency S. L., Barcelona
© 2021, Penguin Random House Grupo Editorial, S. A. U.,
Travessera de Gràcia, 47-49. 08021 Barcelona
© 2021, Mauricio Bach Juncadella, por la traducción

Printed in Spain – Impreso en España

ISBN: 978-84-666-6976-4
Depósito legal: B-6.792-2021

Compuesto en Comptex&Ass., S. L.
Impreso en Black Print CPI Ibérica
Sant Andreu de la Barca (Barcelona)

BS 6 9 7 6 4

A Kristen White, nuestra mano derecha y pierna izquierda:
no sé lo que hubiéramos hecho sin ti,
y espero que nunca lo averigüemos.
A una estupenda colega y amiga

1

«Pito, pito, colorito.»

La agente especial del FBI Atlee Pine alzó la mirada para contemplar la lúgubre fachada del complejo penitenciario que albergaba a algunos de los depredadores humanos más peligrosos del planeta.

Había venido hasta allí esa noche para visitar a uno de ellos.

La cárcel de Florence estaba a unos ciento sesenta kilómetros al sur de Denver y era la única prisión de máxima seguridad reforzada del sistema federal. El módulo de máxima seguridad era uno de los cuatro edificios independientes que formaban este complejo correccional federal. Había un total de novecientos internos encarcelados en este polvoriento lugar.

Desde el cielo, con las luces de la prisión encendidas, Florence podía parecer un puñado de diamantes sobre fieltro negro. Los hombres que se encontraban allí, tanto los guardias como los internos, eran tan duros como esa piedra preciosa. No era un lugar para los débiles de espíritu o para quienes se dejaban intimidar con facilidad; sin embargo, los muy perturbados eran bienvenidos.

En ese momento, en esta prisión de máxima seguridad

cumplían condena, entre otros, el Unabomber, el terrorista de la maratón de Boston, varios terroristas del 11-S, algunos asesinos en serie, uno de los cómplices del atentado de Oklahoma City, diversos espías, líderes supremacistas blancos y un variado repertorio de jefes de los cárteles de la droga y de la mafia. Buena parte de los internos morirían en esa prisión federal, mientras cumplían múltiples cadenas perpetuas.

La cárcel estaba en mitad de la nada. Nadie había logrado jamás escapar, pero si alguien lo hiciera algún día, no tenía donde esconderse. La topografía alrededor de la prisión era llana y de campo abierto. En el entorno del complejo no crecía ni una brizna de hierba, ni un solo árbol o arbusto. Todo el perímetro estaba rodeado por muros de tres metros y medio de alto coronados con alambre de espino, con detectores de movimiento intercalados. A su alrededor circulaban patrullas armadas con perros de ataque las veinticuatro horas de los siete días de la semana. Cualquier preso que llegase hasta allí acabaría falleciendo casi con toda seguridad víctima de los colmillos o las balas. Y a muy poca gente le importaría que un asesino en serie, un terrorista o un espía terminara muerto con la cara contra la tierra de Colorado.

En el interior del recinto, las ventanas de las celdas, incrustadas en los gruesos muros de cemento, eran de diez centímetros de ancho por un metro de largo, y desde ellas solo se podía ver el cielo y los tejados del complejo. La prisión de Florence estaba diseñada para que ningún recluso pudiera saber en qué parte del edificio estaba encerrado. Las celdas eran de 2 x 3,5 metros y en ellas prácticamente todo, excepto los reclusos, era de cemento. El agua de las duchas se cortaba de forma automática, las puertas de los lavabos no se podían cerrar con pestillo, las paredes estaban insonorizadas para que los reclusos no pudieran comunicarse entre sí, las puertas dobles de acero se abrían y cerraban mediante un mecanismo hidráulico y la comida se introducía en las celdas a través de una pequeña abertura en el metal. La comunicación con el exterior estaba prohibida salvo en la sala de visitas. Para los presos más indisciplinados, o en caso de una crisis, había un módulo de castigo conocido como «el Agujero Negro». Las celdas de esa zona permanecían siempre a oscuras y las camas de cemento tenían correas de sujeción.

De hecho, aquí el confinamiento solitario no era algo excepcional, sino más bien la norma. La prisión de máxima seguridad reforzada no estaba pensada para que los reos hicieran nuevas amistades.

Para permitirle acceder al complejo, los guardias habían parado y revisado el todoterreno ligero de Atlee Pine y habían comprobado su nombre y su documento de identidad en el listado de visitantes. Superados estos trámites, la escoltaron hasta la entrada principal, donde tuvo que enseñar a los guardias que custodiaban la puerta sus credenciales de agente especial del FBI. Tenía treinta y cinco años y los últimos doce los había pasado con una reluciente placa en el bolsillo. El escudo dorado estaba coronado por un águila con las alas desplegadas, bajo la cual aparecía la Justicia sosteniendo una balanza y una espada. Pine consideraba muy apropiado que en la insignia del organismo de seguridad más relevante del mundo apareciera una figura femenina.

Tuvo que entregar la Glock 23 a los guardias. Había dejado en el coche la Beretta Nano que solía llevar en una pistolera en el tobillo. Era la primera ocasión en que recordaba haber entregado de forma voluntaria el arma. Pero la única prisión de máxima seguridad reforzada de Estados Unidos tenía sus propias reglas, a las que debía amoldarse si quería entrar allí, y lo cierto es que deseaba esto último con todas sus fuerzas.

Era alta: descalza medía casi un metro ochenta. La altura le venía de su madre, que pasaba del metro ochenta. Pese a su estatura, Pine no era ni ágil ni esbelta. Jamás habría podido trabajar como modelo de pasarela ni aparecer en la portada de una revista. Era corpulenta y musculosa, debido a que levantaba pesas a diario. Sus muslos, pantorrillas y glúteos eran roca pura, tenía los hombros y los deltoides esculpidos, los brazos fibrosos y con la musculatura marcada, y sus abdominales eran de hierro. Había participado en competiciones de artes marciales mixtas y de kickboxing, y conocía prácticamente todas las técnicas mediante las cuales una persona de menor tamaño podía dominar y bloquear a otra más fornida.

Todas estas habilidades las había aprendido y pulido con una única motivación en la cabeza: la supervivencia en un mundo mayoritariamente masculino. La fuerza física, la dureza y la confianza que le aportaban eran una necesidad. Tenía un rostro anguloso que resultaba muy atractivo, casi hechizante. Llevaba el cabello negro hasta la altura de los hombros y los ojos de un azul turbio transmitían una impresión de gran profundidad.

Era la primera vez que accedía a la prisión de Florence y mientras dos corpulentos guardias que no se habían dignado a dirigirle la palabra la escoltaban por el pasillo, lo primero que le llamó la atención fueron el silencio y la tranquilidad casi inquietantes que reinaban en el lugar. Como agente federal, había visitado muchas cárceles a lo largo de su vida. Lo habitual era que fuesen una cacofonía de ruidos, gritos, silbidos, maldiciones, obscenidades, insultos y amenazas, con manos agarradas a los barrotes y miradas amenazantes emergiendo de la oscuridad de las celdas. Si no eras un animal al entrar en una prisión de máxima seguridad, te habrías convertido en uno al salir. De lo contrario, eras hombre muerto.

Era *El señor de las moscas*.

Con puertas de acero y lavabos.

Y, sin embargo, aquí parecía que estuviera en una biblioteca. Pine estaba impresionada. Era toda una proeza para unas instalaciones que albergaban a un grupo de hombres que, en su conjunto, habían asesinado a miles de sus semejantes mediante bombas, pistolas, cuchillos, venenos o sus puños desnudos. O, en el caso de los espías, a través de sus actos de traición.

«Dónde vas tú, tan bonito.»

Pine había venido en coche desde St. George, Utah, donde había vivido y trabajado hacía años. Esto le había supuesto atravesar todo el estado de Utah y la mitad del de Colorado. Su GPS le indicó que le llevaría algo más de once horas recorrer los mil kilómetros. Lo había hecho en menos de diez gracias a su determinación como conductora, al potente motor de su todoterreno y al detector de radares para esquivar los controles de velocidad.

Había hecho una única parada para ir al lavabo y comprar comida para el resto del trayecto. Por lo demás, no había levantado el pie del acelerador.

Podría haber tomado un avión hasta Denver y haber hecho el resto del camino por carretera, pero disponía de tiempo y quería pensarse bien qué iba a hacer al llegar a su destino. Y un largo viaje en coche por las vastas y desiertas planicies de América era el escenario idóneo para eso.

Pine había nacido en el Este, pero se había pasado la mayor parte de su vida profesional en las llanuras infinitas del Suroeste americano. Y confiaba en poder seguir allí el resto de su existencia, porque adoraba la vida al aire libre y los espacios abiertos.

Después de unos cuantos años en el FBI, había podido elegir destino. Y ello se había debido a un único motivo: quería ir a donde ningún otro agente deseaba poner los pies. La mayoría de sus colegas ansiaban un destino en una de las cincuenta y seis sedes del FBI. A algunos les gustaba el calor, de modo que aspiraban a las de Miami, Houston o Phoenix. Otros querían trasladarse a las más relevantes dentro de la administración del FBI, de modo que luchaban por conseguir un puesto en Nueva York o Washington. La de Los Ángeles era popular por un montón de motivos, lo mismo que la de Boston. Sin embargo, a Pine no le interesaba ninguno de esos sitios. Le gustaba el relativo aislamiento de una delegación en mitad de la nada. Y mientras obtuviera resultados y mostrase compromiso con su trabajo, nadie la iba a molestar allí.

A menudo, en esas llanuras inmensas, ella era la única agente federal en cientos de kilómetros a la redonda. Y eso también le gustaba. Algunos podrían llamarla solitaria, obsesiva o antisocial, pero no era ninguna de esas cosas. De hecho, se llevaba bien con la gente. Y es que no se podía ser un buen agente del FBI sin poseer unas notables habilidades sociales. Pero sí le gustaba preservar su intimidad.

Pine había obtenido un puesto en la delegación de St. George, Utah. Era una oficina que ocupaba a dos personas y donde ella permaneció dos años. En cuanto se le presentó la oportunidad, pidió que la transfirieran a una delegación que llevaba un solo agente en una pequeña ciudad llamada Shattered Rock. Era una oficina recién abierta al oeste de Tuba City y lo más cerca posible del parque nacional del Gran Cañón sin llegar a estar en su interior. Contaba con el apoyo de una secretaria, Carol Blum, una mujer sesentona que llevaba décadas en el FBI. Blum aseguraba que su héroe era J. Edgar Hoover, pese a que este había muerto muchos años antes de que ella empezase a trabajar allí.

Pine no sabía si creerse lo que decía esa mujer.

El horario de visitas en Florence había terminado hacía ya rato, pero Instituciones Penitenciarias había admitido de forma especial la petición de una colega federal. De hecho, eran las doce de la noche en punto, un momento idóneo a juicio de Pine, ya que ¿acaso los monstruos no salen de sus guaridas solo a medianoche?

La acompañaron hasta la sala de visitas y se sentó en un taburete metálico a un lado del grueso cristal de policarbonato. En lugar de telefonillo, un conducto metálico redondo en el cristal proveía el único modo de comunicarse verbalmente. Al otro lado del cristal, el recluso se sentaría en un taburete metálico similar clavado en el suelo. El asiento era incómodo, porque precisamente estaba diseñado para serlo.

«A la acera verdadera.»

Esperó sentada, con las manos entrelazadas sobre la lisa superficie plastificada que tenía delante. Se había colocado la placa del FBI en la solapa porque quería que él la viera. No quitaba ojo a la puerta por la que lo harían entrar. Él era consciente de que ella iba a verlo, pues había aceptado la visita, uno de los escasos derechos con los que contaba aquí dentro.

Pine se puso un poco tensa cuando oyó pasos de varias personas acercándose. Sonó un zumbido, la puerta se abrió y la primera persona a la que vio fue un corpulento guardia sin apenas cuello y con unos hombros tan anchos que casi abarcaban la totalidad del hueco de la puerta. Detrás de él entró otro guardia y después un tercero; ambos igualmente fornidos e imponentes.

Por un momento Pine se preguntó si para ser guardia en esa prisión se pedía un peso mínimo. Probablemente fuera así. Y también resultase obligatorio ponerse la vacuna del tétanos.

Estas ideas desaparecieron de su cabeza con la misma rapidez con la que le habían venido, porque tras los guardias apareció el metro noventa de Daniel James Tor esposado con grilletes. Y cerrando la comitiva venían otros tres guardias. Entre todos llenaban el pequeño recinto. Pine sabía que en esa prisión la regla de oro era que no se trasladaba de un sitio a otro a ningún preso con menos de tres guardias.

Por lo visto Tor requería el doble de escolta. Ella entendía a la perfección por qué.

Tor no tenía ni un solo pelo en la cabeza. Miró al frente con ojos inexpresivos mientras los guardias lo sentaban en el taburete y lo encadenaban al aro de acero anclado en el suelo. Pine sabía que esta prevención tampoco era aquí la norma.

Pero sí se aplicaba a Tor. Tenía cincuenta y siete años. Llevaba un mono blanco y zapatos negros con suela de goma y sin cordones. Sus gafas de montura negra eran de una sola pieza de caucho flexible, sin ningún tipo de sujeciones metálicas. Los cristales eran de plástico blando. Sería harto difícil poder convertirlos en un arma.

En las cárceles era imperativo ser muy cuidadoso con los pequeños detalles, porque los internos disponen de todo el día y toda la noche para pensar en métodos para autolesionarse y agredir a los demás.

Pine sabía que, bajo el mono, todo el cuerpo de Tor estaba cubierto de tatuajes que se había hecho él mismo. Y aquellos de los que no era autor se los habían hecho algunas de sus víctimas, obligadas a convertirse en artistas tatuadoras antes de que Tor las asesinase. Se decía que cada tatuaje contaba la historia de una de sus víctimas.

Tor pesaba casi ciento treinta kilos y Pine calculaba que tan solo un diez por ciento podría considerarse grasa. Se le marcaban las venas en los antebrazos y el cuello. Pine supuso que aquí dentro poca cosa se podía hacer salvo ejercitarse y dormir. Y ese hombre, durante su paso por el instituto, había sido un atleta, una estrella del deporte, nacido con un físico genéticamente privilegiado. La desgracia era que ese cuerpo espectacular iba acompañado de una mente perturbada, aunque brillante.

Los guardias, una vez que comprobaron que Tor estaba bien encadenado, salieron por donde habían venido, pero no se fueron muy lejos. Pine los oía pegados a la puerta. Y estaba segura de que Tor también.

Se lo imaginó apañándoselas de alguna manera para romper el cristal. ¿Podría ella defenderse? Era una hipótesis intrigante. Y una parte de ella deseaba que el tipo lo intentara.

Por fin él le clavó los ojos y ella le sostuvo la mirada.

Atlee Pine había contemplado a través del cristal de seguridad o de los barrotes de una celda a un montón de monstruos, a muchos de los cuales había enviado ante la justicia.

Sin embargo, Daniel James Tor era diferente. Tal vez se trataba del asesino en serie más sádico y prolífico de su generación, o quizá de toda la historia.

Tor colocó las manos esposadas sobre la superficie plastificada y ladeó el grueso cuello hacia la derecha hasta que se oyó un chasquido. Y volvió a mirarla a los ojos tras echar un vistazo a la placa.

Sus labios esbozaron una sonrisa al ver el símbolo de la ley y el orden.

—¿Y bien? —dijo con un tono de voz bajo y monótono—. Ha sido usted la que ha solicitado esta reunión.

El momento, que había tardado una eternidad en concretarse, por fin había llegado.

Atlee Pine se inclinó hacia delante hasta que sus labios estuvieron a dos centímetros del grueso cristal.

—¿Dónde está mi hermana?

«Pim, pom, fuera.»

2

La pregunta de Pine no provocó la más mínima variación en la gélida mirada de Tor. Al otro lado de la puerta, los guardias permanecían al acecho; Pine oía los murmullos, los pies arrastrándose y de tanto en tanto un palmetazo contra una porra metálica. Mera práctica, por si en cualquier momento tenían que bloquear a Tor presionándole el cuello con ella.

Por la expresión de Tor, Pine dedujo que él también los oía. Nada parecía escapar a su atención, aunque si al final lo pillaron fue porque se despistó en algo.

Pine se irguió un poco, cruzó los brazos y esperó la respuesta. Él no podía ir a ningún lado y ella no tenía otra cosa más importante que hacer que estar aquí.

Tor la repasó con la mirada de un modo tal vez similar al que empleaba para evaluar a sus víctimas. Tenía en su haber treinta y cuatro confirmadas. Pero eso no quería decir totales. Se temía que la verdadera cifra pudiese triplicar la oficial. Pine había venido hasta aquí por una víctima no confirmada, una que ni siquiera estaba en la lista de potenciales incorporaciones al cómputo de la esforzada depravación de este individuo.

Tor se había librado de la pena de muerte gracias a su cooperación con las autoridades, a las que facilitó la localización de los restos de tres de los cadáveres que había dejado tras de sí. Las revelaciones habían posibilitado que tres familias pudieran en cierto modo pasar página. Y a Tor le habían permitido seguir con vida, aunque fuera en una celda durante el resto de sus días. Pine se lo imaginaba aceptando, tal vez con aire arrogante, un trato que sabía que era el mejor que podía conseguir.

Sus víctimas estaban muertas. Él no. El mismo que había consagrado su vida a la muerte de sus semejantes.

Lo habían detenido, condenado y encerrado a mediados de los años noventa. En 1998 mató a dos guardias y a otro recluso en una cárcel. De no ser porque el estado en el que se produjeron las muertes no tenía pena capital, Tor se encontraría ahora en el corredor de la muerte o ya lo habrían ejecutado. Lo ocurrido llevó a que lo trasladaran a la prisión de máxima seguridad de Florence, donde estaba cumpliendo casi cuarenta sentencias de cadena perpetua. A menos que se convirtiera en Matusalén, iba a morir allí dentro.

Pero nada de esto parecía perturbarle lo más mínimo.

—¿Nombre? —preguntó Tor, como si fuera un dependiente revisando un pedido tras un mostrador.

—Mercy Pine.

—¿Lugar y fecha de nacimiento?

Estaba jugando con ella, pero Pine no tenía otro remedio que seguirle la corriente.

—Andersonville, Georgia, 7 de junio de 1989.

Él volvió a ladear la cabeza, esta vez en dirección opuesta. Se estiró los largos dedos e hizo chasquear las articulaciones. Su fornido cuerpo parecía un amasijo de tensiones musculares.

—Andersonville, Georgia —repitió meditabundo—. Allí

hubo montones de muertos. En la prisión confederada, durante la guerra. Al comandante, Henry Wirz, lo ejecutaron por crímenes de guerra. ¿Lo sabía? Lo ejecutaron por hacer su trabajo. —Sonrió—. Era suizo. Completamente neutral. Y lo ahorcaron. Un concepto de justicia muy raro.

La sonrisa se desvaneció con la misma rapidez con la que había aparecido, como una cerilla consumida.

—Mercy Pine —insistió ella—. Tenía seis años. Desapareció el 7 de junio de 1989. En Andersonville, en el suroeste del condado de Macon, Georgia. ¿Necesita que le describa la casa? He oído decir que posee usted una memoria fotográfica para recordar a sus víctimas, pero tal vez necesite ayuda. Hace mucho de eso.

—¿De qué color tenía el pelo? —preguntó Tor separando los labios, que dejaron a la vista unos dientes grandes y bien alineados.

A modo de respuesta, Pine se señaló el cabello.

—Del mismo color que el mío. Éramos gemelas.

Este detalle pareció despertar en Tor un interés que hasta ahora había brillado por su ausencia. Algo que ella ya se esperaba. Lo sabía todo sobre este tipo, salvo una cosa.

Y esa cosa era el motivo por el que ella estaba allí esa noche.

Él se inclinó hacia delante y los grilletes tintinearon por su agitación.

Volvió a mirar la placa de Pine.

Y dijo con impaciencia:

—Gemelas. FBI. Esto empieza a cobrar sentido. Siga.

—Está probado que en 1989 se movió usted por esa zona. Atlanta, Columbus, Albany, el centro de Macon. —Con un lápiz de labios rojo rubí que se sacó del bolsillo, Pine fue marcando en el cristal un punto por cada una de las localidades mencionadas. Y a continuación los conectó hasta formar una figura reconocible—. Era usted un genio de las matemáticas. Y le gustan las formas geométricas. —Señaló lo que acababa de dibujar—. La silueta de un diamante. Gracias a eso acabaron pillándolo.

Ese era el «algo» en que se había despistado. La forma que él mismo había creado.

Tor frunció los labios. Pine sabía que ningún asesino en serie admitiría haberse visto superado en inteligencia. Y este hombre era sin duda un psicópata y un narcisista. En ocasiones la gente considera el narcisismo como algo inocuo, porque a menudo el término se asocia con el cliché de un tipo vanidoso que no puede dejar de mirar su propio reflejo en el agua de un estanque o en un espejo.

Sin embargo, Pine sabía que este era probablemente uno de los rasgos de personalidad más peligrosos por un motivo crucial: el narcisista es incapaz de sentir empatía hacia los demás. Esto significa que las vidas de las otras personas carecen de valor para él. Asesinar puede incluso convertirse en algo similar a un chute de fentanilo: euforia instantánea gracias a la dominación y destrucción de un semejante.

Este era el motivo por el cual la práctica totalidad de los asesinos en serie eran además narcisistas.

—Pero Andersonville no formaba parte del trazo del dibujo —dijo Pine—. ¿Fue algo excepcional? ¿Estaba usted actuando fuera del patrón? ¿Por qué motivo vino hasta mi casa?

—Era un rombo, no un diamante —aclaró Tor.

Pine no hizo ningún comentario.

—El dibujo que estaba trazando era un rombo —continuó él, como si estuviera impartiendo una clase—. Una tableta si lo prefiere; un cuadrilátero, una figura geométrica con cuatro lados de la misma longitud y diagonales de longitud irregular. Por ejemplo, una cometa es un paralelogramo solo si es un rombo. —Miró con condescendencia lo que ella había dibujado—. Un diamante no es un término matemático preciso. De modo que no vuelva a cometer este error. Resulta patético. Y poco profesional. ¿Se ha tomado acaso la molestia de prepararse para esta reunión? —Hizo un gesto desdeñoso con las manos esposadas y miró con desprecio lo que Pine había dibujado en el cristal, como si se tratase de un puro disparate.

—Gracias, ahora ya me ha quedado claro —dijo Pine, a la que le importaban una mierda los paralelogramos en concreto y las matemáticas en general—. Y entonces, ¿por qué la excepción? Nunca antes había roto un patrón.

—Usted da por supuesto que lo hice. Da por supuesto que estuve en Andersonville la noche del 7 de junio de 1989.

—No he dicho en ningún momento que fuese de noche.

La sonrisa de Tor volvió a asomar.

—¿Es que el hombre del saco no se presenta siempre por la noche?

Pine recordó su reflexión de hacía un rato sobre que los monstruos solo atacaban de noche. Para atrapar a estos asesinos, debía pensar como ellos. Una idea que le resultaba —y desde siempre había pensado así— muy perturbadora.

Antes de que ella pudiera responderle algo, él añadió:

—¿Tenía seis años? ¿Gemela? ¿Dónde sucedió exactamente?

—En nuestro dormitorio. Usted entró por la ventana. Nos tapó la boca con cinta aislante para que no pudiéramos gritar. Nos retuvo con las manos.

Pine sacó un papel del bolsillo y lo aplastó contra el cristal para que Tor pudiera leer lo que había escrito.

Recorrió la hoja con la mirada, manteniendo una expresión indescifrable, incluso para un agente con muchas horas de vuelo como Pine.

—¿Una canción infantil de cuatro versos? —preguntó y bostezó de forma ostensible—. ¿Qué viene a continuación? ¿Se va a poner a cantar?

—Nos iba golpeando con el dedo en la frente mientras lo recitaba —recordó Pine y se inclinó hacia delante—. Cada palabra, la frente de una de nosotras. Empezó conmigo y acabó con Mercy. A ella se la llevó y a mí me hizo esto.

Se echó hacia atrás el cabello para mostrar una cicatriz detrás de la sien izquierda.

—No sé muy bien qué utilizó. Mi recuerdo es borroso. Tal vez fuera el puño sin más. Me fracturó el cráneo. —Y añadió—: Pero entonces era usted un grandullón y yo una niñita pequeña. —Hizo una pausa—. Ahora he dejado de serlo.

—No, no lo es. ¿Cuánto mide, uno ochenta?

—Con seis años, mi hermana también era alta, pero muy delgada. Un grandullón como usted la podría haber cargado sin ningún problema. ¿Adónde la llevó?

—Vuelve a dar cosas por supuestas. Como acaba de decir, nunca he roto un patrón. ¿Por qué cree que lo hice entonces?

Pine se acercó más al cristal.

—Porque recuerdo haberle visto. —Lo repasó con la mirada—. Es usted inolvidable.

Los labios de Tor volvieron a curvarse, como si fueran la cuerda de un arco que alguien tensa. Para lanzar una flecha mortal.

—¿Dice que recuerda haberme visto? ¿Y se presenta ahora? ¿Veintinueve años después?

—Tenía la completa seguridad de que no iba a marcharse usted a ninguna parte.

—Una respuesta tonta, y evasiva. —Volvió a mirar la placa—. FBI. ¿Dónde está destinada? ¿Por aquí cerca? —añadió con cierta exaltación.

—¿Adónde se la llevó? ¿Cómo murió mi hermana? ¿En qué lugar están sus restos?

Disparó las preguntas una tras otra, porque Pine las había estado practicando durante el largo trayecto en coche hasta allí.

Tor se limitó a seguir con sus deducciones:

—Diría que no forma parte de la oficina de una delegación. No me parece del tipo burócrata. Viste de manera informal, se presenta aquí fuera del horario de visitas y no sigue las normas de la Agencia. Y viene sola. A los de su gremio les gusta viajar en parejas cuando se trata de un asunto oficial. Y añadamos a esto el elemento personal.

—¿Qué quiere decir? —preguntó ella, mirándole a los ojos.

—Perdió a su gemela y se convirtió en una solitaria, como si hubiera desaparecido la mitad de su ser. Una vez que se ha roto ese vínculo emocional, no puede confiar ni apoyarse en nadie. No se ha casado —añadió, mirando el desnudo dedo anular—. De modo que nadie puede quebrar esa sensación de pérdida que la acompañará de por vida, hasta que un día la palme, solitaria, frustrada e infeliz. —Hizo una pausa y en su expresión se atisbaba cierto interés—. Y, sin embargo, ha sucedido algo que la ha arrastrado hasta aquí casi tres décadas después. ¿Le ha llevado tanto tiempo reunir el coraje necesario para enfrentarse a mí? ¿A una agente del FBI? Eso da que pensar.

—No tiene ningún motivo para no contármelo. Le da lo mismo una cadena perpetua más o menos. Morirá usted en Florence.

La respuesta de Tor resultó sorprendente, aunque tal vez no debería serlo tanto.

—Ha perseguido y detenido a al menos media docena de tipos como yo. El menos talentoso de ellos mató a cuatro personas; el más dotado, a diez.

—¿Talentosos, dotados? Yo no los describiría así.

—Pero es obvio que el talento desempeña un papel. Más allá de lo que la sociedad piense sobre nuestro gremio, lo que hacemos no es fácil. Está claro que sus detenidos no jugaban en mi liga, pero por algún lado hay que empezar. Parece que se ha especializado en el tema. En acercarse a la gente como yo. Es digno de elogio apuntar alto, pero se puede pecar de exceso de ambición o confiarse demasiado. Digamos que si se vuela muy cerca del sol con alas de cera, estas se derriten. Y el resultado a menudo es la muerte. Eso sí, la vista puede ser espléndida, pero no sé si está dispuesta a asumir las consecuencias. A mí me encantaría probarlo.

Pine se encogió de hombros ante aquel desquiciado soliloquio que había terminado con una amenaza dirigida a ella. Si estaba pensando en matarla, eso significaba que había logrado atraer su atención.

—Todos ellos operaban en el Oeste —dijo Pine—. Aquí se dispone de espacios abiertos, sin un policía en cada esquina. Gente que viene y va, montones de personas que se han largado de casa, personas que buscan algo nuevo, calles interminables y carreteras desiertas. Un billón de lugares donde lanzar los restos. Todo eso sin duda estimula la puesta en práctica de... talentos como el suyo.

Él separó las manos todo lo que pudo con las esposas.

—Vaya, eso ya está mejor.

—Y mejoraría aún más si respondiera a mi pregunta.

—Tengo entendido que, cuando estaba en la universidad, se quedó a un libra de entrar en el equipo olímpico americano de halterofilia. —Al no responder Pine, Tor continuó—: Agente especial Atlee Pine, de Andersonville, Georgia, debe saber que Google llega incluso a Florence. Pedí alguna información sobre usted como requisito para mantener esta entrevista. Tiene hasta su propia página en la Wikipedia. No es ni de lejos tan larga como la mía, pero está usted empezando en esto. Aunque en este oficio las carreras prolongadas en el tiempo no están garantizadas.

—Fue por un kilo, no por una libra. Mi mala arrancada me eliminó, nunca fue mi fuerte. Se me da mejor cargar en dos tiempos.

—Kilo, es cierto. Fallo mío. Así que resulta que es un poco más débil de lo que yo creía. Además de una fracasada, claro.

—No hay ningún motivo para que no me lo diga —insistió ella—. Ninguno.

—¿Quiere cerrar el tema, como todos los demás? —dijo él con tono cansino.

Pine asintió con la cabeza, pero solo porque temía las palabras que podían salir de su boca en ese momento. Al contrario de lo que afirmaba Tor, sí que se había preparado el encuentro. Solo que era imposible estar del todo a punto para enfrentarse con este individuo.

—¿Sabe qué es lo que me encanta? —dijo Tor.

Pine siguió mirándolo, pero no mostró reacción alguna.

—Me encanta haber determinado toda su patética vida.

De pronto, Tor se inclinó hacia delante. Sus anchos hombros y la enorme cabeza calva parecieron cubrir todo el cristal, como un hombre que penetra en el dormitorio de una niña por la ventana. Durante un aterrador instante, Pine tenía otra vez seis años y este demonio le golpeaba la frente con el dedo mientras recitaba la cancioncilla infantil y la última a la que tocase moriría.

Mercy. No ella.

MERCY.

No ella.

Pine soltó un suspiro apenas audible y con un gesto involuntario tocó la insignia que colgaba de su chaqueta.

Su piedra de toque. Su imán. No, su rosario.

El gesto no pasó inadvertido a Tor. No sonrió triunfante; su mirada no era de enojo, sino de decepción. Y un instante después, de desinterés. La mirada perdió intensidad, las facciones del rostro se relajaron y echó hacia atrás el cuerpo. Relajó los hombros, desapareció el vigor y, con él, el entusiasmo.

Pine sintió como todas las células de su cuerpo se detenían. La había cagado por completo. Él la había puesto a prueba y ella no había estado a la altura. El hombre del saco había aparecido a medianoche y ella le había resultado decepcionante.

—Guardias —bramó él—. Estoy listo. Ya hemos terminado.

En cuanto acabó de hablar, en sus labios se dibujó una sonrisa maliciosa, de la cual Pine sabía sin atisbo de duda el motivo.

Era el único momento en que él podía darles órdenes a los guardias.

Entraron, lo desencadenaron de la anilla del suelo y procedieron a sacarlo de allí; Pine se levantó.

—No hay ningún motivo para que no me lo diga.

Él no se dignó a mirarla.

—Los débiles jamás heredarán la Tierra, Atlee Pine de Andersonville, Georgia, gemela de Mercy. Asimílalo. Pero si quieres desahogarte alguna otra vez, ya sabes dónde estoy. Y ahora que nos hemos conocido... —de pronto se volvió para mirarla, con un aluvión de feroz deseo emanando de todas las facciones de su rostro, probablemente lo último que veían sus víctimas—, nunca te olvidaré.

La puerta metálica se cerró y la bloquearon tras él. Pine oyó el ruido de pasos que llevaban a Tor de vuelta a su jaula de cemento de dos por tres y medio.

Pine se quedó un momento mirando la puerta, borró del cristal el lápiz de labios, que le dejó la mano manchada de rojo sangre, volvió sobre sus pasos, recuperó la pistola, salió de la prisión de máxima seguridad de Florence e inhaló el aire fresco que se respiraba a una altura de kilómetro y medio por encima del nivel del mar.

No iba a llorar. No había derramado una lágrima desde la desaparición de Mercy. Y, sin embargo, le gustaría sentir algo. Pero su ser no estaba allí. Se sentía liviana, como si caminase por la superficie lunar, inexistente, vacía. Ese hombre había drenado cualquier emoción que pudiera quedar en ella. No, «drenado» no era la palabra.

Las había succionado.

Y lo peor de todo era que seguía sin saber qué le había sucedido a su hermana.

Condujo ciento cincuenta kilómetros en dirección oeste hasta el pueblo de Salida y buscó el motel más barato que pudo encontrar, dado que se estaba costeando el desplazamiento de su propio bolsillo.

Justo antes de quedarse dormida, volvió a rondarle por la cabeza la pregunta que le había hecho Tor.

«¿Y se presenta ahora? ¿Veintinueve años después?»

Había un buen motivo que explicaba esto, al menos para Pine. Pero tal vez fuese poco sólido.

Esa noche no soñó con Tor. Ni tampoco con su hermana, desaparecida hacía casi tres décadas. Las únicas imágenes que proyectó su subconsciente fueron de ella misma con seis años, caminando desolada hacia el colegio por primera vez sin Mercy de la mano. Una niña afligida con coletas que había perdido a su otra mitad, como el propio Tor había dado a entender.

Su mejor mitad, pensaba Pine, porque ella siempre se metía en problemas, mientras que su hermana «mayor», nacida diez minutos antes, estaba siempre a su lado para apoyarla o cubrirla. Con una lealtad y un cariño a prueba de bomba.

Pine no había vuelto a sentir nada igual en toda su vida.

Tal vez Tor estuviera en lo cierto sobre su futuro.

Tal vez.

Y después había venido el otro directo de Tor, que la había pillado con la guardia baja y había ido directo al estómago.

«¿Tú determinas mi vida?»

Cuando notó que los labios empezaban a temblarle, se levantó, fue dando tumbos hasta el lavabo y metió la cabeza bajo la ducha. Permaneció así hasta que el frío resultó tan insoportable que estuvo a punto de gritar de dolor. Sin embargo, ni una sola lágrima se mezcló con la gélida agua del grifo.

Se despertó al amanecer, se duchó, se vistió y se encaminó de vuelta a casa. Hizo una parada a mitad de camino para comprar algo de comer. Cuando volvió a subirse al todoterreno, había recibido un mensaje de texto.

Envió una respuesta, cerró la puerta, encendió el motor y pisó el acelerador.

3

El Gran Cañón era una de las siete maravillas naturales del mundo y la única de ellas ubicada en Estados Unidos. Era el segundo cañón más grande de la Tierra, por detrás del cañón Tsangpo en el Tíbet, que era solo un poco más largo, pero mucho más profundo. Cada año, cinco millones de personas provenientes de todas partes del mundo visitaban el Gran Cañón. Sin embargo, tan solo un uno por ciento de esa gente llegaba al punto en el que ahora estaba Atlee Pine: la ribera del río Colorado, en el fondo del cañón.

El Rancho Fantasma, situado allí abajo, no solo era el alojamiento más popular de la ribera, sino también el único. Los que decidían bajar hasta ahí podían hacerlo de tres modos: por el río, en mula o sirviéndose de sus dos piernas.

Pine había ido en coche hasta el aeropuerto del parque nacional del Gran Cañón. Allí se había subido a un helicóptero del Servicio de Parques Nacionales y había descendido en él hasta el fondo del cañón. En cuanto aterrizaron, Pine y su acompañante, el guardabosques del Servicio de Parques Nacionales Colson Lambert, se pusieron en marcha de inmediato.

Ella mantuvo el ritmo, avanzando con sus largas piernas, con la mirada atenta y los oídos alerta ante cualquier posible sonido de una serpiente de cascabel. Ese era el motivo por el que la naturaleza las había dotado de un cascabel, para que la gente las dejara en paz.

«¿Dónde tengo yo el mío?», pensó Pine.

—¿Cuándo la han encontrado? —preguntó.

—Esta mañana —respondió Lambert.

Dejaron atrás una curva en la roca y Pine vio aparecer una lona azul que habían alzado alrededor del cadáver. Allí había dos hombres. Uno parecía un vaquero. El otro iba vestido, como Lambert, con el uniforme del Servicio de Parques Nacionales: camisa gris y un sombrero claro y de ala plana con una cinta negra en la que iban impresas las siglas USNPS, United States National Park Service. Pine lo conocía. Se llamaba Harry Rice y, físicamente, era un calco de Lambert.

El otro hombre era alto y delgado, con el rostro curtido por la vida al aire libre que llevaba en aquel entorno impresionante. Su cabello abundante y canoso le había quedado moldeado por el sombrero de ala ancha que ahora sostenía en la mano.

Pine le enseñó la placa y preguntó:

—¿Cómo se llama?

—Mark Brennan. Soy uno de los jinetes de mulas.

—¿La descubrió usted?

—Antes de desayunar —asintió Brennan—. Vi los buitres volando en círculos.

—Podría ser más preciso en la hora.

—Humm..., las siete y media.

Pine entró bajo la lona que protegía el cadáver de las miradas de los curiosos, se acuclilló y le echó un vistazo mientras los demás se apelotonaban a su alrededor.

Supuso que la mula debía de pesar más de media tonelada y medir más o menos un metro sesenta de alto. Una yegua cruzada con un burro producía una mula. Eran más lentas que los caballos, pero más estables, vivían más años y, comparativamente, tenían la misma fuerza que cualquier animal de cuatro patas, además de ser muy resistentes.

Pine se puso unos guantes de látex que sacó de la riñonera. Cogió un látigo que había en el suelo junto al desafortunado animal. Los jinetes de mulas lo llamaban «motivador» y lo usaban para convencer a los animales de que ignoraran la tentación de la hierba que asomaba entre las piedras del camino o de que no cayesen en la tentación de echarse una siesta de pie.

Pine tocó la ya muy endurecida pata delantera de la mula.

—Es *rigor mortis*. Sin duda lleva aquí bastante tiempo —le dijo Pine al jinete—. Cuando la encontró a las siete y media, ¿ya estaba tan rígida?

Brennan negó con la cabeza.

—No. Pero tuve que apartar algunos bichos. Estaban empezando a devorarla. Puede ver las marcas aquí y aquí —añadió, señalando varios puntos en que la carne había sido mordisqueada.

Pine consultó el reloj. Las seis y media de la tarde. Habían pasado once horas desde el hallazgo de la mula. Ahora tenía que establecer un parámetro para aclarar la hora de la muerte.

Cambió de posición y observó el vientre del animal.

—La destriparon —comentó—. Una cuchillada de arriba abajo y después rasgaron todo el vientre. —Pine alzó la mirada hacia Brennan—: Supongo que es una de las suyas.

Brennan asintió con la cabeza y se acuclilló. Contempló con pesar el cadáver del animal.

—Sallie Belle. Firme como una roca. Una pena.

Pine observó la sangre seca.

—Su muerte debió de ser dolorosa. ¿Nadie oyó nada? Las mulas pueden armar mucho jaleo y este cañón es un enorme altavoz.

—Esto está a varios kilómetros del rancho —comentó Rice.

—Hay un puesto de los guardabosques del parque ahí abajo —le recordó Pine.

—Sigue estando muy lejos, y el guardabosques que estaba de servicio no oyó ni vio nada.

—De acuerdo, pero debía de haber un montón de senderistas y gente de excursión en canoas en el campamento de Bright Angel, cerca del Rancho Fantasma. Allí no caben todos y la mayoría de los que no encuentran sitio se instalan en Bright Angel. Y por muy lejos que esté esto, la mula tuvo que llegar hasta aquí desde el corral del rancho.

—Allí había mucha gente —dijo Lambert—. Pero ninguna de las personas con las que hemos hablado ha oído nada.

—Vayamos al grano —dijo Pine—: ¿quién tiene los cojones de tumbarse bajo una mula y abrirle en canal la tripa?

—Exacto —dijo Brennan—. Y después está lo que yo decía. Si despanzurras a una mula, el estruendo se va a oír hasta en el condado de al lado.

Pine miró la silla de montar.

—Vale, ¿quién era el jinete y dónde está?

—Benjamin Priest —informó Rice—. No hay ni rastro de él.

Brennan aportó más información:

—Llegó ayer. Formaba parte de un grupo de diez personas.

—¿Ese es el número máximo permitido, verdad? —quiso confirmar Pine.

—Sí. Llevamos a dos grupos diarios. Nosotros estábamos en el primero.

—Entonces bajó con la mula hasta aquí, ¿y después qué?

—Pasamos la noche en el Rancho Fantasma. Íbamos a proseguir la excursión esta mañana, después de desayunar. La idea era cruzar por el Puente Negro y volver por el lado sur. La ruta habitual.

—¿Unas cinco horas y media de ida y más o menos lo mismo de vuelta? —preguntó Pine.

—Sí, aproximadamente —le confirmó Brennan.

Pine examinó la zona. La temperatura era de más de veinticinco grados en el fondo del cañón y seis grados menos en el lado sur. Notaba el sudor empapándole la cara, las axilas y la zona lumbar.

—¿Cuándo se dieron cuenta de que Priest había desaparecido?

—Esta mañana —dijo Rice—, al reunirse el grupo en el comedor para desayunar.

—¿Dónde pasó la noche Priest? ¿En uno de los dormitorios de la casa o en una de las cabañas?

—En una cabaña —dijo Brennan.

—Cuénteme qué hicieron anoche.

—Cenaron todos en el comedor —explicó Brennan—. Unos cuantos se pusieron a jugar a cartas y otros a escribir postales. Un grupo se sentó en unas rocas y metieron los pies en el arroyo. Lo típico. Después todos se retiraron a sus habitaciones, incluido Priest.

—¿Cuándo lo vio por última vez?

—Por lo que recuerdo —dijo Rice—, sería hacia las nueve de la noche.

—Pero nadie lo vio meterse en su cabaña o salir de ella más tarde, ¿verdad?

—No.

—¿Y cómo llegó hasta aquí Sallie Belle? —preguntó Pine mirando a Brennan.

—En un primer momento pensé que se había escapado no sé cómo. Después vi que la silla de montar y las bridas habían desaparecido. Alguien tuvo que ponérselas.

Pine no le quitaba el ojo de encima a Brennan.

—¿En qué pensó cuando se percató de que la mula había desaparecido?

—Bueno, pues pensé que quizá alguien había decidido dar un paseo antes del desayuno. —Negó con la cabeza—. He visto hacer muchas locuras por aquí.

—Descríbame a Priest.

—Cuarenta y muchos o cincuenta y pocos. Uno setenta, más o menos. Ochenta y pico kilos.

—¿Blanco? ¿Negro?

—Blanco. Con el cabello oscuro.

—¿Estaba en forma?

—Era fornido. Pero sin sobrepeso. Aunque no era del tipo maratoniano.

—¿Impone usted un límite de noventa kilos para poder montar las mulas?

—Así es —asintió Brennan.

—¿Habló con él en algún momento?

—Un poco mientras descendíamos.

—¿Parecía nervioso?

—A ratos se le veía un poco pálido. Las mulas tienen el espinazo muy rígido y caminan por el lado del camino que da al abismo. De modo que sus torsos (y con ellos, los jinetes) a veces se asoman al vacío. Al principio puede resultar inquietante. Pero él aguantó el tipo.

Pine miró a Lambert.

—¿Qué tienes sobre él?

Este sacó su bloc de notas y lo abrió.

—Es de Washington, DC. Empleado de una de esas empresas que trabajan para el Gobierno. Consultoría Capricornio.

—¿Familia?

—No está casado ni tampoco tiene hijos. Tiene un hermano que vive en Maryland. Ambos padres fallecidos.

—¿Habéis avisado al hermano?

—Figuraba como contacto en caso de emergencia en el papeleo que rellenó Priest. Le hemos informado de que su hermano ha desaparecido.

—Necesitaré sus datos para ponerme en contacto con él.

—Te los mandaré por correo electrónico.

—¿Cómo ha reaccionado el hermano?

—Parecía preocupado —dijo Rice—. Quería saber si debía tomar un vuelo hasta aquí. Le he dicho que esperase. La mayoría de la gente que desaparece regresa sana y salva.

—Pero no toda —replicó Pine—. ¿Dónde están sus cosas?

—Han desaparecido —dijo Lambert—. Se las debió de llevar consigo.

—El hermano ha telefoneado a Priest después de que yo hablara con él. También le ha mandado un correo electrónico. Me ha vuelto a llamar luego y me ha dicho que nada, ninguna respuesta.

—¿Alguna actividad en redes sociales?

—No se me ha ocurrido preguntárselo —dijo Rice—. Puedo comprobarlo.

—¿Cómo llegó hasta aquí? ¿En coche? ¿En autocar?

—Le oí decir que había venido en tren —intervino Brennan.

—¿Dónde estaba alojado?

—Hemos comprobado El Tovar, Bright Angel, Thunderbird y el resto de posibles alojamientos. No estaba registrado en ninguno de ellos.

—Pero debía de estar alojado en alguna parte.

—Podría ser en uno de los campings, o bien dentro del parque o en los alrededores —dijo Lambert.

—De acuerdo, llegó aquí en tren. Pero si venía de Washington, probablemente tomó primero un vuelo a Sky Harbor. Tal vez se alojó en algún sitio hasta que llegó a Williams, Arizona. El tren sale de allí, ¿verdad?

Lambert asintió con un gesto.

—Hay un hotel junto a la estación. Pudo alojarse allí.

—¿Habéis buscado por aquí?

—Hemos cubierto todo el terreno que hemos podido. De momento, ni rastro. Y ya empieza a oscurecer.

Pine digirió toda la información. A lo lejos se oyó el agudo ladrido de un coyote seguido del cascabel de una serpiente. Pine pensó que por allí, mientras la luz del sol se apagaba, debía de estar desarrollándose una partida todavía en tablas entre depredadores. Las sólidas paredes del cañón envolvían una compleja serie de frágiles ecosistemas. Era el factor humano el que era un intruso aquí. La naturaleza siempre parecía funcionar estupendamente hasta que aparecían los seres humanos.

Se volvió hacia la izquierda, donde muy a lo lejos nacía el lago Mead, cerca de la frontera de Arizona con Nevada. A la derecha, y también a mucha distancia, nacía el lago Powell, en Utah. En medio de estas dos masas de agua estaba el gigantesco cañón, un profundo tajo en la superficie de Arizona, visible no solo desde un avión a diez mil metros de altura, sino también desde el espacio exterior.

—Mañana tenemos que organizar un equipo de búsqueda y rastrear la zona palmo a palmo —dijo Pine—. Todo el terreno que se pueda cubrir. ¿Dónde está el resto del grupo de excursionistas que iban con Priest? ¿Y los campistas?

—Se han marchado todos —informó Lambert—. Algunos incluso antes de que nos diéramos cuenta de que Priest había desaparecido.

—Necesitaré sus nombres y datos de contacto —dijo Pine—. Y esperemos que, si al final le ha sucedido algo a Priest, no hayamos permitido que el culpable se haya largado de aquí en mula o en canoa.

A Lambert el comentario lo incomodó y lanzó una mirada a su colega guardabosques.

—¿Alguien vigila las mulas por la noche? —preguntó Pine.

Brennan negó con la cabeza.

—Anoche les eché un ojo hacia las once. Todo estaba en orden. Por aquí hay coyotes y pumas, pero no se les ocurriría atacar a un grupo de mulas en un cercado. Acabarían pisoteados.

—De acuerdo, e igual podría haber acabado el que la despanzurró —observó Pine, contemplando el cadáver de Sallie Belle—. De modo que, al menos hasta las once, Sallie Belle estaba viva. El guardabosques de guardia no oyó nada. ¿Cómo se llama?

—Sam Kettler.

—¿Cuánto tiempo lleva en el Servicio de Parques Nacionales?

—Cinco años. Dos aquí en el cañón. Es un buen tipo. Exmilitar.

—Necesitaré hablar con él —dijo Pine, mientras repasaba mentalmente todo lo que tenía que hacer. Volvió a mirar el cadáver del animal. Algo no encajaba.

—¿Por qué hay sangre sobre la espalda de la mula? Debería estar bajo el vientre.

Miró a los hombres, que la observaron desconcertados.

—Alguien ha movido la mula —dijo Pine—. Ayudadme a darle la vuelta.

Cada uno la agarró por una pata y volvieron el cadáver.

Y aparecieron, grabadas sobre la piel de la mula, dos letras: J y K.

—¿Qué coño significa esto? —dijo Lambert.

«¿Qué coño significa esto?», pensó, a su vez, Pine.

4

—Él es Sam Kettler —dijo Colson Lambert.

Pine estaba en el porche delantero del comedor del Rancho Fantasma cuando Lambert se le aproximó con otro individuo con uniforme de los guardabosques.

—Estaba de servicio cuando Priest y la mula desaparecieron —añadió Lambert.

Pine repasó a Kettler de arriba abajo con suma profesionalidad.

Medía metro ochenta y cinco, lucía unos antebrazos bronceados y muy musculados. Se quitó el sombrero para secarse el sudor de la frente y dejó a la vista el cabello rubio casi rapado. Parecía más o menos de su edad, y tenía los ojos gris claro. A Pine le pareció atractivo y vio como iba tensando y destensando los músculos de la mandíbula mientras permanecía plantado ante ella.

—Colson me ha dicho que no oíste nada.

Kettler negó con la cabeza.

—Fue una noche muy tranquila después de que los campistas se acostaran. Hice algunas rondas, rellené papeleo, comprobé un cubo de basura que alguien había dejado mal tapado. Se habían metido unos bichos y habían organizado una buena. Los ahuyenté. Por lo demás, pura rutina.

—¿Colson te ha puesto al día?

Kettler se balanceó un poco.

—Un jinete desaparecido y una mula despanzurrada. —Hizo una mueca—. Mal asunto.

—Mis preguntas básicas son: ¿por qué llevarse la mula y por qué matarla? —dijo Pine—. Ahora bien, no tenemos la certeza de que Priest hiciera ninguna de las dos cosas. Podría haber sido obra de otra persona con la que Priest se topó y que se vio obligada a hacerlo callar.

—Es cierto —admitió Lambert.

Pine negó con la cabeza. El instinto le decía que esta teoría no era correcta. Demasiadas coincidencias. Demasiadas cosas que tenían que ir al mismo tiempo bien y mal para que sucediera eso al final.

La vida no era como las películas o las novelas. A veces, la respuesta más sencilla era la correcta.

Pine volvió a mirar a Kettler.

—Dale una vuelta más. ¿Viste algo fuera de lo normal?

Él negó con la cabeza.

—Si hubiese sido así, habría informado de ello.

—¿Ni un solo ruido de una mula a la que alguien intentara sacar del corral?

—De haberse producido, estoy convencido de que lo habría oído. ¿A qué hora crees que sucedió?

—No estoy segura. Pero sin duda pasadas las once.

—Aquella noche mis rondas me llevaron bastante lejos del corral. Si la sacaron en ese momento, no necesariamente la habría oído.

—Perfecto, si se te ocurre algo más, házmelo saber.

—Lo haré. Buena suerte.

Se marchó a paso ligero, avanzando por el terreno con facilidad y rapidez. Pine se fijó en sus protuberantes hombros, como si la camisa se tensase a su alrededor.

—¿Y ahora qué? —preguntó Colson y desvió la atención de Pine de la figura de Kettler alejándose.

—Teniendo en cuenta que a primera hora de la mañana empezaremos a peinar el cañón, voy a cenar y directa después a acostarme.

Unas horas después, Pine contemplaba el techo de su habitación de tres por tres metros en el Rancho Fantasma. El personal le había proporcionado un colchón, sábanas y una almohada poco confortable para que pudiera dormir en aquel cuarto. Esta iba a ser su casa por esa noche. Para ella no suponía ningún problema. Se había pasado la mayor parte de su vida contemplando el techo de habitaciones que no eran la suya.

El Rancho Fantasma estaba ubicado en una zona que originalmente se llamó Campamento Roosevelt, en honor del presidente Theodore Roosevelt. Estuvo allí en 1913, después de declarar el Gran Cañón monumento nacional. Pine también averiguó que fue Roosevelt quien ordenó a los indios havasupai que abandonaran la zona para que se pudiera crear el parque, con lo que en la práctica los expulsó de su hogar. Los desafiantes havasupai tardaron veinticinco años en cumplir la orden, mucho después de que Roosevelt hubiera muerto.

Pine no les reprochaba su actitud.

El actual Rancho Fantasma había sido diseñado y bautizado con este nombre por Mary Elisabeth Jane Colter, la famosa arquitecta del Gran Cañón. Se construyó en 1922, le daban sombra álamos y sicomoros y lo cruzaban varios caminos de tierra. Era un pequeño oasis en la garganta del cañón. En la pequeña cantina había una bolsa de cuero de cartero para que los visitantes pudieran meter allí sus postales. La expedición de mulas del día siguiente las subiría. Las postales llevaban un matasellos que decía: ENVIADO POR MULA DESDE EL FONDO DEL GRAN CAÑÓN. ¿Qué podía resultar más molón que esto en un mundo en que los smartphones y los artilugios llamados Alexa regían nuestras vidas?

Pine disponía de unas mudas de ropa y algunos objetos de aseo que siempre llevaba en el coche y de su bolsa de lona con el material de investigación. Lo había cargado todo en el helicóptero que la trasladó hasta el fondo del cañón. Allí abajo no había equipos de forenses del FBI esperando la orden de llevar a cabo unos minuciosos análisis e investigación de la escena del crimen. Los agentes especiales destinados en pequeñas oficinas locales se encargaban solos de casi todo.

Y ella era la agente del FBI asignada al Gran Cañón. De modo que en estos momentos Pine formaba un regimiento de caballería de una sola persona. Algo que a ella le parecía de maravilla.

Los senderistas y jinetes de mulas recién llegados estaban ya todos acostados, en sus habitaciones o en las rústicas cabañas de tejados inclinados. Pine había cenado con ellos en la larga mesa comunal con sillas de respaldo de madera del enorme comedor, cuyo alto techo cruzaban unas viejas y oscuras vigas. Ninguno de ellos sabía quién era, y ella no proporcionó ninguna información sobre sí misma y los motivos por los que estaba allí.

A Pine no le gustaba la cháchara; prefería escuchar a los demás. Con esta actitud, siempre se aprendía algo.

Había cenado estofado, pan de maíz y tres vasos de agua. Allí abajo era importante hidratarse bien. Había vuelto a hablar con Lambert y Brennan antes de acostarse. Ahora era casi la una de la madrugada y fuera el termómetro todavía marcaba veintiséis grados, así que la habitación le resultaba claustrofóbica y calurosa. Abrió la ventana para que entrara un poco de aire fresco y se quedó en ropa interior, con las dos pistolas al alcance de la mano.

No tenía ni la más remota idea de dónde podía estar Benjamin Priest. A esas alturas podía haber salido ya a pie del cañón, pero en ese caso alguien lo habría visto. Los guardabosques habían facilitado su descripción a todo el mundo. Se había colgado en la web del Servicio Nacional de Parques. Y si había matado a Sallie Belle y le había grabado en la piel esas iniciales por alguna razón inexplicable, respondería por ello ante la justicia.

Había redactado unas notas sobre el caso y había enviado por correo electrónico a sus superiores los detalles relevantes, junto con la lista con la información de contacto de los senderistas y jinetes de mulas que le había pasado la policía del parque. Esta serie de datos se distribuiría por todas las oficinas de la agencia para que se pudiera hacer un seguimiento. La de Flagstaff también había sido informada y los agentes de allí le habían pedido que los mantuviese al día del desarrollo del caso.

Ya no podía hacer nada más hasta la mañana siguiente.

Se puso a escuchar el agudo ulular del viento y el rumor del agua que corría por el cercano arroyo de Bright Angel.

Habían apostado un par de centinelas junto al cadáver de la mula. Si no, los depredadores nocturnos devorarían con toda probabilidad a la pobre Sallie Belle. Pine abrió los ojos en el mismo momento en que el Gran Cañón y la mula muerta desaparecían de sus pensamientos.

Y su lugar lo ocupaba Daniel James Tor.

En cierto modo, Pine se había pasado toda la vida esperando para enfrentarse con la persona que creía responsable de la desaparición de su hermana.

¿Por qué había tardado veintinueve años?

Seis meses atrás, Pine tan solo tenía un vago recuerdo del hombre que había penetrado en el dormitorio que compartía con su hermana hacía casi treinta años. Los médicos le daban diversos nombres, pero se podía resumir en amnesia provocada por su corta edad y las traumáticas circunstancias de lo sucedido. Para garantizar el bienestar de Pine, su mente no le dejaba recordar. No se lo había permitido de niña y al parecer tampoco ahora de adulta.

Su madre la había encontrado sangrando e inconsciente en la cama a primera hora de la mañana siguiente, con la cinta aislante todavía tapándole la boca. Llamaron a una ambulancia y la llevaron al hospital. Temieron por su vida en varios momentos durante las sucesivas operaciones importantes a las que la sometieron. Al final, la cabeza sanó; no quedó ningún daño permanente en el cerebro. De modo que por fin pudo abandonar el hospital y regresar a casa, la única niña que quedaba en la familia Pine.

No fue de gran ayuda para la policía. Y para cuando volvió a casa, el caso se había enfriado.

Pine continuó con su vida. Sus padres se acabaron divorciando, sobre todo por lo sucedido esa noche. Ambos eran entonces veinteañeros y, borrachos y colocados, no oyeron al intruso que penetraba en la casa y acabaron quedándose dormidos mientras una de sus hijas yacía herida de gravedad en su habitación y la otra era secuestrada por un asaltante nocturno. Ambos echaban la culpa al otro por lo sucedido.

Y además, los primeros sospechosos habían sido sus propios padres. Uno de los policías en particular estaba convencido de que el padre de Pine, borracho y colocado, se había metido en la habitación de sus hijas y se había llevado a Mercy, la había matado y había escondido el cadáver en algún lado.

Y pese a que tanto el padre como la madre se sometieron al polígrafo y a que Pine aseguró que su padre no era el hombre que había entrado en el dormitorio esa noche, la policía no la creyó. El pueblo no tardó en volverse contra los Pine y tuvieron que mudarse.

Tras el divorcio, Pine vivió con su madre, sobrellevando una existencia marcada para siempre por la desaparición de Mercy.

A medida que Pine crecía, su vida parecía carecer de rumbo y ella no mostraba ningún tipo de ambición. No le veía sentido a nada. Era como si su única meta fuera fracasar en todo. Empezó pronto a beber y fumar hierba. Sacaba unas notas de pena. Se metía en peleas, la castigaron un montón de veces y la poli la detuvo por beber siendo menor de edad. Robaba en tiendas con frecuencia. No le importaba nada ni nadie, incluida ella misma.

Un día fue a una feria y tuvo el antojo de que le leyeran la mano. La mujer que ocupaba la pequeña carpa llevaba un turbante, velos y ropa colorista. Pine recordaba haber sonreído con autosuficiencia, segura de que todo aquello era una patochada.

La mujer le tomó la mano y contempló la palma. Pero casi de inmediato desvió la mirada hacia el rostro de Pine.

La mujer parecía perpleja.

—¿Qué pasa? —preguntó Pine con tono apático.

—Siento dos pulsos. Dos corazones.

Pine se puso rígida. No le había contado a esa mujer que tenía una gemela. De hecho, todavía no le había dicho nada.

La mujer estudió con más detenimiento la palma de Pine y resiguió la línea de la mano.

Frunció el ceño.

—¿Qué pasa? —volvió a preguntar Pine, ahora ya muy interesada.

—Sin duda hay dos latidos. —Hizo una pausa—. Pero una sola alma.

Pine se quedó observando a la mujer, que le devolvió la mirada.

—¿Dos latidos y un alma? —dijo Pine. Después de que la mujer asintiera con la cabeza, añadió—: ¿Cómo es posible?

—Creo que sabes que es perfectamente posible —respondió la mujer—. Que sabes que es cierto.

A partir de ese momento, Pine se empeñó en culminar todo lo que intentase. Era como si tratase de vivir dos vidas en lugar de una sola. De alcanzar el éxito para su hermana, de conseguir lo que Mercy jamás tendría la posibilidad de llevar a cabo.

Su constitución, fuerza natural y condición física la encaminaron a ser una estrella del deporte en el instituto. Jugaba al baloncesto, hacía atletismo y era la lanzadora del equipo en el campeonato estatal de softball.

Y un día, tras aceptar un reto, se metió con los chicos del equipo de fútbol americano en la sala de pesas y descubrió que era capaz de levantar más kilos que muchos de ellos. Fue entonces cuando centró todo su empeño y feroz ambición en la halterofilia. Emergió como un cohete en la escena nacional, ganó trofeos y recibió aplausos allí por donde pasó.

Algunos la calificaban como la mujer más fuerte de Estados Unidos.

Y entonces fue a la universidad, donde intentó entrar en el equipo olímpico, pero no lo consiguió.

Por un simple kilo.

La sensación de fracaso, no por ella, sino por su gemela, resultó paralizante. Pero no podía hacer otra cosa que continuar adelante.

Lo siguiente fue el FBI, su carrera, la única en la que Pine consideraba que encajaría bien.

Y en el desarrollo de esa carrera, de manera consciente, siempre se había encaminado hacia el Oeste, porque aquí, en los grandes espacios abiertos, algunos de los peores depredadores del planeta cazaban a sus víctimas. Había leído sobre todos ellos, los había investigado. De hecho, había llegado a ser tan buena elaborando perfiles que en el FBI le había ofrecido un puesto en la Unidad 3 de Análisis del Comportamiento. La misma que investigaba crímenes contra niños.

Pero rechazó la oferta. No quería dedicarse a elaborar perfiles de monstruos, aunque técnicamente en el FBI no existía el puesto de «perfilador». Eso era un mito perpetuado por la cultura popular.

Lo que Pine quería era ponerles las esposas a esos delincuentes, leerles sus derechos y contemplar como el sistema judicial los metía en un lugar donde no podrían volver a hacer daño a nadie más.

Su futuro había quedado fijado en el momento en que el dedo había tocado por última vez la frente de Mercy y aquel hombre había dicho, con escalofriante rotundidad, «fuera».

Y esa había sido su vida, hasta hacía seis meses.

Entonces un amigo, que conocía en parte la historia de Pine, le sugirió que intentase rescatar los recuerdos mediante la hipnosis.

Ella había oído hablar de ese procedimiento, porque la Agencia lo había utilizado en algunos casos con resultados variopintos. Era un método controvertido, con partidarios y críticos que se hacían oír por igual. Y Pine sabía que en ocasiones había llevado a crear recuerdos falsos y gente inocente había sufrido las consecuencias de ello.

Pero no tenía nada que perder intentándolo.

Tras un buen número de sesiones con el hipnoterapeuta, emergió por fin, desde las profundidades del subconsciente de Pine, Daniel James Tor, como una sádica bestia saliendo de su infernal agujero hacia la intensa luz del día.

El problema era que, antes de que la hipnotizaran, hacía mucho que Pine lo sabía todo de Tor. A cualquiera que estudiase a asesinos en serie tenía que sonarle el nombre de Daniel James Tor. Hacía que Ted Bundy y otros como él pareciesen ineficientes e ineptos. Pine había estudiado a fondo su carrera criminal, el arco de sus períodos activos, el contexto de sus víctimas.

Por tanto, había que hacerse algunas preguntas obvias: ¿hizo emerger de su subconsciente a Tor porque realmente fue él quien entró por la ventana esa noche del 7 de junio de 1989? ¿O acaso apareció en sus pensamientos porque deseaba creer que fue él? ¿Porque andaba por la zona en esa época? ¿Ese hombre haría que ella pudiera pasar página, hubiera sido o no el autor del crimen?

El padre de Pine llevaba años muerto: se había disparado en la boca con una escopeta de caza después de pasarse una semana bebiendo y drogándose en un infecto motel de

Luisiana hasta suicidarse el mismo día del cumpleaños de sus hijas. Pine no lo consideraba una coincidencia. Tal vez su padre había tratado de demostrarle que se sentía culpable por lo ocurrido. Sin embargo, lo que había conseguido era que en cada uno de sus cumpleaños pensara en él volándose los sesos.

Su madre seguía viva y Pine sabía dónde residía, pero se habían distanciado. La madurez no había hecho que la hija se acercara de nuevo a la madre; más bien había aumentado la distancia entre ellas, tal vez rivalizando con la enorme anchura del Gran Cañón.

Puede que fuera incluso mayor, porque Pine había descubierto que la mente era capaz de conseguir cualquier cosa, sobre todo cuando jugaba contigo. Podía hacer que vieras cosas que no estaban allí o, por el contrario, que no percibieras otras que tenías delante de las narices.

De modo que ¿era Tor el culpable o la hipnosis había sido un completo fiasco?

La verdad es que no lo sabía.

Volvió a cerrar los ojos, pero los abrió casi de inmediato. No porque no pudiera dormir, sino porque había alguien moviéndose fuera.

Pine tardó veinte segundos en vestirse y calzarse, meter la Beretta de refuerzo en la pistolera del tobillo y empuñar la Glock 23 con la mano derecha.

Y entonces hizo lo que siempre hacía.

Atlee Pine se dirigió con paso firme hacia lo desconocido.

5

En los grandes espacios abiertos del norte de Arizona, donde había poca iluminación eléctrica, el cielo aparecía repleto de estrellas.

Sin embargo, en las profundidades del Gran Cañón, aunque el cielo era claramente visible, las estrellas parecían haber perdido algo de brillo porque su luz tenía que viajar hasta el fondo del cañón. Y era entonces cuando se era consciente de lo escarpadas que eran las paredes. Daba la sensación de que absorbían hasta el último rayo de luz antes de que esta pudiera llegar al suelo.

Pine se acuclilló en la oscuridad y, pivotando sobre los tobillos, fue girando sobre sí misma y peinó con la mirada los trescientos sesenta grados a su alrededor.

Por allí no se veía a nadie. Nadie quebraba la oscuridad fumándose a hurtadillas un cigarrillo, algo prohibido en el cañón por el peligro de incendio. No se veía el resplandor de ningún móvil. Dependiendo de la compañía, aquí se podía tener una cobertura irregular o ninguna en absoluto. No había wifi. En el rancho tenían un teléfono de pago que aceptaba tarjetas de crédito. En lo relativo a avances tecnológicos, eso era todo. Los adictos a Facebook, Instagram o Twitter tenían que esperar a regresar arriba para dar rienda suelta a sus vicios.

Pine siguió escrutando la oscuridad cada vez más a lo lejos, abarcando más terreno en penumbra.

Ahí estaba otra vez.

Era alguien sigiloso. No despreocupado. Conocía ambas actitudes y sabía diferenciarlas por instinto.

Pine avanzó agachada, empuñando con firmeza la Glock.

En la otra mano llevaba una linterna. Al encenderla, pilló con el haz de luz a varios escorpiones y silueteó a esas venenosas criaturas con un golpe de deslumbrante luz blanca.

De pronto se oyó el relincho de una mula. Por allí había dos corrales: uno para los turistas del Rancho Fantasma y el otro, más alejado, el que usaba el Servicio de Parques. Pero ese corral estaba en la otra orilla del arroyo de Bright Angel y cerca de la ribera del Colorado. Pine estaba segura de que el relincho tenía que provenir del más cercano.

De modo que tal vez quienquiera que anduviese por ahí trataba de sacar otra mula del corral para llevársela y tal vez añadir más letras del alfabeto en su piel. ¿Acaso el desaparecido Benjamin Priest padecía algún tipo de locura que le llevaba a agredir a animales de gran tamaño?

Pine avanzó lo más rápida y sigilosamente que pudo hacia el corral.

Siguió enfocando el suelo con la linterna mientras caminaba. Por esos parajes había seis tipos diferentes de serpientes de cascabel y todas salían por la noche. Aunque no le angustiaba la posibilidad de pisarlas. Esos bichos percibían las vibraciones de sus pies al golpear el suelo y por tanto se apartarían de su camino.

El corral estaba ahora a unos treinta metros. Los pasos que había oído se habían detenido.

Unos momentos después oyó otro relincho seguido de un resoplido.

Y a su izquierda, percibió movimiento. Un hombre emergió de la oscuridad y se mostró ante Pine.

Era Sam Kettler. Se llevó un dedo a los labios y señaló en dirección al corral de las mulas. Pine asintió con la cabeza.

Kettler se le acercó con sigilo.

—Ahí hay alguien —dijo Pine.

—Lo sé. Creo que os he estado siguiendo a los dos.

—¿Has visto quién era?

—No.

—Bueno, pues vamos a averiguarlo. ¿Vas armado?

Kettler dio una palmada sobre su pistolera.

—Espero no tener que usarla. No me uní al Servicio de Parques para matar gente. Ya tuve bastante en el ejército.

Avanzaron juntos, haciendo el menor ruido posible.

Pine observó complacida cómo se movía Kettler, que se mantenía agachado y medía cada paso. Parecía deslizarse, en lugar de caminar, sobre el irregular terreno.

Pine ya tuvo el corral a la vista.

Cuando ya estaba a punto de llegar a él, colocó la linterna sobre la Glock.

Kettler desenfundó la pistola y le quitó el seguro.

El alboroto provenía de la parte más alejada del corral.

Kettler se señaló a sí mismo y después hacia la izquierda. Pine asintió con un gesto y se desplegó en dirección a la derecha.

Unos segundos después empezó a correr, dobló la esquina y se detuvo con la linterna y la pistola apuntando hacia la persona que tenía delante.

Kettler ya estaba en el lugar apuntando hacia el mismo blanco.

El intruso pegó un grito y dio un paso atrás.

—¡FBI! Las manos donde pueda verlas o dispararé —ordenó Pine.

Se relajó un poco porque el presunto intruso parecía una adolescente.

—¡Oh, mierda! —exclamó la chica. Vestía pantalones cortos, calcetines de deporte, chancletas y una camiseta de manga corta. Rompió a llorar—. Por favor, no me hagan daño. Dios mío, por favor, no disparen.

Pine bajó el arma cuarenta y cinco grados. No le quitaba ojo al largo objeto que sostenía la chica en la mano derecha. Se acercó a ella y bajó del todo la pistola.

No era un cuchillo. Era una zanahoria.

Kettler avanzó y también bajó el arma.

—¿Qué demonios estás haciendo aquí? —preguntó Pine.

La chica alzó la zanahoria.

—He venido a dar de comer a Jasmine. Es la mula con la que he bajado hasta aquí.

—¿Sabes que ayer encontraron a una mula muerta?

La chica asintió con la cabeza.

—Supongo que también he venido a verlas. Quería comprobar que estaban bien.

Pine enfundó la pistola.

—¿Cómo te llamas?

—Shelby Foster.

—Vale, Shelby. ¿Has venido con tu familia?

—Mi padre y mi hermano.

—¿De dónde sois?

—De Wisconsin. Allí no tenemos nada parecido a esto. Es precioso.

—Sí que lo es. Venga, Shelby, dale la zanahoria a Jasmine y te acompañamos de regreso a tu habitación.

Kettler también guardó el arma y miró las livianas chancletas.

—Señorita, por aquí hay serpientes de cascabel y escorpiones. Ese no es el calzado más adecuado para moverse por aquí.

—Tengo unas botas en la cabaña. Pero no quería volver a ponérmelas. Tengo los pies destrozados por el descenso.

Kettler sonrió comprensivo.

—Sí, suele pasar. Pero la próxima vez, piénsalo un poco antes de salir a dar un paseo, ¿de acuerdo?

Un rato después, mientras se dirigían de vuelta a una de las cabañas, Shelby le preguntó a Pine:

—Entonces, ¿eres del FBI?

—Sí, así es.

—Pensaba que casi todos eran tíos.

—Y tienes razón. Pero yo no lo soy.

—Me parece muy guay.

—Sí que lo es —se mostró de acuerdo Kettler, lo que provocó que Pine lo mirase de reojo.

—¿Habéis pillado al que mató a la mula? —preguntó Shelby.

—Todavía no, pero lo atraparemos.

—¿Quién puede haber hecho algo tan horrible?

—Por desgracia, Shelby, por el mundo campa gente horrible. De modo que ándate siempre con ojo. No te pases el día entero mirando la pantalla del móvil. Y no lleves a todas horas los auriculares puestos. Eso te convierte en un blanco fácil. Mantente alerta. ¿De acuerdo? —Como la adolescente pareció quedarse hecha polvo, Pine le sonrió y añadió—: Las chicas tenemos que cuidarnos entre nosotras, ¿no crees?

Shelby le devolvió la sonrisa y asintió con un gesto, y Pine observó como se dirigía corriendo a su cabaña.

—Bueno, será mejor que vuelva a mi puesto —dijo Kettler.

—Gracias por la ayuda, señor Kettler.

—Mi viejo es el señor Kettler. Yo soy Sam.

—Yo me llamo Atlee.

Kettler miró a su alrededor y dijo:

—¿Sabes?, me vine aquí abajo en busca de tranquilidad. No me esperaba que sucediera una cosa así. Todos pendemos de un hilo.

—Pero seguro que ya has tenido algún caso de una persona desaparecida aquí abajo.

—Sí, pero nunca hasta ahora me había encontrado con una mula asesinada. Por algún motivo, esto me perturba más que una persona desaparecida. —Asintió con un gesto hacia ella—. Si necesitas mi ayuda, solo tienes que llamarme.

Pine sacó una tarjeta y se la tendió.

—El móvil está en el dorso. Si se te ocurre algo, o simplemente quieres hablar, llámame.

Él se levantó el sombrero a modo de despedida.

—Quizá podamos quedar algún día para tomar una cerveza. Colson me ha dicho que vives en Shattered Rock.

—Sí. Llevo allí cosa de un año.

—Yo vivo en Tusayan, que no está muy lejos.

—Cierto.

Kettler se guardó la tarjeta en el bolsillo de la camisa.

—Bueno, nos vemos.

Sonrió y se marchó. Ella contempló como se alejaba mientras le daba vueltas a algo de lo que acababa de darse cuenta.

Si la chica había podido salir de su cabaña y llegar al corral sin llamar la atención, eso significaba que Benjamin Priest también podía haberlo hecho. La mula estaba muerta. Y tal vez Priest.

El cañón era enorme, pero era difícil que un cadáver pasase desapercibido durante mucho tiempo. En última instancia, los carroñeros volando en círculos o merodeando por el terreno indicarían dónde estaba. Pero a Pine le interesaba encontrar a Priest con vida. Tenía unas cuantas preguntas que hacerle. Y esperaba que él tuviera respuestas. No le gustaba la gente que mataba animales, sobre todo porque a veces daban el salto a matar personas.

Consultó la hora en el reloj. En unas seis horas empezaría la búsqueda del señor Priest. Y tanto si lo encontraban vivo como muerto, Pine se olía que iba a tener muchas más preguntas que responder. Y que esto tal vez, solo tal vez, no fuera más que la punta del proverbial iceberg.

6

Pine se secó el sudor de la frente antes de que se deslizara hasta los ojos. Estaba sentada en una roca, contemplando el río Colorado. Llevaban con la búsqueda casi ocho horas, habían empezado después de desayunar.

Siete guardabosques y ella. Para cubrir un terreno que, contando el parque de la parte superior, era más grande que el estado de Rhode Island. Incluso con la ayuda de un helicóptero, las probabilidades de encontrar al desaparecido eran escasas. Y no había ni rastro de buitres dando vueltas alrededor de algo, lo cual habría sido de gran ayuda.

De modo que no habían encontrado nada. Ni rastro de Benjamin Priest. Ni rastro de dónde y cómo podía haber salido del cañón.

Pine volvió a escrutar a su alrededor. Si hubiera intentado subir el día anterior por la mañana, le hubiera llevado varias horas. De hecho, se calculaba que se tardaba el doble de tiempo en ascender que en descender.

Pine negó con la cabeza desconcertada. Si el tipo iba a subir caminando, ¿para qué sacar la mula del corral? Por lo que Brennan había comentado, era obvio que Priest no iba a emprender el ascenso en mula en solitario y en plena noche. El tipo lo había pasado mal durante el descenso a plena luz del día y, encima, con un jinete experimentado pegado a él.

Hacía unas horas que habían subido el cadáver de Sallie Belle con un helicóptero, utilizando un cabrestante y un arnés diseñado para animales de gran tamaño. Le harían una autopsia. Pine tenía una corazonada y la autopsia podría dilucidar si estaba o no en lo cierto. Había utilizado todo el instrumental de investigación de su bolsa de lona que le había parecido apropiado teniendo en cuenta las circunstancias, pero ninguna de las técnicas había llevado a alguna pista y mucho menos a encontrar respuestas.

Se le acercó Lambert.

—Cuando te envié un mensaje de texto sobre este asunto, me dijiste que estabas fuera de casa por un asunto personal. ¿Va todo bien?

—Me había tomado unos días de vacaciones —respondió tras mirarlo—. El FBI te lo permite de tanto en tanto.

—¿Así que estabas de vacaciones? De haberlo sabido, no te hubiera molestado.

—Tranquilo, Colson. Estaba de vacaciones, pero ya no.

—Clavó la mirada en el suelo.

—¿Has recibido alguna información de Flagstaff? —le preguntó Lambert.

—Todavía no. Y no sé muy bien qué número ocupo en su listado de prioridades.

Lambert echó un vistazo a su alrededor.

—No creo que vayamos a encontrarlo aquí abajo.

—Tal vez no con vida. De modo que vamos a tener que traer perros rastreadores de cadáveres.

—Yo me encargo de pedirlos.

—Anoche una adolescente fue al corral de las mulas con

una zanahoria para dársela a Jasmine, la mula con la que había descendido.

—¿Ah, sí? ¿Y qué sucedió?

—La acompañamos de vuelta a su cabaña y le dije que en el futuro fuera con más cuidado.

—¿La acompañamos?

—Kettler también apareció por allí. Él también la oyó.

—No me sorprende. A Sam no se le pasa una.

—Me dijo que había estado en el ejército. Y tú también me lo mencionaste.

Lambert asintió con un gesto y le aclaró:

—En las Fuerzas Especiales. Alguien que sirvió con él me dijo que consiguió un montón de condecoraciones, incluido el Corazón Púrpura. Pero él jamás habla de ese tema.

—Los soldados con una hoja de servicios más espectacular son los que menos hablan de ella —comentó Pine.

—Eso mismo pienso yo. Es un atleta impresionante. Ha corrido la ultramaratón de veinticuatro horas. Y la carrera de punta a punta del Gran Cañón ida y vuelta. Estuvo a punto de conseguir el récord.

Pine sabía que el récord lo poseía un tipo que había completado la carrera en menos de seis horas. Era un recorrido de sesenta y ocho kilómetros, con un desnivel de casi seis mil setecientos metros.

—Es impresionante. —Hizo una pausa antes de continuar—: Me dijo que le habías contado que yo vivo en Shattered Rock.

—Bueno, me lo preguntó después de que os conocierais.

—¿Te dijo por qué quería saberlo?

Lambert la miró sorprendido.

—Atlee, quizá le gustas.

—Supongo que con mi trabajo no pienso en este tipo de cosas.

—Bueno, todos tenemos vidas privadas. Aunque en mi caso vivo con tres adolescentes en casa. De modo que no sé lo privada que puede ser mi vida en estos momentos.

—Vaya, me temo que nada en absoluto.

Lambert sonrió y miró a su alrededor.

—Bueno, entonces, ¿qué hacemos?

—Antes de que anochezca, voy a salir de aquí con tu helicóptero.

—¿Y qué vas a hacer allí arriba?

—Investigar a fondo este caso.

—Espero no haberte llamado solo por una mula muerta. Sé que tienes otros casos entre manos.

—No te preocupes. Soy la única agente de la zona y, además, mujer. De modo que soy perfectamente capaz de llevar varios casos a la vez.

7

Pine dejó caer al suelo la bolsa de lona y recorrió con la mirada su pequeño y espartano apartamento de un solo dormitorio en los límites de Shattered Rock, un pueblo tan pequeño que las afueras y el minúsculo centro estaban a tiro de piedra. El edificio de apartamentos tenía tres plantas y estaba al completo con varios inquilinos. Solo había otro «rascacielos» de tres plantas en todo el pueblo, un hotel que acogía a visitantes del Gran Cañón.

Nunca había vivido en un apartamento que tuviera más de un dormitorio desde que se marchó de casa. Y la casa de su infancia era un bungalow de dos habitaciones en la Georgia rural.

Había oído contar que la escritora Margaret Mitchell nunca había vivido en una casa de más de un dormitorio por una sencilla razón: no quería tener invitados. Pine no estaba segura de si aquella historia era cierta o se trataba de un simple rumor, pero se sentía identificada. Ella también era del tipo «nada de visitas y un solo dormitorio».

No tenía tiestos con flores, ni mascotas en jaulas, ni ninguna afición esperándola cuando regresaba a casa del trabajo. Había oído eso de que tu existencia no tiene que estar centrada solo en lo laboral. Pero sin ello, ella carecía de vida alguna. Y era perfectamente feliz de este modo.

Tras la pérdida de Mercy, la llevaron a terapia. Siendo como era una desconsolada niña de seis años, aquello le pareció desconcertante, inquietante y, en última instancia, inútil.

Cuatro años atrás había vuelto a intentarlo. Y el resultado había sido el mismo. Había tomado asiento en una sesión de terapia de grupo y había escuchado a los asistentes, que uno por uno relataron sus problemas más íntimos. Cuando le tocó hablar, Pine, a quien habían disparado, golpeado y atacado muchas veces durante sus misiones, empezó a sudar y se acobardó: dejó pasar su turno y no volvió a poner los pies allí.

Por algún motivo, todo esto la convirtió en una persona reacia a tener posesiones. Quería ir por la vida con lo menos posible. Y eso incluía también a las personas. Algunos loqueros sacarían la conclusión de que tenía miedo a sufrir otra pérdida importante. Y probablemente no andarían muy errados. Pero Pine nunca había tenido el tiempo o las ganas de profundizar lo suficiente en su psique como para comprobar si esa teoría era verdadera o falsa.

Se duchó para quitarse el polvo y el sudor del Gran Cañón. Se puso ropa limpia, se sentó a la nudosa mesa de madera de pino de la cocina, que venía con el apartamento y se había convertido en su oficina en casa, y comprobó los correos electrónicos, los mensajes de voz y los de texto.

Había uno de su superior directo en la oficina de Flagstaff. Quería saber qué progresos había hecho hasta ahora en el caso. Mientras leía el correo, Pine se percató de que había una docena de personas en copia. Dos de los incluidos estaban muy por encima de su jefe en la cadena trófica y el resto ni siquiera sabía quiénes eran.

El único motivo por el que ella se había visto involucrada en el caso era porque el Gran Cañón era propiedad federal y tenía un estatus especial a ojos del Gobierno de Estados Unidos. Y si la oficina de Shattered Rock existía por alguna razón era por la cercanía del Gran Cañón. Desde que la asignaron aquí, había estado trabajando a tope. Y había puesto todo su empeño en forjar una buena relación con la delegación del Servicio de Parques Nacionales, con la policía local y con las tribus indias de la zona. Su labor podía resultar algo delicada, pero Pine perseveró y su honestidad y trabajo duro hicieron que al final se ganase a los locales.

Pine se preparó una taza de café, se sentó frente al ordenador y buscó «Consultoría Capricornio». Aparecieron un montón de páginas, pero ninguna de ellas tenía relación alguna con unos contratistas de Defensa.

Envió un mensaje de texto a Colson Lambert para confirmar si ese era el nombre correcto de la empresa y preguntarle de dónde había sacado la información.

Este le respondió a los pocos minutos diciendo que el nombre de la empresa y a qué se dedicaba se lo había facilitado el hermano de Priest.

Pine consultó el reloj. En la Costa Este serían más de las once de la noche. Probablemente demasiado tarde para telefonear al hermano.

Volvió a echar un vistazo a la bandeja de entrada del correo electrónico y tuvo una repentina inspiración. Se metió en la base de datos del personal del FBI y consultó todos los nombres que no conocía de los otros destinatarios en copia del mensaje que había recibido de su jefe.

Parpadeó con sorpresa cuando apareció en la pantalla la fotografía y el currículum de un hombre en concreto.

Era solo un nombre más en la lista de destinatarios en copia. Pero no debería haber estado allí.

Peter Steuben. Era el director asistente ejecutivo del Departamento de Seguridad Nacional del FBI, lo que significaba que era el número uno. El DSN era una de las seis ramas del FBI. Se había creado en 2005, después del 11-S y de la repentina necesidad de incrementar la lucha contra el terrorismo. Era una rama muy importante, en muchos aspectos la de más peso en esos momentos, ya que se encargaba de neutralizar una miríada de amenazas globales contra Estados Unidos.

Y de pronto Pine se encontraba con su principal responsable en una lista de destinatarios en copia de un mensaje sobre el caso de la muerte de una mula.

Y tal vez de una persona desaparecida relacionada con una empresa que parecía no existir, aunque Pine supuso que algunos contratistas de Defensa no debían de estar por la labor de salir a la palestra o mantener una web de elegante diseño.

Pine había trabajado en las oficinas del FBI de la Costa Este. A su parecer, el personal de la Agencia del otro lado del Mississippi estaba formado por gente estirada y puntillosa que no entendía por qué las mismas normas y procedimientos que se aplicaban en Nueva York o Washington no podían cogerse y soltarse sobre el Suroeste como una gigantesca plantilla inamovible de protocolos policiales. Pine no tardó en entender por qué estas normas no necesariamente funcionaban por estos lares, sobre todo porque aquí se daban un montón de singularidades que reclamaban y que, en ocasiones, merecían tener sin duda voz propia y ser tratadas con respeto.

Por aquí casi todo el mundo poseía varias armas, además de un sano escepticismo hacia el Gobierno federal. Y por aquí se podía conducir durante todo un día sin cruzarse con ningún otro ser humano por unos paisajes que a veces parecían propios de un planeta deshabitado.

Sin embargo, Pine hacía ya tiempo que había abandonado la batalla con los chicos de la Costa Este. Mantenía la cabeza gacha, hacía su trabajo y nunca pedía ayuda, a menos que se diera una situación en la que no tuviera otro remedio que hacerlo.

Pero si el DSN estaba interesado en el caso, no tenía muy claro que su estrategia fuera a funcionar esta vez. Ya se imaginaba un helicóptero lleno de estirados agentes del FBI con acento de New Jersey aterrizando en medio de su caso y pidiéndole, de forma educada pero firme, que se hiciera a un lado.

Impulsada por esta imagen, volvió a consultar el reloj y decidió probar suerte.

Marcó el número que Lambert le había pasado y esperó mientras el teléfono sonaba al otro lado de la línea.

Al segundo tono, respondió una voz nerviosa:

—¿Sí?

—¿Señor Priest?

—¿Sí?

—¿Edward Priest?

—Sí, ¿quién habla?

—Soy la agente especial Atlee Pine del FBI, le llamo desde Arizona.

—Oh, Dios mío. Se trata de Ben, ¿verdad? Ha muerto. Oh, mierda. ¡Oh, Dios mío!

Pine oyó que el hombre empezaba a gimotear.

—No, señor Priest —le dijo con firmeza—. No, no lo llamo por eso. Estoy investigando la desaparición de su hermano, pero todavía no lo hemos encontrado. Por lo que sabemos ahora, sigue vivo.

Pine oyó como la respiración de su interlocutor se acompasaba.

—Me ha dado un susto de muerte —protestó—. ¿Por qué llama tan tarde?

—Le pido mil disculpas, pero en una situación como esta, el tiempo puede ser esencial. ¿Le contó usted a uno de mis colegas que su hermano trabaja en la Consultoría Capricornio?

—Exacto. Así es.

—¿Es una empresa que trabaja para el Gobierno en los alrededores de Washington?

—¡Sí!

—¿Tiene usted alguna dirección o un modo de contactar con ellos?

—¿Un modo de contactar con ellos? —Priest titubeó.

—O una dirección.

—Yo... yo no dispongo de esa información. Tan solo recuerdo que mi hermano me dijo que trabajaba allí.

—¿Cuándo fue eso?

El tono del señor Priest pasó de bronco a suspicaz.

—¿Por qué es tan importante? Ha desaparecido en el Gran Cañón, no en los alrededores de Washington.

—Mire..., la he buscado, pero no encuentro ninguna compañía con ese nombre en Washington y alrededores.

Se produjo un silencio. Y, pasados unos instantes, Priest contestó:

—Creo... que me lo dijo hará unos seis meses.

—¿Y nunca le llevó a su oficina?

—No.

—¿Le habló alguna vez de su trabajo?

—Él... siempre contaba ese chiste, ya sabe, lo que se dice cuando se trabaja con... asuntos de Washington.

—¿Se refiere a «podría contártelo, pero después tendría que matarte»?

—Exacto.

—De acuerdo.

—Agente Pine, ¿de qué va todo esto?

—Todavía no estoy segura. ¿Podría hablarme del pasado de su hermano? Infancia, educación, familia, ese tipo de cosas.

—Ya se lo conté al otro tío.

—Me sería de gran ayuda si también me lo contase a mí.

Se oyó un largo suspiro y a continuación:

—Nos criamos sobre todo en la Costa Este, pero nos mudamos muchas veces. Nuestro padre estaba en la Marina. Se retiró como 0-7.

—Contraalmirante, la parte baja del escalafón de oficiales de alto rango.

—Sí, exacto. ¿Fue usted una niña de la Marina?

—No, pero tengo amigos que sí. ¿Qué más?

—Ben era, quiero decir, es mi hermano pequeño. Tenemos dos hermanas mayores. Ben vive en el casco viejo de Alexandria, Virginia. Una de nuestras hermanas reside en Florida y la otra en Syracuse.

—Tengo entendido que su hermano no está casado.

—No, nunca se la jugó. Su trabajo era su vida.

—¿Educación?

—Georgetown. Licenciado y doctorado.

—¿Ciencias Políticas?

—Sí, ¿cómo lo sabe?

—Pura casualidad. ¿Me puede facilitar la dirección de casa de su hermano?

—Escuche, quiero cooperar, pero se me acaba de ocurrir que, de hecho, no sé si es usted quien dice ser.

—Colson Lambert, del Servicio de Parques Nacionales, fue quien se puso en contacto con usted primero. Le puedo dar mi número de placa y un teléfono de la Agencia donde le confirmarán que soy una agente. Si quiere, puede llamarme a este número mañana.

Priest no dijo nada de inmediato.

—No, supongo que no hay problema. Quiero decir: ¿por qué iba a telefonearme si no fuera agente del FBI?

«Se me ocurren unas cuantas razones», pensó Pine. Pero no le detalló a Priest ninguna de ellas.

Él le proporcionó la dirección de su hermano.

—Entonces, ¿no ha tenido noticias de Ben? —preguntó Pine.

—No. Escuche, le pregunté a ese tal Lambert si debía volar hasta allí.

—Creo que es mejor que se quede donde está. Si hay alguna novedad, le informaré de inmediato. Y puede llamarme si tiene cualquier pregunta o inquietud. O si se le ocurre algo que pueda sernos de ayuda.

—¿Cree que lo sucedido tiene alguna relación con el trabajo de Ben?

—No puedo asegurarle que no sea así. Al menos, no por el momento.

—¿Cree que está muerto?

—Yo no tengo ninguna hipótesis. Todavía no tenemos suficiente información. Permítame una pregunta para valorar una posibilidad obvia: ¿su hermano tenía algún enemigo?

—No que yo sepa.

—De acuerdo. ¿Ha hablado con sus hermanas?

—No. ¿Debería hacerlo?

—Sí. Por si Ben se hubiera puesto en contacto con alguna de ellas.

—Oh, es cierto. No se me había ocurrido. Pero creo que me avisaría a mí antes que a ellas. No vivimos muy lejos el uno del otro.

—Aun así, hágalo por si acaso. No tiene por qué decirles que ha sucedido algo. Pregúnteles de pasada si han tenido noticias de su hermano.

—Perfecto, lo haré. Y la llamaré si me dicen que sí.

—Gracias, señor Priest. Se lo agradezco.

—¿Cree que encontrarán a Ben?

—Voy a hacer todo lo posible. Una última cosa: ¿tiene alguna foto reciente de su hermano que pueda mandarme?

—Sí. En el cumpleaños de mi mujer el mes pasado. Salimos yo, mi esposa y Ben. Se la mandaré por correo electrónico.

—Estupendo.

Pine le dio su dirección y luego colgó.

Pasado un minuto, le llegó la foto a la bandeja de entrada.

La abrió y contempló la imagen de tres personas posando de pie una al lado de la otra. El primero era un hombre alto y delgado de un metro noventa. Se trataba sin duda de Edward Priest. En el centro estaba su mujer. Y al otro lado, un hombre más bajo y grueso con gafas que solo podía ser Ben Priest.

A Pine se le ocurrieron unas cuantas preguntas más y decidió volver a llamar a Edward Priest.

—Ya he recibido la foto, gracias. Un par de preguntas rápidas. En la foto su hermano lleva gafas. ¿También usa lentillas?

La respuesta hizo que Pine abriera unos ojos como platos y sus pensamientos se disparasen hacia direcciones completamente nuevas.

—No, agente Pine, se ha equivocado de pleno. Yo soy el que lleva gafas, no Ben. Él es el tío alto de la izquierda.

8

—Buenos días, agente especial Pine.

Pine acababa de abrir la puerta de la oficina del FBI en Shattered Rock. Estaba reforzada con una cerradura de seguridad y sistema de vigilancia por vídeo. Podría parecer una exageración en un lugar como ese, pero había un buen motivo para contar con tan estrictos protocolos de seguridad. A finales de los años setenta, dos agentes del FBI en El Centro, California, fueron asesinados a tiros en su oficina, que no tenía ninguna medida de seguridad especial, por un trabajador social bajo investigación por mal uso de fondos gubernamentales. Desde entonces la Agencia se había esforzado en dotar de medidas de seguridad especiales a todas las oficinas que trabajaban sobre el terreno, desde la de mayor tamaño a la más pequeña.

Carol Blum acababa de saludar a Pine desde su escritorio en la sala principal de la oficina, que contaba con dos espacios. El resto de los inquilinos del edificio incluían un bufete de abogados, un dentista, un constructor y una compañía de seguros.

Y otra agencia de seguridad federal.

Pine cerró la puerta.

—¿Sabes, Carol?, llevamos ya bastante tiempo trabajando juntas. Puedes llamarme Atlee.

—Me gusta mantener el tono profesional. Tengo entendido que era lo que el señor Hoover deseaba.

—Bueno, la oferta sigue en pie. Y el señor Hoover hace mucho que ya no anda por aquí.

Pine vestía vaqueros con un ancho cinturón de cuero de enorme hebilla metálica cuadrada y una blusa blanca con un cortavientos encima, y calzaba unas botas polvorientas. En contraste, Blum lucía chaqueta azul marino y falda plisada blanca. Zapatos de tacón bajo, medias y la espesa melena color caoba recogida en un pulcro moño. Apenas llevaba maquillaje y, de hecho, Pine consideraba que no lo necesitaba en absoluto. Era una mujer despampanante que se había mantenido en forma, con unos grandes ojos verde esmeralda que contrastaban de forma intensa con el cabello rojizo, un mentón anguloso, unos pómulos marcados y un cierto aire exótico, tan absurdo y pasado de moda como el propio término en la actualidad. Pero el otro término que cualquiera le aplicaría era «profesional».

—Te he dejado las carpetas de los últimos casos encima del escritorio. Esta tarde llamarán de la oficina de Flagstaff para la actualización de rutina. Lo tienes agendado.

—Gracias.

—¿Sabes?, me encanta que nunca infles el material.

Pine alzó la mirada hacia su compañera.

—He trabajado en otras oficinas —le dijo Blum— en las que, justo antes de la reunión con el supervisor, los agentes van como locos para añadir una página más y poder colocar un nuevo número de serie.

—Carol, ya sé lo que es eso.

—Pero nunca lo haces.

—Nunca me ha parecido necesario. Trabajo en los casos para resolverlos, no para armar patrañas con el papeleo.

—¿Qué tal tus vacaciones?

—Bien.

—¿Qué hiciste?

—Me fui de viaje.

—¿A algún sitio divertido?

—No especialmente.

Los ojazos de Blum se agrandaron todavía más.

—¿Te apetece contármelo?

—La verdad es que no.

Los ojos se empequeñecieron.

—¿Quieres café? Acabo de comprar una cafetera Keurig para la oficina.

—Te habrá supuesto un montón de papeleo.

—Así hubiera sido, pero la he comprado con mi dinero.

—Eso es tener iniciativa. Sí, me encantaría un café, gracias.

—¿Solo?

—Como siempre.

Pine se metió en su despacho y cerró la puerta.

Le pareció desconcertante y bastante hipócrita que Blum quisiera mantener la relación a un nivel profesional y al mismo tiempo se desviviera por conocer hasta el último detalle de la vida personal de su jefa. Pero tal vez solo intentara mostrarse simpática. Pese a que llevaban un año trabajando juntas, Pine no tenía la sensación de conocer bien a Blum.

«Supongo que ella debe de pensar lo mismo de mí. Y tal vez sea lo mejor para ambas.»

Colgó el cortavientos en un pequeño armario, se sentó tras el maltratado escritorio gris metálico estándar, un modelo del que el FBI parecía tener un almacén rebosante, y encendió el ordenador.

La Agencia seguía yendo atrasada en cuanto a avances tecnológicos y ese ordenador debía de tener ya unos ocho años. Cuando necesitaba trabajar en algo con rapidez utilizaba su portátil o su móvil. Había días en que todavía alucinaba por no tener un navegador de internet conectado por módem.

Blum llamó a la puerta y entró con una humeante taza de café sobre un platito.

—¿Ya has desayunado? —le preguntó.

—No.

—¿Tienes hambre? Puedo ir a comprar algo a la tienda de bagels. No me cuesta nada.

—No, gracias, estoy bien.

—El desayuno es la comida más importante del día. Tengo seis hijos. Lo sé por experiencia.

Pine levantó la mirada de una carpeta que acababa de abrir.

—Lo tendré en cuenta.

—¿Necesitas algo más?

Pine sabía que Blum tan solo quería mantenerse ocupada, pero el hecho era que ella podía hacerse cargo de todo sin necesidad de ayuda. Era solo cuestión de tiempo que la Agencia también cayera en la cuenta de esto y decidiera prescindir de los servicios de la secretaria. Pero, de nuevo, en estos asuntos la rueda de la burocracia del FBI giraba con suma lentitud. Blum podía jubilarse perfectamente allí antes de que los gerifaltes tomaran alguna decisión.

—No, yo... —Hizo una pausa, mientras Blum la miraba expectante—. Mira, sí que te voy a pedir una cosa. ¿Puedes averiguar si las letras «j» y «k» tienen algún significado? Me refiero a no solo como letras del alfabeto.

—¿En relación con qué?

—Aparecieron grabadas en la piel de una mula muerta al fondo del Gran Cañón. Ya sé que no es una gran pista para empezar y dudo que encuentres nada.

Sin embargo, Blum se había quedado pensativa.

—Bueno, sí que me viene una idea a la cabeza. Pero déjame indagar un poco.

Luego salió del despacho. Pine se quedó mirándola unos instantes, sorprendida, antes de dedicar la siguiente hora a repasar los dosieres para preparar la conversación telefónica que tenía cada mes con su supervisor. Había dedicado buena parte del tiempo que había pasado allí a conocer al resto de las fuerzas del orden que operaban en la zona. También había visitado a las tribus indias locales, que, en su conjunto, tenían una enorme relevancia en el entorno. No era el tipo de gente a la que una pudiera ganarse en cuestión de semanas. Había que ir pasito a pasito, con mucha calma. Pero durante el tiempo que llevaba allí, Pine ya había atrapado a un ladrón de bancos, había desarticulado una red de tráfico de opiáceos y había pillado a un violador en serie que actuaba contra habitantes de las tierras tribales, y todo ello la había ayudado a ganarse la confianza de aquellos a quienes necesitaba para poder desarrollar su trabajo.

Apartó a un lado los dosieres y se terminó el café, que estaba cargado y tenía un punto de acidez. Miró la pared, en la que todavía se veía la marca de un puñetazo.

No lo había propinado Pine, sino que lo había lanzado contra ella un sospechoso que decidió ponerse agresivo.

La segunda marca en la pared, debajo del puñetazo, era más grande.

Marcaba el punto en el que el sospechoso había sido lanzado de cabeza contra la pared después de que su puño fallara el intento de golpear a Pine y esta decidiera poner fin a la pelea por la vía rápida.

Estaba esposando a aquel tipo semiinconsciente, inmovilizándolo contra el suelo con la rodilla plantada sobre los riñones, cuando Blum, que sin duda había oído el alboroto, abrió con absoluta calma la puerta y preguntó a Pine si necesitaba que la policía se llevara a ese «idiota».

Fue por sugerencia suya que Pine decidió dejar las marcas en la pared.

—Hay gente que prefiere la estimulación visual —comentó Blum—. Y una imagen vale más que mil palabras.

A Pine le pareció una sugerencia brillante y allí se quedaron las marcas. El tipo presentó una queja contra ella. Dijo que Pine lo había atacado sin motivo. Desde entonces, tenía colocada en la oficina una cámara oculta con audio. El botón para activarla estaba en el hueco para las rodillas del escritorio. No tenía como objetivo protegerla, al menos no físicamente. Estaba ahí por si algún otro «idiota» trataba de mentir sobre quién había atacado a quién.

Le sonó el móvil. Miró el número y frunció el ceño. Bebió otro sorbo de café.

La llamaban de Flagstaff. Y temprano. Eso nunca era una buena noticia.

—Pine —respondió.

—En breve se pondrá Roger Avery —la informó una voz femenina.

«¿Roger Avery?»

No era su superior inmediato y por tanto no esperaba una llamada de él. Estaba dos escalafones por encima de su jefe directo. Llevaba en la Agencia solo seis años, menos de la mitad de ese tiempo sobre el terreno, pero ahora los agentes se convertían en supervisores en tan solo tres o cuatro años. Pine nunca había rellenado los formularios necesarios para aspirar a supervisora y de hecho se había opuesto a todo intento de apartarla del trabajo de campo y meterla en una oficina a tiempo completo. Tenía una opinión muy clara sobre los supervisores del FBI: tipos que se pasaban el día entero sentados en su despacho diciéndoles a los agentes cómo debían llevar sus casos y dándoselas de expertos mientras otros hacían el trabajo duro.

Pine podía aguantar a su jefe directo, pero nunca le había gustado tener que hablar con Avery. Antes preferiría someterse a una colonoscopia sin anestesia.

Pasados unos instantes, se oyó una voz.

—¿Pine?

—Sí, señor —respondió ella.

—¿Sorprendida de recibir una llamada mía?

—Bueno, esperaba que me telefonearan para repasar los últimos casos. Pero no que fuese usted, señor.

—Me gusta mantenerme informado de primera mano, así que esta semana estoy haciendo yo las llamadas.

«"Mantenerse informado de primera mano". Este hombre no pasaría la prueba del polígrafo.»

—Tenía la llamada programada para esta tarde.

—He pensado que era mejor quitárnosla de encima cuanto antes. Sé que no te gusta estar sentada tras el escritorio. Pero si ahora estás ocupada...

Como sucedía con cualquier otro supervisor, esa frase era una pura formalidad. Si ella le decía que ahora no podía atenderlo, lo pagaría caro en algún momento.

—No, ningún problema por mi parte —respondió. Se dispuso a coger los dosieres, pero las palabras de su interlocutor la detuvieron.

—Estoy seguro de que llevas bien todo el volumen de casos. Nunca he tenido que darte un toque de atención a este respecto.

El significado de sus palabras era bien claro. En alguna ocasión sí que había tenido que darle un toque de atención por su exceso de celo a la hora de trabajar en los casos. Aunque ella nunca había considerado que herir los sentimientos de alguien o romperle una costilla debieran ser motivos para no descubrir la verdad. El «idiota» al que había lanzado contra una pared no solo había presentado una queja contra ella, sino que también había puesto una denuncia. Ambas se desestimaron después de que saliera a la luz que ese tipo había atacado antes en varias ocasiones a policías y ciudadanos de a pie.

—De acuerdo —dijo Pine—. Entonces, ¿necesita alguna otra cosa de mí? De hecho, estaba a punto de salir.

—Hablemos del Gran Cañón.

Pine se inclinó hacia delante en su silla barata. Era una porquería comprada de saldo en una tienda de mobiliario de oficina que estaba a punto de cerrar y carecía de soporte lumbar o de cualquier otro tipo. Era como estar sentada sobre gelatina en medio de un terremoto. Estaba bastante segura de que acabaría comprándose una nueva con dinero del FBI y que tendría que aguantar un chaparrón por no haber rellenado los formularios necesarios. Pero si los tíos de la administración querían venir hasta Shattered Rock para darle con una regla en la palma de la mano por comprar algo decente en lo que sentarse, aquí los esperaba.

—¿El Gran Cañón? —preguntó.

—La mula muerta.

—Sí.

—¿Cómo va la investigación? —preguntó Avery.

—Estoy en ello. Todavía es pronto.

—De acuerdo. Solo quería que me dieras algunos detalles.

—Ya he enviado mi informe preliminar.

—Lo he leído. Me preguntaba si ha habido novedades desde entonces.

—No sé quién lo hizo —dijo Pine—, ni por qué ni tampoco cómo o dónde puede estar ahora el culpable. Por lo demás, todo va de maravilla.

Avery hizo caso omiso del sarcasmo, lo cual la dejó sorprendida.

—¿Benjamin Priest?

Pine todavía no le había contado a nadie que el hombre que se hacía llamar Benjamin Priest no era en realidad Benjamin Priest.

—Hablé con su hermano anoche.

—¿Y qué conclusiones extrajo de la conversación? —preguntó Avery con tono paciente.

«Creo que conoce la respuesta y quiere que se la confirme. O tal vez no.»

—Su hermano no sabía nada de la Consultoría Capricornio. Ni la dirección ni un modo de contactarlos. Su hermano nunca le había contado nada de su trabajo. Y no he encontrado evidencia alguna de que esta empresa siquiera exista.

—Antes de que él pudiera replicarle nada, Pine decidió devolverle la pelota—: ¿Usted ha podido confirmar su existencia, señor?

—Pine, yo no estoy trabajando en el caso. Eres tú quien lo lleva.

—Sí, señor.

—¿Qué más?

Pine decidió tirar una bomba H.

—Al parecer el Departamento de Seguridad Nacional está interesado en el caso. Tal vez haya oído algo al respecto.

Avery no dijo nada durante unos segundos, que a Pine le parecieron eternos. Solo oía la respiración del supervisor. Y parecía que se había acelerado un poco.

«¿Acabo de mandar mi carrera al garete?»

—Sigue trabajando en el caso, Pine —dijo por fin—. Y si necesitas ayuda, pídela.

—Sí, señor.

—Y..., Atlee...

¿Ahora era «Atlee»? Qué raro empezaba a ser todo esto.

—¿Sí?

—Asegúrate de vigilar siempre tu espalda.

Y se cortó la comunicación.

A Pine le habían dado este consejo solo en una única ocasión a lo largo de toda su carrera.

Y fue durante la investigación de un caso en el que al final resultó que el propio FBI la estaba vigilando.

Un instante después Blum abrió la puerta. Debía de haber oído sonar el teléfono y al menos los murmullos de la conversación.

—¿Todo bien, agente Pine?

Pine la miró.

—Todo perfecto, señora Blum.

9

El trenecito chuchú. O el expreso de Hooterville. Dime de qué prefieres morir.

Pine contemplaba la fachada de la estación término de Williams, Arizona. Desde aquí partía el tren que hacía el trayecto de ida y vuelta al Gran Cañón a diario. El viaje al lado sur del Gran Cañón recorría ciento cinco kilómetros de ida y la misma distancia de regreso y tardaba unas reposadas dos horas y cuarto. Se podía viajar de Phoenix a Seattle en menos tiempo.

Pine ya había hablado con varios empleados del ferrocarril, a los que había mostrado la foto del auténtico Benjamin Priest. Ninguno de ellos recordaba haberlo visto en el tren. Les había dado después la descripción del falso Priest, pero resultó que había un montón de hombres que encajaban en esa descripción.

Benjamin Priest había sacado un billete de ida y vuelta a su nombre, el cual se había utilizado en el trayecto hasta el lado sur. De modo que uno de los dos hombres había viajado en ese tren. Sin embargo, el billete de regreso a Williams seguía sin usar. El pago había sido en metálico, de modo que no había ningún registro de tarjeta de crédito. Ese detalle, pensó Pine, era interesante, porque el billete no era barato. ¿Se había pagado de ese modo para ocultar la identidad de alguien? Era probable que sí.

A continuación, Pine se dirigió al hotel de la estación y entró. Tenía una chimenea de piedra, una moqueta en la que se te hundían los pies, galerías y columnas de madera pulida, y un aire general de alojamiento lujoso. Pine supuso que la rentabilidad del negocio dependía de los tíos que tomaban el tren. Y por lo que se veía lo habían puesto todo de su parte para presentar un aspecto atractivo que animase a esos tíos a pasar la noche aquí antes de dirigirse al Gran Cañón.

Se acercó al mostrador, le mostró a la joven recepcionista la fotografía del auténtico Priest y le indicó la fecha en la que era probable que se hubiese alojado allí. Después le dio también la descripción del impostor. La chica negó con la cabeza.

—No me suena ninguno de los dos.

—¿Ese día trabajabas?

—Sí. Hago el turno de día.

—¿Había alguien más trabajando contigo en la recepción?

—No, estaba sola.

—De acuerdo. El día que te he dicho, ¿hizo el *check in* un huésped llamado Benjamin Priest?

Tecleó en su ordenador y volvió a negar con la cabeza.

—No, no aparece nadie con ese nombre. De modo que diría que no se alojó aquí.

Eso no era necesariamente cierto, como Pine bien sabía. Podía haber dado otro nombre, disponer de un documento de identidad falso e ir disfrazado. Le dio las gracias a la chica, salió y llegó a la conclusión de que su desplazamiento hasta allí había sido una completa pérdida de tiempo.

Se subió a su todoterreno ligero y arrancó.

En ese preciso momento sonó el móvil. Era Carol Blum.

—Te mando una noticia que he encontrado en la *Arizona Gazette* —le dijo Blum.

—¿Sobre qué?

—Sobre una exploración que supuestamente se llevó a cabo en el Gran Cañón.

—¿Y eso cuándo sucedió «supuestamente»?

—En 1909.

—¿Y por qué va a ser relevante esto para un caso de más de un siglo después?

—Tú lee el artículo. Y te mando también otro más reciente que analiza el de 1909. Cuando termines los dos entenderás la relevancia.

—De acuerdo. Pero ¿no puedes adelantarme algo?

—Por lo visto no es la primera vez que se graban las letras «j» y «k» en el Gran Cañón.

—¿Qué?

—Léete los artículos y después hablamos.

Pine permaneció sentada, con el aire acondicionado directo sobre ella, porque en el exterior hacía más de treinta grados. Y aunque era un calor seco, esa temperatura seguía suponiendo mucho bochorno, fuera o no seco.

Sonó una campanita en el móvil y abrió el correo electrónico. Por lo visto Blum había ampliado el artículo para que pudiera leerlo sin dificultad. Le llevó unos minutos hacerlo.

En 1909 dos exploradores llamados Jordan y Kinkaid, con el apoyo de la Institución Smithsoniana, habían localizado al parecer una remota cueva en lo alto de un escarpado acantilado del cañón.

¿Jordan y Kinkaid? «J» y «K».

Siguió leyendo.

Al entrar en la cueva habían encontrado pruebas de la existencia de una antigua civilización que tal vez fuera, según decía el artículo utilizando un término despectivo en desuso desde hacía mucho tiempo, «oriental» o incluso de origen egipcio. Supuestamente, los dos exploradores hallaron de todo, desde urnas a momias y una estatua de tipo Buda en lo que describieron como una ciudadela subterránea con múltiples estancias.

El segundo artículo era de hacía apenas unos años y abordaba el asunto con todo lujo de detalles. A Pine le llevó unos diez minutos leerlo. El articulista era sin duda tan escéptico como ella sobre la supuesta expedición. En la Smithsoniana no había ningún documento sobre unos exploradores llamados Jordan y Kinkaid. Y este último, que según el viejo artículo poseía una cámara de gran calidad, no había conseguido tomar ni una sola fotografía del supuesto descubrimiento del siglo. El autor continuaba con un intento de ubicación de la cueva. Creía que lo más probable era que estuviera entre el arroyo de las Noventa y Cuatro Millas y el Trinity.

Pine sabía que por esa zona había parajes con nombres egipcios: la Torre de Set, el Templo de Isis y el Templo de Osiris. Según el artículo más reciente, en la época en que se bautizó a esas zonas había varias importantes expediciones arqueológicas trabajando en Egipto y estos nombres aparecían con frecuencia en las noticias. En la zona del llamado Cañón Embrujado se habían puesto nombres de inspiración asiática y africana, como Pirámide de Keops, Claustro de Buda o Templo de Shiva. El cañón estaba repleto de lugares que tomaban sus nombres de los dioses y diosas de las mitologías egipcias, griegas, hindúes, chinas y escandinavas.

El periodista concluía que sin duda había numerosas cuevas en el cañón y que muchas de ellas las habían descubierto excursionistas y exploradores. Parecía creer que la cueva supuestamente descubierta por Jordan y Kinkaid podría haber estado habitada por los anasazis, los primeros pobladores del valle. Fueron los iniciadores de la costumbre de construir en cuevas de los acantilados y residir en ellas propia de los indios pueblo, tal como sucedía en muchas culturas primitivas.

Los navajos eran descendientes de los anasazis, cuyo nombre significa «antiguo» en lengua navaja. Había incluso una cueva llamada de las Momias en el cañón de Chelly, donde habían vivido los anasazis. Estaba a unos noventa metros por encima del fondo del cañón y consistía en dos cuevas adyacentes que albergaban una zona habitable con más de cincuenta estancias y estructuras ceremoniales circulares que tenían más de mil años.

Después de esto Pine leyó el último párrafo del segundo artículo. Por lo visto, según especulaba el autor, Jordan y Kinkaid habían grabado las letras «j» y «k» en una roca encima de la entrada de la cueva. Pine no sabía en qué se basaba el articulista para afirmarlo, pues no lo explicaba en ningún momento.

Telefoneó a Bloom.

—¿Cómo has dado con todo esto tan rápido?

—Me crie en Arizona, de modo que conocía el artículo de la *Gazette* de 1909. Forma parte del folclore local. Cuando era adolescente, mi padre y yo hicimos una excursión hasta el fondo del cañón. Él era un historiador local aficionado. Me contó la leyenda mientras iba señalando todos los parajes con nombres egipcios que hay por allí. La verdad es que yo pensé que todo aquello no era más que una sarta de sandeces, pero te puedo asegurar que mi padre creía que había algo de cierto en esa historia. Sin embargo, qué quieres que te diga, ¿egipcios en Arizona? Por favor. Pero ¿y las letras «j» y «k»? Jordan y Kinkaid. Me acordé de eso cuando esta mañana me pediste que las investigara. Puede que no tenga nada que ver con el caso, pero es la única conexión que he podido encontrar, aunque sea remota.

—Vaya, buen trabajo, gracias. Entonces, ¿has ido de excursión por allí abajo?

—Oh, muchas veces, cuando era más joven. Y también hice el camino en mula. Pero eso fue hace muchos años.

—Es bueno saberlo.

—¿Vas a volver a la oficina?

—Puede que sí. —Pine consultó el reloj—. Aunque soy consciente de que terminas tu jornada en una hora.

—Me quedaré trabajando en esto. Hoy no tengo nada más que hacer.

—Pues pediré que te paguen horas extra.

—No te preocupes, agente Pine. Es grato sentirse útil.

—Gracias. Entonces quizá nos vemos en un rato.

Pine arrancó pensando en qué tendría que ver una expedición de hacía más de un siglo que acaso ni siquiera tuvo lugar con una mula muerta y la seguridad nacional.

«Tal vez no quiera saberlo.»

10

De camino a casa, Pine pasó por el lugar en el que estaba la epónima Shattered Rock, la roca hecha añicos.

Estaba a kilómetro y medio del pueblo; de hecho, era el único motivo por el que se había construido un pueblo.

Según la leyenda local, después respaldada por algunos hechos reales proporcionados por la NASA y otras entidades científicas federales a lo largo de los años, un meteorito del tamaño de un Volkswagen Escarabajo había impactado en ese lugar hacía tropecientos años. Antaño había allí un pequeño saliente rocoso, pero el meteorito caído del cielo lo había pulverizado y había dejado un cráter y unos enormes pedazos de roca desperdigados por todas partes en un paisaje por lo demás muy llano.

Y, *voilà*, el término Shattered Rock, la roca hecha añicos, entró en el léxico de la zona. El pueblo se construyó hacía unos cien años con ese nombre, cuando un joven emprendedor llamado Elmer Lancaster dejó su pequeña población natal en Pensilvania para tratar de hacer fortuna en el Oeste. Al parecer se topó con los restos de roca, pergeñó una fábula local y decidió echar raíces. Empezó vendiendo meteoritos en un puesto que montó junto a la única carretera que pasaba por allí e incluso contrató a algunos nativos americanos para que le echaran una mano. Vestidos con los atavíos tribales, danzaban al otro lado de la carretera sosteniendo lo que ellos llamaban «rocas del cielo» y por la módica cantidad de cinco dólares podía comprarse una de ellas.

Lo cierto es que resultó ser un negocio rentable, porque había literalmente millones de trozos de roca, y si algún día se quedasen sin ninguno, siempre podían fabricar más.

Lancaster utilizó parte del dinero ganado para empezar a trazar calles y subdivisiones y construir edificios y las infraestructuras necesarias. También puso el reclamo de que su pueblo, ahora bautizado como Shattered Rock, era la más importante localización geológica del planeta Tierra y estaba dispuesto a acoger a familias y negocios que quisieran instalarse en él. Gentes provenientes de otros lugares, que tal vez tuvieran más candidez que sentido común, compraron el mensaje y así nació Shattered Rock. Sin embargo, el pueblo no había experimentado un gran crecimiento a lo largo del siglo pero, aun así, contaba con una población de unas mil almas, que se dedicaba a asuntos de lo más variopinto para ganarse la vida, al igual que hacía la gente de otros pueblos pequeños. Y eso incluía a una única persona armada con una pistola que llevaba una placa del FBI.

Los fragmentos de meteorito seguían vendiéndose a los turistas de paso en un edificio de madera contrachapada, aunque la inflación había hecho efecto y ahora el precio era de cincuenta dólares por pedrusco. Entre tanto, los nativos americanos se habían espabilado y ahora ya no trabajaban para terceros. Un hopi emprendedor y su socio navajo habían comprado la franquicia de los meteoritos y lo cierto es que el negocio les iba bastante bien. También servían café, cerveza fría y unos bollos para chuparse los dedos. Hasta Pine les había comprado una de las piedras, pero solo para apoyar la economía local.

Metió el coche en el aparcamiento de su edificio. Era de paredes de estuco con un techo de tejas rojizas, en un estilo muy propio del Suroeste. Las barandillas eran de hierro forjado y las paredes de estuco estaban pintadas de amarillo apagado. La flora plantada alrededor y la fauna eran autóctonas, lo cual significaba que podían sobrevivir sin apenas agua. El Suroeste tenía muchas cosas buenas, pero la lluvia regular no era una de ellas.

Cuando las botas de Pine tocaron el asfalto, sintió el calor que emanaba del alquitrán, penetraba en las suelas y en los calcetines y desde allí llegaba a sus pies. El sol pegaba fuerte a esta altura, que era la misma que la de Denver. Y ahora mismo caía a plomo sobre Pine.

Se había topado con más tráfico del habitual debido a un accidente y se le había hecho tarde para pasar por la oficina. Pero de camino Blum le había mandado más información por correo electrónico. Iba a echarle un vistazo mientras se tomaba una cerveza en el apartamento. Esa era su idea de juerga nocturna sin salir de fiesta.

En el aparcamiento, de camino a la escalera que conducía a su casa, Pine se topó con dos veinteañeros. Estaban apoyados en una Ford F150 rojo cereza con la suspensión elevada y neumáticos traseros de doble ancho. Parecía preparada para un duelo en un torneo de Monster Truck. Fumaban hierba y bebían cerveza. Uno de ellos era indígena y llevaba la oscura melena recogida con una correa de cuero. Vestía unos vaqueros mugrientos, una colorida camisa de manga corta y un sombrero de ala ancha manchado. Llevaba un cuchillo en una funda de cuero sujeta al cinturón. El otro era blanco y la piel se le estaba pelando por el sol, algo fácil de detectar porque llevaba una camiseta de tirantes.

También llevaba una Sig Sauer en una pistolera a la altura de la cadera.

En Arizona se podían llevar armas a la vista u ocultas, de todo tipo, sin necesidad de tener un permiso, entrenamiento o dos dedos de frente.

Pine divisó un soporte para rifles en el interior de la Ford. Colgados de él había un elegante Browning que debía de ser de una escopeta superpuesta de calibre doce y un AR-15 capaz de matar a un montón de gente en un tiempo récord.

Pine reconoció a uno de los chicos, pero al otro no. Los saludó con un gesto de la cabeza al pasar junto a ellos.

—¿Es usted una federal?

La pregunta procedía del quemado por el sol.

—¿Quién quiere saberlo?

El quemado lanzó la lata de cerveza vacía al interior de la camioneta.

—Yo lo fui. Estuve en el ejército. Me echaron —dijo sin alzar la voz, taladrándola con una mirada amenazante.

Pine no tenía claro si iba colocado o era sin más un tipo siniestro. O ambas cosas a la vez.

—Lo siento.

—Entonces, ¿es una federal o no? —insistió, acercándose.

—Sí, soy agente federal.

—También la acabarán echando.

—De momento no lo han hecho.

El chico dio una calada al porro que tenía en la mano.

Ella se lo quedó mirando y le dijo:

—Y tal vez tú deberías apagar eso y despejarte un poco.

Sobre todo si piensas conducir. No querrás tener más problemas con las autoridades, ¿verdad?

—Este es un país libre, ¿o no? Yo he luchado para defender toda esta mierda.

—¿Tienes una tarjeta sanitaria que te autorice a fumar marihuana? Si no es así, en Arizona es ilegal poseerla o consumirla. Y, según las leyes federales, no deberías llevar un arma de fuego si estás fumando hierba, aunque el estado de Arizona lo vea de otro modo.

—Tengo estrés postraumático. Me he dejado la tarjeta en casa. Si quiere puede detenerme.

—Si no tienes ninguna, podría detenerte. Estás cometiendo un delito.

—Ya le he dicho que tengo una tarjeta, pero la he olvidado en casa. Estuve en Irak, señora. Si va usted allí, también querrá fumar hierba.

Pine lanzó una mirada a su colega, que no parecía interesado en la conversación en lo más mínimo.

—¿Y tú qué tienes que decir?

—Yo también me he dejado la tarjeta en casa.

Pine negó con la cabeza. No iba a detener a estos tíos por eso. Pero no le gustaba su actitud.

Miró el AR-15 y le dijo al quemado por el sol:

—Supongo que superaste el examen de antecedentes para poder tener el AR.

—El arma no es mía —replicó el chico.

Pine, que ya estaba harta de la conversación, dijo con sequedad:

—De acuerdo. Muy bien, chicos, que paséis una buena noche. Pero si os drogáis y bebéis, no cojáis el coche, ¿de acuerdo? Y andad con cuidado con esas armas.

Se dispuso a alejarse de ellos, pero el quemado por el sol se interpuso en su camino.

—Todavía no he acabado de hablar con usted.

—Ya, bueno, pero yo sí.

Cuando pasó a su lado, él la agarró del brazo con brusquedad.

Pine le atrapó la muñeca, se la dobló hacia atrás, le llevó el brazo a la espalda y lo empujó contra el lateral de la camioneta. Se golpeó con la frente contra la plancha metálica y se deslizó poco a poco hacia el suelo.

Con la mano libre, Pine desenfundó la Glock y apuntó al otro tío, que se disponía a blandir el cuchillo.

—No lo hagas a menos que quieras morir aquí mismo —ladró Pine—. Déjalo en el suelo y dale una patada para alejarlo. Ahora mismo.

El tipo obedeció de inmediato, dejó el cuchillo en el suelo, le dio una patada con la bota y lo apartó medio metro.

El quemado por el sol empezó a gemir y se giró para ponerse boca arriba. Pine se inclinó y le sacó la Sig de la cartuchera.

—¡Eh, no me puede quitar la pistola! —protestó él.

Pine le apuntó con la Glock a la cabeza.

—Si me pones una mano encima otra vez, no volverás a despertarte. ¿Lo has entendido? —Como él no respondió, ella le dio una patada con la bota—. Te he preguntado si lo has entendido.

—Sí, lo he entendido. ¡Mierda!

—Y da gracias a que no tengo ganas de perder ni un minuto más con un par de idiotas como vosotros. Y ahora largo de aquí.

Se incorporó con cierta dificultad y con ayuda de su compañero se metió en el asiento del copiloto de la Ford.

Cuando su amigo se disponía a recuperar el cuchillo, Pine plantó la bota encima.

—Me parece que va a ser que no. —Hizo una pausa y lo observó con detenimiento—. Yo te conozco. Tu padre es Joe Yazzie, ¿verdad? Tú eres su primogénito, Joe Jr. ¿Sabe tu padre que andas con gilipollas como este?

—Tengo veinticuatro años, puedo ir con quien quiera —replicó Yazzie.

Pine mantenía vigilado al quemado por el rabillo del ojo, por si se le ocurría intentar coger el Browning o el AR.

—Pues demuestra un poco de madurez —le dijo a Yazzie—. De todos modos, ¿qué estáis haciendo por aquí?

—Un colega nuestro vive aquí. Kyle Chávez.

Pine asintió con la cabeza. Conocía a la familia Chávez. Los padres eran ilegales, gente muy trabajadora que nunca se metían en problemas e iban a misa cada domingo en la única iglesia católica del pueblo. Pero su hijo, Kyle, era todo un elemento y les daba un montón de disgustos. Había estado cerca de entrar en el punto de mira de Pine un par de veces.

—Insisto, demuestra un poco de madurez.

—¿Se cree una tía dura? —gritó el quemado desde la camioneta.

—Llévatelo de aquí antes de que cambie de opinión y os detenga a los dos —le dijo Pine a Yazzie.

Este se metió a toda prisa en el vehículo, encendió el motor, metió la marcha y arrancó.

Pine los siguió con la mirada hasta que desaparecieron de su vista.

Después de eso recogió el cuchillo, se guardó la Sig del quemado en el bolsillo y subió las escaleras hasta su apartamento.

Ahora sí que necesitaba de verdad una cerveza.

11

El correo electrónico de Blum incluía más información sobre la web en la que había encontrado los dos artículos.

Si las letras grabadas en la piel de la mula se referían a Jordan y Kinkaid, la persona que lo había hecho podía haber accedido a esa web en concreto. Y cada vez que alguien accedía a un espacio digital, dejaba tras de sí unas huellas electrónicas en forma de dirección IP. El FBI había pillado a muchos delincuentes que no comprendían esto. Pine era consciente de que era una posibilidad remota, pero Blum también le había comentado que no había muchas webs que tratasen este asunto, de modo que puede que tuviesen suerte. En circunstancias normales, Pine habría encargado este trabajo a un especialista en informática de la Agencia, para que rastreara el tráfico de la página web.

Pero en este caso tenía dudas al respecto.

«Asegúrate de vigilar siempre tu espalda.»

Avery le había hecho esta sugerencia, pese a que no tenía una gran complicidad con ella. Pero estaba bajo su cadena de mando y tal vez él le había proporcionado alguna sutil pista por algún motivo todavía desconocido. O quizá le había tendido una trampa para dejarla con el culo al aire. Pensó que solo el tiempo diría cuál de las dos opciones era la correcta.

Se acabó la cerveza y sacó dos salchichas de la nevera. Ya había encendido el pequeño hibachi en el balcón. Venía con el apartamento, se lo había dejado el anterior inquilino. Ella solo tenía que poner un poco de carbón. Pine no era muy buena cocinera, pero cenar fuera cada noche no era aconsejable ni para su economía ni para su salud.

Echó las gruesas salchichas en la parrilla y de inmediato le llegó a la nariz el olor de carne especiada.

Sacó una botella de agua de la nevera, la abrió y bebió un largo trago. Aquí la deshidratación era un peligro bien real. Una parte de los excursionistas del Gran Cañón lo olvidaba, pese a las señales de advertencia que había por todas partes sobre cuánta agua y comida con sal debía llevarse en la mochila y cuánta había que consumir durante el recorrido. Deshidratarse era un peligro mortal. La presión sanguínea descendía a niveles peligrosamente bajos, el ritmo del corazón se ralentizaba y los órganos podían empezar a fallar. Y entonces morías. Todo por no beber suficiente H_2O.

Preparó un poco de ensalada con tomate, pepino, guisantes y remolacha. La aliñó con una vinagreta de limón casera y la puso en la mesa de la cocina. Pasados unos minutos, echó un vistazo a las salchichas que se estaban cocinando. Estaban hinchadas, crepitantes y con marcas de la parrilla.

Tal como le gustaban.

Se sentó a la mesa y comió mientras ojeaba en el portátil la web que le había pasado Blum. Los textos tenían un tonillo bastante conspiranoico. El país entero, acaso todo el mundo, estaba inmerso en una ola de paranoia. Pensó que seguía sin estar del todo claro si internet era un invento positivo o negativo.

Le mandó un mensaje de texto a un amigo suyo que trabajaba en una oficina satélite de Google en Salt Lake City, le pasó la información sobre la web y le pidió que rastreara las direcciones IP que habían accedido a ella durante las últimas semanas. Pine no tenía ni la más remota idea de qué cantidad de tráfico podía tener un sitio como ese, de modo que le pareció práctico marcar un parámetro temporal, aunque fuera solo para comprobar qué volumen iba a tener que analizar.

Acabó de cenar y metió en el lavavajillas el plato y los cubiertos.

Eran cerca de las nueve, pero no estaba nada cansada.

Recibió la respuesta de su amigo de Salt Lake City. Había recibido la petición e intentaría darle una respuesta mañana.

Pine volvió a sentarse y repasó el caso. Tenía un buen embrollo en la cabeza. ¿Cuál era la conexión entre una mula con unas letras grabadas en la piel que podían estar ligadas a una vieja leyenda y un contratista de Defensa desaparecido y el hombre que lo había suplantado?

No, aquí se equivocaba. Todavía no estaba probado que Benjamin Priest fuera de verdad un contratista de Defensa. Podía ser algo completamente distinto. Y en realidad, técnicamente, Benjamin Priest no había desaparecido, sino que lo había hecho el hombre que se hacía pasar por él.

¿Y por qué ese interés del Departamento de Seguridad Nacional?

Pine ni siquiera podía demostrar que el auténtico Benjamin Priest hubiese visitado el Gran Cañón. La única prueba concreta que tenía era que alguien que se hacía llamar Benjamin Priest había descendido hasta el fondo del cañón montado en Sallie Belle y había desaparecido, después de dejar una mula despanzurrada tras de sí.

¿Había salido el impostor del fondo del cañón caminando

de noche? Había excursionistas que recorrían el cañón de lado a lado a esas horas para evitar el calor del día, que de mayo a septiembre podía ser digno de una sauna.

Pine había hecho esta excursión nocturna muchas veces y, cuando lo hacía, echaba una cabezada en la ribera del Colorado a medianoche antes de emprender el camino de ascenso por el lado opuesto para ver el amanecer. Pero ella estaba en óptima forma física, conocía los senderos y llevaba todo el equipo necesario, incluidas linternas frontales. Recorrer esos senderos rocosos, irregulares y estrechos con unas pronunciadas pendientes sin linternas era una misión suicida.

De modo que a Pine no se le ocurría ningún modo razonable de explicar la incongruencia de que un tipo que las había pasado canutas en el descenso a lomos de la mula fuera después capaz de hacer el camino de subida solo y a oscuras.

Estaba claro que no iba a dar con la respuesta esa noche.

Se desvistió, se duchó y se puso unos pantalones cortos de gimnasia y una camiseta blanca de tirantes.

Se sentó en la cama y se contempló las encallecidas manos. Había tenido que frotarlas a fondo para limpiar el magnesio de levantar pesas, que se le quedaba adherido a los dedos.

Cuando no estaba de viaje por algún caso, practicaba la halterofilia tres veces por semana en un gimnasio del centro de Shattered Rock. El local albergaba antes un restaurante chino, pero por lo visto los vecinos del pueblo preferían levantar pesas a comer kung pao. En el local contiguo había un club de lucha MMA, donde hacía kickboxing otros tres días a la semana. El séptimo día, a diferencia de Dios, ella no descansaba. En lugar de eso, se calzaba las Nike y corría por las áridas llanuras de los alrededores, con un sol inclemente cayéndole a plomo.

El pueblo autónomo de Tuba City se encontraba al este de Shattered Rock y estaba pegado como un paréntesis al lado oeste de la Nación Navajo. Shattered Rock se hallaba en el límite del territorio navajo, dentro del Desierto Pintado. Los veranos eran secos y calurosos y los inviernos fríos y también secos, debido a que las montañas que había al sur actuaban como barrera.

El primer invierno que pasó allí, Pine creyó que la piel se le iba literalmente a caer a pedazos. Probó un montón de hidratantes y ponía un humidificador en el apartamento y otro en la oficina de noviembre a abril. Aun así, tenía que comprarse bálsamo labial y loción hidratante en cantidades industriales.

Se echó en la cama, con un brazo sobre la frente, y se quedó contemplando el oscuro techo. Eran las diez pasadas e incluso con la ventana cerrada oía el siniestro aullido de un coyote a lo lejos.

En la Georgia rural también había coyotes. En una ocasión vio como su padre mataba a uno que había atacado a las gallinas. Su padre no era el mejor tirador del mundo y el animal no murió de inmediato. Pine recordaba los ojos del pobre coyote llenos de lágrimas mientras se retorcía de dolor. La bala debía de haberle dado en el espinazo y le había paralizado las patas traseras. Su padre se le acercó con parsimonia y le descerrajó un tiro en la cabeza para acabar con su sufrimiento.

Después se volvió hacia la hija que le quedaba viva, se sacó el cigarrillo encendido de la boca y se metió la pistola todavía humeante en el cinturón.

—Lee, escúchame bien, jamás permitas que ningún ser padezca dolor. Todos son criaturas de Dios, de modo que tienes que acabar con su sufrimiento, ¿de acuerdo? ¿Me oyes, niña? El dolor no es bueno. No está bien. ¿Me has entendido?

Esto había sucedido después de la desaparición de Mercy. Todos habían cambiado, estaban tensos y se comportaban de un modo muy diferente. El sufrimiento, sí, todos eran conscientes de que Mercy había sufrido.

Se había secado las lágrimas y asentido con un gesto a su padre, pero sin apartar la mirada del cadáver del animal, cuyo ojo sin vida parecía contemplarla fijamente mientras se iba formando un charco de sangre alrededor de la cabeza destrozada. Pine jamás olvidaría el aullido del animal cuando le impactó la primera bala. Simplemente por cazar para comer. Jamás olvidaría tampoco como el coyote se retorcía de dolor en el suelo, con el espinazo partido por una bala, desconcertado por lo que acababa de suceder, pero consciente por instinto de que estaba a punto de morir, por mucho que intentase incorporarse y huir.

Y sobrevivir.

Ese recuerdo llevó a Pine a pensar en su hermana.

En como Mercy debió de sentir algo muy similar cuando se la llevaron del único hogar que había conocido en su vida. Su existencia arrebatada por una fuerza desconocida. Sin ningún otro motivo que el violento capricho de un loco.

«¿Alguien evitó que siguieras sufriendo?

»Mercy, ¿alguien acabó con tu dolor?

Espero que lo hiciera. Rezo porque lo hiciera.»

Y, en ese preciso instante, Pine quiso por fin dejar salir algo que llevaba dentro desde hacía demasiado tiempo. Era un río embalsado que necesitaba con desesperación seguir fluyendo.

Pero no lo logró. Las lágrimas no brotaron.

Le pasó fugazmente por la cabeza la imponente imagen de Daniel James Tor.

Si él se había llevado a Mercy, rezaba porque todo hubiera terminado rápido. Pero conociendo el historial de Tor, dudaba que hubiese sido así.

Con el rostro de su hermana en mente, Pine se deslizó hacia un sueño inquieto.

Como era habitual.

12

Gran Cañón, uno.

Perros buscadores de cadáveres, cero.

«¿Y por qué debería sorprendernos?», pensó Pine.

El cañón medía cuatrocientos cincuenta kilómetros de largo y hasta casi treinta de ancho, con más recovecos y grietas de los que podrías contar si te dedicaras a ello durante toda tu vida. No era raro que no lograsen localizar un cadáver. Pero tal vez eso se debiera a la sencilla razón de que no había ningún cuerpo que localizar.

Esa mañana, Lambert le había mandado un mensaje de texto con los resultados, o más bien con la ausencia de ellos.

Pine no disponía de los recursos necesarios para buscar en cada recoveco del cañón, pero es que nadie disponía de ellos. Y, además, había que tener en cuenta el caudaloso río Colorado, que había hecho funciones de martillo neumático y escalpelo sobre las rocas duras y blandas que constituían el cañón. El río era el único motivo de que existiera el cañón. Si el señor Impostor había caído a las gélidas y bravas aguas del Colorado, a estas alturas su cadáver podía estar ya en México.

Pine se puso ropa de gimnasio y cogió la bolsa en la que la anoche anterior había metido una muda limpia. Se subió al todoterreno y se puso en marcha.

El gimnasio estaba a diez minutos en coche. De hecho, casi cualquier punto de Shattered Rock se encontraba a diez minutos en coche. Sabías que estabas en hora punta si divisabas más de un vehículo al mismo tiempo. Aparcó en una calle vacía.

Era temprano y el bochorno todavía no apretaba. Pero el sol ya había empezado a elevarse y el calor no tardaría en hacer acto de presencia, hasta que el sudor le brotara a chorros a cualquiera que estuviese en el exterior moviéndose a una velocidad mayor que la de un paseo con mucha calma.

Faltaban todavía dos meses para que el tiempo empezara a aproximarse a algo que pudiera considerarse agradable o fresco.

Y ahora Pine se disponía a sudar en un interior.

Saludó con la cabeza al propietario del negocio y entró.

El tipo se llamaba Kenny Kuni y era originario de Maui. Medía un metro setenta, era corpulento y pesaba ciento diez kilos.

Estaba levantando pesas con tantos discos colocados que la barra se combaba por los lados. Kuni le devolvió el saludo con un gesto de asentimiento y empezó otra tanda de levantamientos. Tenía la camiseta empapada por el esfuerzo y los pantalones cortos ceñidos a sus robustos muslos, bronceados y de venas marcadas.

Su gimnasio era de la vieja escuela, austero, sin sofisticados silbatos y campanitas, tan solo los aparatos básicos para los verdaderos amantes de la halterofilia.

Y otra cosa: Kenny no era partidario del aire acondicionado cuando uno estaba entrenando. Lo único que había en su gimnasio eran dos ventiladores en el suelo que movían el aire caliente primero de izquierda a derecha y después en la otra dirección con cada una de las limitadas oscilaciones. Si no sudabas aquí dentro, es que necesitabas una seria revisión médica de tus glándulas y poros.

Había otras dos personas en el gimnasio. Ambos eran clientes habituales. Uno era un negro alto y cincuentón con unos abdominales de tabla de planchar y el otro, un cuarentón blanco bajo y fornido que trabajaba muy duro en la recuperación de su rodilla. Pine no sabía cómo se llamaban y la verdad es que nunca se lo había preguntado. Los conocía por los ejercicios que hacían. Y lo mismo debía de pasarles a aquellos dos hombres con respecto a ella. Los clientes habituales no venían aquí para ponerse de cháchara. Acudían para levantar todo el peso que fueran capaces. Reservaban el aliento para eso, porque si lo hacías del modo correcto, no te quedaba ni un hilillo de voz para hablar.

Pine se quitó la sudadera y dejó a la vista la camiseta de tirantes. También quedaron a la vista cuatro tatuajes. Sobre un deltoide lucía un símbolo de Géminis, el signo astrológico de los gemelos. Consistía simplemente en un dos en números romanos, que parecía el símbolo de la letra pi, pero con una segunda línea añadida en la parte inferior. En el otro deltoide llevaba el símbolo astrológico del planeta Mercurio, que dominaba el mundo de los géminis. Consistía en una cruz en la parte inferior, un círculo encima de la cruz y una luna creciente hacia arriba coronándolo todo.

Por los dos largos brazos de Pine, empezando en el antebrazo y llegando hasta el deltoide, estaban tatuadas las palabras NO MERCY, sin piedad.

Géminis, comunidad, hermanas. Pine se había hecho los tatuajes en la universidad. Durante su carrera como levantadora de pesas eran muchos los que reparaban en ellos, porque eran bien visibles cuando competía. Pine nunca respondía las preguntas sobre su significado. Esos tatuajes eran para ella y su hermana, para nadie más.

Calentó y se puso a levantar pesas con una ferocidad con la que sin duda canalizaba la frustración que sentía con la investigación en curso.

Hizo varias series en el suelo y después en el banco inclinado de musculación, press militar, press de nadador, sentadillas, peso muerto, musculación de gemelos, levantamientos con una sola pierna, dominadas y repeticiones llevando la barbilla de lado a lado, levantamientos con giros de cintura, ejercicios con pelota, movimientos pendulares con una pesa rusa de quince kilos y después con otra de veinte. Después vinieron los ejercicios isométricos, que le hicieron sudar la gota gorda, inacabables estiramientos de piernas con pesa rusa, flexiones inclinadas, abdominales, sentadillas tipo sumo con pesa para fortalecer los glúteos y por último saltó a la cuerda durante diez minutos, haciendo cruces cada cinco saltos.

Y por fin llegó el momento de la *pièce de résistance*. Todo lo anterior había sido un mero calentamiento. Un ensayo para el verdadero espectáculo. Quería acometerlo ahora que estaba cansada; si no, ¿qué sentido tenía?

Colocó los discos en una barra. Se puso magnesio en las manos y se inclinó ante la haltera.

Pine era alta para ser levantadora de pesas. Eso tenía ventajas y desventajas. Desde un punto de vista puramente físico, la gente más baja tenía que recorrer una distancia menor en el levantamiento del peso. Y en la naturaleza los músculos más cortos tendían a ser más potentes, por la misma regla científica. Pero los largos músculos de Pine le permitían una capacidad de hacer palanca a la que otros más cortos no podían aspirar.

Cerró los ojos y se concentró como solo es capaz de hacerlo un atleta entrenado. Con la mente ya preparada, tenía que ejecutar lo que se denomina una «arrancada dinámica», que separaría los discos del suelo. Con un movimiento rápido y explosivo, Pine llevó a cabo la primera fase del levantamiento y alzó la cargada haltera hasta la parte inferior de la barbilla, mientras de manera simultánea se acuclillaba. A continuación dio un salto, se irguió sosteniendo la haltera, completó la fase concéntrica y, expulsando aire con un bufido, la levantó limpiamente por encima de la cabeza mientras separaba las piernas para equilibrar el peso. Después, con las piernas en paralelo, sostuvo la haltera en alto con firmeza.

Levantamiento en dos tiempos. Hecho.

La halterofilia olímpica era un universo mucho más rico de lo que la gente solía creer. No se trataba tan solo de fuerza bruta. Pine había visto a tipos enormes, mucho más fuertes que ella, fracasando en el levantamiento en dos tiempos o en la arrancada con el mismo peso que ella era capaz de alzar. Sin duda había que ser fuerte, pero también debías poseer una técnica impecable. Por eso, términos como «salto», «concéntrico», «doble flexión de rodilla», «cuchara», «impulso», «arrancada dinámica» o «segundo tirón» debían quedar grabados en la memoria cerebral y también en la muscular. Había que hacer todos estos movimientos en el momento preciso y con un empuje hacia arriba suficiente para lograr mover las columnas gemelas de pesados discos sujetos a la barra hasta donde uno quería alzarlos.

Dejó caer la haltera y la detuvo con la mano para que no rodara mientras rebotaba hasta que finalmente los discos quedaron inmóviles en el suelo. Era un movimiento automatizado, que había hecho miles de veces.

Sacó algunos discos, ajustó las tuercas y se preparó controlando la respiración, alineando los pies y poniéndose de nuevo magnesio en las manos. Para este levantamiento se puso muñequeras de cuero, porque la rotación a que estarían sometidas iba a ser brutal. Con eso se garantizaba que sus manos y la barra de metal no fueran cada una por su lado.

«Venga, esta es de medalla de oro. O al menos de conseguir un puesto en el maldito equipo. En mis sueños.»

Se inclinó y agarró la barra de la haltera con las manos muy separadas, casi tocando los discos. Se concentró, porque era un ejercicio casi tan mental como físico. Tal vez incluso más mental que físico. Imaginó la fuerza y el preciso gesto necesarios para levantar ese peso desde el suelo hasta encima de su cabeza en un único movimiento casi continuo. Primero subiría la barra hasta la cintura durante menos de un segundo y, de inmediato, con un fuerte impulso, la alzaría por encima de la cabeza, con los brazos firmes y el trasero a unos centímetros del suelo. No era un movimiento natural y requería una fortaleza y una concentración inmensas. No había margen para el error.

Esa era la esencia de la arrancada.

Pine pensó que quienquiera que hubiera ideado este ejercicio era un jodido cabronazo.

Este ejercicio era, y siempre había sido, su némesis, su Waterloo, el motivo por el que no había ido a los Juegos Olímpicos de Atenas en 2004. Atenas, donde había empezado todo en 1896. ¿Hasta qué punto debió de ser especial aquello? Bueno, ella nunca llegó a saberlo.

Pine reguló la respiración, prolongando las inspiraciones

y espiraciones. Iba acercándose al momento exacto de la última inspiración y espiración, cuando empezaría la fase de arrancada. Era todo cuestión de tempo, técnica y una concentración de fuerza explosiva que la mayoría de las personas, tanto hombres como mujeres, eran incapaces de aunar.

Ejecutó la primera parte a la perfección, acuclillándose con los brazos en forma de V, con el peso justo encima de la cabeza y el trasero casi tocando el suelo engomado. El impulso, la potencia, la flexión y el segundo tirón hacia arriba eran de los mejores que había logrado nunca.

Pero todavía no había terminado.

«Venga, Atlee, ve a por todas. Incorpórate. No puede ser más sencillo. Simplemente incorpórate. Uno... dos... tres.»

Pero cuando intentó hacerlo, las cosas empezaron a torcerse —un temblor en el muslo, un tirón en los isquiotibiales, una leve pérdida de fuerza en el tríceps izquierdo— y tuvo que soltar la haltera mientras caía de culo.

Se quedó ahí sentada, jadeando, con el sudor deslizándosele por la cara y goteándole en el pecho, con la mirada fija en el suelo.

Derrotada.

Tabla de Plancha y Rehabilitación de Rodilla ya hacía rato que se habían marchado.

Pero Kenny Kuni seguía allí.

—¿Estás bien? —le preguntó con tono informal mientras revisaba papeleo en el mostrador.

Pine asintió con la cabeza y alzó el pulgar.

No era la primera vez que le sucedía.

Kenny volvió a concentrarse en lo suyo.

—Mierda —murmuró ella.

No estaba contenta. Pese a la excelente primera mitad de

la carga, su forma física la había traicionado en la parte final, que era la importante de verdad. Su preparación mental se había venido abajo. Se había sentido intimidada. Temerosa.

«Mierda.»

Acabó levantándose e hizo los ejercicios de yoga y pilates que constituían la fase de relajación. Los músculos agradecieron el estiramiento; los tendones, ligamentos y cartílagos le dieron las gracias por el alivio después del despiadado levantamiento de pesas.

Se dio una ducha, se cambió y salió con el cabello todavía húmedo.

Este era el tiempo que se dedicaba a sí misma. A partir de ahora el FBI era dueño del resto de su jornada.

13

Pine condujo hasta la oficina y metió el coche en el aparcamiento subterráneo. Había un vigilante y, una vez finalizada la jornada laboral, la puerta se cerraba y era necesaria una tarjeta de acceso para poder entrar.

Este nivel de seguridad no era por Pine.

Sino por la otra agencia policial que también tenía su sede en el edificio.

La AIA. La Agencia de Inmigración y Aduanas.

En la actualidad se la conocía más por la parte de agencia de inmigración. Y desarrollaban una gran actividad en Arizona, atrapando y deportando a montones de inmigrantes ilegales. Su papel se había convertido en un asunto que creaba división política.

Y a causa de ello habían recibido amenazas y el edificio se había convertido en un posible objetivo. De ahí el vigilante de seguridad y la puerta con tarjeta de acceso.

Pine se cruzaba con frecuencia con tíos de la AIA entrando y saliendo del edificio. Conocía a todos los agentes, pero no tenía mucha relación con ellos, porque formaban un círculo cerrado. Ella era del FBI, que dependía del Departamento de Justicia. La AIA, sin embargo, estaba bajo el mando del Departamento de Seguridad Nacional. Había cierta rivalidad federal entre ambas agencias, aunque su trabajo casi nunca se solapaba. Pero al final todos eran federales y ella podía contar con esos tíos si alguna vez necesitaba su ayuda.

El aparcamiento subterráneo mantenía los coches a resguardo del sol durante el día. De hecho, por estos lares eso era una necesidad, sobre todo en verano. Si no dispusiera de ese aparcamiento, al volver a coger el todoterreno tendría que haberlo puesto en marcha con el aire acondicionado a tope durante unos minutos antes de meterse dentro. Y aun así sudaría la gota gorda cuando lo hiciera.

Aparcó junto a un vehículo cubierto con una lona.

El coche había pertenecido a un veterano agente del FBI llamado Frank Stark, que había sido el mentor de Pine durante su segundo destino. Todos los agentes del FBI recibían sus credenciales, la placa y un primer destino en cuanto se graduaban en Quantico. El primer año era en período de pruebas, para comprobar si te sabías manejar sobre el terreno. Pasado ese tiempo, dejabas de estar en prácticas y se te transfería a tu siguiente destino.

A Pine le había tocado en Cleveland, que en círculos del FBI se conocía como «un lugar aciago sobre el lago».

Y allí conoció a Stark.

Levantó la lona y se quedó mirando el Ford Mustang descapotable de 1967, con interior de cuero y capota a juego, y la emblemática carrocería color turquesa. Stark lo había sometido a una meticulosa restauración, con ayuda de una agente júnior llamada Pine.

La restauración del vehículo se había llevado a cabo en el taller/garaje de Stark, situado en la parte trasera de su casa de los años cincuenta, que estaba ubicada en un barrio de casas idénticas unas a otras hasta donde alcanzaba la vista.

Cuando Stark le preguntó si quería ayudarlo, la primera inclinación de Pine fue decirle que no. Ese era el último destino de Stark, todo el mundo lo sabía. Estaba esperando a que llegase el momento de cobrar la pensión. Y tenía la afición de restaurar viejos automóviles. Pero algo en la petición de Stark pulsó una tecla en Pine y al final se ofreció a ayudarle. Al menos durante un tiempo.

Habían empezado desmontando el coche de punta a punta, anotando en un registro cada pieza y guardándolas en cajas etiquetadas. Algunas las habían reutilizado, otras las habían descartado. Habían tomado un montón de fotos de todo el proceso a fin de tener una referencia para el remontaje. Para desmontar el coche hasta dejarlo en su estructura metálica básica habían utilizado una mezcla abrasiva de cáscara de nuez y cristal para quitar toda la pintura, porque ese tipo de materiales no estropeaba el metal. Existían herramientas especiales para desmontar el coche, pero ellos habían improvisado algunas, e incluso habían llegado a utilizar un abridor de botellas para quitar el marco metálico de las ventanillas. Habían reforzado el suelo de la parte posterior con una estructura metálica para poder sustituir el tubo de escape simple por uno doble.

Habían remodelado el chasis por completo y le habían dado una capa protectora especial plateada. Habían reinstalado las partes exteriores después de pulirlas y repintarlas, y en aquellos casos en que la restauración era inviable, habían encargado a una empresa local que encontró Stark la fabricación de nuevas planchas metálicas minuciosamente basadas en los originales. Después habían pintado el vehículo del mismo color turquesa original. También reinstalaron todo el circuito eléctrico y, en cuanto a las tuercas y los tornillos, compraron algunos nuevos o restauraron los recuperables.

Una vez completado el proceso de repintado, instalaron el aislante Dynamat, que mantenía el ruido y el calor bajo el coche, donde debía permanecer. El motor original era un 289 V-8, del que solo se habían colocado unos centenares en este modelo. Pero en 1967 se había producido el primer gran rediseño de los Mustang, que daba la posibilidad de tener un motor más grande. De modo que optaron por colocarle un enorme 390, que era el que llevaban la mayoría de los Mustang fabricados ese año. Ese motor requería un tubo de escape doble, porque no funcionaba con uno de un solo tubo. El 390 V-8 tenía 320 caballos de potencia, mucho músculo para un coche de ese tamaño.

La capota era irreparable, pero Stark localizó una empresa que fabricaba piezas de recambio y Pine trabajó mano a mano con Stark para colocarla. Después llegó el turno de los neumáticos y las llantas nuevos, los parachoques cromados delantero y trasero, los nuevos faros, la rejilla y el panel de mandos renovados, los asientos de cuero delanteros y traseros, una tonelada de aceite para engrasar y más dinero del que Stark pensaba gastarse en un principio. Con todo, Pine tenía la sensación de que el veterano agente, viudo y sin hijos, solo quería algo con lo que llenar su vida, que se había convertido en permanentemente solitaria y aún más lo sería una vez devolviese la placa. Como Pine estaba igual de sola, habían formado un buen equipo. Eran capaces de trabajar juntos durante horas e incluso días sin cruzar una palabra, más allá de los inevitables «¿Me puedes alcanzar esa llave inglesa?» o «Pásame una cerveza fría».

El inicial voluntariado acabó convirtiéndose en una colaboración de casi dos años. Stark se jubiló un mes después de completado el proyecto, en el mismo momento en que a Pine le asignaban un nuevo destino. Pero, antes de que ella se marchase, hicieron una larga salida con el restaurado Mustang. Stark dejó conducir a Pine en el camino de vuelta y ella fue a por todas en la autopista, haciendo que los cuatro carburadores del potente motor lanzaran el coche por el asfalto como si fuera un cohete circulando por la carretera.

Habían decidido previamente que, si los paraba la poli, utilizarían sus placas del FBI para librarse. Los dos agentes federales decidieron que tenían derecho a usar su comodín para librarse de la cárcel.

Con la capota bajada, el viento deslizándose entre su cabello y el indicador de velocidad marcando casi 190 kilómetros por hora, Pine disfrutó de las mejores sensaciones que había experimentado en años. Se sintió de maravilla. De no ser porque Stark tenía treinta años más que ella y era un auténtico cascarrabias, lo hubiera besado llevada por la euforia.

Por desgracia, un mes después de que Pine partiera hacia su nuevo destino, Stark falleció de un ataque al corazón. Lo encontraron en el garaje, desplomado sobre una silla, junto a una llave de tubo en el suelo, que debió de habérsele caído de la mano cuando murió.

Pine quedó impactada al enterarse de que Stark le había dejado el coche en su testamento. Viajó hasta allí para llevárselo y desde entonces el Mustang la había acompañado en todos sus destinos posteriores.

Cuando la enviaron aquí, se lo trajo consigo al Oeste. Y, en lugar de dejarlo en el aparcamiento de su apartamento, decidió tenerlo allí, donde estaba protegido del sol y de ciertos depredadores de dos patas. Todavía tenía pesadillas en las que alguien le robaba ese clásico y desaparecía con él.

Era la única verdadera posesión que había tenido en toda

su vida. Cada vez que lo conducía, recordaba el enorme esfuerzo que habían hecho para restaurarlo. Fueron dos años de su vida. Era el compromiso personal más largo que jamás hubiera asumido. Mucho más tiempo del que le había durado ninguna de sus relaciones sentimentales.

Pasó la mano por uno de los guardabarros y pensó en Stark, que era un hombre muy sabio para su edad y que, sin duda, anhelaba una hija que nunca tendría, hasta que de repente un día apareció Pine en el trabajo, tan solo un año después de salir de Quantico.

Stark había sido un buen amigo, tal vez el único de verdad que había hecho en el FBI, o incluso en su vida en general.

Un día, mientras estaban instalando un carburador Holley de cuatro bocas, Stark le confesó que la Agencia había sido su vida. Con la única excepción de la restauración de coches antiguos.

Se limpió las manos en un trapo, bebió un trago de cerveza de un vaso de plástico y la miró con esos ojos coronados por unas frondosas cejas blancas.

—Pine, no cometas el mismo error —gruñó—. No permitas que eso te pase a ti.

Ella ajustó el último tornillo del carburador y alzó la mirada.

—¿Cómo sabes que ha sido un error? —replicó.

—Si tienes que preguntarlo, es que no has aprendido una mierda de esta experiencia.

Como si restaurar el Mustang fuera una experiencia y no una simple afición consistente en remontar un viejo coche.

Y tal vez lo fuera. Y tal vez Pine lo hubiera pillado. Pero eso no significaba que ella fuera a hacer algo al respecto.

Volvió a cubrir el coche con la lona y ya estaba subiendo por la escalera hacia la oficina cuando le sonó el móvil.

Era su colega de Salt Lake City, el experto informático.

—¿Tienes algo para mí? —le preguntó Pine mientras salía al pasillo que llevaba a la oficina.

—Sí, pero es raro.

—Todo este caso lo es. ¿Qué tienes?

—Hay un montón de gente que ha accedido a la web estos últimos meses. No he podido rastrearlos a todos, pero hay uno que resalta sobre el resto.

—¿Quién?

—He reconocido una de las direcciones IP —fue su sorprendente respuesta.

—¿Cómo has podido hacerlo? —preguntó ella.

—Porque es la tuya, Atlee.

—Ya lo sé —dijo ella con tono impaciente—. Entré hace poco en la página para inspeccionarla. También lo hizo mi asistente. Ella fue la que me habló de la web.

—Sabía que era la dirección desde la que me contactaste. Pero cuando la he revisado con más detenimiento, he descubierto algunas cosas raras en el código, de modo que sería aconsejable que el equipo de frikis informáticos del FBI les eche un vistazo a tus ordenadores.

—¿Por qué?

—Porque creo que pueden habértelos hackeado.

14

—¿Café, agente Pine?

Pine acababa de entrar en la oficina cuando Blum se dirigió a ella.

Iba vestida, como siempre, con un conjunto muy profesional. Falda, chaqueta, zapatos de tacón, medias, pocas joyas y un poco menos de maquillaje de lo habitual.

Pine la saludó con la cabeza en otras cosas y se metió en su despacho.

Cerró la puerta, se sentó ante el escritorio y encendió el ordenador.

¿Se lo habían hackeado?

¿Quién y por qué?

Su amigo le había contado algo más. Que quienquiera que lo hubiese hecho podía haberlo hecho de forma remota sin ningún problema. En esencia, el hacker podía haber tomado el control de su ordenador y hacer que le obedeciera sin poner un pie en la oficina.

—Si se ha infiltrado en tu ordenador, puede ver cada tecla que pulsas —le había advertido su amigo.

Pine estaba desenchufando el ordenador en el preciso momento en que Blum entraba con la taza de café.

—¿Algún problema? —preguntó Blum.

—Me han hackeado.

Blum arqueó las cejas y dejó el café delante de Pine.

—¿Debería desenchufar el mío también?

—Supongo que sí.

—Llamo ahora mismo a los tíos de servicios de soporte técnico de Flagstaff. Enviarán a alguien.

—Gracias.

—¿Esto tiene algo que ver con la web que te pasé?

—No lo sé. Tal vez.

Blum cerró la puerta después de salir.

Pine sacó el móvil y lo observó con atención. ¿También se lo habrían hackeado?

Miró el teléfono fijo del escritorio. Para pincharlo tendrían que haberse colado en la oficina, o al menos en la caja de telecomunicaciones. Pero esta estaba en el aparcamiento subterráneo, en una habitación cerrada con llave y con videovigilancia, cortesía de la presencia de la AIA en el edificio. Pine dudaba de que hubieran logrado hacer algo así.

Cuando acudieran los informáticos de la oficina de Flagstaff, les pediría que lo revisaran todo. Hasta entonces, decidió no hacer llamadas o enviar correos electrónicos o mensajes ni desde la oficina ni desde su móvil personal.

Dejó el café sobre la mesa, salió del despacho y pasó a tal velocidad ante Blum que la mujer solo pudo decir: «Agente Pi...», antes de que cerrase la puerta.

Bajó los escalones de dos en dos hasta el aparcamiento, se metió en su todoterreno y salió a toda velocidad a la luz del sol.

A tres manzanas de allí había un pequeño supermercado donde tenían algo que necesitaba con urgencia, algo ya casi imposible de encontrar.

Pine aparcó en un hueco frente a la tienda, bajó de un brinco y fue directa al teléfono público colgado de la pared exterior junto a una máquina de bolsas de hielo. De hecho, en Shattered Rock había varios teléfonos públicos por dos motivos: por difícil de creer que pudiera resultar, no todo el mundo tenía móvil. Y la cobertura por allí era pésima.

Echó varias monedas e hizo la llamada.

El guardabosques Lambert descolgó al segundo tono.

—¿Hola?

—Colson, soy Atlee.

—¿Desde qué número me llamas?

—Da igual. Escucha, ¿has notado algo raro en tu entorno en relación con la desaparición de Priest?

Pine todavía no le había contado ni a Lambert ni a nadie que el hombre que se hacía llamar Benjamin Priest en realidad no era Benjamin Priest.

—¿Qué quieres decir con «raro»?

—Fuera de lo corriente. Por ejemplo, ¿te han llamado de las altas esferas para hacerte algunas preguntas sobre el caso?

—No, no ha sucedido nada de eso.

—¿Y has hecho algún progreso con el caso?

—No hemos encontrado ningún cadáver, como ya te conté. Y eso que hemos buscado en todos los sitios posibles.

—¿Se sumarán ahora al caso agentes de la policía local?

—Eso escapa a mis competencias.

Pine frunció el ceño con el auricular pegado a la oreja. No sonaba como el Colson Lambert que ella conocía.

—¿Edward Priest llegó a enviaros alguna foto de su hermano?

—Escucha, Atlee, no pretendo ser grosero, pero tengo que irme. Tengo lío en el despacho. Hablamos pronto.

Y cortó la llamada.

Pine colgó sin prisas. Bueno, había respondido de forma indirecta a su pregunta. Sí estaba teniendo líos raros en su entorno.

Metió más monedas en la ranura y marcó otro número.

El teléfono sonó y sonó, hasta que saltó el contestador de Edward Priest. Tenía el buzón lleno, de modo que no pudo dejarle un mensaje.

Frustrada, colgó, se metió en el todoterreno y se marchó de allí. Echó un ojo por los retrovisores interior y exterior para comprobar si algún vehículo la seguía con sigilo.

En el camino de regreso a la oficina, se preguntó qué debía hacer.

Era obvio que Lambert le estaba respondiendo con evasivas. El buzón de voz de Edward Priest estaba lleno. Le habían hackeado el ordenador y posiblemente también el móvil. El Departamento de Seguridad Nacional del FBI estaba en el ajo. El supervisor de su jefe la había telefoneado para hacerle preguntas sobre el caso y después le había lanzado una no muy sutil advertencia de que vigilase su espalda.

Y además de todo esto, tenía a un tipo desaparecido que se suponía que era cierta persona, pero que en realidad no lo era. ¿Dónde estaba ese hombre? ¿Y Benjamin Priest?

¿Y quién había matado y mutilado a la maldita mula y por qué? ¿Y qué tenía que ver con todo eso una historia de hacía casi un siglo, con toda probabilidad falsa, sobre egipcios en el Gran Cañón?

Se pasó la mano por el cabello todavía húmedo y decidió que era un buen momento para regresar al escenario del crimen.

Giró en dirección contraria a la que iba y se encaminó hacia el oeste.

Treinta y cinco minutos después estaba en el lado sur del cañón. La placa federal le proporcionó acceso gratuito al parque. Aparcó en un hueco cerca de la oficina central, en una zona reservada para la policía del parque. Su vehículo llevaba matrícula federal, de modo que suponía que no iba a tener problemas.

Bajó del todoterreno y echó un vistazo a su alrededor. El lugar estaba repleto de turistas. La mayoría de ellos se conformaría con pasearse por el sendero del lado sur, admirando las vistas y tomando fotos. Una parte pasaría aquí la noche, en alguno de los diversos alojamientos del parque. Y otros bajarían al fondo del cañón a lomos de mulas o caminando.

Pese a ser un destino turístico muy popular, el Gran Cañón era un entorno extremo. Cada año moría gente. Las causas eran diversas, e incluían ataques al corazón, caídas, encuentros con animales salvajes, deshidratación e hiponatremia, un desequilibrio de los electrólitos que provocaba que el cerebro se hinchase debido a un exceso de fluidos. Y, como guinda, algunos rafters se ahogaban en los peligrosos rápidos del río Colorado.

Mientras permanecía allí plantada contemplando el paraje, Pine vio a un hombre con pantalones cortos, camiseta de tirantes y zapatillas deportivas que iba corriendo por la zona asfaltada en dirección al aparcamiento. Se detuvo, hizo unos estiramientos y se dirigió a un Jeep lleno de barro con el techo de lona bajado. Llevaba un cabrestante sobre el parachoques delantero.

En el guardabarros trasero había un adhesivo en el que se leía POTENCIA MILITAR.

—Hola, Sam.

Sam Kettler se volvió al oír que Pine lo saludaba.

Ella se acercó a él.

—¿No trabajas aquí de noche?

—Normalmente sí, pero anoche no.

Pine lo miró de arriba abajo. La camiseta de tirantes y los pantalones cortos dejaban a la vista lo que el uniforme disimulaba. El tío estaba cuadrado. Cada músculo se fusionaba de forma perfecta con el siguiente. Y, a diferencia de otros hombres que lucían pectorales protuberantes y brazos inflados en combinación con una parte inferior del cuerpo mucho menos desarrollada, en sus muslos, corvas y pantorrillas era donde más lucía su musculatura.

—¿Y qué estás haciendo aquí?

—He corrido por los senderos. Acabo de terminar.

Pine miró por encima de su hombro.

—¿Cuál has hecho? Ya hace bastante calor.

—He ido de sur a norte y luego he vuelto.

—¿Has hecho el recorrido de lado a lado?

Él asintió con la cabeza, metió la mano en el Jeep y sacó una toalla para secarse el sudor.

—¿Cuánto tiempo te ha llevado? —quiso saber Pine.

—Seis horas y cincuenta y ocho minutos. He empezado muy temprano.

Ella se quedó boquiabierta.

—¿Para recorrer sesenta y siete kilómetros, con un desnivel de casi siete mil metros, incluidos mil quinientos metros en el ascenso de vuelta al lado sur?

Él terminó de secarse y sacó una botella de agua de la riñonera que llevaba a la cintura.

—Sí, creo que las cifras son las correctas. Pero está lejos del récord. No lograré batirlo nunca.

—Pero no hay ni una persona entre un millón capaz de correr tan rápido como tú.

Él se terminó la botella de agua y le preguntó:

—¿Y tú qué haces por aquí?

—He venido a echar un vistazo.

—¿Has averiguado qué le pasó a la mula?

—Todavía no, estoy en ello.

—Seguro que lo conseguirás. —Desvió la vista y pareció ponerse tenso, evitando mirarla directamente.

Pine esperó un poco, pero como él no decía nada, se despidió:

—Bueno, ya nos veremos.

Empezó a alejarse.

—Eh, Atlee.

Ella se volvió.

—¿Sí?

—¿Estás libre para tomar una cerveza y tal vez cenar esta noche?

—¿Tampoco trabajas esta noche?

—Es otro de los motivos por los que he salido hoy a correr. —Esbozó una sonrisa traviesa—. Ya no tengo veinte años. Necesito algo de tiempo para recuperarme.

Pine consideró la oferta.

—Suena bien.

—Hay un sitio en Shattered Rock.

Ella sonrió.

—A ver si lo adivino... Tony's Pizza.

—¿Cómo lo has sabido?

—Es casi el único sitio en Shattered Rock donde tomarse una cerveza.

—¿Te va bien a las siete?

—Nos vemos allí.

Pine entró en las oficinas y no preguntó por Colson Lambert, sino por el otro guardabosques del parque, Harry Rice.

Le dijeron que estaba vigilando el establo de las mulas, de modo que Pine se encaminó hacia allí. Se lo encontró allí con el vaquero que tenía a su cargo a los animales, Mark Brennan.

—¿Hoy no lleva a ningún grupo al fondo del cañón? —le preguntó Pine, mientras Rice la observaba con una mirada que a la agente le pareció en exceso recelosa.

«O tal vez no, teniendo en cuenta lo que le habrán dicho sus superiores.»

Brennan estaba frotando un ungüento en las patas delanteras de una mula.

—Hoy nos llegan suministros y tengo que encargarme de recibirlos. Hay otros dos vaqueros bajando con un grupo.

Pine asintió con un gesto y miró a Rice.

—He hablado con tu colega, Colson. No parece que la investigación esté yendo a ninguna parte.

—Hemos buscado al tipo por todas partes —respondió Rice, con la mirada fija en un punto a la izquierda del hombro de Pine— y no hemos encontrado ni rastro.

Se produjo un silencio general de medio minuto.

—Colson no parecía muy interesado en seguir investigando el caso. ¿Tú eres de la misma opinión, Harry?

Rice evitó de nuevo su mirada.

—Soy un guardabosques del parque, no un poli.

—¿Y qué pasa con la policía local? ¿Se van a encargar del caso? Se lo he preguntado a Colson, pero ha evitado contestarme.

Rice se encogió de hombros.

—Eso escapa a mis competencias.

—Vaya, parece que estos días esa es la respuesta estándar —replicó Pine, preguntándose si a Rice y a Lambert los había aleccionado alguien.

Brennan los miró y preguntó:

—¿Aquí está pasando algo de lo que no me he enterado?

—Es probable —dijo Pine—. Mark, usted vio a ese tipo, Priest. Quiero que hable con una retratista con la que suelo colaborar y le dé una descripción detallada de su cara.

—¿Para qué? —preguntó Rice—. Se usa a un retratista si se está intentando identificar a alguien. Pero ya sabemos quién es el tipo desaparecido.

—¿De verdad lo sabemos? —preguntó Pine.

Rice se quedó de piedra.

—Su hermano nos los dijo. Es Benjamin Priest.

—Le pregunté a Colson si el hermano le había mandado una foto. No me respondió.

—Un momento —dijo Brennan—, ¿está diciendo que ese tío no era Ben Priest?

—Me gusta confirmarlo todo. No darlo por hecho sin más. —Pine miró a Rice—. ¿Vosotros lo disteis por hecho u os tomasteis la molestia de confirmarlo?

—Atlee, no me gusta tu tono —respondió Rice.

—Y a mí no me gusta que me la jueguen, Harry.

Brennan siguió mirando a los dos federales, cada vez más desconcertado.

—Mark, necesito que me acompañe para ir a ver a la retratista.

—Pero tengo trabajo que hacer.

—Busque a alguien que lo reemplace.

Mientras salían a la luz del sol, Brennan le preguntó en voz baja:

—¿Qué está pasando aquí, agente Pine? Quiero decir que ambos trabajan para el Gobierno federal, ¿no?

—Sí, es así. Pero el Gobierno federal es a veces una bestia enorme y de difícil manejo. Y yo sigo mi propio criterio. —Sacó el móvil y le mostró la fotografía que Edward Priest le había mandado de su hermano—. ¿Ve a ese hombre alto de la foto? ¿Lo reconoce? ¿Tal vez iba en el grupo de diez personas con Priest?

—No, de ningún modo. En ese grupo no había nadie tan alto. Y ninguno que se pareciese a este tipo.

—¿Le sacó alguna foto al grupo? ¿O alguno de los que iban tomó fotos de los demás?

—Puede que se las hiciesen los unos a los otros. Pero que yo recuerde no se tomó ninguna foto de grupo.

Pine se guardó el móvil.

—Perfecto, vamos a ver a la retratista.

15

Jennifer Yazzie estaba casada con Joe Yazzie Sr., agente de la policía de la Nación Navajo. Era uno de los aproximadamente doscientos agentes que patrullaban fuera de los límites jurisdiccionales de la policía de Tuba City, en la zona oeste de la reserva navajo. Se desplazaba en un Chevy Blazer facilitado por el departamento y él solo era responsable de algo más de cien kilómetros cuadrados de territorio. Pine sabía que ejercía sus labores policiales con un equipo que constaba de una Glock 22 que llevaba en una pistolera bajo la axila, espray de pimienta, un fusil AR-15, chaleco antibalas, porra extensible y los dos instrumentos más importantes de todos: una actitud sosegada y un buen conocimiento de la zona y la gente que habitaba en ella que le venía de haber crecido allí.

Jennifer Yazzie era una de las aproximadamente trescientas personas que conformaban el equipo de apoyo de la policía de la Nación Navajo. Aunque su trabajo estaba sobre todo vinculado con la informática, era también una artista consumada que había vendido cuadros por todo el Suroeste y había participado en numerosas exposiciones regionales. Era la retratista extraoficial de la policía.

Yazzie también colaboraba con la policía de Tuba City y fue hasta allí adonde Pine condujo a Brennan.

Aunque su hijo ya había cumplido los veinticuatro, Yazzie solo tenía cuarenta y cinco. Era delgada, de un metro sesenta, con una larga melena oscura y finas arrugas alrededor de los ojos y la boca. Sonreía con facilidad, como si disfrutara de todo lo que hacía.

Pine la había conocido un mes después de instalarse en Shattered Rock. Además de empeñarse en presentarse a todas las fuerzas policiales locales que operaban en la zona, les había facilitado recursos y asesoramiento en muchos casos. Pine también se había sentado en taburetes de bares para beber con ellos, lo que le permitió conocerlos y aprender mejor las realidades policiales del entorno. De hecho, el FBI puntuaba a los agentes teniendo en cuenta su capacidad de relacionarse con las fuerzas policiales locales e incluso hablaba directamente con ellas para saber si el agente en cuestión estaba o no haciendo un buen trabajo en ese terreno.

En uno de sus encuentros, Yazzie había bromeado con Pine sobre lo rara que seguía siendo la presencia femenina en las fuerzas policiales de la zona, de modo que las agentes tenían que forjar una suerte de sororidad profesional. Pine se había mostrado de acuerdo. El porcentaje femenino entre los agentes de la ley seguía siendo escandalosamente escaso en la mayor parte del país. Aquí, en el salvaje y rústico Oeste, era insignificante.

Después de que Pine le presentara a Brennan y le explicase qué necesitaba, Yazzie los condujo a una pequeña sala de reuniones, donde, en vez de papel, pinceles y lápices, tenía un ordenador portátil.

—Como todo lo demás —les dijo con una sonrisa—, también los retratos robot se han pasado al mundo digital.

Pine y Brennan se sentaron frente a Yazzie, mientras ella

pulsaba varias teclas y abría el programa. Miró al vaquero.

—¿Está preparado?

Él asintió con la cabeza. A ojos de Pine, el hombre parecía nervioso e inseguro, como si estuvieran a punto de someterlo a un doloroso examen médico o a un polígrafo, en lugar de simplemente explicarle a Yazzie los rasgos de una determinada persona para que ella plasmase la imagen en la pantalla de un ordenador.

Yazzie le fue haciendo una serie de preguntas, cada una más concreta que la anterior. Desde lo básico —hombre o mujer— a la forma de la nariz, la curva de la barbilla, las arrugas en el cuello y alrededor de los ojos, la textura del cabello y su color.

Después de aproximadamente una hora de retoques y más retoques, Yazzie giró el ordenador para mostrarles el resultado final.

—¿Qué tal ha quedado?

Pine vio que Brennan estaba boquiabierto.

—Maldita sea, señora, es él.

—Siempre es agradable recibir comentarios positivos —dijo una sonriente Yazzie.

—Jen, ¿puedes imprimirme la imagen y también mandármela por correo electrónico? —dijo Pine.

—Hecho.

Cuando se disponían a salir, Pine se llevó a Yazzie a un aparte después de decirle a Brennan que se verían en el todoterreno.

—El otro día me topé con tu hijo delante de mi casa.

La alegre sonrisa de Yazzie se transformó en una mueca de preocupación.

—¿Con Joe Jr.?

Pine asintió con la cabeza.

—Estaba con un idiota quemado por el sol que la tiene tomada con los federales. Tuve que pararle los pies.

—Tim Mallory. Lo echaron del ejército por beber y tomar drogas. Se trasladó aquí desde Filadelfia el año pasado. Joe queda con él.

—No es una buena influencia. Y Joe dijo que estaban allí porque habían quedado con Kyle Chávez. Otro que tal baila.

—No sabía que salía por ahí con Kyle.

—Estaban fumando hierba y bebiendo. Escucha, ya sé que no es raro entre los chavales, pero no quiero ver a Joe metiéndose en problemas de los que después no sea capaz de salir.

—Su padre ha intentado convencerle para que pruebe a trabajar en la policía, pero él no tiene el más mínimo interés.

—Entonces, ¿qué hace?

—No gran cosa. Tiene trabajos temporales. Pasa por casa de vez en cuando. Le cocino, intento motivarle sobre su futuro. Pero nada parece hacerle mucho efecto.

—¿Y sus hermanos?

—Thomas está en la universidad en Portland, Oregón. Matt cursa el último año de instituto. Después irá a West Point.

—Esto es estupendo, impresionante.

—Pero Joe es otra cosa. Su padre no está nada contento y no deja de pensar en él. Ha heredado su nombre y ya sabes qué implica eso.

—Lo ignoro, porque no tengo hijos. Pero supongo que puede ser todo un quebradero de cabeza.

—Joe está desesperado. Nada de lo que le dice parece hacer efecto. —Se encogió de hombros y sonrió con aire triste—. El nombre navajo de mi hijo es Ahiga. ¿Sabes lo que significa?

Pine negó con la cabeza.

Yazzie suspiró con resignación y dijo:

—Se traduciría como «el que pelea». Y Joe Jr. hace honor a su nombre. Al menos en la relación con sus padres.

—Solo quería ponerte sobre aviso.

—Gracias, Atlee. Se lo comentaré a mi marido. Y buena suerte con el caso de tu desaparecido.

Pine salió al calor y al sol pensando que iba a necesitar algo más que suerte. Y también que eso de la maternidad no era para ella.

Dejó a Brennan en el parque, dio la vuelta y regresó directa a Shattered Rock.

Carol Blum se levantó del escritorio cuando Pine entró en la oficina.

—Los informáticos se han pasado una hora con nuestros ordenadores. De hecho, los han intervenido remotamente. Han encontrado algunas cosas que no deberían haber estado ahí y las han eliminado.

—De modo que sí nos habían hackeado todos los ordenadores.

—Sí. Están investigando la procedencia del ataque. Pienso que quizá haya sido por meterme en esa web. Si es así, lo siento mucho, agente Pine.

—No te preocupes —la tranquilizó Pine—. Creo que habría pasado de todos modos.

—También han comprobado nuestros teléfonos. Móviles y fijos. Estaban limpios.

—Bien. Porque ya me he quedado sin monedas.

—Tienes un mensaje del laboratorio forense de Flagstaff. Quieren que los llames. Aquí está el número.

Pine se llevó el papel a su despacho y cerró la puerta.

Llamó. Al segundo tono, descolgaron.

Era Marjorie Parks, una forense auxiliar del FBI. Pine había trabajado con ella en alguna ocasión.

—Bueno, Atlee, debo admitir que es la primera vez que le hago la autopsia a una mula. Bueno, en el caso de un animal en realidad se llama «necropsia». Supongo que debo darte las gracias por la oportunidad.

—Para mí también ha sido la primera. ¿Qué has encontrado?

—La herida mortal se la hicieron con un cuchillo de hoja larga curvada hacia arriba, no una guadaña, pero algo similar.

—¿Las letras en la piel?

—También se hicieron con un cuchillo. ¿Alguna idea de qué significan la «j» y la «k»?

—Hemos investigado por nuestra cuenta y puede que hayamos dado con una pista.

—Buena suerte con eso.

—¿Y qué droga se usó con Sallie Belle?

—¿Quién te ha hablado de eso? —preguntó Parks sorprendida—. Me lo estaba guardando para el final.

—No vas a ponerte a despanzurrar a una mula de media tonelada sin primero haberla atontado.

—Claro, es verdad. Los análisis muestran que la droga utilizada fue romifidina. Es un sedante que usan los veterinarios con animales de gran tamaño, como los caballos o las mulas.

—Perfecto, ya sabemos el cómo. Ahora las únicas preguntas que nos quedan por responder son quién y por qué.

—Y normalmente estas son las más complicadas de aclarar.

—Por eso me pagan un pastón.

16

Por algún extraño motivo, Pine tuvo problemas para decidir qué ponerse para cenar y tomar una cerveza con Kettler.

—Pine, no es que no hayas acudido nunca a una cita —se dijo a sí misma, mientras sostenía en alto un modelito tras otro delante del espejo del interior de la puerta del armario—. Aunque, eso sí, ha pasado mucho tiempo desde la última vez.

Se acabó decidiendo por un vestido con tirantes con un suéter encima y unas sandalias. Metió la Glock en el bolso y decidió dejar la Beretta en casa. Esperaba que la cita no requiriera de un arma de apoyo.

Llegar hasta allí en coche le llevó apenas unos minutos. Vio que el Jeep ya estaba aparcado junto a la acera y consultó el reloj. Faltaba un minuto para las siete. Por lo visto al señor Kettler le gustaba llegar con tiempo a sus citas.

Pine aparcó, entró y lo divisó de inmediato al fondo, porque el lugar era muy pequeño. Él se levantó y la saludó con la mano.

Vestía vaqueros y una camisa blanca, con los faldones por encima del pantalón, que destacaba todavía más su bronceado. Llevaba el botón del cuello desabrochado, de modo que quedaba a la vista la piel suave y morena. El cabello corto estaba un poco alborotado, como si hubiera dejado que se lo secase el viento de camino a la pizzería. A Pine le pareció que no hacía sino incrementar su atractivo.

En lugar del formal apretón de manos, se dieron un breve abrazo.

Mientras se sentaban, él dijo:

—Se te ve diferente sin el uniforme. Y quiero decir un diferente muy atractivo. —Luego se quedó en un cohibido silencio.

Pine dejó pasar unos segundos antes de acudir en su rescate.

—Gracias. En tu caso, no sé si me gustas más con pantalones cortos y camiseta de tirantes o con lo que llevas ahora.

Ambos rieron y se rompió el hielo de manera oficial.

Pidieron cervezas, y luego ensaladas y pizzas.

Brindaron con las botellas y cada uno bebió un largo trago.

Él miró por la ventana y preguntó:

—¿Te gusta vivir aquí?

Ella se encogió de hombros.

—Me queda cerca del trabajo. Mi oficina está al final de esta calle.

—Es el edificio en el que está también la AIA, ¿verdad?

—¿Cómo lo sabes?

—Últimamente vienen mucho por el parque. Buscan ilegales. He tenido que pasar un par de veces por su oficina para darles información. Y un grupo de guardabosques hemos tenido que acudir a algunas reuniones allí.

—¿Ah, sí? ¿Sobre qué?

—Digamos que para dejarnos claro que nuestro deber como agentes federales es notificarles la presencia de ilegales para que ellos los detengan.

—Pero vosotros no tenéis a ilegales trabajando en el Servicio de Parques. No lograrían pasar el control de antecedentes.

—Sin embargo, trabajamos con contratistas, paisajistas, gente de las tiendas de souvenirs y de los restaurantes, repartidores de suministros, ese tipo de cosas.

—¿Has entregado a muchos?

—Hasta el momento a ninguno. Eh, si cometen algún delito, iré a por ellos. Pero si trabajan duro y no se meten en líos, no voy a meterme en sus asuntos.

—Me parece una buena filosofía. Y, por cierto, ¿cuántas horas has dormido después de tu carrera de hoy? —le preguntó con una amplia sonrisa.

—Más o menos las mismas que me ha llevado hacer el recorrido. Ya no soy tan joven.

—De las Fuerzas Especiales al Servicio de Parques. Vaya salto.

—¿Quién te ha soplado lo de las Fuerzas Especiales?

—Colson. Me dijo que alguien que había servido contigo se lo contó. Y que habías ganado un montón de medallas, incluido el Corazón Púrpura. Impresionante.

—Parece más impresionante de lo que es en realidad.

—¿Por qué? Serviste a tu país combatiendo en una guerra.

Kettler se acabó la cerveza y le indicó con la mano a la camarera que le trajese otra. Cuando se la sirvió, bebió un trago y respondió:

—Atlee, eso no fue una guerra.

—Entonces, ¿qué fue?

—Yo no me alisté para disparar... —Se detuvo en seco y desvió la mirada.

—¿Disparar contra qué, Sam?

—Nada. —Se quedó en silencio unos instantes—. Eh, cambiemos de tema. No te he pedido salir para que hablemos de una estúpida guerra.

Pine lo observó durante unos instantes.

—Sam, tú hiciste tu trabajo. Cumpliste con lo que se te pidió. Ni más ni menos. Eso es todo lo que podemos hacer.

Él la miró.

—Para responder a tu pregunta, me uní al Servicio de Parques porque se trataba de proteger algo que merece la pena salvaguardar aquí dentro, en este país. No tengo que desenfundar el arma. Ayudo a la gente a disfrutar del Gran Cañón. Me levanto cada mañana con este propósito en mente. Y el lugar es fantástico. Me hace sonreír cada día.

—Y en tu tiempo libre juegas a Superman y corres por los senderos —añadió ella, sonriendo.

Él le devolvió la sonrisa.

—Estoy seguro de que tú también lo has hecho.

—He hecho caminatas por un montón de senderos. Nunca he corrido por ellos, al menos no como tú.

—Es muy vivificante. Te hace sentir que es maravilloso estar vivo para poder hacerlo. Me encantaría compartir esta sensación contigo.

—Cuidado con lo que deseas, porque puede cumplirse —le advirtió ella con calidez.

Llegaron las pizzas y las ensaladas y comieron mientras hablaban de temas que iban de la política local y la relación con las tribus indias al por qué un enorme agujero en la tierra estaba entre los lugares más deslumbrantes del planeta.

Tras acabar la comida, terminaron la segunda ronda de cervezas y salieron a dar un paseo.

Pasó una furgoneta de helados tocando la campanilla y, llevada por un impulso, Pine compró dos cornetes de vainilla.

Caminaron lameteando los helados, envueltos por el calor nocturno.

De hecho, hacía tanto bochorno que Pine se quitó el suéter y se lo anudó a la cintura.

—No me imaginaba que llevaras tatuajes —comentó Kettler, mirándole los brazos y los deltoides.

—Me gusta sorprender.

—Géminis y Mercurio —dijo él.

—¿Te interesa la astrología?

—Solo cuando leo el horóscopo. ¿Y qué quieren decir los de SIN MERCY?

—Es algo personal —respondió ella, poniéndose tensa.

—Oh, de acuerdo —replicó él rápidamente, al percatarse de la incomodidad de Pine.

—Lo siento. No me gusta hablar de ciertas cosas.

—No te preocupes. A mí también hay temas sobre los que me incomoda hablar.

—En cambio, yo no vi que llevaras tatuajes —dijo ella.

—Tengo uno, pero en un sitio que no se puede ver.

—Me pregunto dónde será —replicó ella con un tono juguetón.

En respuesta, él se bajó un poco los vaqueros y dejó a la vista la parte superior de la cadera. Ella se inclinó para observar de cerca, porque el tatuaje era pequeño.

—Un momento, ¿ese es Hobbes?

—Sí, de *Calvin y Hobbes*.

—De acuerdo, un ex de las Fuerzas Especiales con un tigre de cómic en la cadera. Puedes considerarme oficialmente pasmada.

—¿Qué puedo decir? De niño era mi cómic favorito. —Se

subió los pantalones y señaló los musculados brazos de Pine—. Levantadora de pesas olímpica, ¿verdad?

—Para que conste en acta, no tengo nada que ver con esa página de la Wikipedia —respondió Pine, y le lanzó una mirada llena de curiosidad—. De modo que antes de quedar conmigo esta noche me has investigado, ¿no?

El tono de la pregunta tenía algo de flirteo.

—La verdad es que lo hice después de verte por primera vez.

Ella se rio.

—Supongo que tu trabajo no te deja mucho tiempo libre —dijo él.

—Normalmente no.

—Bueno, pues me alegro de que me hayas hecho un hueco esta noche.

Ella le puso la mano en el hombro.

—Sí, yo también. Me lo he pasado muy bien.

Él le miró la expuesta pantorrilla.

—¿Con qué te dispararon?

—La mayoría de la gente cree que es un lunar.

Kettler se encogió de hombros.

—Yo no formo parte de la mayoría de la gente. He visto demasiadas heridas de bala en mi vida.

—Por suerte, fue con un calibre veintidós. La bala se quedó dentro; si no, la herida de salida hubiera sido muy fea.

—¿Cómo sucedió?

—Una detención que se torció. Cometí un error. Aprendí una lección. No ha vuelto a repetirse. —Hizo una pausa—. Vale, esta es mi historia. ¿Dónde te hirieron a ti para que te concedieran esa medalla?

Él negó con la cabeza, sonrió y se terminó el helado.

—En un lugar que no puedo enseñar en la primera, ni en la segunda, ni tal vez siquiera en la décima cita. Estoy chapado a la antigua.

Pine lo tomó del brazo.

—Me parece bien, porque yo también estoy algo chapada a la antigua.

17

Pine se revolvió, desplazándose hacia la derecha de la cama y después hacia la izquierda. Estaba saliendo de un sueño difuso y algo revoloteaba alrededor de su oreja, como un molesto mosquito.

Acabó por abrir los ojos y miró el móvil que vibraba en la mesilla de noche.

El mosquito electrónico que hoy en día tiene esclavizada a toda la humanidad.

Descolgó y dijo con voz adormilada:

—Pine.

—Agente Pine, soy Ed Priest.

Se incorporó de golpe, despejada de pronto como si se hubiera tomado toda una cafetera y se hubiera echado otra por la cabeza.

—Intenté dejarle un mensaje, pero tenía el buzón de voz lleno, así que no me fue posible.

—Algo raro está pasando —dijo Priest.

—Deme los detalles.

—No sé si quiero hablar de esto por teléfono.

—Puedo visitarle. Puedo coger un vuelo por la mañana.

—No hará falta. Estoy en Arizona.

Pine consultó el reloj del móvil. Eran casi las once.

—¿Está en Sky Harbor?

—No. He volado hasta Phoenix desde la Costa Este. Pero después he cogido una avioneta hasta Flagstaff. Acabo de aterrizar.

—Espéreme ahí. Voy a recogerlo. Deme un par de horas.

—Están cerrando el aeropuerto. Creo que mi vuelo era el último.

—En Flagstaff hay un restaurante de la cadena IHOP. —Le dio la dirección—. Está abierto las veinticuatro horas los siete días de la semana. ¿Ha alquilado un coche?

—No, pero en el aeropuerto hay una parada de taxis.

—La ciudad está a solo seis kilómetros. Nos vemos allí.

Pine se vistió a toda prisa, cogió las dos pistolas y salió pitando.

A esas horas de la noche fue un recorrido solitario, con el cielo repleto de estrellas y algún ocasional satélite que pasaba zumbando. Esta era para Pine una de las principales diferencias entre el Este de Estados Unidos, con toda su contaminación lumínica, y su actual hogar.

El cielo.

Se podía ver cada milímetro, disfrutar de su inmensidad, su impenetrabilidad. Alzar la cabeza y contemplar el cosmos formaba parte de tu vida diaria. Cada noche parecía querer convencerte de lo insignificante que eras. Y al final, te lo acababas creyendo. Y una dosis diaria de humildad no estaba tan mal.

Mientras se dirigía a toda velocidad hacia el sur, la mente de Pine bullía con elucubraciones. Antes de que la despertara su llamada, había estado pensando en cómo acceder a Ed Priest, ya que era el único modo que se le ocurría para llegar a su hermano. Bien, pues ahora le habían servido a domicilio lo que tanto deseaba.

Dejó el todoterreno en el aparcamiento del IHOP, se apeó y llegó a la puerta del local en dos zancadas. Entró y miró a su alrededor. Había unos quince clientes distribuidos en varias mesas y reservados, pero no tardó mucho en divisar a Ed Priest. Tenía el mismo aspecto que en la fotografía que le había mandado. Se había instalado en un reservado al fondo y trataba de pasar inadvertido tras una enorme carta del restaurante, mientras no dejaba de mirar muy nervioso a su alrededor. Junto a él, en el suelo, había una maleta de ruedas, con diversas cintas y adhesivos.

Pine se dirigió hacia él sin perder un segundo, miró la maleta y se sentó frente a él.

—¿Agente Pine?

Ella sacó sus credenciales y su placa y se los mostró.

Él, aliviado, se apoyó en el respaldo del asiento.

—Llámeme paranoica, pero ¿puede mostrarme alguna identificación?

Él sacó un carnet de conducir expedido en Maryland y se lo mostró.

—¿Por qué ha decidido venir hasta aquí? —le preguntó ella.

—Porque no sé dónde está Ben. No tengo noticias de él. Nadie sabe nada de él. Es como si se lo hubiera tragado la tierra.

—Quiero mostrarle algo —dijo Pine.

Sacó el móvil y abrió el documento adjunto del correo electrónico que había recibido de Jennifer Yazzie.

Le mostró el dibujo a Priest.

—¿Reconoce a este hombre?

—No. ¿Debería?

—Es un retrato robot digital del hombre que decía llamarse Benjamin Priest, bajó a lomos de una mula al fondo del Gran Cañón y después desapareció. Como ha podido comprobar, no se parece ni remotamente a su hermano. Tiene un aire a usted y por eso le confundí con Ben en la foto que me envió.

Ed Priest dejó la carta del restaurante en la mesa y continuó mirando con suma atención el retrato en la pantalla del móvil.

—No..., no lo entiendo. ¿Por qué ese hombre se hacía pasar por Benjamin Priest? Y entonces, ¿dónde demonios está mi hermano?

—¿Cuándo fue la última vez que lo vio?

La camarera se les acercó, Pine pidió café y Priest un desayuno completo.

—No he comido en todo el día —le comentó a Pine mientras la camarera se alejaba—. Me pone nervioso volar. Soy incapaz de probar bocado en un avión.

—Probablemente sea lo mejor para usted. La comida de los aviones es una porquería. Volvamos a la última vez que vio a su hermano.

—Debió de ser hará unas dos semanas. Vino a nuestra casa.

—¿Por algún motivo en particular?

—La verdad es que no. Llamó y preguntó si podía pasar para cenar con nosotros. Dijo que disponía de tiempo y que quería ver a la familia.

—¿Qué aspecto tenía?

Priest se recostó contra el respaldo y jugueteó con los bordes de la servilleta de papel.

—Tiene que entender que mi hermano pequeño era la estrella de la familia. Se graduó en el instituto con las mejores notas de su promoción, fue quarterback en el equipo de fútbol americano y el alero estrella del equipo de baloncesto, pese a que lo detestaba. Pero sabía que era bueno. Se graduó con matrícula de honor en Georgetown, mientras que yo fui a la Universidad de Maryland.

—Las dos son buenas universidades.

—Sí, bueno, pero Ben estaba a otro nivel. Suerte que yo era el hermano mayor. Hubiera sido muy duro tratar de seguir sus pasos. Tenía éxito en todo lo que se proponía. Y además era alto y guapo. Ya ha visto la foto. Yo salí menos agraciado.

—Pero ¿nunca se casó? ¿Ni tuvo hijos?

—No. Tuvo novias en el instituto y en la universidad, pero una vez terminó los estudios, se concentró en su profesión.

—Que era...

Guardaron silencio mientras les servían los cafés.

Pine bebió un sorbo del suyo.

—¿Cuál era la profesión de su hermano?

—Sé tanto como usted. Lo único que conozco es que viajaba por todo el mundo. Joder, hace dos años llevé a los niños a Disney World y él me llamó para felicitarme por mi cumpleaños. Le pregunté por dónde andaba y me respondió: «Oh, por Oriente Próximo». En otra ocasión resultó que estaba en el maldito Kazajistán. Los regalos que envía a mis hijos llegan en cajas con un montón de sellos y etiquetas extranjeros. Alguna vez he tenido que abonar suplementos en la aduana para poder recibirlos.

—¿Y usted nunca le preguntó en qué trabajaba?

—Como ya le dije, se lo preguntaba y él me respondía con su bromita. Tampoco quería incomodarlo. Así que suponía que debía mantenerlo en secreto. No debe de ser el único en esta situación en los alrededores de Washington, DC.

—¿Y lo de la Consultoría Capricornio?

—Lo mencionó una vez que le pregunté cómo le iba. Me dijo que había montado su propia empresa. Le pregunté a qué se dedicaba y me dijo que ayudaba a gente que lo necesitaba.

—No he encontrado ningún registro en toda la zona de Washington de una empresa llamada Consultoría Capricornio.

—Lo sé, yo también la busqué. Soy contable, trabajo en una empresa auditora pública de Maryland. Consulté los archivos gubernamentales. Allí no hay ni rastro.

—No me ha dicho cómo lo vio cuando vino a cenar a su casa hace un par de semanas.

—Entiéndame, mi hermano puede ser muy intenso y es muy inteligente. Lo sabe todo acerca de todo. Yo siempre bromeaba con él diciendo que ganaría si participase en el *Jeopardy*. Pero esa noche se lo veía relajado y más dispuesto a conversar que otras veces.

—¿De qué habló?

—De política. De acontecimientos en el mundo. De béisbol. Es seguidor de los Nationals.

—¿Le preguntó algo a usted? ¿Le entregó alguna cosa? ¿O le pidió que hiciera algo por él?

—No, nada en absoluto.

Llegó el pedido de Priest y este se tomó su tiempo para echarles sal y pimienta a los huevos y regar las tortitas con jarabe de arce.

Alzó la mirada y vio que Pine lo observaba.

—No tiene usted pinta de comer este tipo de cosas —le dijo.

—Tal vez se sorprendería. —La agente federal bebió otro sorbo de café—. ¿Y con qué expectativas ha venido hasta aquí?

—No estoy seguro. Pero me encuentro muy preocupado por mi hermano. Hasta ahora, siempre que quería ponerme en contacto con él, me devolvía la llamada. Podía tardar horas o incluso un día, pero siempre me acababa telefoneando. Pero esta vez no ha sido así. Me temo que le ha pasado algo. Y ahora usted me dice que ni siquiera era él la persona desaparecida en el Gran Cañón. Pero ese tipo estaba utilizando el nombre de mi hermano. ¿Cree que le ha hecho algo a Benjamin? ¿Y luego le robó la identidad?

—No lo sé —respondió Pine—. Pero ¿hay algún motivo concreto por el que haya venido usted hasta aquí?

De pronto Priest parecía incómodo.

—Su buzón de voz estaba lleno —continuó ella—. Es usted contable. Diría que una persona metódica. Si no devuelve las llamadas, los clientes se cabrean. —Hizo una pausa—. ¿De quién eran todas esas llamadas que usted no quería contestar?

Priest soltó el tenedor y cogió la taza de café.

—Soy una persona normal y corriente. Tengo esposa e hijos. Como ya le he contado, voy a Disney World de vacaciones. Entreno al equipo escolar de béisbol de mi hijo. No estoy preparado para verme involucrado en una rocambolesca conspiración internacional.

—¿En una conspiración internacional? ¿Le importa explicarme de qué habla?

—Es solo una intuición.

—¿Qué cree que es su hermano?, ¿una especie de espía?

—Oriente Próximo, Kazajistán... Una empresa que no

existe... Y ahora esto. Me cuesta admitirlo, pero la verdad es que no conozco en absoluto a mi hermano. Al menos no en lo que a su faceta profesional se refiere.

—Pero me dijo que sabía que su hermano iba a visitar el Gran Cañón.

—Sí. Me telefoneó y me habló de este viaje. Nunca había bajado en mula. Me dijo que estaba en su lista de cosas que hacer antes de morir. Estaba muy ilusionado. Lo tenía planificado desde hacía mucho tiempo. De hecho, creo que no hay otro modo de hacer este viaje.

—Así es. ¿Y no tiene ni idea de cómo acabó el tipo que le he mostrado en mi móvil suplantando a su hermano?

—No. ¿Está segura de que mi hermano no formaba parte del grupo que descendió al fondo del Gran Cañón?

—Le enseñé la foto que usted me mandó al vaquero que los guio con las mulas y me dijo que estaba seguro de que su hermano no había formado parte del grupo. En realidad, me aseguró que no había nadie que se le pareciese ni remotamente, ni aunque hubiera ido disfrazado. ¿Cuánto mide y pesa su hermano?, ¿metro noventa y casi cien kilos?

—Sí, también se quedó con toda la altura de la familia —comentó nervioso, mirando la placa del FBI de Pine—. Pero mi hermano es una buena persona. No se habría involucrado en nada sucio, de eso estoy seguro.

—Sin embargo, me acaba de decir que no conocía en absoluto a su hermano, al menos en su faceta profesional.

Priest se echó hacia atrás.

—Sí, supongo que eso he dicho.

—Bien, ¿y qué eran todos esos mensajes de voz en su teléfono?

—Alguien que colgaba sin decir nada. Al final comprobé

de dónde procedían. Todos del mismo número. Cuando llamé, no respondió nadie.

—¿Puede pasarme ese teléfono? Lo investigaré.

Priest sacó el móvil y le leyó en voz alta el número, y Pine lo añadió a sus contactos.

—¿Qué planes tiene durante el tiempo que se quede por aquí? —preguntó ella.

—No tengo nada previsto. He volado hasta aquí porque estaba asustado. Y después he decidido llamarla. Para ver qué me sugería.

—No estoy segura de tener una buena respuesta para usted. Pero tiene que entender, señor Priest, que, si su hermano está metido en algo serio, usted podría estar en peligro.

—¡Yo! ¿Por qué?

—Cierta gente puede pensar que su hermano le contó algo importante. O, ahora que ha venido hasta aquí, pueden deducir que su hermano ha contactado con usted y que ha venido para encontrarse con él.

—Pero nadie excepto usted sabe que estoy aquí.

—¿Reservó el vuelo con una tarjeta de crédito?

—Bueno, sí, claro.

—Entonces sus datos están en el sistema. Y todos los que tienen acceso pueden conocer sus movimientos. En este mismo momento podrían estar vigilándonos.

Priest echó una ojeada al restaurante antes de volver a mirar a Pine.

—Mierda, ¿habla en serio?

—Muy en serio.

—Me siento como en una película de conspiraciones. ¿Y ahora qué hago? ¿Me busco un hotel? ¿O puedo quedarme con usted?

Pine valoró las opciones durante unos instantes.

—Puede quedarse en mi casa, al menos por esta noche, o lo que queda de ella, hasta que encontremos otra solución.

—¿Está segura? No quiero ser una molestia. Y si está usted en lo cierto y me están vigilando, podría ponerla en peligro.

—Señor Priest, cuando elegí este trabajo ya sabía que esto iba en el paquete.

—Por favor, llámeme Ed. ¿Puedo ir al lavabo antes de marcharnos? Con tantas emociones, se me ha revuelto el estómago.

—Claro. Pediré la cuenta.

Pine no perdió de vista a Priest mientras él se dirigía al lavabo y ella se acercaba a la cajera para pagar la cuenta. Después lo condujo hasta su todoterreno y metió la maleta en el portaequipajes.

Tomaron la carretera en dirección norte, de vuelta a casa.

Pine consultó el reloj. Eran pasadas las dos de la madrugada. De algo estaba segura: esa noche no iba a dormir mucho.

18

Pine le dejó a Priest el dormitorio y se echó en el sofá de la sala de estar. Fue ella la que insistió en hacerlo así. Se tumbó y cerró los ojos. No faltaba tanto para que amaneciera.

Calculó que había pasado media hora cuando oyó el ruido por primera vez. Un golpe sordo, unos pasos, el chirrido de una puerta o una ventana. O de alguna otra cosa.

Cogió la pistola y parpadeó con rapidez para acostumbrar los ojos a la escasa luz.

Oyó el tictac del reloj de la cocina mientras trataba de oír nuevos ruidos. Cuando estos se produjeron, se deslizó con sigilo fuera del sofá, puso las dos almohadas a lo largo y las cubrió con la manta que había estado utilizando. Reptó por el suelo de madera hasta una esquina de la sala, se agazapó allí y apuntó con la pistola. Estiró la mano libre hacia la izquierda.

Tic tac, tic tac.

Un chirrido y pasos.

Mantuvo la pistola apuntando hacia el otro lado de la sala.

Por la puerta apareció una figura que se dirigió hacia el sofá.

La silueta de una pistola apuntó hacia el sofá. Se mantuvo así unos instantes, mientras las manos que la sostenían temblaban. La sombra bajó el arma, retrocedió unos pasos y empezó a darse la vuelta.

Con la mano libre, Pine pulsó el interruptor.

La silueta pegó un salto hacia atrás.

—Tira el arma y échate en el suelo boca abajo con las manos en la nuca, los dedos entrelazados y las piernas separadas. Hazlo ahora mismo o disparo.

Ed Priest hizo lo que Pine le había ordenado.

Le temblaba todo el cuerpo, pero dejó la pistola en el suelo, se tumbó, puso las manos sobre la nuca y abrió las piernas. Empezó a gimotear.

Pine se incorporó y se le acercó, cogió la pistola y la dejó en la mesa de centro.

Se sentó en el sofá y observó al individuo.

—¿Cómo..., cómo lo has sabido? —preguntó Priest con las mejillas humedecidas por las lágrimas.

—Me lo has puesto fácil. En primer lugar, eres pésimo mintiendo. En el FBI me entrenaron en esos temas. Pero ni siquiera me ha hecho falta usar mi adiestramiento. Cuando te he preguntado quién te había estado telefoneando y me has dicho que habías llamado al número sin obtener respuesta, era muy obvio que estabas mintiendo. He llamado al número que me has pasado. Está fuera de servicio. Y después están todas las miradas furtivas que me has estado lanzando en el IHOP. Y la maleta. Ese ha sido el verdadero regalo.

—¿La maleta?

—Tiene una etiqueta adhesiva con las iniciales CP. Eso quiere decir «Controlar y proteger» y la ponen cuando contiene instrumentos valiosos o frágiles. Y también pegan ese adhesivo si en el interior hay un arma. Yo estaba segura de que había una, porque la aerolínea le había puesto una cintilla de plástico, probablemente en el punto de destino. Es un procedimiento que empezaron a utilizar después del tiroteo de Fort Lauderdale. Una cinta para una pistola, dos para un rifle. La tuya llevaba solo una: por tanto, una pistola. Y, además, tu maleta es lo bastante pequeña para haberla podido llevar en cabina. Pero tuviste que facturarla, tal como evidenciaba la pegatina con el código de recogida de equipaje. ¿Por qué? Porque no puedes llevar una pistola en cabina. ¿Y por qué iba a llevar un apacible contable una pistola? ¿Tal vez para utilizarla contra la primera persona a la que llamó en cuanto aterrizó en Arizona? Cuando enseguida has dejado caer si podías quedarte a dormir en mi casa, esa ha sido la pista definitiva.

—Si sabías todo esto, ¿por qué no me has detenido antes?

—Muy sencillo. No habías hecho nada ilegal. Se puede llevar una pistola en una maleta. En Arizona incluso se puede llevar un arma oculta. Necesitaba comprobar qué pretendías hacer con ella. En cuanto tus intenciones han quedado claras, he actuado en consecuencia. —Hizo una pausa—. La pregunta es por qué. Eres Ed Priest, contable y padre de familia que pasa las vacaciones en Disney World y todo lo demás. No eres un asesino a sueldo del Gobierno ni un sicario de la mafia.

—Entonces, ¿me has investigado?

—Por supuesto que lo he hecho. No me creo a nadie a menos que pueda verificarlo. Y ahora, ¿quieres levantarte del suelo, sentarte en esa silla y contarme por qué has intentado matarme?

Priest se puso de pie con cautela y se dejó caer sobre la silla frente a ella. Seguía llevando la misma ropa del viaje.

—He dicho la verdad cuando te he contado que llamé a

ese número. Pero he mentido al decir que no contestó nadie. Lo habrán dejado fuera de servicio después de hablar conmigo.

—¿Qué te dijeron?

—Que si no volaba hasta aquí y te mataba, mi mujer y mis hijos morirían.

—¿Y los creíste?

—Me mandaron fotos de mi mujer haciendo la compra y de mis hijos en el colegio. Era evidente que los habían estado vigilando.

Pine le dio una vuelta a esto. «¿Por qué mandar a este tipo a hacer el trabajo sucio? ¿Es que quienquiera que esté detrás de esto no podía contratar a un profesional para que me liquidase?»

—¿Por qué te dijeron que tenías que matarme?

—Porque estabas investigando la desaparición de mi hermano.

—¿Y te explicaron por qué tu hermano se había desvanecido?

Priest dudó unos instantes.

—No, en realidad no, pero comprendí que el asunto era algo serio.

—¿Tanto como para asesinar a una agente federal? Eso te puede costar la pena de muerte.

—Mi familia significa más para mí que mi propia vida —vociferó Priest. Poco a poco se calmó—. Pero no he sido capaz de apretar el gatillo... Supongo que no soy un asesino.

—Desde luego que no. Te he estado observando.

—¿Y ahora qué me va a pasar? ¿Voy a ir a la cárcel?

—He visto que en realidad no ibas a matarme. Pero cuando esa gente descubra que no has apretado el gatillo, no van a estar muy contentos contigo.

Priest se tapó la cara con las manos y rompió a llorar.

—Oh, Dios mío, mi familia. He matado a mi familia.

—Podemos ocuparnos de eso. Haré que los pongan bajo protección hasta que sepamos qué demonios está pasando.

Priest dejó de llorar y la miró.

—¿Puedes... hacer eso?

—Pero a cambio tienes que ayudarme.

—Pero ¿cómo? Yo no sé nada.

—Puede que conozcas más cosas de lo que crees. Y ahora mismo, eres la mejor pista que tengo.

—¿Qué vamos a hacer?

—Voy a llamar para que protejan a tu familia. Y, pese a que ya casi está amaneciendo, sugiero que durmamos un poco. Tenemos un montón de cosas que hacer.

—De verdad que siento lo sucedido, agente Pine.

—No es la primera vez que alguien quiere matarme.

Priest soltó un profundo suspiro.

—Dios mío, no sé como puedes dedicarte a un oficio como este.

—Es curioso, es el único oficio al que he querido dedicarme desde siempre.

19

—Tu familia está en una casa segura del FBI en Maryland —le dijo Pine a Priest mientras tomaban un café en la cocina a la mañana siguiente.

—¿Cómo se lo has explicado?

—¿Te refieres a tu implicación en este asunto?

—Sí, supongo que sí.

—Ed, sé cómo explicar este tipo de cosas. Puedes respirar tranquilo, al menos de momento.

—¿Y ahora qué hacemos?

—Para empezar, tenemos que encontrar a tu hermano.

—Pero ¿cómo?

—¿Tienes su teléfono?

—Claro, y le he dejado docenas de mensajes. No me ha respondido ni uno.

—Tal vez tengamos que reformular tus mensajes.

Priest se quedó boquiabierto.

—¿Qué quieres decir?

—Llámale y déjale un mensaje diciendo que han amenazado a tu familia y te están chantajeando para que intentes asesinar a una agente federal. Necesitas ayuda porque no sabes qué hacer, pero estás planteándote apretar el gatillo. Dile que dispone de media hora para contactarte antes de que des el paso.

Priest se quedó pasmado mirando a Pine.

—No puedes estar hablando en serio.

—Hablo tan en serio que si no lo haces ahora mismo, conmigo delante aquí sentada, voy a detenerte por intentar asesinarme.

—Creía que intentabas ayudarme.

Pine negó con la cabeza.

—En ningún momento he dicho eso. Mi trabajo consiste en encontrar la verdad. Y pasaré por encima de quien haga falta, incluidos tú y tu hermano, para conseguir este objetivo.

Priest cerró los ojos y se frotó las cejas con una mano temblorosa que le tapaba la cara.

Pine le apartó la mano.

—Ed, tienes que dar el paso ahora. No puedes esconderte durante mucho tiempo. Saca el móvil y haz la llamada.

Priest marcó el número.

—Pon el altavoz.

—¿No te fías de mí?

—¿De verdad crees que hace falta que responda a esa pregunta? Viniste hasta aquí para meterme una bala en la cabeza.

Priest puso el altavoz.

Se oyó una voz:

—«Soy Ben. Deja tu mensaje. Te llamaré en cuanto pueda.»

Pine le dirigió a Priest un gesto de asentimiento con la cabeza y este dejó el mensaje, siguiendo sus instrucciones al pie de la letra. Una vez terminó, ella pulsó el botón de colgar y lo miró.

—¿Y ahora qué hacemos? —preguntó él.

—Ahora esperamos media hora.

—¿Y si no me devuelve la llamada?

—Entonces cruzas el Rubicón. Tendré que enchironarte.

Priest frunció el ceño.

—Escucha, es tu palabra contra la mía sobre eso de que he venido hasta aquí a matarte.

Pine sacó su móvil y pulsó varias teclas.

Entonces se oyó la voz de Priest explicando que había viajado hasta aquí para matar a Pine.

—¿Lo has grabado todo? —preguntó Priest.

—Pues claro. Esto es la primera división, Ed. Si quieres sobrevivir, vas a tener que mejorar tu juego.

—Yo no he hecho nada para que me haya caído toda esta mierda encima —replicó malhumorado.

—No me eches a mí la culpa, sino a tu hermano. Si llama en media hora, intenta acordar una cita con él. Y yo te acompañaré.

—Pero no tenemos ni idea de dónde está.

—Por eso estamos esperando a que nos lo diga.

Pine se calló y se apoyó en el respaldo de la silla. Priest parecía muy nervioso. Pero tampoco él abrió la boca.

Hasta veintiocho minutos después, cuando le sonó el móvil.

Priest miró a Pine, que asintió con la cabeza.

—No pongas el altavoz —le advirtió—, podría sospechar.

—¿Qué le digo?

—Actúa con naturalidad. Estás cabreado, desconcertado, y quieres que te cuente la verdad.

Priest descolgó y se acercó el teléfono a la oreja; Pine se inclinó hacia delante para oír.

—¿Sí?

—¿Eddie?

Priest le soltó de forma abrupta:

—Ben, ¿dónde cojones estás? ¿Qué está pasando? Mi vida se está desmoronando.

—Cálmate, hermano. Todo irá bien. Pero, por favor, dime que no has matado a una agente federal.

—Todavía no. Pero Mary y los niños...

—No les pasará nada.

—¡Eso no puedes asegurármelo!

Pine le dio una palmadita en el brazo a Priest y se llevó el índice a los labios. Articuló las siguientes palabras sin pronunciarlas: «Deja que hable».

Priest se calló. Un momento después, su hermano empezó a hablar:

—Eddie, no tenías que haberte visto envuelto en esto. Lo siento. Se me ha ido de las manos.

—¿El qué?

—Ahora no puedo contártelo, no por teléfono.

Pine dio otro golpecito a Priest en el hombro y lo señaló a él y después al teléfono.

—Entonces tenemos que vernos —dijo Priest—. Me lo contarás cara a cara.

—¿Dónde estás?

—En Arizona. Cerca del Gran Cañón, donde supuestamente habías desaparecido. Por eso he volado hasta aquí. ¿Y tú?

—De hecho, no muy lejos.

—¿Dónde quieres que nos veamos?

—Hay un hotel en el Gran Cañón, en el lado sur. El Tovar.

Pine miró a Priest y asintió con la cabeza.

—Vale, seguro que sabré encontrarlo.

—Podemos quedar allí esta noche para cenar. Reserva a tu

nombre. Y hazlo tarde. A las nueve. Y, para que lo sepas, yo... no tendré el aspecto de siempre.

—¿Te han herido?

—No, quiero decir que iré disfrazado.

—Ah, vale.

—¿Sabe alguien que estás aquí?

—No, no se lo he dicho a nadie.

—Entonces a las nueve en El Tovar. Te explicaré de qué va esto, al menos hasta donde pueda contártelo.

Antes de que Priest pudiera replicar nada, su hermano cortó la llamada.

Tecleó el móvil y se lo guardó. Como si hubiera estado conteniendo la respiración, dejó escapar un prolongado suspiro y se apoyó contra el respaldo de la silla.

Pine se levantó y se sirvió otra taza de café.

—Entonces, ¿no hacemos nada hasta esta noche? —preguntó él.

—Tú no vas a hacer nada hasta esta noche. Yo tengo cosas pendientes.

—Entonces, ¿me quedo aquí?

—Sí, pero no solo. Voy a llamar a un colega para que te haga compañía.

—Querrás decir para que no me largue pitando.

—Es un modo de verlo. Es un policía retirado, un guardabosques hopi. Los hopis son conocidos como gente respetuosa con la Tierra y amantes de la paz. Pero intenta gastarle alguna jugarreta a mi amigo y te noqueará tan rápido que no sabrás qué te ha golpeado.

—Muchas gracias —gruñó Priest.

—De nada, un placer.

20

El hotel El Tovar había abierto sus puertas en 1905 y estaba en el lado sur del Gran Cañón. Debía su nombre a un antiguo explorador español y formaba parte de la cadena de hoteles propiedad de la Sociedad Fred Harvey. Estaba a solo seis metros del acantilado del cañón y se había construido en estilo rústico utilizando pino de Oregón y piedra caliza de la zona. Tenía un tejado piramidal, torreones, porches, dormitorios y un tejado a dos aguas. El interior era un popurrí de diseños del movimiento *arts and crafts* y de los indios del Suroeste y carpintería de inspiración suiza. El comedor de la parte trasera tenía vistas panorámicas al cañón.

Ed Priest subió los amplios escalones de la entrada y se metió en el hotel. Pasaba un minuto de las nueve, pero fuera todavía se notaba bastante calor, pese a que hacía ya un buen rato que el sol se había puesto por el oeste.

Atravesó con paso rápido el vestíbulo en dirección al comedor de la parte trasera.

Le dio su nombre al *maître* y este lo acompañó a una mesa al fondo. Era tarde para cenar y la sala estaba casi vacía.

En la mesa, preparada para dos personas, no había nadie esperando.

Priest se sentó y miró a su alrededor.

Consultó el reloj y jugueteó con la servilleta.

Se acercó una camarera para preguntarle si quería beber algo, pero él prefirió no pedir nada hasta que llegase el otro comensal.

Pasaron diez minutos y Priest estaba cada vez más nervioso. Se mordisqueaba las uñas, no paraba de recorrer con la mirada el comedor e iba golpeteando el tenedor contra el cuchillo en un gesto inconsciente.

—¿Eddie?

Priest alzó la cabeza hacia la mujer alta que lo miraba.

En un primer momento se sintió desconcertado pero, tras observar a la mujer con más atención, se quedó boquiabierto.

—¿Ben?

—Baja la voz, Eddie, te oigo perfectamente.

Benjamin Priest iba ataviado con unos pantalones azules, blusa blanca de manga larga, chaqueta beis de lino y zapatos de tacón bajo. Una peluca oscura le cubría la cabeza e iba algo maquillado. Unas gafas ahumadas le cubrían los ojos.

Se sentó y dejó el bolso en la silla contigua.

—Cuando dijiste que irías disfrazado, no pensaba que aparecerías de esta guisa —susurró Ed.

—De eso se trata. De resultar impredecible.

—Esperaba que dijeras eso —soltó Pine mientras se sentaba frente a Ben.

Este pegó un bote y empezó a levantarse, hasta que Pine puso sobre la mesa la placa del FBI y se abrió la chaqueta para mostrar que llevaba una pistolera con su correspondiente arma.

—Ben, no montes una escena —le dijo, y este volvió a sentarse poco a poco.

—¿Y tú quién cojones eres?

—Tu amigable agente del FBI de la zona. Y ahora que ya nos hemos presentado, empieza a contarme qué carajo está pasando.

—No puedo. No tienes autorización para recibir esa información.

—Pues si ese es mi caso, entonces dudo que lo esté tu hermano. De modo que, si no se lo puedes contar, ¿a qué has venido?

—Es complicado.

—No lo dudo.

—Escucha, no puedo mantener esta conversación aquí.

—Entonces, ¿dónde? Has sido tú el que ha querido quedar en este lugar.

Ben miró a su alrededor con actitud nerviosa.

—Fuera. Tengo un todoterreno. Pero tienes que entender que no sabes en qué te has involucrado.

—Estoy completamente de acuerdo. Por eso he venido. Para comprenderlo.

—¿De verdad eres del FBI?

Alzó la placa con una mano y con la otra sacó su documento de identidad.

Ben miró ambas con atención y dijo:

—Vamos fuera.

Mientras se dirigían a la entrada principal, Ben y Pine no paraban de mirar a su alrededor. Ella iba en busca de cualquiera que pareciese prestarles la más mínima atención. Pero apenas había unos pocos huéspedes entrando y saliendo y un puñado de empleados del hotel. Ed Priest, en cambio, no dejó de mirar hacia delante.

Llegaron a las puertas y Pine tomó la delantera. Abrió,

salió, echó un vistazo al entorno e hizo un gesto de asentimiento a los dos hombres.

—¿Dónde tienes el vehículo? —le preguntó a Ben Priest.

—En ese aparcamiento de allí. Es el Explorer verde claro.

—Vamos a coger el tuyo y después volveremos a por el mío. Dame las llaves, conduciré yo.

—¿Adónde vamos? —preguntó Ben.

—A dar un pequeño paseo y a hablar mucho. De esa parte te encargas tú.

Ben subió al asiento del copiloto y Ed se sentó detrás.

—Empieza por el principio —le pidió Pine, mientras salía del aparcamiento y tomaba la carretera que salía del parque—. Consultoría Capricornio.

—No existe.

—Pero, Ben, tú me dijiste que trabajabas allí —protestó Ed.

Ben se volvió para mirar a su hermano mayor.

—Lo siento, Eddie. Mentir va con el trabajo.

—¿Que es exactamente cuál? —intervino Pine—. ¿Trabajas en inteligencia?

—Antes —respondió Ben.

—¿Para nuestro bando?

—No es tan sencillo.

—Para mí lo es —replicó Pine—. Si estás espiando para otro país, vamos a tener un problemón.

—¡Mierda, Ben! ¡Dime que no es verdad, por favor! —exclamó Ed.

—Puedo trabajar para intereses del extranjero sin hacerlo contra este país. Pero los aliados son aliados hasta que se convierten en enemigos. Y a veces nuestros enemigos pueden convertirse en aliados. Es una situación fluida.

—¿Y tú trabajas para uno de nuestros aliados o de nuestros enemigos?

—Ahora soy independiente después de haber trabajado para el Tío Sam y para otros. Y lo he hecho bien y de un modo honorable.

—De acuerdo, sigue —le pidió Pine.

—Monté mi propio chiringuito.

—¿Y a qué te dedicas?

—Ayudo a arreglar cosas.

—¿Como qué? ¿El tipo en la mula que se hacía pasar por ti?

—Supongo que habrás oído hablar del lavado de dinero.

—No solo eso —replicó Pine—, también he investigado casos relacionados con el tema.

—Bien, pues el dinero no es lo único que puede lavarse. También puedes «lavar» a personas.

—¿Quieres decir cambiarles la identidad? ¿Hacerlos desaparecer?

—Algo así —respondió Priest.

Pine sabía que estaba mintiendo, pero decidió seguir adelante.

—Háblame del tipo de la mula —le pidió—. Desapareció y dejó tras de sí un animal muerto con las letras «j» y «k» grabadas en la piel.

Ben dejó escapar un largo suspiro y dijo:

—No sé lo que significan.

Pine pensó que en esto tal vez estuviese diciendo la verdad.

—¿Era parte del plan que el tipo se largase por la noche con la mula?

—Sí.

—Muy bien, ¿y cuál era el plan?

Ben negó con la cabeza.

—No puedo entrar en detalles.

—¿Sabes dónde está ahora ese hombre?

Ben volvió a negar con la cabeza.

—No he vuelto a saber nada de él.

—¿Nuestro Gobierno tiene alguna idea de por dónde anda?

No hubo respuesta.

—El Departamento de Seguridad Nacional del FBI está muy interesado en este asunto —dijo Pine—. ¿Lo sabías?

Ben se quitó las gafas y se frotó los ojos.

—No soy inconsciente de ello.

—Una vez más utilizando evasivas —dijo Pine cortante—. De momento me has contado básicamente cero y estoy empezando a perder la paciencia.

—Ben, tienes que colaborar con la agente Pine —le imploró Ed—. Se ha encargado de ocultar a mi familia en un lugar seguro. Me han amenazado.

—Lo sé, Eddie. Ya me lo has contado, pero yo no puedo hacer nada al respecto.

—¡Y una mierda! Tú eres el que nos ha metido en este lío.

—No —replicó Ben—, te has metido tú solo. Deberías haberte mantenido al margen. En ese caso, no habrían ido a por ti.

—Solo traté de contactar contigo cuando desapareciste. ¿Qué esperabas que hiciera?

Ben señaló a Pine.

—Hablaste con ella. Te pusiste en contacto con el FBI. Y ellos lo saben.

—¿Quiénes son ellos? —preguntó rauda Pine.

De nuevo Ben dio la callada por respuesta.

—Fue ella la que me llamó —protestó Ed—. ¿Qué se suponía que tenía que hacer?

—Escucha, esta discusión no nos lleva a ningún lado —zanjó Ben—. Tengo que volver.

—No vas a ir a ninguna parte —dijo Pine—. O colaboras conmigo, o te detengo.

—¿Acusándome de qué?

—De obstrucción a la justicia y de hacer perder el tiempo a la policía. Tu búsqueda ha costado miles de dólares y ha hecho que un montón de agentes se dediquen a ello mientras podrían estar ayudando a otras personas.

—¡Eso es una parida y lo sabes!

—Podemos dejar que lo decida un juez. Pero preferiría que respondieras a mis preguntas para que podamos llegar al fondo del asunto.

—¿Quién ha dicho que yo quería llegar al fondo del asunto? —replicó con frialdad Ben—. ¿O que quiero que lo hagas tú?

—Has puesto en peligro a tu hermano y a su familia. Tienes que ayudarnos a solucionar esto.

—No, no tengo por qué hacerlo.

—¡Ben! —protestó Ed—. Somos tu familia.

Su hermano se volvió y lo miró.

—En este caso, mi familia va en segundo lugar. Esto es demasiado importante. Lo siento, Eddie, pero es así.

—¡Hijo de puta! —gritó Ed—. ¡Y todo el mundo cree que eres el chico de oro! No eres más que un cabrón egoísta.

Pine había dejado de prestarles atención. Ahora avanzaban por un tramo solitario de la carretera. Estaba completamente oscuro y no veía ni rastro de luces detrás de ellos.

Pero aun así... Sus antenas profesionales estaban emitiendo señales como locas.

—Callad —les gritó.

Un instante después, algo les golpeó por detrás con tanta

fuerza que las ruedas traseras del Explorer se levantaron del suelo. El todoterreno volvió a caer al suelo con tal fuerza que los tres fueron propulsados hacia el techo y gracias a los cinturones de seguridad no salieron despedidos. Con el impacto, saltaron todos los airbags.

El vehículo se salió de la carretera y quedó en el arcén. Justo después había unos dos metros de hierba y, más allá, un muro de árboles.

Pine no trató de girar el volante con brusquedad. Mirando por un lado del airbag, lo mantuvo en la dirección en la que avanzaban para intentar recuperar el control.

Así que dejaron atrás el arcén y después los dos metros de hierba.

—Agarraos —gritó.

Un momento después el vehículo se estrelló contra el muro de árboles. Pero Pine había podido maniobrar lo suficiente para evitar que el coche cayera de costado, lo cual hubiese supuesto que el lado en el que ella iba sentada quedase aplastado. En lugar de eso, el todoterreno chocó contra los árboles con el canto izquierdo del guardabarros delantero.

Con los airbags ya desplegados, Pine se golpeó la cabeza contra la ventanilla.

Y en ese momento, el ya dañado depósito se rompió y una chispa prendió la gasolina que salía de él. Las llamas se alzaron por el costado del todoterreno.

En el interior, Pine dejó escapar un quejido y se sumergió en la inconsciencia.

21

Una niña. La llamaba con gestos.

Tendió la manita para ayudarla.

Un susurro urgiéndola.

«Date prisa, Lee. Vamos. Estás en peligro. Vamos. Rápido, Lee.»

Pine emergió de la inconsciencia tan rápido como había sucumbido a ella. Apartó el airbag frontal deshinchado y los airbags laterales y vio por el retrovisor las llamas que trepaban hacia ella.

La mezcla de los olores del plástico y el tapizado ardiendo resultaba nauseabunda.

Le llegaba también el olor de la gasolina que se había desparramado y dedujo que el depósito se había roto por el impacto.

La imagen de su hermana llamándola se fue difuminando poco a poco.

«Lee», no «Atlee». Así la había llamado siempre Mercy. Y la llamaron así, con el nombre acortado, durante toda su infancia y adolescencia. Fue Lee Pine hasta que empezó la universidad.

Dios sabría por qué, no le importó volver a cambiárselo por Atlee. Lee representaba el pasado. Y ahora mismo Pine no estaba muy segura de tener mucho futuro por delante.

Se desabrochó el cinturón de seguridad y echó un vistazo al asiento del copiloto.

Ben Priest estaba desplomado contra la puerta y le caía un hilillo de sangre por la frente.

En el asiento trasero, Ed Priest gimoteaba y se agarraba un hombro.

Pine intentó abrir la puerta, pero esta no se movía. El impacto la había bloqueado. Se deslizó hacia el asiento trasero, se estiró por encima de Ed y abrió la puerta. Le desabrochó el cinturón y empujó al hombre herido fuera del vehículo, mientras las llamas se acercaban cada vez más.

Notaba el calor en cada milímetro de su cuerpo. Era intenso y provocaba un hormigueo en la piel. En cualquier momento la gasolina que quedaba en el depósito podía arder. Y entonces todo terminaría en un estallido de llamas y humo. Recogerían sus pedazos en una bolsa de basura.

Sus botas tocaron el suelo y tiró de Ed para alejarlo del vehículo.

Haciendo caso omiso del peligro, volvió al todoterreno en llamas, abrió la puerta del copiloto, desabrochó el cinturón de Ben y tiró de él para sacarlo. Se cargó al hombre alto sobre la espalda, se alejó lo más rápido posible del vehículo y lo dejó en el suelo al lado de su hermano.

Después se acuclilló, sacó la pistola y miró a su alrededor. Lo que fuera que les había golpeado debía de seguir cerca. Se limpió la sangre que tenía en la mejilla y con la mano libre llamó al 911 y pidió ayuda, dando su localización con la mayor precisión que le fue posible.

Consultó el reloj. Eran casi las diez. No tenía ni idea de cuánto tardaría en aparecer la policía local.

La explosión iluminó la noche y Pine agachó la cabeza mientras trozos del Ford salían disparados por el aire. Algunos fragmentos aterrizaron a su alrededor.

De pronto Ed Priest pegó un grito.

Pine se le acercó rápidamente y vio que tenía un trozo de metal clavado en la parte superior del brazo.

Era un fragmento del interior del Explorer. Le había perforado la piel como una flecha y la herida sangraba con profusión.

Pine se quitó la chaqueta y se la anudó con fuerza alrededor del brazo para cortar la hemorragia. No intentó sacar el pedazo de metal. Si había tocado una arteria, arrancarlo podía generar un surtidor de sangre.

—La ayuda ya está en camino —dijo.

Él asintió con la cabeza y se tumbó en el suelo, gimoteando.

Entonces Pine vio unos focos.

No procedían de la carretera.

Sino del cielo.

El helicóptero descendía con rapidez y su foco iba rastreando el terreno como la lengua de una serpiente hasta que dio primero con Pine y Ed. Después localizó al todavía inconsciente Ben Priest y lo mantuvo enfocado.

Tomó tierra a apenas quince metros y el chorro de aire de sus aspas los golpeó, avivó el fuego del vehículo y aventó las llamas y el humo por toda la carretera.

Se produjo otra pequeña explosión y Pine agachó la cabeza un momento antes de volver a fijar su atención en el helicóptero. Estudió meticulosamente la silueta y la configuración de las aspas.

—¿Qué está pasando? —gimoteó Ed.

—No te muevas y no hables —le susurró ella, sin quitar ojo al helicóptero.

Pine metió la mano en un pequeño compartimento anexo a la funda de la pistola y sacó el trazador láser. Lo encajó en la parte superior de la pistola y apuntó hacia el cuerpo del helicóptero.

Pero su blanco cambió cuando se abrieron las puertas del helicóptero y descendieron dos siluetas con chalecos antibalas y cascos de combate. Ambos empuñaban M16 con trazadores láser. Estos tíos estaban listos para la guerra.

Al ver este espectáculo, Pine se tumbó en el suelo, con brazos y piernas en cruz para que el blanco que representaba fuera lo más reducido posible. Pero tuvo claro que esto ya no era un combate en igualdad de condiciones, si es que alguna vez lo había sido.

Su Glock y su Beretta de reserva no tenían ninguna posibilidad frente a un arma creada para disparar la máxima potencia de fuego posible y sembrar la muerte en el campo de batalla. Un torso o una cabeza que recibiera el impacto de las balas de un fusil de combate tenía escasas posibilidades de sobrevivir. Esa arma no provocaba heridas, hacía que los órganos desaparecieran.

Aun así, decidió que debía intentarlo.

—FBI —gritó—. Identifíquense o abriré fuego.

Ninguno de los dos individuos hizo nada que indicase que estaban dispuestos a identificarse.

En lugar de eso, uno de ellos lanzó algo hacia Pine.

Ella agachó la cabeza y se dijo que todo acabaría en cuestión de segundos. Sin dolor. Tan solo... la nada.

Una parte de Pine se despidió para siempre.

Y otra maldijo tener que morir sin llegar a saber por qué.

El objeto golpeó el suelo. Se produjo un destello de luz y una explosión.

Y de nuevo el mundo de Atlee Pine se transformó en oscuridad.

22

—¿Agente especial Pine?

Pine inspiró y un olor a antiséptico le llenó las fosas nasales.

Se preguntó si el cielo era superlimpio.

Dudaba de que en el infierno este tema les preocupase lo más mínimo.

—¿Agente especial Pine?

Parpadeó y volvió a cerrar los ojos.

Los abrió de nuevo y los mantuvo así.

Carol Blum la observaba con expresión inquieta.

La mujer dejó escapar un suspiro de alivio cuando su jefa por fin la miró.

Pine giró la cabeza a un lado y a otro y comprobó que se encontraba en una camilla con ruedas.

—¿Dónde estoy?

—En Urgencias.

Pine se palpó la frente. Tenía la cabeza vendada.

—¿Cómo he llegado hasta aquí?

—En ambulancia.

—¿Y los otros?

—¿Qué otros?

Pine trató de incorporarse para sentarse, pero Blum le

puso una mano en el hombro y la empujó hacia atrás con suavidad.

—Estaba acompañada por dos hombres —dijo Pine.

—De eso no sé nada. Me han llamado para decirme que habías tenido un accidente y que te habían traído aquí.

—¿Quién te avisó?

—Alguien del hospital.

—¿Cómo han podido contactar contigo?

—De hecho, han llamado a la oficina. Habrán visto tu placa. He oído el mensaje, les he devuelto la llamada y he venido corriendo hasta aquí.

—Llamé a la policía para pedir ayuda. Nos golpearon por detrás. Alguien intentó matarnos.

En ese momento entró un médico con bata blanca y guantes azul claro con un iPad en la mano. Tendría casi cincuenta años, el cabello empezaba a escasearle y tenía una mirada tranquila, casi apática.

—¿Qué tal se encuentra, señora? —preguntó con tono animoso.

—Estoy bien —respondió Pine—. ¿Qué ha pasado con las dos personas que estaban conmigo? Ellos también estaban heridos. Uno de ellos de gravedad.

La actitud relajada del médico se evaporó.

—¿Otras personas? No había nadie más junto a usted. Ha sufrido una conmoción cerebral. Me temo que no piensa con claridad.

—Estoy pensando con mucha claridad —replicó Pine—. Había dos hombres conmigo en el vehículo.

Él negó con la cabeza.

—Escuche, soy el único médico en este turno en Urgencias. Esta noche ha llegado una ambulancia. Con usted. Accidente de automóvil. Se salió de la carretera y quedó herida.

—¿Y eso quién se lo ha dicho?

—El equipo de la ambulancia.

—¿Y los policías?

—No he visto a ninguno.

—Mierda. —Pine se sentó en la camilla y apartó al médico, que intentaba detenerla—. ¿Dónde está mi ropa? ¿Y mis pistolas?

—En una taquilla bajo llave.

—Démelo todo. Tengo que salir de aquí.

—Debemos mantenerla en observación.

—No, de ninguna manera.

—Yo soy el médico y le digo que...

Pine saltó de la camilla, plantó los pies descalzos en el suelo y se arrancó todos los artilugios médicos que tenía conectados.

—Soy agente del FBI. Y le exijo que me devuelva mis pertenencias o procederé a detenerlo por obstrucción a una agente federal.

El médico miró a Blum, mientras Pine permanecía allí plantada con una liviana bata de hospital. Incluso descalza, era más alta que el médico. Y la expresión de su rostro, con el vendaje manchado de sangre alrededor de la cabeza, era la de una mujer a la que no convenía llevar la contraria.

—¿Habla en serio? —le preguntó el médico a Blum.

—Bueno, nunca la he oído hablar en broma. De modo que es harto probable que acabe usted en la cárcel si no hace lo que le dice, cosa que le recomiendo encarecidamente.

Veinte minutos después, Pine, ya vestida y con sus dos pistolas, salía del hospital acompañada por Blum.

El sol estaba saliendo.

—¿Cómo has recibido el mensaje desde la oficina? —preguntó Pine.

—No lo he oído hasta que a primera hora de hoy he comprobado si había mensajes.

—¿A qué hora sueles hacerlo?

—Siempre compruebo si hay mensajes a las cuatro de la madrugada. Por si las moscas. Ojalá lo hubiera revisado antes.

—Había conmigo dos hombres —dijo Pine, mientras se quitaba el vendaje de la cabeza y lo tiraba a una papelera—. Nos sacaron a propósito de la carretera y después aterrizó un helicóptero. Bajaron dos tipos con chalecos antibalas y armas de combate. Uno de ellos lanzó una granada aturdidora y me dejó inconsciente. Ya estaba contusionada por el accidente, por eso quedé fuera de combate. —Alzó la mirada hacia el cielo para comprobar a qué altura estaba el sol. Su reloj había quedado dañado en el choque y el móvil estaba sin batería—. Debo de haber estado inconsciente unas ocho horas. —Luego miró a Blunt y añadió—: ¿Me crees?

—Agente Pine, ojalá no tuvieras que preguntármelo. Por supuesto que te creo. La gente del helicóptero debe de haberse llevado a los dos hombres.

—O el coche que nos embistió volvió a por ellos. Pero está claro que alguien se los llevó.

—¿Todo esto está relacionado con el caso de la mula muerta y la persona desaparecida, ese tal Ben Priest?

Pine asintió con la cabeza mientras llegaban al Prius verde claro de Blum, estacionado en el aparcamiento del hospital.

—Solo que el Ben Priest que desapareció no era el verdadero Ben Priest.

Subieron al coche y Blum arrancó el motor.

—Y entonces, ¿dónde está el auténtico Ben Priest? —preguntó Blum.

—Es uno de los dos hombres que estaban conmigo anoche. Él y su hermano Ed. Este último voló hasta aquí desde la Costa Este y me llamó. Lo recogí en un IHOP de Flagstaff y lo alojé en mi casa. Intentó matarme cuando creyó que me había quedado dormida.

Blum deglutió sin perder la calma toda esta impactante información.

—¿En serio? ¿Y en qué estado lo dejaste?

—No tuve que golpearlo. Se acobardó. De hecho, no es mal tipo. Amenazaron con matar a su familia. Se trataba de ellos o yo. Así que vino aquí a cumplir con su parte, pero al final se echó atrás. A través de él, pude contactar por fin con el verdadero Ben Priest. Quedamos anoche en El Tovar. Allí cogimos el Explorer de Ben y nos dirigimos hacia el sur. Entonces fue cuando nos atacaron en la carretera.

—Eso es lo que se llama una noche agitada.

—Tenemos que volver al lugar del accidente. Debo comprobar algunas cosas.

Le indicó a Blum por dónde quedaba y una hora después llegaron al lugar.

Allí no había nada.

Los restos del Explorer incendiado habían desaparecido. Habían borrado las marcas de neumáticos en el arcén y eliminado cualquier rastro entre la hierba.

Blum detuvo el coche a un lado de la carretera y se apearon.

Peinaron juntas la zona.

—Han hecho un buen trabajo limpiando el área —dijo Pine—. Pero no lo suficientemente bueno. —Señaló un árbol caído—. Anoche alguien cortó este árbol con una motosierra. Se ven las marcas en la madera. Después utilizaron la sierra para arrancar el punto en el que el Explorer golpeó el tronco. Pero si te fijas, se ven restos de pintura verde y otros restos procedentes del vehículo. —A continuación, señaló las zonas sin hierba en el terreno. —Han tenido que arrancarla porque la hierba se quemó por aquí. Y me apuesto lo que sea a que si trajésemos un detector de metales, encontraríamos pequeños fragmentos del Explorer. Y, dado que explotó, seguro que hay trozos que fueron a parar bastante lejos, en el bosque.

—Aun así, alguien se ha tomado muchas molestias para limpiar todo esto —dijo Blum.

—Saqué a los dos hermanos del vehículo. Cuando estalló, a Ed se le clavó un trozo de metal en el brazo. Por eso ha desaparecido mi chaqueta. La utilicé como torniquete para cortar la hemorragia. —Se señaló la manga de la camisa, donde había restos de sangre—. Y se olvidaron de esto. Esta sangre es de él. Me manché mientras le hacía el torniquete.

—¿Dices que llamaste a la policía?

Pine asintió con la cabeza.

—Y supongo que llegaron aquí en algún momento. Pero es imposible que lograsen eliminar todas las pruebas antes de que apareciera la patrulla.

—Puedo comprobarlo —dijo Blum—. Y averiguar qué pasó. —Se detuvo un momento para mirar a su alrededor, hacia el punto en que se había producido el ataque—. ¿No le has contado a nadie lo del impostor que se hacía pasar por Ben Priest?

Pine la miró.

—No, a nadie.

—¿Porque ya intuías que había algo raro en todo esto?

—Sí.

—Bueno, con helicópteros, chalecos antibalas y soldados con armas de asalto lanzando granadas aturdidoras está claro que algo raro está pasando.

—Esto resulta más inquietante a cada minuto que pasa.

—Oh, a mí ya me lo pareció desde el primer momento. Quiero decir que una no ve cada día una mula muerta con unas iniciales grabadas en el lomo.

Estaban de vuelta en la oficina y Pine acababa de entrar cuando le sonó el móvil. Lo había cargado en el coche de Blum. No se puso muy contenta al ver la identidad de la persona que la llamaba.

Blum la miró y le dijo:

—A ver si lo adivino. ¿Es una llamada de las altas esferas?

Pine hizo una mueca y respondió:

—Sí.

—La gran pregunta es de qué altura estamos hablando —dijo Blum.

—Parece que viene de muy arriba —replicó Pine con tono sombrío.

23

Clint Dobbs era el agente especial que dirigía la oficina de Phoenix. Básicamente dirigía el FBI en Arizona y tenía a una legión de agentes bajo su mando. Pero ahora mismo parecía que centraba toda su atención en una, la que estaba a cargo de la última oficina que se había abierto en el estado, que además era la única que solo contaba con un agente.

Atlee Pine.

—Pine, su trabajo como agente a cargo de una oficina en la que está sola es hacerlo todo —la sermoneó Dobbs, con tono estridente, mientras Pine escuchaba sentada en su despacho—. Pero también seguir siempre los protocolos. No hay margen para el error.

—Sí, señor. Soy consciente de ello, señor, y es lo que he hecho.

—Oh, ¿así que esto es lo que ha hecho en este caso? —dijo él con un tonillo escéptico.

—Sí, señor.

—Entonces, ¿por qué tengo a una familia en Maryland bajo protección pedida por usted que no para de llamar a la Agencia preguntando dónde está su marido y padre? Y resulta que esa persona es el hermano del hombre que hace poco desapareció en el Gran Cañón. Un caso que estaba investigando usted. Bien, Pine, pues he hablado con sus superiores inmediatos y no les consta haber sido informados de nada de todo esto. De modo que ¿le gustaría reconsiderar su respuesta afirmando que lo ha hecho todo siguiendo los protocolos en esta chapuza?

—Señor, la situación reclamaba actuar sin dilación. No tuve tiempo de informar a todo el mundo. Pero iba a hacerlo en mi próximo informe.

—No me cuente milongas. Tengo cosas mejores que hacer que perder el tiempo al teléfono con la octava y más pequeña de las oficinas a mi cargo. Esperaba más de usted, Pine. Ha hecho grandes cosas para la Agencia, pero este tipo de mierda puede arruinarle la carrera.

—Sí, señor.

—Pine, intento hacerle una advertencia amistosa.

—Sí, señor. Se lo agradezco, señor.

—No estoy seguro de que sea así. Escuche, cualquier error que cometa usted me acaba rebotando a mí. Es el precio que paga uno por estar al mando.

—Lo comprendo, señor.

—No, insisto, no creo que sea así, porque de lo contrario no se habría comportado como lo ha hecho. ¿Cree que la he llamado porque sí? Tengo cosas más importantes que hacer. Pero me ha sonado el móvil a las cinco de la madrugada. Me llamaban desde Washington. Era el subdirector en persona. Joder, lo que me sorprende es que no fuese el mismísimo director.

—¿Y qué tal está el subdirector?

—No se insubordine, Pine. No se lo pienso tolerar.

—No era mi intención, señor.

—En cualquier caso, el subdirector me ha llamado hecho

una furia. Todavía no sé si he recuperado del todo la audición en el oído izquierdo. No puedo asumir estas broncas, Pine. De verdad. ¿Lo entiende?

—Sí, señor.

—Y, además, tengo entendido que se ha visto envuelta en un accidente de tráfico.

—Yo he sufrido el accidente, señor. Pero estoy bien. Solo un poco magullada. Me han dado el alta en el hospital y ya estoy de vuelta al trabajo.

—¿Ha destrozado el todoterreno que le proporcionó la Agencia?

—No, señor, era de otra persona.

—¿Y cómo ha quedado ese vehículo?

—Para chatarra. Pero no es ningún problema. Tengo un seguro. La Agencia no tiene por qué preocuparse, señor. Ha sucedido cuando estaba fuera de servicio.

—Rece para que no me encuentre con ninguna sorpresa desagradable.

—Sí, señor.

—Y, Pine, tómese unos días libres. Por lo que tengo entendido, el caso de la persona desaparecida está estancado. Y usted sabe mejor que nadie que es frecuente que en el Gran Cañón desaparezca gente. A algunos los encuentran y en otros casos se halla el cadáver. Pero creo que es malgastar su tiempo y el dinero de los contribuyentes que siga usted con este caso. De momento, lo único que tenemos es una mula muerta. Se pueden encargar las fuerzas locales. De modo que tómese unos días, repóngase, rellene el papeleo del seguro y no se meta en más líos. ¿Le ha quedado claro?

—No podía quedarme más claro, señor.

Pero Dobbs ya había colgado.

Pine dejó el teléfono en el escritorio y alzó la mirada cuando alguien llamó a la puerta.

Blum asomó la cabeza.

—¿No hay moros en la costa?

Pine asintió con un gesto.

—Me han pateado el culo de manera oficial desde Phoenix.

—A ver si lo adivino: ¿Clint Dobbs? —dijo Blum.

Pine volvió a asentir con la cabeza.

—Genio y figura.

—Trabajé para él, hace mucho, cuando Dobbs estaba trepando en el escalafón. Ya entonces estaba claro que quería llegar a director de zona. Hay agentes a los que les gusta trabajar sobre el terreno. Otros prefieren hacerlo detrás de un escritorio. Dobbs era de estos últimos.

Pine permaneció en silencio.

—Por aquel entonces era un auténtico capullo. Dicen que con el tiempo se ha ido apaciguando. —Blum se calló y se quedó mirando a Pine.

—Básicamente me ha ordenado que me tome unos días libres.

—¿Y lo vas a hacer?

Pine miró a Blum y dijo:

—Soy agente del FBI. Se supone que no debo ir a mi bola.

—Pero no te quedas tranquila.

—Casi me liquidan lo que parecían ser agentes de mi propio Gobierno. El tipo al mando del Departamento de Seguridad Nacional aparece en copia entre los destinatarios de un correo electrónico sobre el caso. Mi superior me acaba de decir que el subdirector le ha llamado y le ha echado la bronca, y el resultado de todo esto es que me piden que me tome unas vacaciones.

—Entonces la gran pregunta es: ¿vas a ir a tu bola o vas a ser disciplinada?

Pine no respondió de inmediato. Cuando empezó a hablar, las palabras fueron saliéndole poco a poco.

—Anoche podrían haberme matado con suma facilidad. Estaba inconsciente. Pero solo se llevaron a Ben y Ed Priest. Podían haberme cogido también a mí.

—¿Por qué crees que no lo hicieron?

—Matar a un agente del FBI es como sacudir un avispero.

Blum asintió con un gesto.

—He averiguado algunas cosas mientras hablabas con Dobbs. En primer lugar, la policía local recibió tu llamada, pero anularon la petición de ayuda antes de que llegara la patrulla al lugar de los hechos. Dicen que volviste a telefonear y les dijiste que se había tratado de un error.

—¿Qué más?

—El tramo de carretera en el que dices que estabais.

—¿Qué pasa con él?

—He telefoneado a un amigo que es patrullero estatal. El área que cubren incluye esa carretera. Anoche un colega suyo tenía turno. Vio a un equipo de mantenimiento bloqueando el paso en ese tramo.

—¿Un equipo de mantenimiento? —repitió Pine.

—Sí. Pero sé de buena tinta que acabaron de repavimentar esa carretera hace poco. De modo que ¿qué estaban haciendo allí?

—Trabajando para alejar a Ben Priest de mí. Y eso explicaría por qué no nos cruzamos con ningún vehículo en todo el trayecto.

La había cagado. Encontrarse con Ben Priest en un lugar público parecía lo más seguro. Pero había subestimado a quienquiera que estuviera detrás de él. Su error podía haberles costado la vida a dos hombres.

Blum interrumpió sus reflexiones.

—Agente Pine, no es tan fácil bloquear una carretera sin que nadie se entere.

—No, no lo es.

—¿Crees que el FBI está al corriente de lo que sucede? Quiero decir que saben lo que ocurrió anoche y te están apartando del caso antes de que salgas malparada.

—O antes de que descubra la verdad.

Blum negó con la cabeza, con expresión enojada.

—Siempre he confiado en la Agencia, aunque no estuviera de acuerdo con todo lo que hacían. Quiero decir que somos los buenos.

—Me uní al FBI para hacer dos cosas: proteger a la buena gente y castigar a los malos. Muy simple. Permite que todo quede meridianamente claro.

—Pero en este caso es obvio que nada está meridianamente claro —dijo Blum—. ¿En qué posición nos deja eso?

—No puedo trabajar en este caso ciñéndome a los parámetros habituales.

—Entonces las opciones son limitadas. ¿Qué vamos a hacer?

—¿Vamos? —Pine la miró—. No, eso no va a ocurrir. Si doy el paso y me pillan y averiguan que me has ayudado, también se habrá acabado todo para ti.

—Pero soy tu secretaria. Mi trabajo consiste en ayudarte.

—Carol, este no es un caso como los demás. Estoy planteándome saltarme las normas. No puedo permitir que te involucres en esto.

—¿Por qué no? Ya soy mayorcita para tomar mis propias decisiones.

—Pero puede ser un suicidio para tu carrera.

—Bueno, la verdad es que llevo un tiempo pensando en cambiar de trabajo. Mi marido se acaba de divorciar de mí para largarse con una fulana. Mis hijos ya son mayores y viven por su cuenta, todos lejos de mí. No sé qué pensar sobre mi situación, pero supongo que estoy en una edad en que no tengo que preocuparme por nada.

—¿Y a qué pensabas dedicarte?

—Bueno, había pensado probar como detective privado. Después de tantas décadas en la Agencia, he visto de todo, desde documentación sobre casos a autopsias e informes forenses. He podido observar casos bien investigados y otros que se han llevado pésimamente. Y, qué demonios, he redactado montones de informes que se suponía que tenían que escribir los agentes hasta acabar entendiendo cómo encajan las pruebas. Y he ayudado a un número considerable de novatos mientras intentaban comprender las excentricidades de la Agencia. Y he escuchado a todo el mundo y lo he memorizado todo. Y por mi apariencia física soy perfecta para el trabajo. Fíjate en mí. Nadie va a verme como una amenaza. De modo que puedo escuchar y observar lo que me dé la gana.

—Señora Blum, estoy descubriendo una faceta tuya que no sabía que existía.

Blum le lanzó una mirada incrédula.

—Bueno, pues ya era hora, agente Pine. La verdad, pensaba que eras un poco más avispada.

24

Pine se estaba peinando y se miraba en el espejo del lavabo.

Se había duchado y limpiado la sangre de la herida de la sien. Todavía le palpitaba la cabeza por el golpe contra la ventanilla del todoterreno y los efectos de la conmoción cerebral.

Se había puesto una tirita en la herida y después la había tapado, junto con el moratón que le había salido alrededor, con su propio pelo.

En la otra sien tenía la cicatriz de otra herida, que se observó levantándose el cabello.

Esta era de hacía mucho tiempo.

Y no desaparecería nunca. Era cortesía del hombre que se había llevado a su hermana.

Fuera ya había oscurecido. Blum había llevado a Pine en su coche al Gran Cañón para recoger el todoterreno de la agente, y después ambas habían regresado a la oficina y trabajado allí el resto del día.

Pine apartó la mirada del reflejo de la cicatriz en la sien, cogió el móvil y observó la imagen que aparecía en la pequeña pantalla. Era el boceto digital que Jennifer Yazzie había dibujado para ella. Era el retrato del hombre desaparecido, del impostor que se hacía pasar por Ben Priest, al menos según lo que recordaba de él Mark Brennan.

Podía introducir la imagen en varias bases de datos de reconocimiento facial, pero si accedía a esas plataformas utilizando su clave del FBI, sabrían lo que estaba haciendo.

Y si las amenazas de Clint Dobbs iban en serio, podía acabar expulsada del FBI. Así que, de momento, esta imagen, esta pista, no tenía utilidad alguna para ella, al menos hasta que encontrase una vía de acceso alternativa a esas bases de datos. Algo que tenía intención de hacer lo antes posible.

Dejó el móvil y resiguió la cicatriz con el dedo.

Bajo esa marca hubo mucho tiempo atrás una fractura en el cráneo.

Una niña de seis años con el cráneo fracturado. Solo eso ya resultaba bastante grave, pero era todavía peor, porque se pasó toda una noche en el suelo, ensangrentada, amoratada e inconsciente, con el hueso quebrado y el cerebro magullado.

Pero Pine jamás se había quejado. Tuvo suerte.

Mercy no.

Había querido confirmar de forma definitiva que Daniel James Tor era quien se había llevado a su hermana. Pine necesitaba saber la verdad, porque era el único modo posible de cerrar de una vez por todas el drama de la desaparición de Mercy.

Se acababa de desvestir para acostarse, cuando sonó el teléfono.

Era Sam Kettler.

—Discúlpame por llamarte tan tarde —le dijo.

—No te preocupes, no pasa nada. ¿Qué sucede?

—Me preguntaba si tienes tiempo para tomar una cerveza.

—No creo que Tony's esté todavía abierto —comentó ella.

—Lo sé, pero estoy a solo veinte minutos de tu casa y, bueno, he pensado que quizá te apetecía dar un paseo. Hace una noche preciosa.

Pine no respondió. Estaba a punto de embarcarse en una aventura que probablemente iba a convertirse en el principio del fin de su carrera en el FBI.

«Dile que es mal momento.»

—Eh, Atlee —dijo él—, no pasa nada. Escucha, soy un memo por llamarte así de repente a estas horas. No sé en qué estaba pensando. Yo solo...

—No, está bien. Pásate por aquí. Me apetece una cerveza.

«Y es verdad. ¿Quién sabe cuándo se me va a presentar otra oportunidad?»

—¿Estás segura? No quiero que te sientas presionada y tengo la sensación de estar haciéndolo.

—Con el tiempo te darás cuenta de que soy inmune a las presiones de este tipo. Pero tomémonos la cerveza en tu Jeep. Mi apartamento está un poco desordenado.

—Oh, de acuerdo. No tenía intención de autoinvitarme. Pensaba en sentarnos en la escalera de entrada del edificio o algo por el estilo.

—Eres chapado a la antigua, ya lo sé —dijo ella sonriendo.

Le dio la dirección y se puso unos pantalones cortos y una camiseta. Se quedó mirando por la ventana y, en cuanto vio aparecer el coche, bajó sin tomarse la molestia de ponerse calzado. Resultó ser una mala idea, porque tuvo que ir dando saltos por el asfalto, que todavía retenía el intenso calor del día.

Se sentaron en el Jeep con la capota plegada y destaparon dos cervezas frías. La temperatura todavía estaba por encima de los veinticinco grados, y eso que ya casi eran las once de la noche.

—Caramba, esto es una maravilla —dijo Pine después de beberse media botella.

Él sonrió y se quedó mirando por el parabrisas.

—Las cosas sencillas son las mejores, ¿verdad? —La miró y frunció el ceño—. ¿Qué te ha pasado?

Señaló un lado de su cabeza, cerca de la sien, que, al volverse Pine, había quedado al descubierto sin el cabello.

Ella se tocó la tirita.

—Nada, que soy un poco patosa.

—No me da la impresión de que lo seas.

—Sí, bueno, te sorprenderías. Pero no es nada, Sam.

Él asintió con la cabeza y se removió inquieto.

Ella se percató y le preguntó:

—¿Qué pasa?

Con la mirada clavada en el volante, él dijo:

—Mañana por la noche... hay un concierto en Phoenix. Me he cambiado el turno para poder ir. Toca Santana. ¿Te interesa?

La miró.

Pine se sintió muy incómoda.

—Vaya, gracias por la invitación. Pero no puedo. Lo siento.

Él apartó la mirada.

—Eh, no te preocupes. Te he avisado con muy poco tiempo. No sé en qué estaba pensando. —Se rio entre dientes—. Siempre quise tocar la guitarra como Carlos. Yo y otro millón de tíos. El problema es que no soy capaz de tararear sin desafinar.

—¿Puedes devolver la entrada?

—Sí, por supuesto.

Ambos estuvieron un rato en silencio, mirando a través del parabrisas.

Pine se sentía incómoda y descentrada. Una parte de ella pensaba en el hombre que tenía al lado. Y la otra mitad, en los detalles del día que le esperaba mañana.

Kettler, por su parte, parecía haberse escondido en su caparazón después de que ella rechazara la invitación.

Pine se aclaró la garganta y dijo:

—¿Y qué te empujó a venir a trabajar en el Gran Cañón?

Él se animó ante la pregunta.

—Vaya, es un lugar fascinante. No son solo las formaciones geológicas, el paisaje y las caminatas y demás. Tiene una historia increíble. Muchas cosas empezaron aquí.

—¿Como qué?

—¿Has oído hablar de Maasaw?

—No.

—Es el dios hopi de la muerte. Se dice que vive en el cañón. Y también están los ancestrales silos de los indios pueblo en Nankoweap Creek. Y Eagle Rock en Eagle Point, en el lado oeste. Los hualapai lo consideran un lugar sagrado. Además, algunos hopis creen que el cañón es el lugar donde se sitúa el *sipapu*, el portal a través del cual puede escalarse por una caña de bambú gigante hasta el cielo y así llegar al Cuarto Mundo.

—¿Crees en todo eso? —le preguntó Pine, alzando las cejas.

Él pareció avergonzarse.

—Bueno, me gustaría creer en parte. Para mí el Gran Cañón no es solo un destino turístico. Es un lugar que tiene vida propia y respira. Hay doce especies de plantas que solo se encuentran en el cañón. Y el paraje está en permanente evolución. Las algas del río atrajeron a crustáceos, que llevaron hasta allí a las truchas, que a su vez arrastraron al águila calva. Es una de las pocas especies de pájaros que utiliza el corredor del río como su hábitat invernal. —Kettler se dio unos golpecitos en la sien—. ¿Lo ves? Todo denota inteligencia. Está vivo. ¿Qué te parece?

Pine sonrió.

—Tal como lo explicas, muy guay, la verdad. Estoy descubriendo otra faceta de ti, señor Kettler.

—Tengo siempre una mochila en el trabajo. A veces, cuando acabo mi turno, me voy a caminar o a correr. En ocasiones incluso hago escalada.

—¿Escalada?

—Sí, fui ranger en el ejército. Para poder entrar en ese cuerpo, tienes que hacer un montón de escalada. Las prácticas se hacen en Georgia. Ahora para mí se ha convertido en una especie de afición. Siempre llevo cuerda, mosquetones y más equipo en la mochila. He escalado montañas por todos lados. —La miró—. Tal vez te gustaría.

—Tal vez. Con la compañía adecuada. —Sonrió y le dio un suave puñetazo en el brazo.

De pronto Kettler frunció el ceño.

—¿Pasa algo?

—Escucha, en honor a la verdad, he venido a verte también por otro asunto.

Pine se reacomodó en el asiento y se sentó más recta.

—¿Qué?

—Colson Lambert y Harry Rice.

—¿Qué pasa con ellos?

—Los han trasladado.

—¿Qué? ¿Adónde?

—Al parque nacional Zion, en Utah. Con efecto inmediato. Lo cual para ellos es un buen lío, porque tienen familia e hijos que van aquí al colegio. Harry y Colson se van a ir solos y dejan a la familia aquí hasta que puedan organizarse. —La miró—. Deduzco por tu reacción que no lo sabías.

—No tenía ni idea.

—¿Tiene algo que ver todo esto con el asunto de la mula? Pero ¿cómo es posible que sea por eso? Sin embargo, es lo único fuera de lo normal que ha pasado últimamente. Quiero decir... —dejó la frase sin terminar.

—Puede que sí, Sam. De hecho, es probable.

—Vale. Supongo que no puedes contarme nada, ¿verdad?

—No, imposible.

—Ningún problema. Pero he creído que alguien debía contarte lo de Lambert y Rice.

—Sí, y te agradezco la información. De verdad.

Se quedaron en silencio hasta que Pine dijo:

—Si alguna vez quieres hablar de cosas...

—¿De qué clase de cosas?

—De tu época en el ejército.

—Bueno, ya dejé el ejército. Eso forma parte de mi pasado. Prefiero mirar hacia delante.

Pine pensó en su propia situación personal.

—A veces no puedes ir hacia delante hasta que has cerrado los asuntos del pasado.

—Supongo que es cierto. Pero yo fui soldado, como mucha otra gente. Estoy bien. De verdad. No tengo problemas.

—De acuerdo.

Se despidieron con un abrazo que se prolongó un poco más que el de la noche del Tony's Pizza.

Pine sintió la fuerza de los dedos de Kettler mientras se

hundían con suavidad en su piel, a través de la fina tela de la camiseta. Percibió su aroma: una mezcla de sudor, jabón y champú. Se sintió un poco aturdida. Pero el pensamiento de lo que la esperaba al día siguiente cayó sobre ella como un bloque de cemento.

Se apartó y le plantó a Kettler un fugaz beso en la mejilla.

—Gracias por la cerveza. Y por la invitación al concierto de Santana. Te lo agradezco de verdad.

—De nada —replicó él, cogiéndole el brazo desnudo con la mano—. Espero que volvamos a salir un día de estos.

Pine regresó al apartamento, de nuevo dando saltitos por el asfalto hasta que llegó a la acera, que estaba más fresca. Se volvió y vio que Kettler la miraba sonriendo.

Pine inclinó la cabeza para mirarse los pies descalzos.

—Lo sé, parezco un pato, ¿verdad?

—Desde donde yo estoy para nada pareces un pato. De hecho, estás despampanante.

Dos minutos más tarde, después de ver como Kettler se alejaba con el Jeep, Pine se desplomó en la cama.

«¿Así que despampanante, eh?»

Sonrió mientras repasaba el rato pasado con Kettler. Pero de pronto se le cruzó por la cabeza la realidad que tenía por delante y se le borró la sonrisa.

¿Qué probabilidades había de que por fin hubiera encontrado a alguien en cuya compañía era feliz y que al final su trabajo se convirtiera en una barrera..., bueno, digamos que de las dimensiones del Gran Cañón?

«Atlee, esto iba con el contrato cuando te entregaron la placa.»

A la mañana siguiente se levantó a las siete, cogió el teléfono y llamó a Carol Blum.

—Nos vemos en la oficina en una hora.

—Allí estaré. Tienes razón, antes de empezar tus vacaciones, deberíamos dedicar algún tiempo a ordenar los dosieres de los casos antiguos.

—Recibido.

—¿Adónde vas a ir?

—Haré una excursión al monte Nebo, en Utah, y acamparé allí. Necesito aclararme las ideas. Ya lo tengo todo preparado. Me marcharé directa al salir de la oficina. Estaré fuera un par de semanas. La oficina de Flagstaff se encargará de todo si hay alguna urgencia. Ya lo he hablado con ellos. Nuestra oficina quedará oficialmente cerrada mientras yo esté fuera. De modo que tú también te vas a tomar unas vacaciones.

—Bueno, en ese caso iré a visitar a mi hija a Los Ángeles. Tengo un nuevo nieto al que todavía no he podido malcriar.

Pine se puso las gafas de sol, condujo hasta la oficina, dejó el vehículo en el aparcamiento subterráneo y subió por la escalera que llevaba al ascensor.

Blum había llegado antes que ella. Con cafés.

A las ocho de esa noche, la puerta del aparcamiento se abrió y el todoterreno negro de Pine salió, giró a la derecha y se encaminó hacia la autopista en dirección norte. El Prius de Blum salió detrás de ella y tomó la dirección contraria.

Otros dos todoterrenos se pusieron en marcha. Uno siguió al vehículo de Pine, el otro al de Blum.

A medianoche, la puerta del aparcamiento subterráneo volvió a abrirse.

Y de él salió el Mustang de 1967, con el techo puesto y las ventanillas subidas.

Pine iba al volante y Blum a su lado. La agente iba vestida

con unos vaqueros, una camisa de algodón de manga larga y un cortavientos. Blum había cambiado la falda, la chaqueta y los zapatos de tacón por unos pantalones, unas manoletinas y un suéter azul claro.

Las dos habían sacado un buen fajo de billetes de sus cuentas bancarias, porque a partir de entonces las tarjetas de crédito y de débito no iban a ser una buena opción para ellas.

En el garaje habían dejado otro coche cubierto con la lona del Mustang.

Pine giró a la izquierda y tomó la carretera estatal 89 en dirección sur.

Las dos estaban «oficialmente» operando por su cuenta.

25

—¿Estás segura de que no pueden rastrear el coche? —preguntó Blum cuando entraban en la interestatal 40 para dirigirse hacia el este.

—Lo traje aquí en plena noche cuando me instalé en Shattered Rock. Lo metí en el aparcamiento de la oficina y únicamente lo he sacado por las noches, y además solo en contadas ocasiones desde que estoy aquí. Por eso llevo el cargador de batería, si no no habría quien lo pusiera en marcha.

—Pero pueden rastrear la matrícula.

—Si lo hacen, no apareceré como propietaria, porque nunca llegué a ponerlo a mi nombre.

—¿Por qué?

—Porque sigue estando a nombre del primer propietario, que por desgracia falleció. A efectos legales, sigue figurando como suyo.

—¿Cuánto vamos a tardar?

—Son unos tres mil quinientos kilómetros. Treinta y tres horas si no paramos.

—No soy una jovencita. Vas a tener que hacer algunas paradas a menos que estés dispuesta a volver a tapizar el coche.

—Yo tampoco tengo una vejiga tan grande. Pero casi todo el camino es por la interestatal 40 y al oeste del Mississippi realmente podemos volar. Pongamos que serán dos días. Eso si tú también conduces a ratos.

—No sé si pecas de exceso de optimismo, pero de acuerdo, haremos turnos. Y, hablando de volar, ¿queda descartado tomar un avión?

—Tarjetas de crédito, documentación... Dejaríamos rastro en el sistema. De modo que sí, queda descartado. Por eso tenemos que pagarlo todo en efectivo. Tengo una tarjeta de débito para emergencias, pero está vinculada a la cuenta de un amigo, no a la mía. Si tengo que utilizarla, después le devolveré el dinero. Y en la medida de lo posible, no debemos utilizar nuestros verdaderos nombres. Cualquier desliz puede dejar rastro. Y no desharemos las maletas, por si tenemos que largarnos a toda prisa de algún sitio.

—Entendido. ¿Adónde va a llevar tu amigo mi Prius?

—Lo bastante lejos como para que cualquiera que lo siga crea que vas de camino a Los Ángeles. No te preocupes, cuidará de él.

—¿Y tu todoterreno?

—Elegí el monte Nebo por un motivo. La amiga que lo conduce va a hacer acampada y montañismo allí las próximas dos semanas. Dudo que quienes la estén siguiendo lo hagan hasta el final, una vez que les quede claro adónde se dirige.

—¿Y tu móvil?

—En el todoterreno. Por si lo están monitorizando. Voy a estar en Utah durante las próximas semanas. He dejado el tuyo en el Prius. Tengo varios teléfonos prepago listos para usar. Están en mi bolsa, detrás de tu asiento. Y he cargado en todos ellos mi lista de contactos y el retrato digital del falso Ben Priest.

—¿Pueden rastrear la compra de teléfonos prepago y después monitorizar la tarjeta SIM?

—Podrían si los hubiera comprado. Pero no es el caso. Alguien me hizo el favor de adquirirlos. Y eso fue hace seis meses.

—¿Antes de que supieras que íbamos a meternos en este lío?

—Me gusta estar preparada para cualquier eventualidad, y poder desaparecer en cualquier momento, pero sin perder la posibilidad de comunicarme. —Pine miró a su compañera de viaje—. Tenemos que actuar como profesionales de primera, ¿de acuerdo? Estamos jugando en primera división.

—Lo he tenido claro desde que me uní al FBI. —Blum consultó el reloj—. Es casi la una de la madrugada. ¿Estás en condiciones de seguir conduciendo?

—He dormido ocho horas en el suelo de la oficina. Aguantaré al menos hasta Oklahoma City.

—¿Está lejos?

—A unas trece horas a todo gas. Podemos parar para comer.

—Estoy impresionada por tu resistencia.

—Hice con este coche el trayecto entre la Costa Este y Utah en dos días y medio. Solo me detuve para ir al lavabo y para echar una cabezada en algún aparcamiento, comía aquí dentro. —Pine dio unas palmadas en el salpicadero—. Hay algo mágico en este tipo de viajes. No quieres parar de conducir. —Pasado un rato, comentó—: Tú no te crees que esa pareja, Jordan y Kinkaid, encontraron una cueva secreta en el Gran Cañón llena de artefactos egipcios, ¿verdad?

—No.

—¿Y tu padre se lo creía?

Blum se tomó su tiempo para responder.

—Creo que mi padre quería creerlo. Bajó varias veces al fondo del cañón para tratar de localizarla. Aunque, claro está, nunca dio con ella.

—¿Ni siquiera con la ayuda de una «j» y una «k» grabadas sobre la entrada?

Blum sonrió.

—Mi padre se pasó la vida haciendo un trabajo que detestaba. Lo que de verdad le hubiera gustado era ser un aventurero, ya sabes, en plan Indiana Jones.

—¿Todavía vive?

—No, los dos murieron. ¿Y los tuyos?

—Mi madre sigue viva.

—¿Dónde reside?

—Será mejor que duermas un poco para poder sustituirme cuando yo esté agotada.

Pine siguió conduciendo.

Comieron una barbacoa en Oklahoma City. Después, Blum, que había dormido la mayor parte del trayecto y estaba fresca como una rosa, se puso al volante, mientras Pine echaba hacia atrás todo lo que podía el asiento del copiloto, estiraba las piernas y se quedaba dormida de inmediato.

Blum condujo del tirón, con tan solo algunas breves paradas para ir al lavabo y estirar las piernas, y en una ocasión para dormir una hora en un aparcamiento. Cuando ya estaban cerca de Nashville, se detuvo otra vez y despertó a Pine.

—Parada para ir al baño —anunció Blum—. Y ahora te toca conducir a ti. Estoy molida.

Pine asintió con la cabeza. Ahora era negra noche, aunque faltaban pocas horas para que amaneciera. En el área de descanso solo funcionaba una luz y además era bastante débil. A esas horas no había ningún otro vehículo por allí.

Pine bostezó, se estiró y rotó el cuello mientras seguía a Blum al lavabo de mujeres.

En cuanto la puerta se cerró tras ellas, volvió a abrirse.

Y entraron tres hombres.

Eran todos altos, delgados, atractivos y parecían tener veintipocos años. Iban vestidos a la moda, con ropa cara, pero que jugaba a simular que no lo era. Dos de ellos llevaban pantalones cortos de color caqui bajo los que asomaban unas piernas musculosas y morenas, camisas de la firma Robert Graham de manga corta y náuticos. El tercero vestía unos vaqueros holgados desteñidos, camisa blanca de manga larga por encima del pantalón y mocasines Gucci.

Uno de ellos aplastó una lata de cerveza y la lanzó a un cubículo vacío. Los tres se quedaron mirando a las dos mujeres.

Blum se volvió y los encaró.

—Os habéis metido en el lavabo equivocado. El de hombres es la otra puerta.

El de los vaqueros dio un paso adelante. Miró a sus dos amigos y sonrió, mostrando unos dientes perfectos y blanquísimos.

—No, aquí es donde queremos entrar, porque estáis vosotras.

—No me jodas —soltó una incrédula Pine—. ¿Acabáis de salir de una fiesta en la fraternidad o qué?

El tipo sonrió y sacó una botella de bourbon Maker's Mark del bolsillo trasero del pantalón.

—La palabra clave es «fiesta», señoras.

Blum miró a Pine, que tenía los ojos clavados en la botella medio vacía.

—Ni lo sueñes —le dijo Blum al chico.

—Venga, estamos buscando a mujeres como vosotras —dijo el tipo—. Mujeres maduras, ¿qué mejor? Y, creedme: os va a gustar lo que os vamos a ofrecer.

Destapó la botella de Maker's y echó un trago antes de pasársela a sus amigos, que también bebieron.

Pine los estudió uno a uno.

—¿De verdad este es el único modo que tenéis de echar un polvo?

—Joder, podemos follar con quien queramos. Puedo ser más seductor que nadie. Y, además, mi familia es rica. —Señaló con el dedo a los otros dos—. Las de este par también.

—Entonces, ¿por qué estáis al acecho junto al lavabo de mujeres esperando una presa?

El chico sonrió.

—Porque podemos hacerlo y además nos apetece.

—No, con nosotras no podéis —replicó Blum.

La sonrisa del tipo se fue borrando poco a poco.

—Me parece que no tenéis muchas opciones.

—Pues en ese caso creo que no lo habéis planeado muy bien —dijo Pine.

El tipo sacó una navaja del bolsillo y la abrió.

—No me gusta tener que hacerlo así, pero iremos a lo práctico. Haced lo que os digamos y nadie saldrá malparado.

—Oh, me parece a mí que alguien sí que va a salir malparado —replicó Pine.

Avanzó hacia él y lo desarmó rompiéndole la muñeca. Cuando el chico estaba aullando y doblado sobre sí mismo por el dolor, ella lo agarró por la nuca, lo empujó hacia abajo y le hizo saltar las dos palas con un implacable rodillazo hacia arriba. A continuación, aprovechando la propia corpulencia del chico contra él mismo, Pine lo lanzó contra el espejo de la pared que había encima de los lavamanos, el cual se hizo añicos. El chaval se desplomó sobre un lavamanos, se golpeó en plena cara contra un grifo y acabó en el suelo. Quedó allí tirado, ensangrentado y aturdido, gimiendo de dolor.

—¡Eh, eh! —gritó uno de los otros dos.

Se lanzó contra Pine, pero salió despedido hacia atrás cuando ella le plantó la suela de la bota en la garganta. Se estrelló contra la pared, se deslizó hasta el suelo y quedó sentado, jadeando para tratar de coger aire.

Ella se le acercó y acabó la faena haciendo que su cabeza rebotara contra las baldosas de la pared con un golpe del antebrazo. El chico cayó al suelo inconsciente.

—Zorra, estás muerta. Soy cinturón negro —vociferó el último que quedaba en pie.

Dejó de dar gritos y retrocedió de un salto cuando Pine sacó la pistola y le apuntó.

Con la otra mano sacó la placa del FBI.

—Y mira lo que soy yo, señor Estúpido.

—¡Oh, mierda! —exclamó—. ¡Me cago en la puta!

—Al suelo y boca abajo —le ordenó Pine—. ¡Ya!

El tipo obedeció y espetó:

—Eh, si tenías una puta pistola, ¿por qué no la has sacado desde el principio? ¿Por qué has tenido que darles una paliza?

—Porque podía hacerlo y además le apetecía —dijo Blum.

Pine sacó varias bridas de plástico del bolsillo de la chaqueta y los ató a los tres juntos, con las piernas y las manos a la espalda, para que no pudieran moverse. Después de que ella y Blum hicieran uso del aseo y se lavaran las manos, marcó el 911, le dijo a la operadora lo que había sucedido, le dio la localización y añadió:

—No puedo quedarme para presentar cargos, pero manténganlos en chirona unos años bajo el cargo de ser unos completos idiotas.

Cuando Pine se sentó al volante del Mustang, Blum le dijo:

—Has estado impresionante ahí dentro.

—Estaba motivada.

—Bueno, lo entiendo. Nos había amenazado.

—No, lo que quiero decir es que me urgía usar el baño.

Un poco más tarde, Pine tomó la interestatal 81 en dirección norte y pisó el acelerador.

Esa parte de la carretera era conocida como «la autopista de los camioneros», porque zigzagueaba entre montañas y la recorrían muchos camiones articulados. Se detuvieron para comprar comida para llevar en un restaurante abierto las veinticuatro horas cerca de Roanoke, Virginia. Cuando reemprendieron la marcha, Pine se colocó sobre el regazo las grasientas patatas fritas y fue masticando con estruendo una hamburguesa doble con queso, mientras Blum se limitaba a dar mordisquitos a la suya y solo muy de tanto en tanto cogía una patata.

—¿No te gustan las hamburguesas y las patatas fritas? —le preguntó Pine.

—Oh, sí, pero a mi edad yo no les gusto a ellas tanto como antes. En este sentido son un poco como los hombres.

Unos minutos después, se recostó en el asiento y se quedó dormida.

Pasadas varias horas, Pine llegó a la interestatal 66 y la tomó en dirección este hacia Washington.

En ese momento Blum se despertó. Mientras se estiraba, preguntó:

—¿Dónde estamos?

—A unas dos horas de Washington, DC.

—Nunca he estado en la capital.

—Después de toda tu matraca sobre Hoover, me sorprende.

—Bueno, él ya había muerto cuando yo entré en el FBI, así que...

—Pero aquí está el Edificio Hoover, que, por cierto, se cae a pedazos.

—Aunque tú nunca trabajaste allí, sino que estabas en la oficina de campo de Washington —dijo Blum.

Pine le lanzó una miradita.

—¿Me has estado investigando?

—Pues claro. ¿Querías tener a una idiota como secretaria?

—Visitaba el Edificio Hoover con frecuencia. Estaban buscando una nueva sede, pero por lo visto el Congreso no les daba el dinero.

—Bueno, ya era hora de que alguien frenara el malgasto de dinero de los contribuyentes.

—Sí, para que el Pentágono pudiera gastárselo en más inodoros de diez mil dólares.

—¿Dónde nos alojaremos?

—Tengo un colega, que está de misión en el extranjero. Nos quedaremos en su casa del norte de Virginia.

—Para ser una solitaria, tienes un montón de colegas.

—Mientras mantengan la distancia, yo encantada.

Siguieron el viaje, que estaba a punto de llegar a su fin.

26

El apartamento del «colega» de Pine estaba en Arlington, Virginia, en una zona conocida como Ballston. Kurt Ferris trabajaba en el Departamento de Investigaciones Criminales del Ejército y lo habían mandado hacía poco durante seis meses al extranjero para indagar sobre crímenes en los que estaban involucrados hombres de uniforme. Pine lo había conocido cuando tuvieron que cooperar en un caso relacionado con una red de contrabando que operaba desde Fort Belvoir y tenía conexiones internacionales.

Habían resuelto el caso y se habían hecho amigos, lo cual llevó a Pine a contactar con él para preguntarle por un sitio en el que alojarse en Virginia. En lugar de recomendarle alguno, él le había ofrecido su propio apartamento, dado que ahora no estaba usándolo. Juró que no se lo comentaría a nadie, después de que Pine le explicara que estaba trabajando en una misión secreta de la Agencia.

El apartamento estaba cerca del centro comercial de Ballston. El barrio había sufrido una profunda transformación y ahora era una de las zonas residenciales más demandadas por los *millennials* con estudios y dinero, que venían aquí para trabajar y disfrutar de su tiempo de ocio. Al principio, a Pine le extrañó que Ferris pudiera permitirse un piso aquí con su sueldo del ejército, pero entonces recordó que sus padres le habían dejado a su hijo único una sustanciosa herencia después de fallecer en un accidente de tráfico.

Los apartamentos eran nuevos y las puertas no se abrían con llaves, sino con códigos. Ferris le había proporcionado a Pine los necesarios. Eso era estupendo, porque no quería tener que darle su nombre o mostrarle una identificación a ningún miembro del personal del edificio.

Blum dejó la bolsa de viaje en su habitación sin sacar nada, tal como Pine le había dicho, por si tenían que largarse a toda prisa.

Se dio un paseo por el apartamento de tres dormitorios. Tenía techos altos y un pequeño balcón que daba a un parque rectangular. Los muebles eran elegantes y lujosos, y la cocina estaba bien surtida y equipada con electrodomésticos Wolf y Sub-Zero.

Después de que Blum hubiera revisado la cocina, la despensa y los utensilios para cocinar, Pine salió de su dormitorio.

—El apartamento es muy bonito. ¿Tu amigo está soltero? —preguntó Blum.

—Sí.

Blum cogió una foto del aparador. En ella aparecía un hombre alto y apuesto con uniforme azul del ejército, acompañado de dos personas mayores.

—¿Es él?

—Sí, ese es Kurt, y los otros dos son su madre y su padre.

—Es un bombón y, desde luego, un buen amigo al dejarte su apartamento. Debéis de tener una relación muy estrecha.

Miró a Pine expectante.

—No estoy dispuesta a comadrear —dijo Pine.

—Yo tampoco, teniendo en cuenta que ninguna de las dos somos comadres.

Pine suspiró y comentó:

—Creo que Kurt quiere que seamos algo más que amigos. No, de hecho estoy segura de ello. Pero no creo que sea una buena idea que él y yo empecemos una relación.

—¿Porque las carreras se interponen, porque él vive en el Este y tú en el Oeste?

—Sí, esa es parte de la explicación.

—¿Y cuál es la otra parte?

—Tal vez todavía no la tenga clara del todo.

—Te entiendo. Los hombres pueden ser simples, pero las relaciones no lo son, al menos no desde la perspectiva femenina.

—He conocido hace poco, bueno... He conocido a un guardabosques.

—¿En serio? ¿Cómo se llama?

—¿Por qué, acaso conoces a muchos guardabosques del parque?

—La verdad es que sí.

—Sam Kettler.

—No lo conozco.

—Solo lleva en el Gran Cañón un par de años. Estaba de servicio en el Rancho Fantasma cuando desapareció el tipo.

—¿Lo conociste entonces y ya habéis empezado a salir? Ha ido muy rápida la cosa.

—No lo llamaría exactamente salir. Quedamos una vez para tomar una pizza y una cerveza. Y después se acercó a mi casa con unas cervezas la noche antes de que nos marcháramos. Nos sentamos en su Jeep y nos las bebimos.

—Ese hombre debe de intrigarte.

—¿Por qué dices eso?

—Acabas de contarme que bajaste a tomar unas cervezas con él en su Jeep la noche antes de que iniciáramos este viaje. Tenías muchas cosas en la cabeza, así que podrías haber rechazado su ofrecimiento. Pero no lo hiciste. Es una deducción muy fácil.

—Bueno, supongo que sí me intriga.

—¿Es un buen tipo?

—Sí.

—¿Y en qué punto lo habéis dejado exactamente?

—En realidad en ninguno. Supongo que a él le gustaría volver a verme.

—¿Y a ti?

Pine inspiró y se pasó la mano por los labios.

—Es complicado.

—Y tú debes de ser más complicada que la mayoría de la gente.

—¿Por qué dices eso? —preguntó Pine con tono áspero.

—Conozco tu pasado, agente Pine. Lo que te pasó de niña.

—Eso no tiene nada que ver.

—¿Estás segura? Habría traumatizado a cualquiera que lo hubiese vivido.

—No estoy traumatizada. Si no, nunca me habrían admitido en el FBI. No habría pasado las pruebas psicológicas.

—De acuerdo —dijo Blum mientras asentía con la cabeza—. Para poner todas las cartas sobre la mesa, también sé que fuiste a la prisión de máxima seguridad de Florence para tratar de averiguar algunas cosas.

Pine lanzó una mirada gélida a Blum.

—No le conté a nadie lo de ese viaje.

—Pero tuviste que conseguir un permiso especial para una visita fuera del horario establecido. Y esa petición se tramitó a través de la burocracia del FBI. Vi el documento. ¿Encontraste lo que buscabas?

—No —dijo Pine en un tono que dejaba bien claro que la conversación sobre ese tema iba a terminar ahí.

Blum dejó la fotografía y preguntó:

—¿Y ahora qué hacemos?

—Voy a darme una ducha. Todavía tengo salpicaduras de los tres tarados del lavabo de mujeres. Y te sugiero que hagas lo mismo.

Pine se desvistió en el dormitorio y se vio reflejada en el espejo vertical de la pared.

Se revisó primero las cicatrices de diversos enfrentamientos como agente del FBI. La herida de bala en la parte posterior de la pantorrilla que había llamado la atención de Kettler. Una detención que había acabado mal. Había tenido suerte de salir viva. La cicatriz de la herida era pequeña y fea. Tal como le había contado a Kettler, la bala no había llegado a salir con el impacto. Se la tuvo que extraer un cirujano con un escalpelo. El hecho de que la bala se hubiera quedado incrustada era bueno, porque la herida de salida le habría reventado una arteria. Ahora la cicatriz tenía el aspecto de un pequeño melanoma con ampollas.

El corte de navaja en el tríceps izquierdo fue consecuencia de un error del agente junto con el cual estaba reduciendo a un sospechoso. Por suerte pudo recuperarse y liquidar al tipo antes de que ella o su compañero acabaran pagando un precio más alto. La cicatriz parecía un ciempiés.

Se volvió y se miró la parte inferior de la espalda. Aquello no era imputable a la Agencia, sino que era cosa del levantamiento de pesas. Las intervenciones quirúrgicas en esa zona eran bastante frecuentes en halterófilos de nivel olímpico.

No alcanzó a verse los tatuajes en los deltoides: Géminis y Mercurio.

Levantó los brazos para mostrar las palabras NO MERCY en cada uno de ellos.

No, no solo las palabras, sino el nombre.

Se dio una ducha y dejó que el agua caliente y el jabón arrastraran los residuos del encuentro en el área de servicio. Se secó, se puso ropa limpia y luego se pasó el secador por el pelo.

Entró en la cocina y se encontró con Blum salteando unas verduras en la vitrocerámica.

—¿Qué haces?

—Las dos necesitamos una comida casera. Y tu colega ha dejado la nevera muy bien surtida. He dado por hecho que podía coger lo que hubiese.

—Él me dijo que no había problema. Le dejaré un cheque para pagarle la comida que consumamos. ¿Así que cocinas?

—Tenía que alimentar a seis niños, ¿qué crees? Aunque, la verdad sea dicha, a medida que iban creciendo optaba cada vez más por los platos preparados de Hamburger Helper y los macarrones con queso. Con seis hijos no podía pasarme horas preparando platos. Y, además, también trabajaba fuera de casa. ¿Tu madre cocinaba?

Pine no respondió. Se sentó a la mesa de la cocina y cogió el portátil.

—¿Sigues trabajando? —preguntó Blum, mientras echaba pimienta a las verduras—. Acabamos de recorrer en coche el país. Deberías tomarte un descanso de una hora.

Pine tecleó algo y esperó a que el buscador le diera los resultados.

—De hecho, durante el viaje he descansado como nunca. He dormido a pierna suelta mientras conducías —dijo.

—Es un automóvil maravilloso. Mi ex tenía uno parecido. Aunque no era tan bonito. Por desgracia, él no tenía ni idea de coches. Al final acabó en el desguace.

—Su dueño era una persona muy especial. Me ayudó mucho durante mis primeros días en la Agencia. No sería ni la mitad de sociable de no ser por él.

Pine sonrió fugazmente al decir esto, como si intentara dar por hecho lo que para la mayoría de la gente que la conocía no eran más que especulaciones.

—Aleluya por los amigos —dijo Blum.

—¿Qué estás preparando? —le preguntó Pine.

—Pollo a la milanesa. Lo bordo, si se me permite decirlo. Tu amigo tenía chapatas para hornear, que también voy a utilizar. ¿Quieres preparar una ensalada? Los ingredientes están en la nevera. Pero no utilices la rúcula, la necesito para el pollo.

Pine se levantó, se lavó las manos y se las secó con un paño de cocina. Cogió un bol grande de uno de los armarios, abrió la nevera y sacó los ingredientes que iba a necesitar.

—Debo decir que jamás imaginé que estaríamos las dos preparando la comida juntas en la Costa Este, o de hecho en cualquier parte del mundo —comentó Blum.

—La vida es impredecible —dijo Pine mientras cortaba un tomate y después un pepino sobre una tabla de madera que había sacado de un cajón.

Blum salpimentó las tiras de pechuga de pollo, las bañó en yogur griego y echó por encima picatostes, orégano, albahaca y tomillo. Vertió aceite de oliva virgen extra en una sartén y cocinó las tiras tres minutos por cada lado.

Cuando acabó de preparar la ensalada, Pine puso la mesa y colocó en el centro el bol.

Blum exprimió limón sobre las tiras de pollo ya cocinadas y las colocó sobre un lecho de rúcula. Sacó las chapatas del horno y las puso en un cesto para pan en el que había colocado una servilleta de tela.

—He visto que tu amigo tiene una vinoteca —dijo Blum, señalando la nevera que había bajo la encimera de la cocina—. Yo soy más de tinto, pero un chardonnay o incluso mejor un pinot grigio irían bien con el pollo. ¿Quieres elegir uno mientras llevo a la mesa los platos y el cesto del pan?

Un minuto después, Pine apareció con una botella de pinot ya descorchada, una copa de vino en una mano y la cerveza belga Fat Tire en la otra.

—Esta es mi concepción de un buen vino blanco —dijo Pine alzando la cerveza.

Sirvió el vino en la copa y la dejó frente a Blum antes de sentarse.

Blum brindó entrechocando su copa con la botella de cerveza de Pine.

Comieron en silencio, hasta que la agente dijo:

—Esto está muy bueno.

—Puedo enseñarte a cocinarlo.

Pine tardó un rato en responder.

—¿Sabes?, no estaría mal. A mí, ejem, no se me da muy bien la cocina.

—La clave es: cuanto más sencilla, mejor. Y contar con ingredientes frescos.

—De acuerdo. Entonces, humm, tal vez podrías enseñarme a cocinar algunos platos. —Apartó la mirada y bebió un trago rápido de cerveza.

Blum clavó la mirada en Pine y le preguntó:

—¿Para Sam Kettler?

—¿Qué estás diciendo?

—Oh, vamos, agente Pine. Soy demasiado mayor para tragarme según qué.

Pine sonrió.

—Vale, sí, me gusta. Parece que conectamos bien.

—Bueno, gracias a Dios, no hay ninguna ley que lo prohíba. Me has dicho que te gusta y, después de lo que me has contado, estoy de acuerdo. Y, aunque te pueda parecer o no complicado, creo que deberías verlo otra vez cuando regresemos.

—Si volvemos —matizó Pine, poniéndose seria otra vez.

—Correcto. ¿Y cuál va a ser nuestro próximo paso ahora?

Pine dejó sobre la mesa el tenedor y el cuchillo y cogió la cerveza.

—Su hermano me dio la dirección de la casa de Ben Priest. Está en el casco antiguo de Alexandria. Supongo que la casa estará vigilada, así que vamos a vigilar a los vigilantes y al mismo tiempo indagar lo que podamos.

—De acuerdo.

—Y por otro lado está la familia de Ed Priest. Tengo que contactar con ellos sin que nadie se entere.

—¿No siguen bajo protección?

—No lo sé. No pude meterlos en una casa segura. Pero sí conseguí que los custodiaran agentes uniformados del FBI. Puede que los hayan retirado después de la llamada que recibió Dodds del subdirector.

—Y después tenemos a los hombres del helicóptero que se llevaron a los hermanos Priest. ¿Tienes alguna idea de quiénes pueden ser?

—Puedo hacer algunas deducciones.

Blum bebió un sorbo de vino y miró pensativa a su jefa.

—¿Quiénes son?, Y, lo más importante: ¿dónde tendrán su base?

—Reconocí el tipo de helicóptero.

—¿Cuál era?

—Un UH-72A Lakota. He volado alguna vez en ellos.

—¿Quién los usa?

—Sobre todo el Ejército de Estados Unidos.

27

Kurt Ferris también había dejado un Kia Soul comprado hacía un par de años a disposición de Pine. Ella sabía que antes de llegar a Washington, DC procedente de Fort Bragg, Texas, tenía una ranchera Dodge Ram tuneada, con dobles ruedas traseras. Pero Ferris enseguida se percató de que la Dodge Ram era demasiado grande para conducirla y aparcarla en una ciudad con mucho tráfico y que estaba fuera de lugar en la zona de Ballston, de modo que la cambió por un Kia. Pine sabía que no estaba feliz con su decisión, porque él mismo se lo había contado. Decía que se sentía como un mequetrefe sobre ruedas.

Pine aparcó junto a la acera a unas cinco casas de distancia del decimonónico adosado de Ben Priest en la calle Lee del casco antiguo de Alexandria, Virginia. Era un barrio de clase alta formado por casas históricas junto al río Potomac.

Había buscado en Google el precio de las propiedades inmobiliarias en esa zona y, según sus cálculos, la de Priest debía de valer unos dos millones.

Se preguntó qué tipo de trabajos habría hecho para poder permitirse semejante casa.

¿Y lo de hacer que un hombre lo suplantara montado a lomos de una mula para bajar al fondo del Gran Cañón y después desaparecer? Priest había hablado de «lavar» personas, pero ella no le había creído. Tal vez debía replanteárselo.

Priest le había contado que trabajó para la inteligencia estadounidense antes de montar su propio chiringuito. Si Pine hubiera podido utilizar los recursos habituales de la Agencia, habría podido escarbar más a fondo en las andanzas de ese hombre y tal vez habría descubierto para qué agencia había trabajado y qué tipo de tareas había llevado a cabo. Pero, dado que estaba actuando por su cuenta y desobedeciendo órdenes, todos esos recursos oficiales estaban fuera de su alcance.

Llevaba un rato observando la casa y a esas alturas ya estaba convencida de que no había nadie más vigilándola.

Eso le permitió ponerse en marcha.

Había visto a una mujer saliendo de su casa hacía rato. Vivía en una de las que estaban contiguas a la de Priest. De hecho, eran adosadas y los jardines traseros estaban separados tan solo por una valla baja. Seguro que por ahí había habido cierta interacción entre vecinos.

La mujer parecía sesentona, con cabello cano y algo escaso, arreglado de un modo que indicaba que tenía dinero y le gustaba mostrar un buen aspecto. Eso también se veía en la ropa, los zapatos y las gafas de sol, todo de diseñadores de lujo. Lucía bronceada y se la veía en forma, y se movía con el aire de alguien más acostumbrado a dar órdenes que a recibirlas. Eso quedó confirmado por la presencia de quien Pine dio por hecho que era la criada o empleada doméstica uniformada, quien había recogido un montón de bolsas de un Jaguar descapotable último modelo de color borgoña que había aparcado delante de la casa de la mujer. La criada las había llevado al interior de la vivienda.

Desde su posición de vigilancia y con ayuda de unos prismáticos, Pine había podido ver los nombres en las bolsas: Gucci, Dior, Louis Vuitton y Hermès. La cúspide del mundo de la moda.

Pine jamás había tenido ni una sola prenda de ninguna de esas marcas. Ella era más bien una chica Under Armour. Y aunque le hubiera apetecido comprarse algo de esos diseñadores, dudaba que pudiera permitirse nada de lo que vendían, tal vez ni siquiera las bolsas en que iban las prendas. Y sus dimensiones corporales no casaban bien con los estándares de la moda de alta gama. Era de proporciones generosas en esas partes del cuerpo que las normas sociales dictaban que debían ser reducidas, y reducida en aquellas que se suponía que debían ser generosas.

Cuando la mujer volvió a salir y se puso a caminar calle abajo con sus zapatos de tacón alto, poniendo atención en el irregular pavimento adoquinado mientras consultaba el móvil, Pine salió del Kia y la siguió con paso rápido hasta ponerse a su altura en la otra acera. Lo calculó todo para cruzarse con ella en la siguiente manzana.

—Disculpe, señora —dijo Pine.

La mujer salió con un sobresalto de su burbuja digital y miró con recelo a Pine, ataviada con vaqueros, cortavientos y botas.

—Vendas lo que vendas, no lo necesito —soltó de inmediato con un tono de voz grave y refinado.

—No se trata de eso.

—Y no llevo dinero encima si lo que quieres es una ayuda. Adiós.

La mujer siguió su camino. Pine fue tras ella.

Al cabo se paró y sostuvo en alto el móvil, que llevaba una funda dorada.

—Si no me dejas en paz, llamaré a la policía.

—Yo soy la policía —dijo Pine y le mostró la placa del FBI. La mujer bajó poco a poco el móvil.

—¿Eres del FBI? No me lo creo.

—De verdad que lo soy.

—No tienes pinta de serlo —dijo la mujer tras repasar a Pine de arriba abajo.

—De eso se trata cuando trabajamos de incógnito.

—¿Estás vigilando a alguien? —La mujer pareció horrorizarse y soltó—: ¿Qué ha hecho Jeffrey?

—¿Jeffrey?

—Mi esposo. Es gestor financiero. Siempre están cometiendo ilegalidades. Es mi segundo marido —añadió, como si eso la exonerara de cualquier responsabilidad derivada que pudiera tener. Se llevó una mano al pecho y se dio unas palmaditas—. Gracias a Dios que se me ocurrió insistir en la separación de bienes. Menudo liante.

—No estoy aquí por Jeffrey, sino por su vecino.

—¿Mi vecino? ¿Cuál de ellos?

—Ben Priest.

La mujer vio de pronto a Pine con nuevos ojos y le lanzó una mirada de complicidad.

—Un tipo interesante, ese tal Priest.

—¿Cómo se llama usted?

—Melanie Renfro.

—¿Lleva mucho tiempo viviendo en esta casa?

—Sí. Veinte años. Jeffrey se mudó aquí conmigo cuando nos casamos. Él vivía en Washington, DC. En Capitol Hill. Yo no me iría allí ni aunque me pagaran por ello. Los impuestos son el doble que en Virginia. O se mudaba él aquí, o no había matrimonio.

—¿Le apetece un café?

—Justo iba a tomar uno.

Pine siguió a Renfro hasta una cafetería en King Street, la avenida principal que partía por la mitad el casco antiguo de Alexandria y desembocaba en el río Potomac. Pidieron, cogieron sus respectivos cafés y salieron para sentarse en una de las mesas exteriores. Eran las únicas personas en la terraza, aunque sí se veía a gente caminando por la acera. La mayoría eran mamás con carritos de bebé y algunos hombres y mujeres trajeados y con maletines.

Renfro bebió un sorbo de café y se secó los labios con una servilleta de papel.

—¿Qué ha hecho Ben? —preguntó.

—Me ha dicho que era un tipo interesante.

Renfro asintió con la cabeza y miró a su alrededor, como si estuviera en una película y comprobara la presencia de posibles espías. Cuando pilló a Pine mirándola perpleja, sonrió y dijo:

—Esto es muy excitante. La parte más emocionante de mi jornada iba a ser teñirme el pelo y hacerme la cera. Esto es mucho mejor. Y mucho menos doloroso que depilarse.

—Me alegro de contribuir a animarle el día. Hábleme de Priest.

—De acuerdo. Se mudó aquí hará, veamos, unos siete años. Yo todavía estaba casada con Parker, mi primer marido. Murió de un ataque al corazón hace cuatro años. Me casé con Jeffrey dos años después. A algunas de mis amigas les pareció demasiado precipitado. Pero a mi edad, eh, una no sabe cuánto tiempo le queda. Hay que apurar el cáliz, ¿no te parece?

—Sí, claro. Entonces, ¿usted ya conocía a Priest?

—Oh, sí. Lo he invitado a cenas, cócteles, barbacoas y demás. Conozco un servicio de cáterin fabuloso, por si alguna vez necesitas alguno.

—¿Cuál es su impresión de él?

—Oh, ha estado en todas partes, ha hecho de todo. Puede conversar con mucha elocuencia sobre un montón de temas. Habla varios idiomas. Y es alto y muy guapo. Solía invitarlo porque sabía que causaría sensación entre los invitados y porque a algunas de mis amigas les parecería un bombón. Él flirteaba con ellas, nada serio, pero a ellas les encantaba. Se notaba que sabía interpretar un papel, ganarse a la gente.

—¿Le ha contado alguna vez a qué se dedicaba?

—Me dijo en cierta ocasión que había sido profesor en Inglaterra, en Cambridge u Oxford, en una de las dos, no recuerdo en cuál. Después ganó una fortuna con sus inversiones y se dedicó a viajar por el mundo. Siempre pensé que era millonario y vivía de rentas. Tenía horarios raros. Desaparecía durante largos períodos de tiempo y un buen día lo veía bajar de un taxi a las dos de la madrugada.

—¿Comentó alguna vez que trabajara para el Gobierno?

—Escucha, si eres del FBI estoy dispuesta a ayudarte. Pero no te conozco de nada. Y hoy en día las placas falsas pueden parecer muy reales.

—Vale, la entiendo. Busco a Ben Priest porque ha desaparecido en Arizona. Es allí donde yo estoy destinada.

—Oh, Dios mío. ¿Y sabes qué ha podido pasarle?

Pine se echó hacia atrás el cabello para dejar a la vista la herida que se había hecho cuando el Explorer se empotró contra un árbol.

—Estaba con él cuando lo secuestraron. A mí casi me matan. No me gusta que secuestren a nadie. Y menos que intenten matarme.

Renfro se quedó lívida.

—Oh, Dios mío, pobrecilla.

—De modo que le agradecería enormemente cualquier información que pueda darme.

—Por supuesto. Con Ben siempre me rondaba la misma pregunta: ¿es una especie de espía? Quiero decir que es brillante y habla un montón de idiomas. Y tiene cierto aire a James Bond, ¿no crees? Lo he visto con esmoquin. Por Dios, si fuera veinte años más joven, me lo comería a besos. Qué demonios, tan solo diez años más joven. Jeffrey es brillante y gana un montón de dinero, pero es como la viva imagen de Don Rickles.

—De acuerdo. ¿Alguna vez la invitó a su casa?

Renfro la miró desconcertada.

—Pues ahora que lo mencionas, no. Espera, lo retiro. Una vez tomamos unas copas en su jardín trasero.

—Pero ¿nunca la invitó al interior de la casa?

—No, nunca se me había ocurrido pensar en ello. Vamos a ver, es un hombre. Y siempre prefería que las fiestas fueran en mi casa. Quizá tenía la suya hecha un asco. Después de todo es soltero. —Hizo una pausa—. Lo es, ¿verdad? Nunca vi a ninguna mujer por su casa. Un momento, ¿acaso es gay? Eso deprimiría mucho a cuatro de mis amigas. Y también a mí, la verdad.

—Que yo sepa no. ¿Dijo alguna vez cosas que le parecieran raras?

Renfro bebió otro sorbo de café y reflexionó sobre la pregunta.

—¿Raras en qué sentido?

—En ninguno en concreto. Raras en general.

—Bueno, sí hubo algo. Yo daba una cena en el jardín. Fue no hace mucho.

—¿Qué pasó?

—Bueno, Ben hizo su despliegue habitual de encanto y estaba contándoles a los invitados una historia sobre un viaje por el extranjero.

—¿Recuerda dónde?

—No exactamente. Déjame pensar. Comentó algo sobre que cruzó una frontera sin darse cuenta, pero tuvo la suerte de poder recular antes de que lo pillaran.

—Continúe.

—Ahora lo recuerdo. Dijo algo sobre uno de los «Tanes». Yo no sabía de qué hablaba. ¿Quiénes son esos Tanes?

—Uno de los Tanes. Uzbekistán, Kazajistán. Formaban parte de la Unión Soviética. Están en Asia Central.

—Ah, de acuerdo. Supongo que eso tiene sentido. ¿Qué puedo decir? Yo fui a la universidad para encontrar marido. Bueno, lo que dijo fue que el mundo era impredecible y que uno nunca sabía qué iba a suceder. Le pregunté si se refería a algo en concreto.

—¿Y él qué dijo?

—Contestó: «No me queda otro remedio que esperar a ver qué pasa».

—¿Y usted cómo se tomó esa respuesta?

—Bueno, él después soltó una carcajada, se bebió su copa de vino de un trago, me dio un pellizquito en el brazo y me dijo que no le hiciese caso. Que estaba bromeando y había bebido demasiado. Pero la verdad es que la fiesta no hacía mucho que había empezado. Y él iba solo por la segunda copa de vino.

—¿Alguna vez le había visto comportarse así antes?

—No, la verdad es que no. Quiero decir, no de ese modo. Parecía, bueno, inquieto. Recuerdo que en un momento dado lo vi con la mirada perdida en el cielo. Nunca antes se había comportado así en mis fiestas. Siempre se mostraba muy participativo. Eso fue raro.

Pine sacó el móvil y le mostró el retrato robot digital que había dibujado Jennifer Yazzie.

—¿Ha visto alguna vez por aquí a este hombre? ¿Con Priest?

Renfro estudió la imagen.

—Pues lo cierto es que me resulta familiar.

—¿Recuerda cuándo lo vio?

Renfro se recostó contra el respaldo de la silla y dejó que el sol le diera en la cara.

—No duermo muy bien, nunca lo he hecho. Mi madre era insomne y estoy convencida de que lo he heredado de ella. —Se inclinó hacia delante y rodeó la taza de café con las manos—. Debía de ser..., no sé, tal vez la una de la madrugada. Yo estaba en el piso de arriba. Acababa de volver de la cocina con una taza de té. Estaba mirando la calle por la ventana. Había salido la luna y se veía mucha luz en la calle. De repente apareció un coche, que se detuvo delante de la casa de Ben.

—¿Qué tipo de vehículo? ¿Un taxi?

—No. Un coche normal. Supongo que hoy en día quizá pudiera ser un Uber o algo por el estilo, no lo sé. En cualquier caso, se bajó un tipo que se dirigió a la parte posterior del coche. El conductor abrió el maletero desde dentro y el pasajero sacó una bolsa de viaje. Y al hacerlo, en una suerte de acto reflejo, alzó la mirada, y pude verlo muy bien. —Dio unos golpecitos con el dedo en la pantalla del móvil de Pine—. Y se parecía mucho al del dibujo.

—¿Entró en casa de Priest?

—Se abrió la puerta. Había alguien en el interior. El hombre entró y cerró.

—¿Cree que la persona en la casa era Priest?

—La verdad es que no pude verla. Pero ¿quién iba a ser si no?

—¿Volvió a ver alguna vez a ese hombre?

—No.

—¿Y cuándo sucedió eso?

—Puedo decírtelo con exactitud, porque Jeffrey estaba en un viaje de negocios. Fue hace diez días.

La mujer observó a Pine, que tenía la mirada perdida en el vacío.

—¿Lo que te he contado te ha servido de alguna ayuda? —preguntó Renfro.

—Sí, desde luego que sí.

—Si es un espía, entonces tal vez, no lo sé, nuestros enemigos lo hayan secuestrado —dijo la mujer angustiada.

«O tal vez lo hayamos secuestrado nosotros», pensó Pine.

28

Carol Blum ajustó el retrovisor del Mustang de Pine para tener un mejor ángulo de visión.

Tuvo la impresión de que a Ed Priest le había ido bien en la vida. Había logrado instalar a su familia en un barrio de clase alta en Bethesda, Maryland. La casa, de dos plantas, era de ladrillo pintado de blanco y tenía un garaje de tres plazas. El jardín estaba impoluto, con flores bien cuidadas y un césped inmaculado, algo que para Blum resultaba casi exótico.

¡Cuánto lujo! Se encogió de hombros.

Se irguió en el asiento cuando el coche salió del garaje y enfiló la calle.

Lo conducía Mary Priest, que iba acompañada por dos niños en el asiento trasero.

Cuando el todoterreno ligero Lexus pasó junto a ella, Blum vio fugazmente el perfil de la señora Priest a través de la ventanilla abierta del coche.

Tenía la cara pálida y chupada, y las mejillas enrojecidas.

Sin duda la mujer las había pasado canutas y lo más probable era que continuase sintiéndose así, aunque parecía que a Mary Priest y sus hijos ya les habían retirado la vigilancia policial que Pine les había conseguido.

Blum salió tras Mary Priest y los dos vehículos se dirigieron a una de las calles principales, que llevaba al centro de Bethesda. Los niños estaban en edad escolar, pero era posible que, tras lo sucedido, Mary hubiera decidido no llevarlos al colegio.

No había mucho tráfico y Blum la siguió a una distancia prudente, porque el Mustang tendía a destacar por donde fuera.

El Lexus se detuvo delante de un edificio en una calle lateral de Bethesda. En el letrero de la fachada se anunciaba que era uno de esos centros educativos para chavales que quieren mejorar sus matemáticas, inglés u otras asignaturas. Mary Priest bajó del coche y acompañó a sus hijos al interior, mientras Blum encontraba un hueco en el que aparcar al otro lado de la calle.

Cinco minutos después, Priest salió, pero no se metió en el coche. Empezó a caminar calle abajo. Blum dejó el Mustang y la siguió a pie.

Era casi mediodía y Blum se preguntó si la mujer iba a aprovechar para hacer algunas compras mientras esperaba la salida de los chicos. Pero de pronto la señora Priest entró en un edificio.

Blum la siguió sin perder un segundo.

Era un cine.

La señora Priest compró una entrada y Blum adquirió otra para la misma película.

Siguió a Mary Priest por el pasillo hasta la sala.

Estaba vacía.

Mary Priest se sentó hacia la mitad y Blum optó por el mismo número de asiento varias filas más atrás.

Se sentó y esperó. Su primera idea fue que la señora Priest estaba esperando a alguien, pero la mujer no consultaba el móvil ni se giraba para mirar hacia la entrada. En vez de eso, mantenía la cabeza gacha y se miraba las manos.

Cuando empezaron los tráileres de los próximos estrenos, Blum decidió arriesgarse.

Se levantó, se dirigió hacia la fila de la señora Priest y se sentó a dos butacas de ella.

Esta ni se volvió para mirarla. Estaba ensimismada.

Eso permitió a Blum estudiar a la mujer. Se diría que no tenía más de cuarenta años, era menuda y con el cabello pajizo que le caía hasta los hombros. Delgada y con aspecto de estar en forma, vestía unos pantalones color crema, zapatos planos y una liviana blusa azul de manga corta que dejaba a la vista el bronceado de los brazos. Había dejado en la butaca contigua el bolso Kate Spade.

Se tocó suavemente los ojos con una mano. Unos instantes después las lágrimas empezaron a brotar con más fuerza y se tapó la cara con ambas manos.

Blum abrió su bolso, sacó un paquete de pañuelos de papel y se lo ofreció.

La señora Priest lo vio, dio un respingo y miró a Blum. Pero en cuanto comprobó que quien tenía al lado era una mujer mayor, se relajó de inmediato, sonrió un momento y le dio las gracias. Sacó varios pañuelos del paquete y se lo devolvió. Se secó los ojos y después se sonó la nariz.

—Creo..., creo que es alergia —dijo Mary Priest, sin mirar a Blum.

—Creo que es sencillamente la vida —replicó Blum—. Yo misma me he sentado en unos cuantos cines con «problemas por la alergia».

Mary Priest dejó escapar una leve risa y puso una expresión avergonzada.

—Ni siquiera tenía ganas de ver esta película. He comprado la entrada porque es la que empezaba ahora.

—Yo he hecho lo mismo —dijo Blum—. Solo quería aislarme de todo.

—Me llamo Mary.

—Yo, Carol —dijo Blum. Se dieron la mano—. Ya es casi la hora de comer, si lo prefieres. A mi edad, me encanta comer y a ti parece que no te vendría mal tomar algo.

—Ya ni recuerdo la última vez que lo hice. ¿Tú... vives por aquí?

—No, he venido de visita desde la otra punta del país. Tengo unos amigos aquí, pero ahora están trabajando. ¿Conoces algún buen sitio donde comer?

—Sí.

—¿Vamos?

—Tengo un rato libre, así que ¿por qué no? —dijo Mary Priest con una sonrisa. Salieron y la señora Priest guio a Blum hasta otra calle—. Es un café de estilo francés. Tienen un buen menú, aunque un poco pesado, y la verdad es que me apetecería un poco de vino.

Blum asintió con la cabeza, mostrándose de acuerdo.

—Me parece estupendo. Hace mucho que dejé de contar calorías y de restringir el consumo de alcohol.

—Tengo tantas ganas de llegar a esa edad y poder despreocuparme —dijo Mary Priest con tono melancólico.

La encargada de la sala las sentó en una mesa al fondo del local.

Mientras se acomodaban y echaban un vistazo a las cartas, Blum comentó:

—Sé que esto suena a cliché, pero se me da muy bien escuchar. Soy madre de seis hijos y estoy divorciada, y no, no fue una ruptura amistosa. Tengo un montón de nietos, a algunos de los cuales todavía no he podido conocer en persona. He viajado mucho y he vivido casi todo tipo de situaciones, de modo que, si quieres contarme lo que te pasa, puedo darte algunos buenos consejos de experta en los sinsabores de la vida.

Mary Priest sonrió y se frotó los ojos.

—Dios mío, parece que hayas caído del cielo justo cuando te necesitaba.

—A veces la vida sigue vericuetos misteriosos.

Pidieron un par de copas de merlot y bebieron un sorbo antes de que Mary Priest empezase a contar lo que le pasaba.

—Esto va a parecer una locura, incluso a alguien como tú.

—Venga, adelante.

—Se trata de mi marido.

—De momento no parece una locura.

—No, no me entiendes. No me está engañando ni nada por el estilo. Ed es un buen hombre.

—Y entonces, Mary, ¿qué es lo que sucede?

La señora Priest negó con la cabeza y respondió:

—No te lo vas a creer.

—Te aseguro que sí.

—Mi marido... Bueno, todo empezó por su hermano...

—¿El qué?

—Su hermano anda metido en algo. No sé en qué. Y ahora lo ha involucrado a él.

—¿En algo? ¿Quieres decir un asunto criminal?

—Ese es el problema, que no tengo ni idea. Lo único que sé es que mi marido salió de viaje sin decirme adónde iba. Nunca había hecho algo así. Es un hombre de lo más convencional. Es contable, por el amor de Dios.

—¿Y todavía no ha regresado?

—No, esa es la otra parte del tema. El maldito FBI se presentó en nuestra casa y nos dijeron que nos iban a proteger.

—¡Dios bendito! ¿Y crees que eso estaba relacionado con lo de tu cuñado?

—Seguro que sí. Quiero decir que a nosotros nunca nos había pasado nada parecido.

—¿Has podido hablar con tu marido?

—No desde que se marchó. Estoy aterrada. No sé si está bien o le habrá pasado algo.

—Pero ¿es que ya no estáis bajo protección? Aquí estás tú, moviéndote a tus anchas, sin guardias armados a tu alrededor.

—Esa es la otra cosa rara. De repente se marcharon. Dijeron que todo iba bien y que había sido una falsa alarma.

—¿Y tú qué hiciste entonces?

—Lo mismo que haría cualquier esposa. Me puse hecha una furia con esos cabrones, perdón por el lenguaje.

—Yo hubiera reaccionado igual.

—Empecé a gritarles a esos tíos: «¿Dónde está mi marido? ¿Qué está pasando? ¿Qué pinta el FBI en todo esto?».

—¿Y ellos qué te contestaron?

—Nada en absoluto. Se largaron sin más. Cogí el teléfono y empecé a llamar a todos los amigos y compañeros de trabajo de Ed. Pero ninguno sabía nada de él.

—¿Y su hermano?

—También le llamé a él, pero no respondió. Le dejé un montón de mensajes. Pero nada. El muy gilipollas. En realidad apenas lo vemos. ¡Y ahora nos lía con esto!

—Pero no sabes con seguridad si él está involucrado en todo este jaleo.

—Entonces, ¿por qué no me ha devuelto las llamadas?

—¿Vive cerca?

—En el casco antiguo de Alexandria. Está en el norte de Virginia, al otro lado del río.

—¿Has ido a verlo?

—Conduje hasta su casa el mismo día que los del FBI se largaron y llamé a la puerta varias veces, pero nadie abrió.

—Supongo que no tendrás una copia de la llave de su casa, ¿verdad? Tal vez podrías haber echado un vistazo para ver si pasaba algo. Podría estar dentro, herido o algo semejante.

En respuesta, Mary rebuscó en el bolso y sacó una llave.

—En realidad sí que tengo una llave. Ed guardaba una desde hacía tiempo y probablemente su hermano se olvidó de que se la había dado. Eso viene de cuando pasaba largos períodos fuera de la ciudad y necesitaba que Ed se pasase a echar un ojo por su casa.

—Entonces, ¿entraste?

—Me dio miedo. Además, hay una alarma y no sé el código para desactivarla, solo lo conocía Ed. Nunca lo acompañé a esa casa.

—Vaya historia. Ojalá se me ocurriera algún consejo que darte, pero lo cierto es que no me esperaba algo así. Daba por hecho que se trataba de algún asunto doméstico, laboral o familiar.

—Lo sé. Pero ha sido todo un alivio poder contárselo a alguien. Tenía la sensación de estar volviéndome loca. Lo digo muy en serio. Y de repente has aparecido tú como un ángel de la guarda.

Blum sintió cierto remordimiento por lo que acababa de hacer, pero no debía su lealtad a esa mujer. Había asuntos mucho más importantes en juego.

—Me alegro de que nuestros caminos se hayan cruzado —dijo Blum con sinceridad.

Pidieron los platos y charlaron mientras comían.

—Creo que deberías seguir tratando de localizar a tu marido por teléfono —dijo Blum—, pero no vuelvas a la casa de tu cuñado. Si el FBI está metido en esto, puede tratarse de algo peligroso. Tienes que pensar en tu seguridad y en la de tus hijos. Hasta el momento diría que tú no has hecho nada. Si tu cuñado está metido en algún asunto criminal, no te interesa involucrarte.

—Pero ¿no debería denunciar la desaparición de Ed? Lo cierto es que ha desaparecido. Dios mío, no me creo que esté diciendo esto. Mi pobre marido.

Blum la miró pensativa.

—Deja pasar un día. Después ya puedes empezar a plantearte en serio denunciarlo. Siento de verdad lo que te está pasando. Me pareces una persona buena y cariñosa. Y es evidente que nada de todo esto es culpa tuya.

Mary Priest hizo una mueca y comenzaron a brotarle lágrimas de los ojos.

—Lo sé. La vida ya es bastante complicada sin toda esta mierda. Tengo dos hijos de los que cuidar. Y Ed gana un buen sueldo, pero se pasa el día entero trabajando. La mayor parte del tiempo estoy sola con los niños. Hasta ahora no me quejaba. Pero ahora, bueno, no tengo ni idea de dónde está Ed.

Empezaron a hablar de sus respectivas familias y, al acabar de comer, Blum le dijo:

—¿Por qué no vas al servicio y te lavas la cara? No se te ha corrido el maquillaje, no debes preocuparte por eso, pero tienes los ojos hinchados y enrojecidos. Toma. —Sacó una botellita de Visine del bolso y se la ofreció a Mary Priest—. Yo vigilaré tus cosas. E insisto en invitarte a comer.

—Oh, no, no tienes por qué.

—Es lo mínimo que puedo hacer, después de todo lo que has sufrido.

Un rato después, las dos mujeres fueron caminando hasta el centro educativo, donde se despidieron.

—Muchísimas gracias, Carol.

—Pero si no he hecho nada, de verdad.

—Sí lo has hecho. Me has escuchado y me has creído. Eso ya es más que suficiente.

Se dieron la mano y Blum regresó al coche.

Una vez dentro, abrió el bolso y sacó la llave de la casa de Ben Priest, que había sustraído del bolso de Mary mientras ella estaba en el baño.

El precio de la comida le había salido a cuenta.

Y tal vez ella y Pine lograsen encontrar al marido de Mary Priest. A ser posible vivo.

29

Las dos de la madrugada era una buena hora para colarse en una casa ajena.

Pine pensó esto mientras se metía en el jardín trasero de Ben Priest e inutilizaba la conexión eléctrica de la alarma y la línea telefónica. Tenía que cortar algunos cables y redireccionar el circuito y entonces podría entrar en la casa sin que el sistema de seguridad detectase su presencia.

Este truco del oficio no era parte del adiestramiento oficial del FBI, pero Pine había completado su formación con un abundante aprendizaje por su cuenta. Esta técnica en concreto se la había enseñado el dueño de una empresa de seguridad para el hogar. La gente y las compañías con muchísimo dinero podían protegerse de manera efectiva contra lo que Pine estaba haciendo, cubriendo los cables con una carcasa mucho más sólida y añadiendo medidas suplementarias al sistema de seguridad. Pero la mayoría de los propietarios de casas, incluidos los del nivel adquisitivo de Ben Priest, no podían hacerlo, o al menos no lo bastante bien.

Pine se levantó, miró trescientos sesenta grados a su alrededor y corrió hacia la puerta trasera. Se mantuvo en todo momento entre las sombras, porque ahora sabía que Melanie

Renfro sufría de insomnio y una de las ventanas de su casa daba al jardín trasero de Priest.

Introdujo la llave que le había proporcionado Blum en la cerradura y la giró, y unos instantes después estaba en el interior de la casa. Cerró la puerta tras ella justo en el momento en que empezaba a levantarse viento y caían las primeras gotas de lluvia en los escalones de acceso de ladrillo rojo de la entrada trasera.

Pine aguzó el oído, pero no oyó ningún pitido, lo cual demostraba que su entrenamiento con los sistemas de alarma había sido efectivo. Sacó la linterna y enfocó a su alrededor. Había cierto olor a humedad, nada sorprendente en una casa tan vieja, por muy bien que se mantuviese.

La puerta trasera daba acceso a un vestíbulo con estantes empotrados y unas botas de lluvia en una esquina. Lo atravesó y llegó a la cocina.

Era pequeña y nada sofisticada. Al echar un vistazo con el haz de la linterna, Pine vio que los electrodomésticos eran viejos, el mobiliario muy antiguo y el suelo parecía de linóleo. Abrió la nevera: estaba vacía y no muy limpia.

Revisó todos los cajones y armarios. Casi todos estaban vacíos. Tan solo unos cuantos platos y utensilios. Pine tuvo la sensación de que o bien estaban allí para hacer un poco de bulto o bien venían ya con la casa cuando Priest la compró.

Ahora llovía con intensidad. Oía el repiqueteo de las gotas en el tejado y en las ventanas. De pronto el resplandor de un rayo iluminó el interior de la casa y casi de inmediato le siguió el estruendo de un trueno.

Salió de la cocina y entró en un pequeño comedor. De comedor solo tenía el nombre, porque faltaban los muebles. Los elaborados guardasillas y molduras de las paredes estaban cubiertos de polvo y necesitaban con urgencia una capa de pintura. De un medallón del techo en forma de piña colgaba una anticuada lámpara de araña.

Pine tenía la esperanza de que Priest tuviera montado un despacho en casa y eso es lo que apareció cuando abrió la puerta de una habitación frente al comedor y al otro lado del vestíbulo de la entrada principal.

Al encender la luz se encontró con un enorme escritorio antiguo, una silla de cuero, montones de libros, un ordenador portátil y un pequeño archivador de madera. Esta habitación sí que parecía haber sido utilizada.

Exploró cada rincón. El archivador estaba vacío.

Los cajones del escritorio también.

Abrió los libros uno a uno y los sacudió por si caía algo de entre las páginas.

Nada.

Se sentó ante el ordenador, convencida de que pediría alguna contraseña para acceder a él.

Al encenderlo apareció una pantalla en negro. Ni siquiera había una casilla para escribir la contraseña. Alguien había limpiado el ordenador. Probablemente se habían llevado el disco duro o lo habían destruido.

«Mierda.»

La pregunta era: ¿lo había hecho Priest o era obra de otra persona?

Pine salió del despacho y se aventuró por la escalera al piso superior.

Allí había tres dormitorios con sus correspondientes lavabos.

Pine los revisó todos y dejó para el final el de Priest. Supo que debía de tratarse del suyo porque era el único amueblado. Al parecer este hombre, como Margaret Mitchell y ella misma, quería ahuyentar a los posibles invitados.

Había una cama con un cabecero de madera tallada, un armario antiguo con algo de ropa y nada más.

Ben Priest era sin duda un adepto del minimalismo. El lavabo era pequeño y el armarito estaba tan vacío como la nevera de abajo.

Pine empezaba a preguntarse si realmente vivía aquí.

«O bien ha vaciado la casa antes de marcharse al Oeste o bien alguien lo ha hecho por él.»

Melanie Renfro no había comentado nada acerca de camiones de mudanza y los muebles seguían allí, aunque fueran muy pocos.

Pine se quedó observando la cama e hizo lo obvio: miró debajo.

El haz de la linterna le permitió ver algo ahí abajo. La cama era alta, de modo que había un hueco entre el suelo y el somier. Estiró el brazo, cogió un objeto con la mano y lo sacó.

Se acuclilló y examinó el contenido de una vieja caja de cartón.

Una raída camiseta de baloncesto, un trofeo deslustrado. Comprobó la fecha. Tenía más de veinte años. Leyó la inscripción.

MEJOR JUGADOR. FÚTBOL AMERICANO: BEN PRIEST.

Era del instituto en el que Priest había estudiado.

Había también un par de calcetines largos con franjas azules en la parte superior.

Y una vieja pelota de baloncesto medio deshinchada.

«¿Por qué guarda esto? ¿Es que acaso ha olvidado que lo tenía debajo de la cama?»

Pine se sentó sobre el colchón y volvió a examinar los objetos.

Camiseta, calcetines, trofeo, pelota de baloncesto.

«¿Baloncesto?»

¿Qué le había dicho Ed Priest?

«Que a su hermano no le gustaba el baloncesto, pero sabía que era un buen jugador.»

Entonces, ¿por qué guardaba la pelota? Y además medio deshinchada.

Revisó la pelota palmo a palmo con la linterna.

Después la palpó con los dedos.

Debido a su altura, Pine había jugado en el equipo de baloncesto de su instituto. Había tocado miles de veces una pelota de baloncesto y sabía a la perfección cómo era su tacto, aunque cada una se notara un poco diferente.

Y de pronto dio con ello.

Había una costura corta y poco marcada, una que no seguía el patrón exacto de las demás.

Pine golpeó en ese punto con la linterna. Recorría una de las líneas negras de la pelota y apenas resultaba perceptible. Ni siquiera la habría visto de no haber advertido la anomalía al palpar la superficie. Tan solo medía unos cinco centímetros. La resiguió con los dedos y notó una pequeña protuberancia.

Pegamento reseco. Esto no era cosa del fabricante; se había incorporado con posterioridad.

Pine sacó la navaja suiza que siempre llevaba encima e hizo un corte a lo largo de la costura. El cuero se abrió con facilidad al introducir la hoja y el aire que quedaba en el interior escapó mientras cortaba la pelota en dos.

No había ni rastro de la vejiga interior, tan solo un revestimiento negro bajo el exterior de cuero.

No le prestó atención a eso. Lo que le interesaba era el lápiz de memoria pegado al interior de la costura. Enganchado con cola, no simplemente introducido en ella, porque de haber sido así, habría repiqueteado si alguien hubiera sacudido la pelota y el secreto hubiera quedado a la vista.

Utilizó el cuchillo para liberar con sumo cuidado el dispositivo de la costura.

Se lo guardó en el bolsillo, metió de nuevo las dos mitades de la pelota en la caja y la deslizó debajo de la cama.

Acababa de incorporarse cuando oyó que alguien abría la puerta principal del piso de abajo.

30

Pine desenfundó la pistola.

Era consciente de que si se movía, los viejos listones de madera del suelo crujirían y alertarían a quienquiera que hubiera debajo de su presencia.

Miró la ventana, a unos treinta centímetros de ella. ¿Podía llegar hasta ella sin pisar el suelo?

No lo veía claro, de modo que no se movió.

Pero la situación no tardaría en volverse insostenible.

En otras circunstancias, anunciaría su presencia y les pediría a quienes hubieran entrado que se identificasen. Pero se había colado en esa casa de manera ilegal y estaba actuando al margen del FBI. Si abajo estaba la policía, se iba a meter en un buen lío.

Y si no lo eran, igualmente tenía todas las papeletas para meterse en un lío.

De modo que permaneció allí inmóvil, a la espera.

Si eran policías, en algún momento tendrían que dar un aviso en voz alta por si había alguien en la casa para que se mostrase.

Pine giró la cabeza hacia el lado de la casa que daba a la calle. A través de la ventana no se veía ningún resplandor, de modo que ahí fuera no había ningún coche patrulla con las luces estroboscópicas encendidas.

Oyó pasos moviéndose por los tablones del suelo en el piso inferior hasta que de pronto se detuvieron.

Podía imaginar la línea de pensamiento.

Moverse, detenerse, procesar la información. Moverse de nuevo. Detenerse. Procesar.

Las pisadas llegaron a la escalera y oyó como empezaban a subir.

De acuerdo, esto iba a resultar muy peligroso, porque el punto en el que estaba plantada la dejaba totalmente expuesta en cuanto alguien abriera la puerta del dormitorio.

De pronto por la ventana se vio un fogonazo de luz en el cielo.

Espera, espera...

El trueno que sonó a continuación fue tan potente que hizo temblar la casa.

Pine lo aprovechó para deslizarse por el suelo hasta colocarse detrás de la puerta.

Volvieron a oírse los pasos. Y creyó oír una conversación. No logró distinguir qué se decía, pero eso significaba ya sin asomo de duda que allí había más de una persona.

Aun así, contaba con el factor sorpresa. Sin ello, tenía muy pocas probabilidades a su favor.

Los pasos mezclados con las voces que hablaban en voz baja llegaron al rellano. Los intrusos avanzaron, al igual que había hecho ella, de un dormitorio a otro hasta que ya solo les quedaba este.

Siguió su recorrido escuchando los crujidos y chirridos de los listones.

Pine no se movió cuando las pisadas llegaron a la puerta.

Vio como esta se movía un centímetro. Y a continuación se abrió de golpe hasta que el borde inferior topó con una irregularidad del suelo y se quedó clavada, justo antes de golpearla.

Entraron dos siluetas.

Pine las observó con cuidado. No eran polis, a menos que la policía hubiera empezado a llevar ahora pasamontañas negros.

Ambos hombres iban armados, se movían un poco agachados y observaban con atención a su alrededor.

Pine tenía la esperanza de que no se dieran la vuelta.

Pero esta no se cumplió.

En cuanto uno de ellos la vio, Pine dio una patada a la puerta y el canto golpeó al tipo en plena cara. Dejó escapar un gemido, dio unos pasos hacia atrás y chocó contra el otro individuo al desplomarse. Mientras caía, alzó el arma y, cuando en un gesto reflejo el dedo del tipo apretó el gatillo, sonó un disparo que impactó contra el techo. Como resultado, cayeron algunos trozos de yeso y un poco de polvo sobre ellos.

El individuo al que había golpeado la puerta cayó de culo y, antes de que pudiera incorporarse, Pine lo dejó fuera de combate con una patada en la cabeza, en la que puso en juego todo su peso y la longitud de su pierna. El tipo se desplomó sin emitir ni un gemido.

El otro intruso se recompuso tambaleándose, pero antes de que pudiera apuntar para disparar, el puño de Pine impactó contra su mandíbula en un izquierdazo lanzado desde una posición semiacuclillada que permitió a Pine proyectar en el golpe toda la fuerza de su cuerpo. Oyó como con el impacto al tipo se le partía el maxilar. Soltó la pistola y se dobló de dolor, algo que ella aprovechó para arrearle una patada en forma de barrido que le hizo perder el equilibrio y lo mandó al suelo. Pine se colocó encima de él y le golpeó el ojo con el índice. El tipo aulló de dolor y se llevó ambas manos a la cara, y ella aprovechó entonces para aplastarle la cabeza contra el suelo con el talón de la bota.

El hombre dejó escapar un quejido y quedó, como su colega, inconsciente.

Pine los cacheó de inmediato, pero no llevaban ninguna identificación. Les quitó los pasamontañas y les tomó fotos con el móvil. Examinó a continuación las armas y también las fotografió.

Un instante después ya corría escaleras abajo.

Salió por donde había entrado.

Saltó el muro de ladrillo del fondo del jardín trasero y salió a la calle de detrás. Caminó con paso apresurado hasta el siguiente cruce, giró a la izquierda y pasó la calle de la casa de Priest. Echó una ojeada con prudencia para comprobar si había alguien más merodeando por allí.

No vio a nadie. Tal vez hubiera alguien en alguno de los coches aparcados a ambos lados de la calle, pero estaba demasiado oscuro para poder vislumbrar a alguien en el interior de los vehículos.

Se frotó los nudillos con los que había golpeado a uno de los intrusos.

En cuanto pudiera tendría que aplicarse un poco de hielo.

Esos tíos no eran polis. Ni tampoco federales. Solo dos tipos con pasamontañas y pistolas. ¿Quiénes eran? O más importante aún: ¿para quién trabajaban? ¿Y a qué se debía ese interés por Priest?

Dio por hecho que no habían entrado en la casa por ella. Si la hubieran visto colarse, habrían sido mucho más prudentes al entrar en la única habitación donde ella podía estar escondida. En ese caso habría entrado solo uno a por ella y el otro habría esperado fuera por si conseguía escapar.

Al menos así era como habría actuado ella en una misión del FBI.

Su mente estaba trabajando a tal velocidad que apenas había caído en la cuenta de que llovía a cántaros. No se percató hasta que otro rayo le hizo ser consciente de que estaba justo debajo de uno de los numerosos árboles enormes que crecían en las aceras de las calles del casco antiguo de Alexandria y cuyas viejas raíces levantaban las baldosas del suelo.

Se volvió en la dirección opuesta a la casa de Priest y caminó hacia el Kia.

Eran las tres de la madrugada pasadas y en unas pocas horas amanecería.

Quería volver a casa y averiguar qué había en ese lápiz de memoria.

Cuando ya estaba cerca del Kia, Pine notó un movimiento a su izquierda.

No era sigiloso, la persona no estaba tratando de acercarse inadvertidamente a ella.

—¿Podemos hablar?

Ella se volvió para encararse con quien había pronunciado esas palabras. Era un hombre menudo y delgado, de rasgos asiáticos, que tendría unos cuarenta y pocos años. Llevaba un chubasquero, gafas y un sombrero de ala ancha. Sostenía un paraguas en la mano, pero curiosamente lo cogía al revés.

Pine respondió a su petición apuntándole con la pistola. Él no se asustó al ver el arma.

—Me parece que es usted una persona inteligente —dijo el individuo—. Creo que hablar sería de interés para ambos.

Su pronunciación tenía un cierto acento extranjero, pero su inglés era perfecto, aunque un poco demasiado formal.

—¿Quién es usted?

—Tal vez la persona que podría explicarle, al menos parcialmente, la, ejem, delicada situación en la que se encuentra usted.

—Le escucho.

—Aquí no. Estaremos más cómodos en otro sitio.

—No pienso ir con usted a ninguna parte.

—Debo insistir en ello.

Pine señaló el arma.

—Creo que soy yo quien tiene la sartén por el mango.

El tipo se movió tan rápido que Pine no llegó a ver como el paraguas enganchaba la pistola y se la arrancaba de la mano. De lo único que se dio cuenta fue de que de pronto estaba desarmada, algo que no le gustaba nada.

Flexionó las piernas para colocarse en posición de combate. Pero a continuación se levantó la pernera del pantalón y desenfundó la Beretta. Antes de que pudiera apuntarle, el desconocido saltó hacia delante y de una patada se la arrebató limpiamente de la mano.

Pine se irguió y le preguntó:

—¿Quién es usted?

El individuo dejó el paraguas sobre el capó de un coche aparcado en la calle.

—Debo insistir en que me acompañe. Dispongo de un vehículo.

—No pienso ir con usted.

De nuevo, el desconocido se movió con tal rapidez que Pine apenas tuvo tiempo de intentar bloquear la patada. Fue impulsada hacia atrás, rebotó sobre el capó del coche y cayó al otro lado de la calle.

Se levantó a toda velocidad, pero aun así no lo suficientemente rápido. El siguiente golpe provocó que sus pies se separaran del suelo y se estampó contra uno de los árboles de la acera.

Se levantó, se limpió la sangre de la boca y colocó manos y pies en una posición defensiva.

—Qué testaruda es usted —dijo el desconocido.

Pine no respondió; estaba economizando su aliento. Jamás se había enfrentado a alguien tan rápido, ni siquiera sus profesores de artes marciales mixtas eran tan veloces. El tipo era unos diez centímetros más bajo que ella y debía de pesar unos doce kilos menos, y sin embargo, golpeaba con una fuerza inaudita.

Pine atacó con una patada que el tipo bloqueó con facilidad. Tras este golpe fallido, ella quedó agachada, un gesto intencionado por su parte. Aprovechó la posición para lanzar a su adversario un codazo directo a la garganta. Era un movimiento muy inteligente, pero él logró apartarse a tiempo y le dio una patada en el trasero que hizo que ella cayera de bruces en la calle mojada.

Se incorporó lentamente, se sacudió los pantalones y se sopló las palmas de las manos raspadas.

—Creo que podemos ponernos de acuerdo en que esta situación está empezando a resultar un poco ridícula —dijo el hombre.

Pine solo veía una salida.

Avanzó y recibió una fuerte patada en la cabeza y otra en el costado.

Ambos golpes tenían la potencia suficiente para tumbar a quien los recibiera, pero Pine tenía el cráneo muy duro y toda una vida de levantadora de pesas la había convertido en alguien dotado de una coraza de hierro.

Se tambaleó, como si estuviera a punto de desplomarse.

Y de pronto, con un movimiento inesperado, embistió contra el tipo, le atenazó el pecho y el brazo izquierdo con las dos piernas, tiró del brazo derecho hacia arriba y se lo bloqueó con una llave.

El impulso de la carga y la suma del peso de ambos provocó que cayeran en mitad de la calle. El hombre perdió su sombrero.

Pine apretó las musculadas piernas alrededor del torso de su adversario, mientras le mantenía el brazo derecho en alto y tiraba de él tratando de desencajárselo.

Oía como el tipo jadeaba. Apretó más las piernas alrededor del pecho con la intención de bloquearle el diafragma e impedirle respirar. Con este tipo de llave, era imposible seguir mucho rato consciente o incluso vivo.

Creyó notar como él se iba debilitando.

Pero estaba equivocada.

El tipo le clavó con fuerza el dedo índice de la mano izquierda, que tenía inmovilizada, en la cara interna del muslo. Aplicó tal presión que Pine dejó de sentir la pierna y a continuación notó un calambrazo de dolor que recorrió el músculo y las articulaciones y le subió por todo el costado.

Gritó, indefensa, mientras él se quitaba de encima la inutilizada pierna izquierda de su oponente.

Un instante después, el hombre le asestó un codazo en la mandíbula con tal fuerza que ella rompió por completo la llave con la pierna con la que todavía lo atenazaba. Otro codazo y Pine también le soltó el brazo derecho, lo cual permitió a su oponente rodar hacia la izquierda, ponerse en pie y arrearle una brutal patada en el vientre.

Ella vomitó lo poco que tenía en el estómago.

Quedó tendida en el suelo, tan mareada que apenas vio al hombrecillo encima de ella.

—La he juzgado mal —le dijo. Cerró el puño—. No es tan inteligente como me había parecido en un primer momento.

Una sirena rompió el silencio de la noche. El sonido parecía acercarse hacia ellos a gran velocidad.

El hombre miró hacia el lado de la calle de donde procedía el ruido, lo cual le dio a Pine la oportunidad que necesitaba.

Pese a que él le había ganado la partida en cada movimiento y era mucho mejor luchador, había cometido un error. Había juzgado equivocadamente la longitud de las piernas de Pine.

Esta estiró la pierna izquierda hacia arriba y le golpeó directamente en las pelotas con la punta de la bota.

El tipo pegó un grito, se dobló sobre sí mismo y se apartó tambaleándose.

Pine vio desde el suelo como, todavía encorvado, cogía el sombrero y se perdía con paso vacilante en la oscuridad, mientras el sonido de la sirena seguía acercándose.

Pine se levantó poco a poco y, arrastrando la pierna todavía entumecida, recuperó las dos pistolas, abrió la puerta del Kia, se dejó caer dentro y se escondió unos segundos antes de que el coche patrulla girase por la calle y pasara a toda velocidad junto a ella.

Alguien debía de haber oído la pelea y llamado a la policía.

Pine bajó la ventanilla, escupió sangre junto con un trozo de diente, encendió el motor, metió la marcha y arrancó a poca velocidad.

«Espero que el puto lápiz de memoria merezca la pena.»

31

—Agente Pine, ¿necesitas más hielo?

Blum estaba al otro lado de la puerta del lavabo.

En el interior, Pine estaba sentada desnuda en la bañera, que había llenado parcialmente de cubitos sacados de la máquina de hielo y del congelador de la nevera.

—No, estoy bien —respondió ella elevando la voz.

—Todavía no me has dicho qué ha pasado.

Pine movió brazos y piernas con cautela entre el hielo de la bañera.

—Ya te lo contaré. Dame un rato para recuperarme.

Ya notaba de nuevo la sensibilidad de la pierna izquierda, pero a la vez le daba unos pinchazos tremendos.

—¿Quieres que te traiga algo de comer o beber?

—Tomaré una cerveza.

—Son las siete de la mañana.

—Pues entonces que sean dos. Gracias.

Pine oyó alejarse a Blum y volvió a sumergirse en la bañera con hielo.

Solo podía permanecer allí metida unos minutos más. Llevaba entrando y saliendo de la bañera unas tres horas. Necesitaba el hielo para combatir el dolor y bajar las hinchazones, pero la tolerancia al frío de cualquier persona tenía un límite.

Cuando Blum regresó y llamó a la puerta, Pine ya estaba saliendo con calma de su lecho de hielo. Se envolvió en una toalla, abrió la puerta y cogió una de las dos cervezas.

—Tienes un aspecto horrible —dijo Blum—. Te veo la mandíbula tumefacta, el labio partido y el ojo izquierdo hinchado. Y te mueves como si tuvieras cien años. ¿Te has peleado o te has caído desde lo alto de un edificio?

—Tengo la sensación de que me han pasado ambas cosas —murmuró Pine mientras se sentaba sobre la tapa del inodoro. A continuación bebió un largo trago de cerveza, envolvió unos cuantos cubitos de hielo en una toalla y se la aplicó en la cara.

—Te doy la segunda cerveza a cambio de la historia completa —dijo Blum, alzando la lata.

Pine la miró y acabó asintiendo con la cabeza.

—Siéntate, nos llevará un rato.

Blum se sentó con delicadeza en el borde de la bañera y la miró expectante.

Pine le contó lo sucedido desde el momento en que se coló en la casa de Priest hasta la paliza y la huida de la zona.

—Era espectacular, el mejor que he visto nunca —dijo Pine—. Luchaba como nadie. Ese tipo me daba mil vueltas.

—Pero al final le ganaste —señaló Blum.

Pine tosió, se retorció de dolor, dejó la cerveza y se agarró un costado.

—No me siento como si lo hubiera hecho.

Se levantó, abrió el armarito del lavabo, sacó un bote de Advil, se tragó cuatro pastillas con agua del grifo y volvió a sentarse.

—¿Ya has abierto el lápiz de memoria? —preguntó Blum.

Pine negó con la cabeza.

—Espero que ahí dentro haya algo que pueda ayudarnos.

—Por cómo lo escondió, Priest debía de considerarlo muy importante.

—Eso espero. No había nada más de interés en la casa.

—¿Quieres que te prepare algo de comer?

—Estoy bien. Primero quiero abrir el lápiz de memoria y después dormiré un rato. El hielo está haciendo efecto. Ya noto como baja la inflamación.

Pine se levantó y se dirigió con pasos muy medidos a su dormitorio, después de abrir el grifo del agua caliente para deshacer el hielo de la bañera. Se puso un suéter, un chándal y unos calcetines y fue a la cocina con el ordenador y el lápiz de memoria mientras seguía aplicándose la toalla con hielo en la cara.

Blum le sirvió una infusión caliente.

—Es menta. Irá de maravilla para todos tus males.

—Pero no te da ningún subidón.

—Es un tipo diferente de subidón. Bebe.

Pine dejó la toalla con el hielo, bebió unos sorbos de la taza, abrió el portátil e introdujo el lápiz de memoria en el puerto USB.

Tecleó y el contenido del USB empezó a cargarse en la pantalla. Ambas se quedaron mirando la casilla que apareció.

—Mierda —exclamó Pine—. Cómo no, está protegido por una contraseña. —Negó con la cabeza—. ¿Me han pateado el culo para esto?

—¿Se te ocurre alguna para probar?

—Tal vez, si tiene relación con algo personal de Priest. Pero si es una contraseña generada al azar por el ordenador, necesitaríamos un equipo sofisticadísimo para dar con ella.

—Bueno, ya se nos ocurrirá algo. Y, por cierto, ¿se te ocurre quiénes podían ser los dos intrusos de la casa?

—No, pero tengo un modo de averiguarlo.

Cogió el móvil y abrió las fotos que había tomado a sus armas.

—No se parecen a ninguna pistola que haya visto con anterioridad. Espera. Voy a hacer unas comprobaciones en la red.

—Ya nos hackearon una vez —le advirtió Blum—. ¿No nos podrían localizar a través del ordenador?

—Eso sería si no estuviera utilizando una variante de VPN.

—¿VPN?

—Una red privada virtual. Permite que tus huellas digitales queden ocultas en túneles seguros. La que estoy utilizando es una de las mejores. Te permite navegar por la web de forma prácticamente anónima.

Pine entró en una base de datos de pistolas. Fue pasando páginas, mientras cotejaba las imágenes con las fotos que había tomado. Se detuvo en una.

—Joder.

—¿Qué pasa?

—Espera un momento.

Pine siguió desplazándose por las imágenes hasta que dio con otra que coincidía con la segunda pistola. Miró a Blum.

—No me extraña que no las reconociera.

—¿Qué quieres decir?

—Una es una MP-443 Grach. Y la otra una GSh-18.

—Seguro que no son pistolas americanas. Jamás he oído hablar de ellas.

—No. Son rusas. La Grach la usa la policía y la GSh los militares.

Las dos mujeres se quedaron mirándose durante un largo e incómodo momento hasta que Blum dijo con aplastante naturalidad:

—Bueno, cómo no, los rusos están metidos en esto. Siempre son los malos.

—Pero ¿por qué? ¿Qué tiene que ver Moscú con la muerte de una mula en el Gran Cañón?

Ninguna de las dos tenía respuesta a esa pregunta.

—Agente Pine, necesitas dormir un rato, descansar y curarte. Sospecho que vas a tener que estar en plena forma.

—Creo que las dos vamos a tener que estarlo.

Pine fue al dormitorio y se desvistió, porque incluso el peso del liviano chándal le producía dolor sobre su machacado cuerpo. Contempló su cuerpo desnudo. Tenía un enorme moratón entre amarillento y púrpura donde el tipo la había golpeado. Se palpó la pierna en busca del punto en el que ese hombre había ejercido presión con el dedo para que ella aflojara la llave con la que lo bloqueaba. Todavía sentía un hormigueo. El tío debía de haber dado con un nervio que ella ni siquiera sabía que tenía por allí.

Se echó en la cama con sumo cuidado y con la toalla con hielo todavía sobre la cara. Con la otra mano, asía la Glock.

Respiró profundamente varias veces y el resultado fue un intenso dolor en las amoratadas costillas.

Pine cerró los ojos y dejó que sus pensamientos regresaran a los dos hombres de la casa.

Los dos rusos.

Y después estaba el tío del paraguas que le había dado una paliza.

Ese quería que ella la acompañara a algún sitio. Le dijo que le explicaría ciertas cosas sobre el lío en que andaba metida.

Pine quería saber cómo había dado con ella. ¿Estaba vigilando la casa y la vio entrar? ¿O la vio salir y la siguió?

La segunda hipótesis era la más probable, porque había puesto mucho cuidado en que nadie la viera entrando en la casa.

¿Estaba aquel tipo conectado con los otros dos hombres? Por algún motivo, ella creía que no.

Entonces, ¿era su adversario?

Los rusos eran claramente puro músculo, soldados rasos. El asiático parecía otra cosa.

Pine se quitó la toalla con hielo de la cara, estiró el brazo y cogió la placa del FBI de la mesilla de noche.

Se conocía al dedillo cada detalle del metal repujado. Cuando se la entregaron al graduarse en Quantico, la sostuvo en la mano toda la noche, pasándole los dedos por encima una y otra vez, como si leyese braille.

En ciertos aspectos —no, tal vez en el único crucial— la figura de la Justicia representaba todo lo que era importante en el mundo para Pine. No se trataba de conseguir el bien común, sino de qué estaba bien y qué estaba mal a nivel individual. Persona a persona. Porque si descuidabas a la gente, la idea del bien común era una mera quimera creada por aquellos a quienes «el bien común» casi siempre tendía a favorecer.

Cruzó los brazos sobre el pecho. Con la placa en una mano y la Glock en la otra.

Dos componentes fundamentales no solo de su trabajo, sino tal vez también de su identidad.

Sin ellos, ¿quién era ella?

¿La niña perdida y desconsolada de Andersonville, Georgia?

Cerró los ojos y, mientras se iba quedando dormida, movió los labios para pronunciar sin voz las mismas palabras que la acompañaban desde hacía treinta años:

«Jamás te olvidaré, Mercy. Jamás».

32

Seguía lloviendo cuando Pine se despertó a media tarde. Se giró en la cama y dejó escapar un gemido porque todas las partes magulladas de su cuerpo volvieron a dolerle.

Fue hasta el lavabo arrastrando los pies y se dio una ducha caliente, dejando que el agua se deslizase por su dolorida anatomía. Se secó, se vistió y se dirigió a la cocina, donde Blum estaba sentada ante el portátil de Pine con una taza de café.

—Tienes mucho mejor aspecto —le dijo Blum.

—El aspecto puede resultar engañoso.

—¿Quieres café? Acabo de prepararlo.

—Estoy bien.

—¿Quieres comer algo?

—Ya lo cojo yo.

Pine abrió la nevera y sacó un yogur. Cogió una cuchara del cajón, se sentó a la mesa de la cocina y fue comiéndose el yogur con mucha calma.

—Esto no es una comida con cara y ojos —dijo Blum.

—Para alguien a quien le han partido la cara con un mazo hecho de carne y huesos es más que suficiente. Todavía no puedo masticar. Ni tomar bebidas calientes. La infusión que me diste me ha dejado la boca hecha unos zorros.

—Oh, vaya.

Pine miró la pantalla del portátil.

—¿Se te ha ocurrido alguna posible contraseña?

—Ni por asomo. Y sin los recursos de la Agencia, ¿cómo vamos a averiguarla?

Pine dejó la cuchara del yogur.

—Pongamos las cosas en contexto. Encontré el lápiz de memoria en el interior de una pelota de baloncesto. Junto con un trofeo de fútbol americano. Había también unos calcetines de deporte y una camiseta de baloncesto. —Pine hizo una pausa y recordó—. En la camiseta estaba estampado LIGA DE LA IGLESIA CATÓLICA.

—¿Es que las Iglesias católicas tienen ligas de baloncesto? —preguntó Blum.

—Eso parece.

—¿Cuál es la contraseña del wifi de tu amigo?

—*Semper Primus* —respondió Pine. Como Blum la miró perpleja, le explicó—: Es latín, quiere decir «Siempre el primero». Es el lema del Ejército.

Blum buscó en la red iglesias católicas cerca de la casa de Priest.

—Tenemos la basílica católica de St Mary en el casco antiguo de Alexandria. Está muy cerca de la casa de Priest.

Pine se levantó y cogió la chaqueta del respaldo de la silla.

—¿Adónde vas?

—A la iglesia.

—¿Quieres que te acompañe?

—No. Será mejor que te quedes aquí.

—Ya que vas a un lugar de culto, rezaré por ti.

—Daño no me hará —dijo Pine volviendo la cabeza por encima del hombro.

La basílica de St Mary era la iglesia católica más antigua de Virginia. Estaba en la calle South Royal y su fachada de piedra gris tenía un aire gótico. El austero frontal quedaba en cierto modo suavizado por cuatro puertas dobles de madera con placas metálicas.

La lluvia aflojaba cuando Pine detuvo el coche al otro lado de la calle y echó un vistazo a su alrededor. Había poca gente en las aceras y por la calzada se alejaba un camión calle abajo cuyas luces traseras estaban desapareciendo en la oscuridad.

Una placa en la fachada de la iglesia explicaba que la habían fundado en 1795. Y en lo alto de la pared, encima de la puerta principal, había un nicho con una estatuilla blanca de la Virgen María, que daba nombre al templo.

Pine bajó del coche y cruzó la calle. Echó una ojeada a su alrededor y subió las escaleras principales.

Por suerte la basílica estaba abierta. Entró y cerró tras ella.

Cruzó una segunda puerta y llegó a la zona de culto.

Los vitrales eran enormes y coloridos. Al mirar hacia el fondo, vio a un Jesús en la cruz colocado en la pared detrás del altar de suelo de mármol. Había dos hileras de bancos de iglesia a cada lado de la amplia nave central.

Pine no tenía ni idea de por qué había ido hasta allí. ¿Por una simple referencia a una liga de baloncesto de la iglesia? Una conexión muy vaga, si es que realmente existía. Pero ¿de qué otras posibles pistas disponía?

Se sentó en el banco de la primera fila y continuó observando el lugar, buscando cualquier cosa que pudiera ayudarla.

Mientras permanecía allí sentada, entró un hombre por una puerta que había detrás del altar.

El alzacuellos blanco indicaba que era un sacerdote. Era alto, de casi dos metros, y joven, de treinta y tantos, pelirrojo y con pecas.

Tal vez sea el clásico sacerdote irlandés, pensó Pine. Se preguntó cuántos de estos quedaban todavía por ahí.

—Hola —saludó—. Me temo que se ha perdido la última misa.

—Solo me he sentado un rato a meditar un poco. Espero que no le importe.

—Por supuesto que no. Estamos abiertos a todos los que buscan un lugar tranquilo en el que reflexionar y practicar su fe.

El cura se le acercó y se sobresaltó al ver cómo tenía la cara Pine.

—¿Se encuentra bien?

—Sufrí un accidente de tráfico hace unos días. Todavía estoy un poco magullada.

Él la miró con suspicacia.

—Por aquí han pasado otras mujeres contando este tipo de historias. Si las cosas no marchan bien en casa, estoy aquí para escucharla. Nadie debería sufrir los abusos de otra persona. Puedo ayudarla. Podemos ofrecerle refugio. Y tal vez debería pensar en poner una denuncia.

A modo de respuesta, Pine sonrió y le mostró la mano sin ningún anillo.

—No estoy casada. Y practico artes marciales mixtas. No hay muchos hombres capaces de ponerme la mano encima. Lo del accidente es verdad.

—Oh, lo siento. Pero tal como conduce la gente hoy en

día y encima todos van escribiendo mensajes con el móvil...
—Le tendió la mano—. Soy el padre Paul.

—Lee —le dijo Pine, estrechándole la mano.

—¿Vive en el barrio?

—No, estoy de visita. Resido en el Oeste.

—Los grandes espacios abiertos, ¿no es así?

—Mucho más que aquí. Padre, ¿puedo hacerle una pregunta?

—Por supuesto. A los sacerdotes nos hacen muchas preguntas. Pero no espere de mí que siempre tenga la respuesta correcta. —Sonrió.

Pine le devolvió la sonrisa con empatía.

—Creo que un amigo mío es uno de sus parroquianos.

—¿Ah, sí?

—Se llama Ben Priest.

—Oh, Ben. Sí, lo es. Aunque hace bastante tiempo que no lo veo.

—Me contó que jugaba en una liga de baloncesto de la iglesia.

El padre Paul sonrió.

—Sí. Es una cosa muy informal. De hecho, la puse en marcha yo hará un par de años. Como puede sospechar por mi altura, yo también juego. Pero Ben, pese a que es unos años mayor que yo, es un jugador excepcional. Es alero. Competimos contra otras parroquias de la zona. Nada serio, pero hacemos deporte y fomentamos el compañerismo.

—¿Me ha dicho que hace tiempo que no lo ve?

—Sí. De hecho, teníamos partido la semana pasada, pero no apareció. Lo llamé y no me contestó. Aunque viaja muy a menudo. Ya volverá a aparecer. —Guardó silencio unos instantes—. Entonces, ¿es usted amiga de Ben?

—Sí. Y también de su hermano y la familia de este.

El cura frunció el ceño.

—Qué raro. Nunca me ha dicho que tuviera un hermano.

—Ed Priest. Vive en Maryland junto con su esposa y sus hijos.

—Humm. Bueno, ahora que lo pienso, Ben nunca ha sido muy dado a hablar de sí mismo. Siempre parecía estar escuchando a los demás.

—Sí, él es así.

—¿Cómo lo conoció?

—A través de unos amigos comunes. No hace tanto que nos conocemos, aunque pensaba verlo durante mi estancia aquí. Pero a mí tampoco me responde las llamadas.

—¿Ha pasado por su casa?

—Sí, y no había nadie.

—¿Y él sabía que venía usted?

—Sí. Habíamos quedado en vernos.

El padre Paul parecía ahora preocupado.

—Espero que no le haya pasado nada.

—Seguro que está bien. Como ha dicho usted, viaja muy a menudo. —Se quedó en silencio unos segundos y añadió—: Aunque me pregunto adónde.

El padre Paul se sentó a su lado.

—Dice que unos amigos comunes le presentaron a Ben. ¿Lo conoce usted bien?

—Es curioso. Siempre me ha parecido una persona que se abre muy poco a los demás. Tal como me acaba de comentar. ¿Qué sabe de él?

—Probablemente no mucho más que usted.

—Yo ni siquiera sé en qué trabaja. Una vez mencionó algo

sobre política, el Gobierno, este tipo de asuntos. Supongo que hay mucha gente por aquí que trabaja en este campo.

—Así es, sí. Diría que la mitad de mis parroquianos trabajan en alguna empresa que de un modo u otro está relacionada con el Gobierno federal.

Pine simuló una sonrisa.

—Sé que esto va a sonar tonto.

—¿El qué?

—Siempre he tenido la sospecha de que Ben podía ser una especie de, bueno, de espía.

Pine ensanchó la sonrisa, como si pensase que acababa de decir una tontería mayúscula, pero esperaba que el cura mordiera el anzuelo.

—Si quiere que le diga la verdad, yo siempre he pensado lo mismo.

Pine fingió sorpresa.

—¿En serio? ¿Por qué?

—Por un montón de pequeños detalles, que por sí solos es probable que no significaran nada. Pero, sumados, me han llevado a sospechar que se dedica a, bueno, digamos que algo clandestino, a falta de una palabra más precisa.

—Ojalá logre dar con él. ¿Conoce a algún otro amigo suyo?

El padre Paul reflexionó unos instantes.

—Bueno, tiene un colega. Simon Russell, que también juega en nuestra liga. De hecho, fue Ben quien lo trajo. Hicimos una excepción, ya que no es feligrés de la parroquia. Por lo que me pareció entender, creo que trabajaban juntos. O al menos lo habían hecho en algún momento.

—¿Y él a qué se dedica?

El padre Paul sonrió.

—Parece tener la misma obsesión que Ben. No le gusta hablar de sí mismo. Pero es un hacha metiendo triples.

—¿Podría describírmelo?

El cura se sorprendió.

—Parece una policía.

—No, pero si me encuentro con Simon Russell, quiero estar segura de que es él.

—Bueno, es un poco más alto que yo y muy delgado. No le queda mucho pelo y lleva una barba bien cuidada. Diría que tiene más o menos la misma edad que Ben, o tal vez sea un poco mayor.

—¿Sabe cómo contactar con él?

—De hecho, sí. Una vez fui con Ben y otros jugadores a su casa para tomar una copa. El año pasado ganamos la liga, la verdad es que fue todo un acontecimiento, y Simon, llevado por la emoción del momento, nos invitó a todos a su casa para celebrarlo. Me pareció todo un detalle. Quiero decir que Ben vive muy cerca, pero nunca nos ha invitado a su casa.

—Ben es muy reservado.

—Demasiado.

El padre Paul escribió la dirección en un papel y se lo dio a Pine. Mientras la acompañaba a la salida, dijo:

—Si encuentra a Ben, dígale que me llame. Quiero asegurarme de que está bien.

—Así lo haré. —Pine echó un último vistazo al interior de la iglesia—. Es un espacio precioso.

—Sí que lo es. Pero esto es meramente decorativo. Me gusta pensar que la verdadera fuerza de una iglesia son sus parroquianos. Jesús era un hombre pobre. Su fe era su riqueza. ¿Es usted católica?

—No. Mis padres no me llevaban a la iglesia. Y de adulta nunca sentí el impulso de ir por mi cuenta.

—Bueno, nunca es tarde.

Ella lo miró con tristeza y dijo:

—¿Usted cree?

33

Pine aparcó el Mustang en la acera de enfrente de la enorme casa de Simon Russell, cerca de Capitol Hill. Al igual que el casco antiguo de Alexandria, en este barrio residía gente de alto poder adquisitivo. Pine había trabajado dos años en Washington, DC, en la oficina del FBI de la zona, y lo único que entonces fue capaz de permitirse con su modesto salario era una habitación en un apartotel infecto a noventa minutos en transporte público del centro.

Fuera cual fuera el trabajo de Russell, debía de ganarse muy bien la vida. Pine se preguntó si el interior de la casa sería tan espartano como el de la de Priest. Tal vez no podría averiguarlo esa misma noche. Del montón de ventanas que tenía la casa, ni una sola estaba iluminada, al menos hasta donde Pine alcanzaba a ver.

Bajó del coche, cruzó la calle, giró a la izquierda y después a la derecha en la siguiente manzana. Se metió en un callejón que había a mitad de la manzana y avanzó por él. Un nuevo giro a la derecha y un corto recorrido la llevaron hasta la parte de atrás de la casa de Russell. Allí había también un garaje para un único automóvil. Esa zona se parecía mucho a esas viejas caballerizas, muy típicas en Inglaterra, que se habían reconvertido en casas.

La parte trasera de la casa de Russell estaba rodeada por un alto muro de ladrillo y una verja de madera igual de alta. Intentó abrir la verja, pero estaba cerrada con llave.

Echó un vistazo a ambos lados, se agarró al borde superior del muro y se impulsó lo bastante como para ver lo que había al otro lado. Este simple movimiento la hizo aullar de dolor, porque todas las partes de su cuerpo magulladas protestaron al unísono.

Cuando se asomó por encima del muro, vio un pequeño jardín con una fuente de piedra adornada con la escultura de un león, un juego de varias sillas y una mesa de hierro forjado, unos cuantos tiestos con plantas bien cuidadas y una maciza puerta trasera de madera. Relajante, bien organizado y de ninguna ayuda para ella.

Tampoco en la parte trasera se veía ninguna luz encendida en la casa.

Se dejó caer al suelo y volvió por donde había venido, y por el camino decidió ir de cara.

Se dirigió a la puerta principal de la casa de Russell y llamó.

Nada.

Volvió a llamar y miró a su alrededor para comprobar si alguien la observaba. De paso también se aseguraba de que no anduviera por ahí el ninja del paraguas.

Llamó de nuevo.

Nadie acudió a abrir la puerta. Echó un vistazo por las ventanas más próximas. Estaba demasiado oscuro para distinguir nada.

De acuerdo. ¿Cuál era el plan B?

No se atrevió a colarse en una segunda casa. Ya había agotado su suerte en la anterior incursión.

Volvió al coche y se metió en él. Decidió optar por el trabajo policial más tedioso, pero que en ocasiones era el más eficaz.

La vigilancia.

Se acomodó en el asiento de su coche y clavó la mirada en la casa.

Un poco después de medianoche, la vigilancia dio sus frutos.

Por la calle apareció caminando un hombre alto que venía desde la dirección del Capitolio. Llevaba una gabardina y un sombrero de fieltro, y cargaba con una cartera de cuero.

Subió los escalones que conducían a la entrada principal de su casa, metió la mano en el bolsillo y sacó las llaves.

Estaba introduciendo la llave en la cerradura cuando Pine lo abordó.

—¿Señor Russell?

Él se volvió y la miró.

—¿Quién es usted? ¿Qué quiere?

«Veamos: ¿es la paranoia previsible o hay algo más en su reacción?»

Pine le mostró la placa.

—Soy del FBI. Estoy aquí por su amigo Ben Priest.

En su rostro se incrementó la mueca de suspicacia.

—¿Ben? ¿Qué pasa con él? ¿Por qué está el FBI interesado en él?

—¿Podemos hablar dentro?

Russell dudó, pero al final asintió con un gesto.

—De acuerdo.

La hizo pasar, desactivó la alarma y cerró la puerta con pestillo. Se quitó el sombrero y la gabardina y los colgó en el perchero de pared que había en el pequeño vestíbulo.

Pine vio que, en efecto, el cabello le raleaba, y el poco que todavía le crecía lo hacía sin el control de un peine. Tal como le había dicho el padre Paul, Russell llevaba una barba bien cuidada y bigote, tal vez para compensar lo que le faltaba en la parte de arriba. Era muy delgado y Pine calculó que debía de calzar un cuarenta y nueve, algo que cuadraba con un hombre de dos metros. Tenía la nariz larga y fina, y unos ojos castaños de mirada penetrante. Sobre ellos, unas cejas que, como el cabello, crecían descontroladas sobre la sólida frente.

Pine miró a su alrededor. La casa de Russell era mucho más acogedora que la de Priest. Los muebles parecían antiguos, desgastados por el uso y confortables. En la sala contigua al vestíbulo había una chimenea. Era de piedra caliza, con cierto aire de austeridad eclesiástica. De las paredes colgaban lienzos con aspecto de ser obras originales.

La alfombra sobre la que permanecía de pie Pine debía de contar como mínimo un siglo. El salón tenía un empapelado elegante y en el techo había molduras. Paredes y techo eran de sólido revoque. En el exterior, Pine se había fijado en que los canalones eran de cobre y el tejado de pizarra.

Ya no se construían cosas así. A menos que uno tuviera los suficientes dólares para pagarlas.

Unas palabras de Russell interrumpieron la inspección de Pine.

—¿Le apetece algo de beber? ¿O está de servicio?

—¿Qué va a tomar usted?

—Yo suelo tomar gin-tonic con Bombay de la botella azul.

—Pues yo me conformaré con la tónica a solas.

La condujo por el pasillo hasta una enorme puerta ovalada de madera que parecía sacada de un castillo. La abrió y la hizo pasar a una sala de considerables dimensiones decorada como biblioteca o estudio.

Tres de las paredes estaban cubiertas de estanterías rebosantes de libros. En medio de la sala había un gran escritorio bajo el cual se extendía una desgastada alfombra oriental cuadrada. Aquí también había chimenea. Un cómodo sofá de cuero y varias sillas. Y un pequeño mueble bar con botellas y vasos.

—¿Con hielo? —le preguntó Russell mientras preparaba las bebidas—. ¿Quiere hielo en la tónica?

—¿Por qué no?

El anfitrión abrió la puerta panelada de un armarito junto al mueble bar y en el interior apareció una máquina de hielo. Cortó una lima que había cogido de un bol que había encima del mueble bar, puso una rodaja sobre el hielo en cada vaso y a continuación se sirvió ginebra y tónica para él y solo tónica para Pine, mientras ella no le quitaba ojo de encima para asegurarse de que no le servía alcohol.

Removió las bebidas y le ofreció a Pine la suya, cogió un mando a distancia y lo enfocó hacia la chimenea. Se oyó un clic, un zumbido de gas prendiendo, y aparecieron unas llamas azuladas. Se sentó en el sofá y le señaló a Pine una de las sillas.

—Bonita sala —dijo ella mientras se sentaba y observaba el entorno.

—La verdad es que desarrollo gran parte de mi trabajo aquí.

—¿Y qué trabajo es ese?

Él bebió un sorbo. Su rostro, ya de por sí poco afable, se volvió al instante más frío.

—«Eso no es de su incumbencia» es la primera respuesta

que se me viene a la cabeza. A menos que haya venido con una orden de registro. Y, aun así, seguiría sin ser de su incumbencia. Hábleme de Ben.

—Ha desaparecido.

Russell no hizo el menor comentario. Ladeó un poco la cabeza y se quedó contemplando las llamas.

—No parece muy sorprendido.

Él se encogió de hombros.

—Ben suele desaparecer con frecuencia.

Pine decidió jugársela para tratar de abrir una brecha en el muro de ese tipo.

—¿Y también es habitual que lo secuestren y se lo lleven en un helicóptero?

Ese comentario sí captó la atención de Russell, que miró a Pine.

—¿Eso es una mera hipótesis o ha sucedido de verdad?

—Está metido en un lío. Uno muy gordo. De momento dejémoslo así.

—Por mí podemos dejarlo así y acabar ya con esta conversación.

Pine miró a su alrededor.

—Si tuviera que hacer un perfil suyo por lo que he visto en su casa, diría que viene usted de una familia adinerada, que ha viajado mucho, que le interesa la geopolítica, está informado sobre temas de seguridad nacional y le importa lo que le pase a su país.

—No alargaré esta conversación preguntándole cómo ha llegado a estas conclusiones.

Sin embargo, Pine procedió a explicárselo:

—La cubertería de plata que hay sobre esa mesa es auténtica de Tiffany's. El monograma que llevan las piezas me sugiere que probablemente sea una reliquia familiar. Apuesto a que esa cubertería tiene más años que sus abuelos. Eso significa que la ha heredado. La gente a la que le legan este tipo de cosas suele proceder de buena familia. El resto de mis deducciones vienen de sus libros, de las muchas cerraduras y la alarma, y de esos detallados mapas de China y de Oriente Próximo que cuelgan de las paredes.

—¿Y mi amor por mi país?

—Esa carta enmarcada de un antiguo presidente agradeciéndole los servicios prestados.

Russell la miró con otros ojos. Bebió un sorbo y asintió con la cabeza.

—De acuerdo. Puede que sea todas esas cosas que dice. ¿Qué quiere de mí?

—¿Sabe en qué estaba trabajando Ben como para acabar metido en problemas graves?

—No trabajábamos juntos.

—No es lo que me han contado.

—Pues en ese caso le han informado mal.

—¿Nunca hablaba con él de trabajo?

—No tenía ningún motivo para hacerlo.

—¿Y él nunca le contaba nada de a lo que se dedicaba?

—La respuesta es la misma.

—Él vive en Alexandria y usted aquí. ¿Cómo es que le pidió que se uniera al equipo de baloncesto de la iglesia?

—Probablemente coincidimos en alguna fiesta soporífera y estábamos tan aburridos que acabamos hablando de la iglesia y de baloncesto.

—Entonces, ¿supongo que usted no sabe nada del otro tipo?

—¿Qué otro tipo? —preguntó él de inmediato.

—O sobre el mensaje protegido por una contraseña que dejó Ben.

Russell observó con mucha atención a Pine, mientras meneaba suavemente el hielo en el vaso.

—¿Qué le ha pasado en la cara? —le preguntó.

—Me golpeé con una puerta.

—Se golpeó con algo. Tal vez un puño.

—Va en el sueldo.

—¿Cómo se ha visto usted involucrada en esto, si me permite preguntárselo?

—Por mi trabajo.

Russell se aclaró la garganta.

—¿Forma usted parte del Departamento de Seguridad Nacional del FBI? ¿O de Inteligencia? —Guardó silencio unos instantes—. Pero si ahora soy yo quien se pone a hacer deducciones, no le veo ese perfil. Me refiero a ser agente de Seguridad Nacional o de Inteligencia.

—Entonces sabe usted distinguir a la gente que tiene esos perfiles. Y conoce la existencia de esos departamentos de la Agencia. Como mínimo, ya ha compartido alguna información. —Al no decir él nada, Pine añadió—: ¿Y en qué perfil le parece que encajo yo?

—En el de alguien que va por libre —respondió él de inmediato.

Pine señaló las estanterías.

—Tiene libros escritos en ruso, chino, coreano y árabe. ¿Habla todos esos idiomas?

—Como mucha gente en esta ciudad.

—He venido a verlo a modo de atajo. Los tomo cuando se me presenta la oportunidad.

—Siento decepcionarla.

—Entonces, ¿ustedes dos no son más que compañeros de equipo de baloncesto?

Russell bebió un largo trago antes de responder. Se secó los labios con el dorso de la mano y dijo:

—Él es un buen alero. Pasa bien y es capaz de driblar y crearse sus propios tiros. Lanzando desde media distancia es infalible. Ese es un mérito que le reconozco. Con mi altura, yo trabajo más bajo la canasta. Tiros a la media vuelta, ganchos, palmeos y rebotes. Antes hacía también mates. Ahora mis rodillas ya se niegan a cooperar.

Pine dejó el vaso en la mesa y se levantó.

—Bueno, pues gracias por la tónica.

Russell alzó la cabeza hacia ella.

—De hecho, ¿pertenece de verdad al FBI?

Ella cogió un trozo de papel y anotó algo en él.

—Si cambia de opinión, puede localizarme en este teléfono.

Russell cogió el papel sin molestarse en mirarlo y lo dejó en la mesa junto al sofá.

—La verdad es que me ha proporcionado usted un montón de cosas sobre las que pensar —dijo, meneando de nuevo los cubitos de hielo en el vaso mientras las llamas de gas de la chimenea reflejadas en su cara daban a sus angulosas facciones un aire todavía más severo.

—Ojalá pudiera decir yo lo mismo. No hace falta que me acompañe a la puerta.

Pine no fue hasta el coche, porque sabía que él la estaría observando por la ventana. En lugar de eso, giró a la izquierda, caminó con paso rápido calle abajo y dobló a la derecha en la primera esquina. Allí se agazapó detrás de un árbol y se quedó vigilando la puerta principal de la casa.

No había obtenido nada de Russell, salvo muy malas vibraciones.

Veinte minutos después se abrió la posibilidad de que eso cambiara.

El hombre salió de la casa y se alejó en la dirección contraria.

Pine se dirigió a toda prisa al coche, arrancó y lo siguió.

34

La decisión de Pine de seguir a Russell en coche fue acertada, porque el tipo había recorrido solo dos manzanas cuando un todoterreno ligero negro se detuvo junto a la acera y él subió. Salieron enseguida de la zona de Capitol Hill y se dirigieron hacia el norte atravesando la ciudad.

Pine conocía bien Washington, DC de la época en que había trabajado allí. Se dirigieron hacia el oeste, cruzando el distrito empresarial, giraron de nuevo en dirección norte y atravesaron varios de los barrios más prósperos de la ciudad.

Cuando entraron en Cleveland Park, en la zona noroeste de la capital, el todoterreno aminoró la marcha. Pine hizo lo mismo. Pese a la tardía hora, había bastante tráfico, algo que a ella le iba de maravilla porque le permitía pasar desapercibida. Pero además sabía cómo seguir a un sospechoso y por tanto confiaba en que ninguno de los ocupantes del vehículo se hubiera percatado de su presencia.

Cuando giraron en International Place, Pine se puso rígida.

Creyó saber adónde se dirigían.

Cuando poco después el coche se detuvo ante un puesto de control, su corazonada se vio confirmada.

Aunque el famoso arquitecto I. M. Pei había asesorado el

diseño de las instalaciones, a Pine ese edificio siempre le había parecido una fortaleza.

Pero ¿qué otra cosa se podía esperar de la embajada de la República Popular China?

El todoterreno cruzó la entrada y desapareció de la vista de Pine.

Ya no podía seguirlo, de modo que siguió avanzando por la calle, dio la vuelta y encontró un sitio para aparcar en la misma calle de la embajada. Apagó las luces, se agachó y esperó.

Los chinos. ¿Acaso el tipo que le había dado la paliza podía ser chino?

¿Y qué tenían que ver con los chinos Simon Russell y probablemente Ben Priest?

Pine no tenía jurisdicción para entrar en la embajada china y no habría podido hacerlo ni aunque estuviese trabajando de manera oficial como agente del FBI. Era como si el edificio estuviera en Pekín. Según los protocolos internacionales, el solar sobre el que se levantaba era territorio chino.

Y si los chinos estabas involucrados en esta historia, ¿qué pintaban los dos rusos a los que había dejado fuera de combate en casa de Pine?

Pese a que ya era tarde, telefoneó a Blum y le contó lo que acababa de suceder.

—¿Por qué crees que Simon Russell ha ido ahí? —le preguntó Blum.

—No puede ser una coincidencia que haya acudido justo después de hablar conmigo. Eso significa que, sea en lo que sea que Ben Priest estuviera metido, existe alguna conexión, aunque sea parcial, con los chinos.

—¿Y ahora qué vas a hacer?

—Esperar a que salga Russell y seguirlo.

Pine colgó y se agachó más en el asiento porque un coche pasó por la calle y los faros la iluminaron.

El reloj del coche marcaba las dos de la madrugada cuando el todoterreno negro de antes salió de la embajada.

Pine estaba segura de que era el mismo por la matrícula. El único problema era que no tenía modo de saber si Russell iba en su interior.

No le quedaba otra opción que seguirlo.

Ahora apenas había tráfico, de modo que Pine decidió arriesgarse, así que adelantó al coche para echar un vistazo al interior al pasar a su lado. Pero llevaba cristales tintados y no pudo ver nada.

Se dirigió a casa de Russell, aparcó y esperó allí.

Como era previsible, este apareció al cabo de un rato caminando hacia su casa; era evidente que el todoterreno lo había dejado unas calles más allá.

Pine estaba decidiendo si abordarlo o no de nuevo, cuando cuatro individuos se acercaron a Russell mientras abría la puerta. Lo empujaron dentro y cerraron la puerta a sus espaldas.

Pine se quedó petrificada unos instantes en el coche. Pero rápidamente decidió pasar a la acción.

Se dirigió rápidamente hacia la parte trasera de la casa, giró a la derecha, una segunda vez en la misma dirección y se metió en el callejón por el que había pasado antes.

Se detuvo ante el jardín trasero de Russell, escaló el muro y aterrizó con suavidad sobre el césped que había al otro lado. Manteniéndose agachada, se acercó a la casa y miró por una de las ventanas.

No pudo ver nada, pero oyó ruidos. No tenía ni idea de quiénes eran esos hombres y qué querían de Russell.

De lo que estaba segura era de que no eran policías. De serlo, le habrían mostrado las placas y se lo hubieran llevado detenido en el mismo porche. No lo hubieran obligado a entrar en la casa.

En circunstancias normales, Pine hubiese llamado de inmediato al 911. Pero aquellas no lo eran.

Comprobó el cierre de la ventana trasera, sacó la navaja e hizo palanca. La ventana se abrió sin hacer ruido y un momento después estaba dentro. Pine se quedó agachada y vio que había entrado por la cocina.

Desenfundó la pistola, salió de allí y entró en la sala. La ventaja de haber estado con anterioridad en la casa era que ya conocía buena parte de su distribución.

Se quedó inmóvil al oír unas voces.

—No sé lo que queréis.

Esa era sin duda la voz de Simon Russell.

Pine sacó el móvil prepago y llamó al 911.

Dio la dirección y contó lo que estaba sucediendo.

—Dense prisa —dijo al final, antes de colgar.

Sacó la Beretta de la pistolera del tobillo y se dirigió al pasillo con una pistola en cada mano. Tomara la decisión que tomase, tenía el presentimiento de que aquella situación no iba a acabar bien para nadie.

Pero la retirada no formaba parte de su léxico habitual.

Se aproximó a su derecha, a la intersección entre la sala y el pasillo, justo enfrente del despacho de Russell.

La casa estaba a oscuras, porque nadie se había tomado la molestia de encender las luces. No es que Pine esperara que los intrusos fueran a arriesgarse a iluminar su larga lista de delitos.

Se asomó con cuidado para ver qué sucedía en la sala.

Gracias a la luz procedente de la calle, pudo distinguir las siluetas de cuatro hombres de pie, rodeando en semicírculo a Russell, que estaba sentado en una silla.

—No sé de qué habláis —dijo Russell—. No conozco a nadie de la embajada china.

—Qué curioso, porque acabas de salir de allí —replicó uno de los hombres.

—Debéis de haberme confundido con otra persona.

—¿Qué te contó Ben Priest?

Russell se reacomodó en la silla con parsimonia.

—¿Qué puedo comprar con esa información?

—¿Qué propones? —le preguntó el mismo que había hablado antes.

—Un billete para salir de aquí.

—No lo veo. Estás metido hasta el cuello.

—No estoy metido en nada.

Las sirenas que empezaron a oírse en la calle hicieron que todos se volvieran hacia la ventana.

—Mierda —dijo uno de los intrusos.

—¿Vienen hacia aquí? —preguntó otro.

—¿Tú que crees? —dijo el primero—. Llévate a los muchachos. Ya sabes lo que hay que hacer.

Los tres hombres se dirigieron hacia la entrada principal. Pine vio que se sacaban algo de los bolsillos.

El cuarto individuo se quedó a solas con Russell.

Pine lo miró con más atención. Era un cincuentón de cabello entrecano con largas patillas. Llevaba traje y corbata. Tenía el rostro curtido y le habían roto la nariz al menos una vez. Parecía un tipo duro y probablemente lo fuera.

Pine se acercó a una de las ventanas de la fachada y observó como el coche patrulla se detenía frente a la casa.

Se apearon dos agentes. Los tres intrusos los esperaban en el jardín delantero.

—Mierda —susurró Pine.

Les mostraron las placas y las identificaciones, tal como ella misma había hecho cientos de veces.

Eran algún tipo de federales.

Los dos agentes comprobaron las identificaciones y se pusieron a hablar con los intrusos.

Pine volvió a su anterior posición y observó al cuarto hombre y a Russell.

—No podéis hacer esto —dijo Russell—. Va contra la ley.

—Nada va contra la ley si tú eres la ley.

—Quiero un abogado. Ahora mismo.

—Russell, nosotros no tenemos autoridad para detenerte. No operamos de este modo. De modo que no esperes que te lea tus derechos. Eso no va a pasar.

—No me podéis obligar a hacer nada.

—En eso te equivocas. La seguridad nacional está por encima de todo.

—¿Incluso de los malditos derechos constitucionales?

—La Constitución dice que hay que proteger a todos los americanos. Si tenemos que sacrificar a algunos para hacerlo, pues qué se le va a hacer. Es así de sencillo.

—Quiero que os marchéis de mi casa.

—Oh, no te preocupes. Nos iremos. Pero tú nos acompañarás.

—No pienso ir a ninguna parte.

—Vuelves a equivocarte. En cuanto mis hombres acaben de dar palique a los paletos locales, nos vamos de viaje. Tenemos un avión esperando.

—¿Adónde?

—Eso es información clasificada.

—Y una mierda.

—De acuerdo, te daré una pista. Vamos a llevarte a un lugar fuera de este país, uno que será más adecuado para tener una conversación sincera contigo. —Hizo una pausa y añadió—: Empleando todos los métodos que sean necesarios.

—¿Vais a torturarme? Venga ya. Ya no os permiten hacer eso.

—Vaya, qué curioso. A mí nunca me llegó esa nueva normativa.

—Vas a acabar bien jodido si te atreves a hacer eso.

—¿Te crees que eres el único tío al que hemos tenido que persuadir últimamente? Y, como puedes comprobar por ti mismo, no estoy para nada jodido.

Ante esta respuesta, Russell palideció.

—Escucha, esto es ridículo. Soy ciudadano americano.

—Y yo también. ¿Adónde nos conduce eso? Tú sabes cosas que pueden hacer daño a muchos de nuestros compatriotas. Si tenemos que someterte a ciertos procedimientos para evitar que eso suceda, pues lo haremos sin pestañear.

—Esto es una locura. Voy a salir para hablar con los policías.

El tipo sacó una pistola y apuntó a la cabeza de Russell.

—Eso no va a pasar.

—¿Qué? ¿Me vas a pegar un tiro? ¿Aquí?

El hombre dio unos golpecitos al cañón de la pistola.

—Lleva silenciador. Ahí fuera no van a oír nada. Tú eliges. Yo estoy conforme con las dos opciones.

—Escucha, no tenéis por qué hacer todo esto.

—Me temo que sí.

De pronto el tipo cayó desplomado en el suelo.

Russell lo miró incrédulo. Cuando alzó la mirada se topó con Pine sosteniendo una pistola por el cañón. Había utilizado la empuñadura para noquear al tipo.

Le indicó con un gesto a Russell que la siguiera.

—Mueve el culo. ¡Ya!

35

—Gracias.

Pine miró hacia el asiento del copiloto del Mustang.

Ya habían dejado muy atrás el barrio de Russell. Giró por una calle lateral, paró el coche junto a la acera y apagó el motor.

Russell seguía pálido y alterado, aunque empezaba a recuperar el color poco a poco.

—No te he salvado para hacerte un favor —le soltó Pine—. Ahora mismo vas a contarme de qué va todo esto.

—Escucha, no puedo, ¿de acuerdo? No se lo podía contar a ellos y a ti tampoco.

—Esos tíos iban a matarte. O, como mínimo, a torturarte hasta casi acabar contigo.

—Tal vez.

—Nada de tal vez. ¿Quiénes son?

—No lo sé.

—Y una mierda. Eran federales, pero el tío te dijo que no tenían autoridad para detenerte en este país. Eso acorta mucho la lista. ¡Y tú lo sabes!

Russell, testarudo, negó con la cabeza.

—Ese tío se estaba marcando un farol.

—¿Seguro?

—Sí, claro que sí. Esto es Estados Unidos, no Moscú.

—Es curioso que lo menciones, porque en la casa de Ben Priest en Alexandria me topé con dos rusos que intentaron matarme.

Russell la miró de inmediato e inspiró. Negó con la cabeza.

—Escucha, nadie va a tirarme por una ventana o a inyectarme un agente nervioso.

Pine arrancó el motor.

—De acuerdo. Pues te llevo de vuelta con ellos. No tienes por qué preocuparte. Pásatelo bien donde sea que vayas. Y sea lo que sea lo que te inyecten.

Russell plantó una mano en el volante.

—No, espera, por favor, no lo hagas.

—Entonces necesito un poco de *quid pro quo* y va a tener que ser ahora mismo.

—¿Qué quieres saber?

—Has ido a la embajada china. Y no me mientas. Te he seguido hasta allí, igual que esos tíos. ¿Para qué?

Russell contempló la oscuridad a través de la ventanilla del coche. La expresión de su cara era la de una bestia acorralada que busca de manera tan desesperada como inútil una vía de escape para sobrevivir.

—Tu visita me impulsó a ir allí.

—Explícate.

—Ben Priest.

—¿Qué tiene que ver él con los chinos? ¿Y con los rusos?

—Esto va de geopolítica, de modo que las líneas no son nunca rectas. ¿Qué tal se te da el ajedrez?

—Ponme a prueba.

—Los aliados a veces se convierten en enemigos. Y viceversa. El estatus puede ser temporal o de larga duración. Puede ser circunstancial. Transaccional. Excepcional. Joder, en realidad puede ser cualquier cosa.

—Ben me dijo algo parecido.

—Él lo sabía bien.

—Entonces, ¿trabajas con él?

—Conozco su trabajo. Dejémoslo así.

—No estoy en posición de dejar nada en la inconcreción. ¿En qué consistía el trabajo de Priest?

—Tiene muy buenas conexiones. Hacía cosas que debían hacerse por canales extraoficiales. Es cuanto puedo decirte.

—Volviendo al ajedrez, ¿cuál fue el primer movimiento? ¿Y cómo hemos llegado a este punto de la partida?

—No sé nada con absoluta certeza. Todo es pura especulación.

—¿Cuál es tu conexión con China?

—He trabajado para ellos.

—¿Espiando contra nuestro país?

Russell frunció el ceño.

—No digas tonterías. Ellos tienen intereses legítimos y yo hago que se conozcan en los lugares adecuados. Pero lo que puedo contarte es que los chinos están inquietos porque está a punto de suceder algo gordo. No saben con seguridad qué, pero sospechan. Y yo también.

—Especula.

—En estos momentos el mundo está muy jodido. Siempre hemos tenido puntos calientes. Oriente Próximo, en particular Irán. Rusia. Corea del Norte. Pero nunca ha sucedido que todos ellos entren en erupción al mismo tiempo. Hay personas que, en este tipo de situaciones, buscan la salida más rápida y fácil.

—Hay un tipo asiático involucrado en todo esto. Podría ser norcoreano o chino. Casi me mata.

—Esto es interesante. Supongo que sabes que este país ha iniciado conversaciones de paz con Corea del Norte para que renuncien a su proyecto nuclear.

—Sí, lo sé. Y también que los chinos tienen mucho interés en saber cómo acaban esas conversaciones.

—Bueno, pues resulta que no están yendo bien. De hecho, se pueden ir a pique de manera definitiva en cualquier momento.

—¿Y cuál puede ser el motivo para que ande por aquí un norcoreano?

—¿Qué te parece un cambio de liderazgo en el Gobierno?

Pine lo miró.

—¿Dónde? ¿En Corea del Norte?

—¿Qué te parecería si fuera aquí?

Pine abrió los ojos como platos.

—Un puro disparate.

—Algo que he aprendido con el tiempo es: nunca digas nunca jamás.

—¿Cómo va a poder alguien provocar algo así aquí?

Él negó con la cabeza.

—¿Qué conclusión he sacado sobre ti antes?

—Que iba por libre. Espera: ¿estás diciendo que hay personas dentro de nuestro Gobierno conspirando para derrocarlo?

—Es muy posible.

Pine se recostó contra el respaldo del asiento.

—¿Y se han aliado con Corea del Norte para conseguirlo? Es de locos.

Russell sacó un paquete de cigarrillos y una caja de cerillas.

—¿Te importa si fumo? Estoy muy estresado.

—Baja la ventanilla y expulsa el humo hacia el exterior. ¿Cómo puedes fumar y jugar al baloncesto?

—Fumo una media de un cigarrillo al mes. Si eso me va a matar, pues qué le vamos a hacer.

Bajó la ventanilla, encendió un Marlboro, dio una calada y expulsó el humo hacia fuera.

—A ver, dado que me has contado todo esto —dijo Pine—, a cambio te diré que Ben intercambió su identidad con otro hombre que bajó con una mula al fondo del Gran Cañón y después desapareció.

—¿Qué hombre?

Pine le mostró el retrato robot en su móvil.

—¿Lo conoces?

Russell miró con atención el dibujo y negó con la cabeza.

—Puestos a especular, diría que este hombre tal vez estaba al corriente de lo que estaba sucediendo y acudió a Ben en busca de ayuda.

—¿Y qué podía hacer él?

—Esta persona tal vez quería hacer llegar la información a los despachos adecuados, pero no sabía cómo. Me hablaste de helicópteros y de que secuestraron a Ben, ¿verdad? ¿Cómo sabes todo eso?

—Porque estaba allí. Y el helicóptero era del Ejército.

—Mierda, entonces hay gente de muy altas esferas involucrada en esto —dijo Russell inquieto.

—¿De qué niveles estamos hablando?

—Tal vez de unos mucho más altos de lo que nos gustaría creer. Si se llevaron a Ben, es posible que estén intentando atar cabos sueltos. O crear un perímetro de seguridad de cuarentena, como con el ébola. Por eso me hicieron una visita.

—Pero a mí me dejaron con vida.

Russell la miró de arriba abajo.

—Pues en ese caso has tenido mucha suerte.

—¿De verdad crees que hay gente en nuestro Gobierno que está planeando una especie de golpe de Estado?

A Russell parecía divertirle la incredulidad de Pine.

—¿No acabas de decirme que a Ben se lo llevaron en un helicóptero del Ejército? Y ya sé que el FBI es patriota hasta la médula, pero tu agencia ha tenido que tragarse muchos sapos, ¿no crees? Hay gente que cree todos vosotros sois unos corruptos.

—Pero ¿irían tan lejos como para derrocar al Gobierno?

—La gente está muy harta de Washington. Les parece anquilosado. Y, en cambio, ven a Gobiernos autocráticos haciendo lo que les da la gana por el mundo y quieren jugar en esa liga.

—Nosotros no somos así.

—Lo que somos lo dictan aquellos lo bastante poderosos para decidirlo. En realidad, somos una plutocracia desde hace mucho tiempo. Y el siguiente paso lógico de una plutocracia es convertirse en una oligarquía. No estoy pontificando. Me limito a constatar hechos. He visto como sucedía en muchas partes del mundo.

—¿Hay algo que puedas contarme que me ayude a encontrar a Ben Priest?

Russell dio una larga calada al cigarrillo y expulsó el humo por la ventanilla.

—¿Has oído hablar de la SpB?

—No, ¿debería?

—Es un acrónimo. Significa Sociedad para el Bien.

—Suena muy cursi.

—En realidad es un grupo de gente muy seria. Abarcan una gran variedad de temas de dimensión global. Cuentan con varios pesos pesados en todo tipo de disciplinas por todo el mundo. Es una especie de *think tank*.

—Ya hay organizaciones de ese tipo, tanto de derechas como de izquierdas.

—Este no tiene una orientación política. Lleva en activo unos ochenta años y muchos de sus miembros participan en los ciclos de conferencias de TED. Publican textos académicos, presentan programas de actuación, trabajan con Gobiernos y con empresas de todo el mundo. Intentando hacer el bien, tal como anuncia su nombre.

—¿Y qué tienen que ver con mi caso?

—Ben Priest era miembro de la SpB.

Pine se quedó callada unos instantes mientras digería la información.

—Muy bien. ¿Y crees que, fuera cual fuese el plan que hubiera concebido para el tipo desaparecido, iba a llevarlo a cabo a través de esa sociedad?

—No lo sé. Pero lo que sí puedo decirte es que la SpB ha estado involucrada en varios casos con delatores, con denuncias de malas prácticas gubernamentales en algunos países en desarrollo y en otras cosas por el estilo.

—Pero ¿no de corrupción en este país?

—La corrupción es lo que es, aquí y allá, ¿no? Y por lo que sé de los miembros de esta sociedad, nada les aparta de lo que consideran que es su deber.

—¿Dónde puedo dar con ellos?

—Tienen un edificio en Washington, en la calle H.

Pine se recostó contra el asiento y agarró el volante.

—¿Puedes introducirme allí? Tú eres el espía. Yo no soy

más que una agente con el patriotismo corriéndome por las venas.

—No lo sé. Tengo que pensármelo.

—No tenemos tiempo que perder.

Russell se volvió y de nuevo expulsó el humo por la ventanilla abierta.

Un instante después salió despedido hacia Pine cuando entró por la ventanilla un pie que le golpeó en la sien.

Russell chocó contra el volante, rebotó y quedó inconsciente, inclinado hacia delante y sostenido por el cinturón de seguridad.

Pine miró a su derecha y se encontró con el asiático. Esta vez no llevaba paraguas. Estaba a punto de asir la manilla de la puerta.

Pine pisó el acelerador y arrancó a toda velocidad.

El Mustang salió disparado como un proyectil.

Pine ya iba a 110 al llegar al siguiente cruce, que atravesó sin miramientos.

—¡Que te jodan! —gritó.

Dio la vuelta en el siguiente cruce y regresó a donde estaban. Sacó algo del bolsillo.

Mientras avanzaba a toda velocidad, vio al tipo.

Caminaba con paso rápido por la calle.

Pine aminoró la velocidad y él hizo lo mismo.

Ella bajó la ventanilla y sacó la mano.

El tipo se preparó para un ataque mirándola directamente.

Entonces Pine le sacó una foto con el móvil y después cogió la pistola.

«Voy a pegarle un tiro a este hijo de puta.»

Pero, en un parpadeo, el tipo había desaparecido.

Pine se quedó pasmada.

Cinco minutos después, tras dar varias vueltas, entró en el aparcamiento de la parte trasera de un Starbucks.

Detuvo el coche y comprobó el estado de Russell. No tenía pulso. Sus ojos estaban entretelados e inexpresivos. Estaba muerto. Le palpó la nuca.

Se le habían desencajado las vértebras.

Una patada en la cabeza a través de la pequeña abertura de la ventanilla de un coche había logrado romperle la espina dorsal a un hombre corpulento.

Pine se quedó allí unos minutos reflexionando. Cuando tomó una decisión, no es que le entusiasmara, pero no veía otra opción. Al menos no se le ocurría otra que le permitiese seguir siendo agente del FBI y no acabar en la cárcel.

Encendió el motor y arrancó.

Iba a hacer algo que jamás pensó que algún día le tocaría.

«Tengo que deshacerme de un cadáver.»

36

Atlee Pine era muy fuerte.

Pero el cadáver era, nunca mejor dicho, un peso muerto y no resultaba fácil moverlo.

Abrió la puerta del copiloto del Mustang, se acuclilló, agarró al difunto Simon Russell por las axilas y tiró de él para sacarlo del coche. Antes de que cayera desplomado, lo apoyó contra el costado del vehículo y tiró de él hacia arriba haciendo fuerza con el muslo sobre las rodillas de él y sujetándole las piernas contra el Mustang. Con el antebrazo, le mantuvo el torso recto.

«Vale, esto es como cargar a una persona viva.»

Contó hasta tres y soltó el cuerpo. Mientras se empezaba a doblar hacia delante, ella se agachó y se colocó justo debajo, lo atrapó por la cintura con el hombro y se incorporó. Alzó en el aire a ese hombre alto y delgado, doblado sobre su ancho hombro.

Empezó a avanzar poco a poco.

A Pine se le habían planteado no pocas dudas sobre lo que estaba a punto de hacer. No había nada «normal» en que una agente del FBI cargase con un cadáver para dejarlo en algún lado. Estaba rompiendo todos los protocolos existentes sobre escenarios del crimen, además de unas cuantas leyes.

Y sentada en el Mustang, mientras pensaba en todo esto, atormentada por las dudas y la culpa, y confundida como nunca lo había estado antes, Pine había decidido que esta era la única salida posible. Si optaba por presentarse en la Agencia con un cadáver, suponía que tendría la edad de Blum cuando volviera a ver la luz del día.

Lo más fácil hubiera sido dejar el cadáver de Russell en un bosque, pero no podía hacer eso. Lo hubieran devorado los animales salvajes y eso no solo sería una falta de respeto hacia él, sino también un obstáculo para la posterior investigación forense. Atlee Pine, investigadora criminal, no podía permitirse hacer eso.

De modo que eligió muy bien el lugar, muy alejado, en la Virginia rural. Allí no habría cámaras de vigilancia ni nadie por los alrededores. Y tan solo un camino de entrada y salida. Condujo por la zona hasta dar con él. Conocía la zona porque había trabajado en un escenario del crimen por allí cuando trabajaba en el FBI de Washington. Era un paraje prototípico para un asesino en serie: remoto, con un montón de tierra donde enterrar cadáveres, sin policía por los alrededores ni testigos y con carreteras solitarias. La vieja historia de siempre.

Por el aspecto de la destartalada casa, debieron de construirla en los años sesenta. La valla metálica se había desplomado. Los escalones de cemento estaban resquebrajados. La pintura del revestimiento estaba desconchada y el jardín cubierto de malas hierbas.

Pero seguía conservando las puertas y ventanas y no había ni un solo vecino. Pine no tenía ni idea de quién había sido su propietario ni por qué decidió construirla aquí.

Olía a putrefacción y moho y a otros hedores que el paso del tiempo dejaba como rastro en todas las cosas.

Empujó la puerta con la bota para abrirla, cargó el cadáver de Russell hasta el interior y lo depositó sobre el suelo de madera. Se sacó del bolsillo una nota que había escrito y se la metió en el bolsillo de la camisa. Daba detalles sobre lo que le había sucedido a Russell para cuando la policía lo localizase.

Pine se inclinó sobre el muerto, cuyos ojos la miraban, y dijo:

—Lo siento, Simon. Yo no..., no pretendía que esto acabara así. Pero voy a atrapar al tipo que te ha quitado la vida. No pararé hasta conseguirlo.

Salió de la casa, volvió al coche y se alejó conduciendo lentamente y sin encender los faros.

Solo cuando llegó a la carretera los encendió y pisó el acelerador.

Unos veinte minutos después, utilizó uno de sus móviles prepago para telefonear al 911, darles la localización de la casa y explicarles qué encontrarían allí.

Llegó al apartamento de Ballston ya de madrugada.

Se encontró con Blum dormida en pijama en el sofá.

Pine dudó si despertarla o no y al final optó por tocarle con suavidad el hombro.

Blum parpadeó y se incorporó mientras Pine se metía en la cocina, abría la nevera y sacaba una cerveza.

—¿Dónde has estado? —le preguntó Blum todavía medio dormida.

—Lo siento, no tendría que haberte despertado.

—No pasa nada. Quería esperarte despierta, pero parece que he sucumbido. ¿Qué ha pasado?

Pine abrió la cerveza y se sentó frente a Blum.

—No sé si debería contártelo.

—¿Por qué no?

—Puedo convertirte en cómplice.

—Querida, me temo que ese barco zarpó hace ya mucho tiempo. Y si te hace sentir mejor, prácticamente me autoinvité a participar en este lío.

Pine bebió un sorbo de cerveza e hizo una mueca. Todavía le dolía la boca por la paliza del asiático.

—Es una larga historia.

—No tengo pensado ir a ninguna parte.

Cuando Pine llegó al momento de la muerte de Russell por una patada, Blum dijo:

—Tuviste mucha suerte de que ese tipo no te matara la otra noche.

—Ahora mismo no me siento una mujer con suerte, pero entiendo lo que quieres decir. He logrado tomarle una foto. —Sacó el móvil, abrió la imagen del asiático en la pantalla y se la mostró a Blum.

—Parece de lo más inofensivo.

—Un buen disfraz, porque es letal. —Pine bebió otro trago de cerveza—. Obviamente, voy a tener que ir a esa sede de la SpB.

—No quiero parecer una mamá preocupada, pero ¿qué tal si duermes un poco antes de dar el siguiente paso? Si estás agotada, las cosas no te saldrán bien.

Pine se levantó con lentitud y dijo con un tono contrito:

—Carol, no debería haberte metido en esto. No tenía derecho a pedírtelo. He perdido la cuenta de la cantidad de leyes que he violado. Y acabe como acabe esto, mi carrera en el FBI ha llegado a su fin. Lo más probable es que vaya a la cárcel.

—Bueno, es una forma de verlo.

Pine la miró sorprendida.

—¿Y cuál es la otra?

—Que si resuelves este caso, te pondrán una medalla. Y te ofrecerán un ascenso.

Pine la miró con una sonrisa.

—¿Es J. Edgar Hoover quien habla por tu boca?

—No, agente especial Pine, es Carol Blum de pies a cabeza.

37

¿Cuándo había logrado dormirse con tanta facilidad?

¿Había pasado alguna vez?

Pine se giró en la cama y miró la hora en el móvil.

Las nueve de la mañana.

Se oía a gente de otros apartamentos moviéndose por los pasillos. El zumbido del ascensor. Y en el exterior, los coches circulaban por la calle.

Todo eran ruidos de lo más cotidiano. Nada que hubiera debido interrumpir su sueño. Las cortinas estaban echadas y no entraba ni un ápice de luz en la habitación.

Se sentía agotada.

Y, sin embargo, ahí estaba. Despierta.

Salió de la cama, se dirigió con parsimonia a la cómoda y cogió sus credenciales.

Debajo de la tarjeta de identidad oficial guardaba su posesión más querida. Significaba más para ella que su segundo objeto más apreciado: la placa del FBI.

Sacó la vieja fotografía y la sostuvo en la palma de la mano. Era pequeña, como las dos personas retratadas en ella.

Era la última foto de ella y Mercy juntas. De hecho, era la única que Pine recordaba en la que aparecían las dos. La habían tomado tres días antes de la desaparición de su hermana.

Era una de esas Polaroids en color, un tipo de instantánea que en una época había sido muy popular.

Pine recordaba a la perfección el momento en que se hizo.

Ella y su hermana habían ido con su madre al centro comercial que había cerca de su casa. Su madre les había comprado helados y las había dejado sentadas en un rasposo banco mientras fumaba y chismorreaba con dos amigas.

Una de las amigas sacó su cámara para fotografiar un vestido que le gustaba en el escaparate de una tienda. Pine le oyó decir que no podía permitírselo, pero sí conseguir las telas para coserse uno similar. Después de que tomara la foto, la madre de Pine le pidió prestada la cámara para retratar a sus dos hijas juntas. La familia Pine no tenía cámara propia y por ello Atlee no recordaba que existiera ninguna otra fotografía de las dos hermanas.

Pese a que se pasaba gran parte del tiempo colocada, la madre de Pine tenía sus buenos momentos maternales. Ella no dudaba de que esa mujer quería a sus hijas, aunque fuese a su modo confuso y equivocado. La mayor parte del tiempo no tenía ni idea de qué hacer con ellas. Las había parido con diecinueve años, cuando era todavía una cría sin madurar.

Les tomó la foto y esta salió de forma automática de la cámara Polaroid. La amiga de la madre les enseñó a las gemelas cómo sostener con cuidado la foto por los bordes mientras su imagen iba apareciendo en el papel. Después su madre había comprado un marco de madera barato y puso la foto en la habitación de las niñas. El mismo lugar donde entró el intruso y se largó con Mercy. Esa fotografía había sido testigo de un crimen de atroces proporciones.

Pine resiguió con el dedo el cabello de su hermana en la fotografía; era idéntico en color y corte al suyo. El único modo de diferenciarlas era que el cabello de Mercy era un poco rizado, mientras que el de Pine era liso.

«Tal vez sea algo simbólico.»

Siempre se había preguntado qué aspecto hubiera tenido Mercy de adulta. No tenía la menor duda de que esa niña de buen corazón se habría convertido en una persona cariñosa y empática. Ni de que habría optado por una profesión que le permitiera ayudar a quienes lo necesitaran.

Sí, sin duda esa habría sido la vocación de Mercy.

Atlee había salido más alocada.

Mercy era el ángel.

Y el ángel había desaparecido.

La alocada se había hecho poli.

La vida era bien rara.

Descorrió las cortinas, abrió la puerta del balcón y salió para contemplar el jardín, un elemento poco usual en una zona tan congestionada.

El aire era vigorizante, no había ni una sola nube en el cielo y el sol estaba ya ascendiendo, aunque ella no podía sentir su calidez porque la casa se orientaba hacia el oeste.

Todo apuntaba a que iba a hacer un día espléndido en la capital.

Y la noche anterior ella se había deshecho de un cadáver.

Con esta idea rondándole la cabeza, volvió a entrar en el dormitorio y echó un vistazo a las noticias en el móvil.

Ni una mención.

Encendió el televisor y repasó los canales de noticias locales.

Simon Russell tenía razón. Las conversaciones de paz con Corea del Norte acababan de fracasar de forma oficial, según un sonriente presentador de noticiario. Pine se preguntó si

Russell había recibido información privilegiada al respecto, tal vez de los chinos. A esa noticia le siguió una sobre un incendio en un colegio de la zona, otra sobre un tiroteo y, por último, una tercera sobre un profesor que había mantenido relaciones sexuales con una alumna. Pero no hubo ni una sola mención del hallazgo de un cadáver en una vieja casa adonde la policía había llegado tras recibir un aviso anónimo y de la descripción del asesino que alguien había dejado a disposición de los investigadores. Por lo visto eso no era lo bastante importante como para ocupar unos minutos en las noticias del día. O tal vez la policía estuviera manteniendo la información en secreto por algún motivo. O quizá les habían ordenado hacerlo los mismos que habían secuestrado a los hermanos Priest.

Pine guardó la fotografía, durmió a trompicones unas horas más, acabó desvelándose, se metió bajo la ducha durante veinte minutos y dejó que el agua caliente le abrasara la piel en un inútil intento de borrar los recuerdos de la noche anterior.

Salió del dormitorio vestida con ropa limpia y metió en la lavadora con una doble dosis de detergente aquella que estaba impregnada del olor de la muerte violenta de Simon Russell y el posterior traslado del cadáver.

—He preparado la comida y un poco de café, por si estás interesada —le dijo Blum, que apareció procedente de la cocina con una taza en la mano.

—Fantástico, gracias. Ya tengo la boca mucho mejor.

—En general tu cara tiene mucho mejor aspecto. El poder curativo del hielo, el Advil y un buen descanso.

Comieron sándwiches y tomaron café en la pequeña zona de comedor de la cocina. La ventana daba a la calle, que a esa hora del día estaba llena de gente.

Blum se quedó mirando y comentó:

—Creo que hay más gente pasando ahora mismo por esta calle que todos los que viven en Shattered Rock.

—Tienes razón —dijo Pine, mientras le daba el último bocado al sándwich. Después cogió unas cuantas patatas fritas de su plato.

—Había olvidado lo poblada que está la Costa Este.

—Es uno de los motivos por los que me marché. Demasiada gente.

—¿Y quizá demasiados burócratas diciéndote cómo tienes que hacer tu trabajo?

—Eso también.

Pine despejó la mesa y puso los platos usados en el lavavajillas después de enjuagarlos. Cuando se dio la vuelta, Blum ya había sacado el ordenador.

—Mientras dormías, he buscado en la red esa organización llamada Sociedad para el Bien. Resulta bastante interesante. No tienen una web propia, pero he escuchado algunas de sus conferencias en el TED. Debo decir que me han impresionado.

—¿Hay algún listado de miembros?

—No he logrado encontrarlo. Pero tiene su sede en la calle H.

—Eso es lo que me dijo Russell.

—¿Vas a hacerles una visita?

—Ese es el plan.

—Me gustaría acompañarte.

Pine dudó.

—A menos que creas que nos puede atacar un escuadrón de ninjas a plena luz del día. Y, aún así, te acompañaría, aunque en ese caso cogeré mi pistola. Tú decides.

Pine se quedó boquiabierta.

—¿Tienes una pistola?

A modo de respuesta, Blum sacó del bolso un arma pequeña y de aspecto eficaz.

—Es un Colt Mustang —dijo mirándola de cerca.

—Pues sí. Con balas de nueve milímetros.

—Está bien como arma complementaria, pero su poder letal no es para tirar cohetes.

—No obstante, es compacta, pesa poco y es muy fiable en distancias cortas.

—No tenía ni idea de que entendías de armas.

—Soy de Arizona. Está en nuestro ADN. Cuenta la leyenda que salí del vientre de mi madre con una buena pelambrera en la cabeza y empuñando un revólver niquelado con incrustaciones de joyas en mi adorable manita llena de hoyuelos.

—Pero el Colt solo puede llevar un máximo de seis balas en el cargador.

—Si necesito más de seis balas para hacer esto, es que me he equivocado de trabajo.

Pine no pudo evitar sonreír mientras salían juntas de la cocina.

38

En esta ocasión cogieron el Kia. Ya habían utilizado el Mustang muchas veces y Pine temía que fuera demasiado identificable. De no haber tenido que utilizar su todoterreno como señuelo, ahora podría haber dispuesto de él. Contemplar las cosas en perspectiva permitía un nivel de perfección que era imposible conseguir en las decisiones tomadas en el momento.

Al llegar a su destino, se encontraron con un edificio de ornamentada fachada de estilo griego clásico, con unas columnas jónicas con elaborados capiteles flanqueando la entrada principal. Estaba ubicado, de forma chocante, entre dos edificios en forma de cubo de cristal y metal de ocho plantas. Estacionaron en un aparcamiento subterráneo cercano y salieron a la calle.

Hombres y mujeres con mochilas y maletines iban de un lado a otro con paso acelerado. Todos iban mirando los móviles con aire de personas importantes, sin duda manejando asuntos relacionados de un modo u otro con el Gobierno federal.

—Una ciudad cargada de energía —comentó Blum.

—Es un modo de describirla —respondió Pine—. Otra es: una capital de mierda.

Llegaron a la sede de la SpB. Las altas puertas dobles de roble parecían lo bastante sólidas como para resistir un proyectil disparado por un lanzagranadas.

Había un timbre en la pared con un micrófono al lado.

Una placa metálica indicaba que se pulsara para llamar.

Y Pine así lo hizo.

De inmediato surgió una voz.

—¿En qué puedo ayudarle?

—Somos del FBI. Hemos venido a hablar con algún responsable sobre Benjamin Priest.

—¿Pueden mostrar sus tarjetas de identidad a la cámara, por favor?

Pine se percató de la presencia de una lente encima de ellas.

«Mierda.»

Alzó la placa, pero no la tarjeta de identidad.

—Gracias. Un momento.

Al poco rato oyeron unos pasos que se acercaban a la puerta desde el interior.

Se abrió la puerta y apareció un hombre corpulento con perilla, traje gris y corbata azul.

—Síganme, por favor.

Fueron tras él.

Ambas mujeres miraron a su alrededor, contemplando las espaciosas salas a ambos lados del vestíbulo que estaban cruzando. Mobiliario confortable, elegantes lienzos en las paredes, una escultura aquí y allá. Y los suficientes guardasillas, molduras, columnas, medallones, balaustradas y frescos como para satisfacer la lista de deseos más exigente de cualquier yonqui de la arquitectura.

El hombre las escoltó hasta un enorme despacho, repleto

de libros por todas partes. De cada centímetro de la sala parecía emerger un olor dulzón a tabaco de pipa.

El tipo de la perilla se retiró y cerró la puerta al salir sin decir ni una palabra.

—¿Por qué será que me siento como si acabara de meterme en una novela de espías de los años sesenta? —comentó Pine mirando a su alrededor—. ¿Dónde estás, George Smiley, cuando te necesito?

Blum se fijó en una pila de libros sobre una mesa auxiliar.

—¿Están en árabe?

Pine volvió la cabeza y miró por encima del hombro.

—Sí. Simon Russell también tenía libros en árabe.

—¿En serio?

Pine y Blum se sobresaltaron y miraron hacia un sillón orejero giratorio que hasta hacía un momento estaba de espaldas a ellas.

Ahora había rotado en su dirección y, sentado en él, había un hombre menudo con el cabello blanco. Vestía un traje de tres piezas con un toque de color en el cuello y un pañuelo en el bolsillo de la pechera.

Cuando se puso en pie quedó claro que apenas debía de llegar al metro y medio de estatura.

—Por favor, tomen asiento —dijo, indicándoles con la mano un par de sillas frente al enorme escritorio, que estaba cubierto de libros abiertos. Se sentó al otro lado y las observó con detenimiento, con las manos juntas ante la cara formando una suerte de pináculo.

—No sabíamos que había alguien en el despacho —dijo Pine.

—Obviamente —replicó el hombrecillo—. Por cierto, me llamo Oscar Fabrikant.

—Gracias por recibirnos, señor Fabrikant.

—Oh, por favor, llámenme Oscar. ¿Las dos son agentes del FBI?

Pine sacó la placa.

—Yo soy agente. Ella es mi ayudante.

Pine quería pasar este trámite sin revelar sus verdaderas identidades.

Fabrikant asintió con la cabeza.

—Bien, vayamos al grano. Acaban de mencionar a Simon Russell, ¿verdad?

—Sí. —Pine estaba enojada consigo misma por no haber revisado bien el despacho antes de ponerse a hablar. Ahora ese hombre sabía que había una conexión entre ella y el muerto.

—¿Y de qué lo conoce?

—No lo conozco.

—¿Y aun así sabe lo que lee?

—Ben Priest me habló de él —mintió Pine.

—Ya veo. ¿Y ha venido hasta aquí por algún tema relacionado con Ben?

—Sí. —Repasó el despacho con la mirada—. ¿Es usted el director de esta organización?

—No estoy seguro de que nadie «dirija» este lugar. Funciona de un modo mucho más democrático, algunos dirían caótico, que jerárquico. —Sonrió ante su propia reflexión.

—Y sin embargo me han traído a verlo a usted.

—Bueno, llevo aquí más tiempo que la mayoría de los otros miembros. Y por lo visto muchas de las tareas administrativas recaen sobre mí. Pero no me quejo. —Se apoyó en el respaldo de la silla.

—He visto algunas de las conferencias del TED impartidas por miembros de la organización —intervino Blum—. Muy interesantes.

—Gracias —respondió Fabrikant.

—¿Alguna idea sobre dónde puede estar Ben? —interrumpió Pine.

—¿Por qué cree que voy a saberlo yo?

—¿No trabaja Ben aquí?

—Nadie trabaja realmente aquí. Ofrecemos de manera altruista nuestro tiempo y nuestros conocimientos.

—¿Y qué tipo de trabajo desarrollan?

—Analizamos. Leemos. Debatimos. Hablamos. Escuchamos. Viajamos. Escribimos artículos académicos. Damos conferencias. Somos abogados defensores en el frente político. Ejercemos de lobby sobre las personas con poder acerca de temas relevantes. —Se volvió hacia Blum—. Y damos conferencias en el TED, lo cual nos proporciona una plataforma global. Creo que las visitas acumuladas en diversas webs a nuestras conferencias superan los mil millones. Es espectacular. ¿Qué haríamos sin las redes sociales?

—Bueno, sin duda tienen sus pros y sus contras —matizó Pine.

Fabrikant volvió a recostarse contra el respaldo y las escrutó durante unos instantes.

—Entonces, ¿en qué puedo ayudarlas?

—¿Qué nos puede contar sobre Ben Priest?

—Es un amigo con una mente privilegiada que ha viajado por todo el mundo. Es una persona muy interesante.

—De acuerdo, pero ¿a qué se dedica?

—Hace muchas cosas. Durante un tiempo trabajó para el Gobierno.

—¿Para qué área?

—Creo que para el Departamento de Estado.

—¿No es eso lo que dice todo el mundo cuando no quieren contarte a qué se dedican de verdad?

—No sé qué decirle sobre eso —zanjó Fabrikant.

—Muy bien, tenemos entendido que Priest ayuda a personas que lo necesitan. Y en estos momentos estaba ayudando a alguien en concreto.

—¿A quién?

—No sé su nombre. Pero tengo su imagen.

Pine le mostró el retrato digital en el móvil. Observó con mucha atención a Fabrikant, en busca de cualquier leve señal que indicara que reconocía al hombre de la imagen.

—No puedo decirle que lo conozca —repuso él con tono seco.

Pine llegó a la conclusión de que, o bien era un jugador de póker excepcional, o bien era cierto que no conocía de nada a ese hombre.

—¿Tiene usted alguna idea de en qué estaba trabajando Priest en estos últimos tiempos?

—La verdad es que no.

Pine miró a su alrededor.

—Este lugar es impresionante.

—Un poco estridente para mi gusto. Antes de ser nuestra sede era la mansión de un magnate con pocos escrúpulos. No vivía por aquí, pero se la hizo construir cuando se percató de que tener una casa cerca de los gobernantes a los que sobornaba era algo muy práctico.

—Hay cosas que nunca cambian —apostilló Blum.

—Eso mismo creo yo —añadió Fabrikant asintiendo con la cabeza.

—Tantas charlas y viajes y análisis deben de constar un dineral —comentó Pine.

—Como ya le he dicho, nuestros miembros trabajan de modo altruista. Cubrimos los gastos de viajes y otros gastos relacionados, pero no pagamos un salario.

—Sin embargo, de algún lado tiene que salir ese dinero —dijo Pine.

—Tenemos mecenas.

—¿Y de quiénes se trata?

—Son anónimos. Y así seguirán. ¿Está usted preocupada por la seguridad de Ben?

—Creo que sí.

—Qué desgracia.

—Sin duda así es para él. —Pine lo observó con atención—. ¿Puedo hablar con franqueza?

—Pensaba que ya lo estaba haciendo.

—Todavía no he alcanzado mi DefCon Uno personal.

Fabrikant extendió las manos y dijo:

—Adelante.

—He llegado a la conclusión de que en este caso podría haber implicaciones internacionales.

—¿De qué tipo?

—Escuche, voy a jugármela y dar por bueno que son ustedes una organización para hacer el bien, de manera que le contaré algo que en circunstancias normales me reservaría para mí, porque lo cierto es que no lo conozco a usted de nada. Pero tengo la sensación de que el tiempo se me agota y necesito avanzar hacia algún lado.

—La escucho.

—De lo que hablo es de una conspiración de magnitudes épicas que va a golpear el corazón de este país y tal vez lo destruya.

A Fabrikant se le borró de golpe la expresión de divertida curiosidad.

—Espero que este sea su DefCon Uno. No quiero ni imaginarme que pudiera subir un grado más. —Hizo una pausa—. ¿De qué está hablando exactamente?

Pine miró a Blum y dijo:

—Tal vez de un golpe de Estado contra nuestro Gobierno.

Fabrikant se quedó boquiabierto.

—¿Un golpe de Estado? Esto es Estados Unidos, no una república bananera.

—Este país se forjó con una revolución.

—Sí, bueno, pero ha llovido mucho desde entonces.

—¿Quiere decir que la historia no se repite nunca?

—Lo cierto es que sí, lo hace constantemente.

—Bien, pues ahí lo tiene.

—¿Me lo está diciendo en serio?

—La gente que sabe de estas cosas se lo ha tomado muy en serio.

—¿Se refiere a Ben Priest y Simon Russell?

—Y tal vez los chinos también estén metidos en el ajo.

—¿Con base a qué dice esto?

Pine sacó el móvil y lo sostuvo frente a Fabrikant.

Este se inclinó hacia delante y se quedó mirando la fotografía en la pantalla.

—¿Quién es este individuo?

—Un tipo que ha intentado matarme dos veces. Me gustaría saber su nombre y a qué se dedica.

—Permítame que llame a alguien que puede sernos de ayuda.

Levantó el auricular del teléfono, habló por él y lo colgó.

Cuando Pine llevaba contados mentalmente diez segundos, alguien llamó a la puerta.

—Pasa —dijo Fabrikant.

Se abrió la puerta y entró un hombre trajeado y casi tan menudo como Fabrikant.

—Muéstrele la foto a Phillip —le pidió este a Pine.

Phillip miró la foto apenas un segundo, luego desvió la vista hacia Fabrikant y asintió con la cabeza.

—Puedes contárselo —le dijo Fabrikant.

—Se llama Sung Nam Chung.

—¿Y quién es?

—Nuestra peor pesadilla.

—Por muy cabrón que sea, nunca será mi peor pesadilla —apostilló Pine con brusquedad.

—¿Es chino? —preguntó Blum.

Phillip la miró.

—No.

—¿Qué es? —preguntó Pine.

—Coreano.

—¿Coreano? ¿Del Norte o del Sur? —quiso saber Pine.

—Por lo que sabemos, nació en el Sur. Viajó al Norte de niño y allí lo detuvieron. Lo metieron en un campo. Salió de allí con vida y ahora trabaja para el mejor postor. Es un portento en lo suyo. Y letal cuando tiene que serlo.

—Entonces, ¿se apellida Sung? —preguntó Pine.

El recién llegado negó con la cabeza.

—Chung es el apellido. Lleva ya tiempo en este país y se ha occidentalizado el nombre. Es muy cuidadoso y las autoridades nunca han podido presentar ningún cargo contra él.

—Para empezar, ¿cómo consigue una persona como él entrar en Estados Unidos? —preguntó Blum.

—Si cuentas con los medios, hay maneras de conseguirlo —dijo Phillip.

Pine miró a Fabrikant.

—Las conversaciones de paz con Corea del Norte acaban de descarrilar. Y de repente ese tipo entra en acción en suelo americano. ¿Cree que hay alguna conexión?

—No puedo asegurar que no la haya. —Se volvió hacia Phillip y añadió—: Gracias, eso es todo.

Después de que el tipo saliera del despacho, Pine dijo:

—¿Priest tiene un despacho en este edificio?

—Sí.

—¿Podemos verlo?

Fabrikant la observó durante un buen rato.

—Se lo agradecería mucho —añadió Pine.

—De acuerdo. Acompáñenme.

39

En el pequeño despacho de Priest no había ni rastro de olor a tabaco de pipa, pero se encontraba tan repleto de cosas y desordenado como el de Fabrikant. Estaba claro que esta camarilla de genios benevolentes de la élite intelectual no eran unos obsesos del orden. Pine también se fijó en que no había ningún detalle personal: ni fotografías ni recuerdos de viajes o celebraciones familiares. Era como si Priest no tuviera vida más allá del trabajo.

«Bueno, en eso no somos tan diferentes.»

Los libros llenaban las estanterías y también se acumulaban apilados en el suelo. Carpetas repletas de papeles formaban columnas en el suelo y en las mesas. El escritorio estaba a rebosar de más papeles, libros y carpetas.

Un reluciente ordenador portátil Apple ocupaba un lugar prominente en el escritorio.

Fabrikant observó a Pine mientras esta contemplaba con atención todo el despacho junto con Blum.

—Ben es un hombre del Renacimiento. Le interesan muchas cosas.

—Supongo que eso mismo puede decirse de todos ustedes —comentó Blum.

—Sí, la verdad es que sí. Aunque algunos de nosotros estamos más especializados en algo.

Pine se sentó ante el escritorio y se quedó mirando el ordenador.

—Necesito acceder a su contenido.

—No sé si puedo autorizarla a hacerlo, pero de lo que sí estoy seguro es de que tendrá una contraseña.

—Priest dejó un lápiz de memoria y creo que hay algo importante en su interior. Pero también está protegido por una contraseña.

—En ese caso, encender el ordenador de Ben tampoco va a serle de ninguna ayuda.

—Se equivoca, sí podría ayudarme.

—¿Cómo?

—Permítame mostrárselo.

Sus dedos sobrevolaron las teclas mientras estudiaba los objetos sobre el escritorio de Priest.

—¿Qué está haciendo? —preguntó Fabrikant.

—Trazando un perfil, a falta de un término más preciso.

Continuó posando la mirada sobre diversos objetos hasta que se detuvo en uno.

Era una taza llena de bolígrafos que llevaba estampado el cartel de una película.

Tecleó el nombre «Keyser Soze».

No sucedió nada.

Añadió otra palabra a «Keyser Soze». Después fue agregando otras y cambiándoles el orden.

De pronto el ordenador cobró vida.

—¿Cómo lo ha hecho? —preguntó Fabrikant.

—Recordar las contraseñas es una pesadilla. Hay quien utiliza un gestor para generar una distinta para cada aplicación, aunque así tienen que acordarse de la que les da acceso al propio gestor de contraseñas. Pero la mayoría de la gente no utiliza este método. Suelen crear las contraseñas a partir de cosas que tienen a su alrededor. Eso ayuda a recordarlas. —Desplazó la mirada por el despacho—. En esta habitación no hay nada personal. Ni fotos, ni cuadros ni recuerdos. Nada que muestre la personalidad del hombre que trabaja aquí. Excepto esto. —Señaló la taza—. *Sospechosos habituales*. Kevin Spacey interpretaba al personaje llamado Verbal. Primero he probado con varias combinaciones sencillas, tipo «Verbal es Keyser Soze». Pero, tras conocer a Priest, enseguida he pensado que él lo haría un poco más complicado. Se mueve a otro ritmo. De modo que lo he probado invirtiendo el orden: «Soze Keyser es Verbal», y bingo.

Fabrikant aplaudió sin hacer ruido.

—Impresionante. Me gusta cómo trabaja su mente.

Pine insertó el lápiz de memoria y apareció la pantalla que pedía la contraseña.

—¿Crees que será la misma? —preguntó Blum.

—Lo dudo, pero vamos a intentarlo. Tal vez tengamos suerte.

Tecleó «Soze Keyser es Verbal», pero no sucedió nada.

—Vaya, no ha funcionado.

—¿Sabe a ciencia cierta que lo que hay en el lápiz de memoria está relacionado con el caso? —preguntó Fabrikant.

—Priest se tomó muchas molestias para esconderlo, de modo que apostaría a que sí. Estoy bastante segura.

Tecleó y apareció un listado de los archivos guardados en el ordenador de Priest.

—¿Me permite imprimir la lista de los archivos? Así puedo repasarla más tarde.

—Por supuesto. Pero solo el listado, no los archivos en sí. No puedo permitirle acceder al trabajo de Ben sin su permiso.

—Bueno, espero que algún día reaparezca para dármelo.

—¿De verdad es tan grave?

—Con ese tal Sung Nam Chung involucrado, ¿usted qué cree?

Pine imprimió el listado y apagó el ordenador.

Fabrikant las acompañó hasta la entrada del edificio. Antes de cerrar la puerta, le entregó a Pine su tarjeta.

—Figuran todos mis teléfonos de contacto. Si hay novedades o necesita ayuda, no dude en llamarme.

—Gracias —dijo Pine, y cogió la tarjeta.

Mientras recorrían la calle camino del aparcamiento, Blum dijo:

—¿Por qué no vuelves a trazar un perfil de Priest? Tal vez nos ayudaría a dar con la contraseña.

—Puedo intentarlo —dijo Pine—. Pero si es algo que está solo en su cabeza, no lograremos descubrirlo.

—Veamos el vaso medio lleno.

—Tienes razón.

—¿Qué te han parecido los de ahí dentro?

—O bien son lo que aparentan, o bien son una tapadera para alguna mierda rara.

—No nos habrían ayudado si fueran unos indeseables.

—Depende de tus definiciones de «ayudar» y de «indeseables».

—Cierto.

Llegaron al Kia y se metieron en él.

Pine salió del aparcamiento y giró a la izquierda. Mientras avanzaban, miró por el retrovisor.

—Ya empezamos.

—¿Qué?

—Nos están siguiendo.

—Me pregunto quién.

—Vamos, Carol. No hay que ser adivina. Tenemos a la Sociedad para el Bien pegada al culo. Por el amor de Dios, ¿no te habrás creído que son tan cándidos?

—¿Y qué vamos a hacer? ¿Les damos esquinazo?

—Todavía no.

—¿Por qué?

—Me gustaría obtener algunas respuestas.

Blum se recostó en el asiento.

—Bueno, tú siempre sabes cómo preguntar.

40

El individuo que seguía a Pine y Blum volvió a girar tras ellas, sin perderlas de vista entre el tráfico.

El Kia giró de nuevo a la izquierda y después a la derecha y el tipo logró pasar un semáforo por los pelos.

Un poco más tarde las perdió durante un minuto, pero volvió a localizarlas.

Unos segundos después vio como el Kia aparcaba en un hueco.

El tipo miró a sus espaldas y encontró otro sitio libre. Dio marcha atrás y se metió. Apagó el motor y esperó.

Mientras vigilaba, Blum bajó del coche.

El hombre consultó el reloj y se acomodó en el asiento.

Pero esa relajación duró solo unos instantes, porque de golpe se abrió la puerta del copiloto y apareció una pistola apuntándole.

Pine se sentó a su lado y dijo:

—He pensado que ya era hora de acabar con esta persecución.

El hombre la miró a ella y después a Blum, que lo contemplaba a través de la ventanilla del asiento del conductor.

Saludó con la mano a Pine y se metió en el asiento trasero.

El tipo era el mismo que les había abierto la puerta en la

Sociedad para el Bien y las había acompañado hasta el despacho de Fabrikant.

—No pueden hacer esto —les dijo—. Es ilegal.

Pine le mostró la placa.

—Esto me autoriza a abordar a cualquier persona que muestre una actitud sospechosa.

—Yo no estaba actuando de manera sospechosa.

—Entonces, ¿qué estabas haciendo? —inquirió Pine.

—Quería hablar con usted.

—¿Sobre qué?

—Conozco a Ben.

Pine bajó el arma.

—Te escucho. Pero primero, ¿cómo te llamas?

—Will Candler.

—De acuerdo, Will, veamos qué tienes que decirnos.

Candler se aclaró la garganta y agarró el volante con tanta fuerza que los nudillos palidecieron.

—Andaba metido en algo. Y era muy peligroso.

—Dime algo que no sepa —lo azuzó Pine—. Y rápido.

—Hace poco, Ben se quedó una noche hasta muy tarde en la oficina. Lo vi tan nervioso que le pregunté qué le pasaba.

—¿Y qué dijo? —inquirió Blum.

—Al principio intentó librarse de mí. Me dijo que todo iba bien, bla, bla, bla. Pero yo insistí y le dije que quizá pudiera ayudarlo. Llevo mucho tiempo en Washington. He trabajado para un par de Administraciones y tengo contactos. Además, he llevado a cabo misiones por todo el mundo.

—Así que ¿aceptó tu ayuda?

—En parte sí. Ha de entender que Ben era muy reservado con respecto a los asuntos en que se involucraba. Tiene muy pocos amigos y el trabajo es su vida.

—Sí, ya sé que eso pasa incluso por encima de su familia.

—En cualquier caso, Ben no entró en muchos detalles, pero sí me dijo que se estaba planeando algo increíble. Y que si se llevaba a cabo, las implicaciones serían globales. Deduje que Ben trataba de impedir que eso sucediera.

—Pero ¿no te contó de qué se trataba exactamente? —preguntó Pine.

—No.

—Pero, si Ben había descubierto esos planes —intervino Blum—, tal vez los implicados en la trama se habrían enterado. Y entonces ya no intentarían llevarlo a cabo. —Miró a Pine—. ¿No crees?

—No lo sé —dijo Candler—. He acabado descubriendo que la gente con poder es capaz de vivir muy aislada de la realidad y por tanto tienen perspectivas muy poco realistas sobre lo que pueden acometer.

—Lo cual significa que están ebrios de poder —acotó Blum.

—Es una descripción más precisa, sí.

Pine recordó el helicóptero militar que aterrizó en Arizona y en unos minutos se llevó a los dos hermanos Priest heridos. Después, a los rusos de la casa de Ben Priest. A los «federales» de casa de Simon Russell. Y por último, Sung Nam Chung, un coreano convertido en asesino a sueldo internacional. Si se estaba planificando un golpe de Estado, ¿quién le estaba haciendo qué a quién? ¿Y para quién trabajaba Chung?

—Tiene que haber algo que podamos hacer —dijo Blum.

Candler negó con la cabeza.

—Soy un académico, no Jason Bourne.

—Gracias por la información —dijo Pine—. Si se te ocurre algo más, aquí tienes un número donde puedes localizarme.

Escribió su teléfono en un trozo de papel y se lo dio.

Cuando ya estaban saliendo del coche, Candler dijo:

—Un momento, hay otra cosa.

—¿Qué? —preguntó al instante Pine, metiendo la cabeza en el vehículo.

—El señor Fabrikant ha salido del edificio inmediatamente después de ustedes. Le he oído decir que se iba fuera.

—¿Adónde?

—No he podido oírlo bien en primera instancia. Pero lo he comprobado con su secretaria. Ella le lleva los preparativos de sus viajes.

—¿Y ella lo sabía?

—Sí. Me ha dicho que había sido una decisión repentina y que él ha ido a hablar con ella en cuanto ustedes se han marchado.

—¿Adónde va? Por favor, no me digas que a Corea del Norte.

—No, va a coger un vuelo a Moscú. Esta noche.

41

Todos los vuelos de la zona de Washington, DC a Moscú despegaban del aeropuerto internacional Dulles. Esa noche salían dos: uno de Lufthansa y otro de Turkish Airlines.

Pine se encargaba de vigilar la puerta de embarque de Lufthansa, mientras que Blum cubría la de Turkish Airlines. Pine había intentado sortear el control de seguridad mostrando solo la placa, pero el personal le había pedido una identificación, así como la de Blum.

Mientras recorrían el aeropuerto, Pine dijo:

—Vaya, es posible que hayamos puesto al descubierto nuestra tapadera al enseñar las identificaciones. Si alguna de las dos ve algo raro, que avise a la otra con un mensaje de texto, ¿de acuerdo?

—Entendido —replicó Blum.

El vuelo de Lufthansa despegaba a las diez y media y el de Turkish a las once en punto. Pine suponía que Fabrikant habría optado por el de Lufthansa, porque hacía escala en Múnich y desde allí un vuelo de conexión lo llevaría hasta el aeropuerto de Domodedovo, a las afueras de Moscú. El vuelo de Turkish duraba varias horas más, aunque su destino era el aeropuerto de Vnukovo, que estaba más cerca de Moscú que el de Domodedovo.

Pine consultó el reloj y observó a los pasajeros sentados en la zona de embarque.

Para camuflarse, llevaba una gorra de béisbol y unas gafas de leer que había comprado en una de las tiendas del aeropuerto. Blum se había agenciado un sombrero y otras gafas. Pine simulaba leer un libro que también había comprado en el aeropuerto.

Un minuto después, Pine sonrió. Había dado en el clavo, porque Oscar Fabrikant caminaba por la terminal con una pequeña bolsa de viaje en una mano y un maletín en la otra.

Pine mandó un mensaje de texto a Blum, dejó el libro, se quitó las gafas, se levantó del asiento y empezó a caminar en dirección a Fabrikant. Sacó su móvil y la tarjeta de visita que él le había dado y marcó el número.

Lo observó mientras buscaba en sus bolsillos, sacaba el móvil y miraba la pantalla.

—¿Qué tal si mejor hablamos cara a cara? —dijo Pine en el momento en que se plantó ante él.

Fabrikant se estremeció visiblemente cuando alzó la mirada y la vio. Luego se guardó el móvil.

—Vaya, vaya, qué coincidencia —dijo Pine—. Usted huyendo y yo de caza.

Él se volvió y empezó a alejarse con paso acelerado de ella, pero entonces vio que Blum se le acercaba desde la otra dirección.

Se detuvo y su diminuta figura pareció derretirse hasta confundirse con las baldosas del aeropuerto.

Pine lo alcanzó, lo agarró del brazo y lo obligó a girarse hacia ella.

—¿A Moscú? ¿En serio? ¿Le importa explicármelo?

Él miró a su alrededor, mientras Blum llegaba adonde estaban.

—Ahora no —dijo con frialdad—. Tal vez a mi regreso, si lo considero oportuno.

Pine sacó la placa.

—Usted no se va a ninguna parte. Está oficialmente detenido.

—No tiene ningún motivo para hacerlo. No va contra la ley viajar a Rusia. De modo que, si me disculpa...

Trató de marcharse.

Ella lo agarró del hombro y lo retuvo.

—¿Por qué viaja a Moscú?

—Por negocios. Es asunto mío. —Fabrikant alzó el brazo y trató de apartarle la mano, pero no lo consiguió—. ¿Quiere que llame a la policía? —dijo con enojo.

—Hágalo si quiere. Pero creo que sería mejor que nos sentáramos en algún sitio y habláramos.

—No tengo nada que decirle. Y debo tomar un vuelo.

—En ese caso, quizá sea mejor que llame a la policía. Y entonces yo podré contarles que la Sociedad para el Bien es en realidad una tapadera de una red de espionaje.

—Eso es una absoluta mentira.

—¿En serio? ¿Donaciones cuyo origen se niegan a revelar? ¿Su gente viajando por todo el mundo y recopilando información sensible? Oh, y uno de sus miembros se ha visto involucrado en una conspiración que quizá pretende derrocar a nuestro Gobierno y además resulta que ha desaparecido. Y en cuanto le cuento esto, ¿usted coge un vuelo a Moscú? Pues vamos a buscar a la poli. Estoy segura de que podrá explicarles todo esto y llegar a tiempo a su vuelo para ver a Putin. Porque no es que últimamente los rusos hayan hecho nada para jodernos.

Cuanto más hablaba Pine, más parecía empequeñecerse Fabrikant.

—¿Dónde quiere que hablemos? —le preguntó él una vez que la agente terminó de hablar.

—Ahí mismo hay un bar. Y no me vendría mal una copa.

Se sentaron lo más apartados posible del resto de los clientes. Una camarera se les acercó y les tomó el pedido. Pine pidió una cerveza, Blum una Coca Cola y Fabrikant, una copa de merlot.

—Entonces, ¿por qué Moscú? —preguntó Pine—. Sé de buena tinta que su decisión de hacer el viaje fue muy precipitada y aparentemente motivada por mi visita.

—No sé por qué tendría que darle explicaciones.

—¿Va a volver otra vez por el mismo camino? Como mínimo, tengo argumentos suficientes para retenerlo por la sospecha de que es usted idiota.

—Tengo dos doctorados por universidades de la Ivy League —replicó Fabrikant.

—Pues empiece a actuar de acuerdo con su elevada formación —le soltó Blum—. Por el amor de Dios, no debemos perder el tiempo de este modo.

Nadie volvió a abrir la boca hasta que les trajeron las bebidas.

Después de que la camarera se alejase, Fabrikant se secó el sudor de la frente y dijo:

—De acuerdo, escuchen, algunas de las cosas que dijeron me han hecho pensar que el viaje a Moscú era muy conveniente.

—¿Cuáles en concreto?

—Sobre todo lo de la presencia de los rusos en casa de

Ben. —No dijo nada más y se puso a repiquetear con los dedos en la mesa.

—Oscar, estamos esperando —lo azuzó Pine.

—David Roth.

—¿Quién?

—El hombre que me mostró en el móvil. El que se hizo pasar por Ben. En realidad, sí lo conozco. Se llama David Roth.

—¿Y por qué no nos lo ha dicho antes? —preguntó Pine.

—Porque primero quería meditarlo bien. De hecho, por eso viajo a Rusia.

—¿Por qué? ¿Acaso Roth es ruso?

—No, pero es un experto en ese país.

—¿De qué lo conoce?

—Es muy popular en determinados círculos.

—¿En cuáles?

Fabrikant se irguió en la silla y la miró a los ojos.

—David Roth es uno de los inspectores de armas de destrucción masiva más famosos del mundo.

Pine y Blum se miraron.

—Entonces, ¿Roth inspecciona armas de destrucción masiva? —preguntó Pine.

—Tiene un pasado notable. Su padre, Herman Roth, fue uno de los inspectores principales de las inspecciones START ONE que este país empezó a hacer en la Unión Soviética a principios de los noventa. Ambos bandos se pusieron de acuerdo en reducir sus arsenales nucleares y eso implicaba inspecciones sobre el terreno y verificaciones. La URSS colapsó en esa época, pero las inspecciones continuaron hasta que se completó la reducción a finales de 2001. Y David ha continuado la labor de su padre.

—¿Y por qué un experto en armas de destrucción masiva iba a querer montarse en una mula para bajar al fondo del Gran Cañón? —preguntó Pine.

—No tengo ni idea. Pero resulta inquietante.

—Me parece que el adjetivo que ha usado subestima la gravedad del tema. Ya le he explicado que puede estar en marcha un intento de derrocar a nuestro Gobierno desde dentro.

—¿Y está segura de que solo hay implicada gente de dentro del Gobierno?

Pine, que estaba a punto de echar un trago de su cerveza, la dejó lentamente sobre la mesa e inquirió:

—¿De qué está hablando?

Fabrikant miró a su alrededor y respondió en voz baja:

—Los rusos intentaron influir en las últimas elecciones presidenciales sirviéndose de diversos instrumentos: redes sociales, difusión de historias falsas, intentos de desincentivar al electorado, etc.

—Todo eso está muy bien documentado.

—Sí, pero tal vez se trataba solo de la primera fase.

Pine se echó hacia delante en la silla y dijo:

—Entonces, ¿estamos hablando de un plan ruso en varias fases?

—Todo lo que hacen los rusos está diseñado a largo plazo. En este sentido actúan de un modo muy similar a los chinos. En cambio, la mentalidad de los estadounidenses los lleva a ser cortoplacistas. Basta con fijarse en cómo funciona el mundo de los negocios en Estados Unidos, por ejemplo. Trabaja sobre bases fiscales trimestrales, porque los capitostes de Wall Street han decidido que sea así.

—¿Lo que está diciendo —intervino Blum— es que lo que

sucedió en las pasadas elecciones podría ser tan solo una salva de advertencia?

—Mírenlo de este modo: atacaron nuestro proceso de elecciones democráticas, pero después han pasado más cosas.

—¿Por ejemplo?

—Muchos estadounidenses han empezado a desconfiar de las instituciones. No se fían ni del Congreso ni de los medios de comunicación. —Señaló a Pine con el dedo—. Ni tampoco del FBI.

—¿Y todo esto a dónde nos lleva?

—La historia nos ha demostrado una y otra vez que cuando la gente deja de creer en sus instituciones, muy a menudo el Gobierno se derrumba.

—Eso no puede suceder aquí —dijo Pine—. Usted mismo ha dicho que esto no es una república bananera.

—A lo que responderé que todos los países dicen eso hasta que les pasa a ellos —apostilló Fabrikant.

—¿En qué tipo de implicación rusa está pensando usted? —preguntó Pine.

Fabrikant se encogió de hombros.

—No lo sé con seguridad. Pero hay algunos estadounidenses en puestos muy relevantes que admiran a los rusos. Piensan que su modelo de gobierno es mejor en varios aspectos importantes. Tienen la misma opinión sobre los chinos, que pueden tomar decisiones y llevarlas a efecto al instante. Mientras que la democracia es más confusa e ineficiente y a menudo queda paralizada. Todo ello hace que una autocracia sea una opción de gobierno muy tentadora.

—Para mí no, porque para adoptar esta opción tienes que renunciar a la libertad —replicó Pine—. Prefiero la confusión y la ineficiencia.

—Renuncias a la libertad solo en parte —contraatacó Fabrikant—. A cambio de beneficios a los que de otro modo jamás podrías aspirar. No digo que esté de acuerdo con este planteamiento. De hecho, no lo estoy. Pero no es tan descabellado que otros lo vean de forma distinta. Le puedo decir, con toda franqueza, que mucha gente en los círculos del poder lo ve así.

—Entonces, ¿usted cree que los rusos han pasado de ciberataques remotos a influir en las altas esferas de Estados Unidos para transformar a nuestro país en algo similar al suyo? —dijo Blum.

—Es un modo telegráfico de expresarlo, pero ajustado en lo esencial —respondió Fabrikant.

Pine y Blum volvieron a mirarse.

—¿Y el motivo de su viaje a Moscú? —quiso saber Pine.

—Quiero averiguar si mi teoría es cierta. He pasado bastante tiempo allí y tengo algunos contactos en lugares estratégicos. Debería ser capaz de descubrir qué está pasando.

—¿Y qué sucede si su teoría resulta cierta? —dijo Blum.

—Entonces regresaré y trabajaré para impedir que se materialice.

—Pero, por lo que he ido viendo, podríamos leer la noticia del derrocamiento del Gobierno en los periódicos de mañana.

—Aun así, debemos intentar pararlo —dijo Fabrikant.

—Oh, no me estoy rindiendo —aclaró Pine—. En realidad creo que debemos pisar el acelerador.

—¿Y cómo pretende hacerlo? —preguntó Fabrikant—. No puedo aterrizar allí y ponerme a gritar a los cuatro vientos que hay una conspiración para derrocar al Gobierno estadounidense con ayuda de los rusos. Me borrarían del mapa.

Pine consultó el reloj.

—Muy bien, todavía está a tiempo de tomar el vuelo. Tiene mi número y yo el suyo. Mantengámonos en contacto.

Fabrikant pareció sorprendido por la aquiescencia de Pine, de modo que dijo:

—Gracias.

—No me las dé todavía. No sabemos qué nos espera mañana.

Se levantaron y caminaron juntos hasta la puerta de embarque, donde se toparon con dos agentes uniformados.

Lo cual significaba que podía pasar cualquier cosa.

42

AUTORIDAD DEL AEROPUERTO METROPOLITANO DE WASHINGTON. Eso era lo que se leía en los emblemas de los uniformes y de las relucientes placas.

Eran dos: esbeltos, musculosos, con las venas marcadas en los antebrazos, miradas atentas y una mano en la hebilla del cinturón y la otra cerca de la empuñadura del arma guardada en la pistolera.

El de la derecha miró a Pine.

—¿Agente especial Pine?

Esta inclinó la cabeza y su mirada recorrió al policía desde la cabeza hasta los pies. Luego volvió a mirarlo a la cara.

—¿Qué sucede?

—Tenemos instrucciones de retenerla en custodia —dijo el otro agente.

—¿Instrucciones de quién y retenerme por qué?

—Señora, no conocemos los detalles, solo nos han ordenado que la custodiemos hasta que vengan unas personas a buscarla.

—¿Y dónde pretenden hacerlo?

—Disponemos de unas instalaciones con salas para este fin. —Miró a Fabrikant y a Blum—. Y también debemos retener a sus amigos.

—Tengo que tomar un vuelo —protestó Fabrikant.

El primer agente negó con la cabeza. Se quitó la gorra, revelando así su cabello rapado, y se secó la frente. Luego volvió a colocársela.

—No va a poder hacerlo. Lo siento.

—¿Las instrucciones que les han dado decían «también amigos y conocidos»? —preguntó Pine.

—Señora, nosotros nos limitamos a cumplir órdenes. Por favor, acompáñenos. —Señaló a su izquierda. Era una puerta de seguridad que requería de una tarjeta para poder abrirla.

Pine la miró y echó un vistazo al concurrido aeropuerto.

—De acuerdo, vamos.

Los escoltaron hasta la puerta, uno de los agentes pasó su tarjeta y la abrió. Entraron en un pasillo vacío.

—¿Y ahora hacia dónde? —preguntó Pine—. ¿Tienen por algún lado una celda en la que retenernos?

—En efecto.

—¿Puedo hacer una llamada?

—Me temo que no.

—¿Por qué no?

—Nos limitamos a cumplir órdenes.

—Repiten mucho esta frase.

—Porque es la verdad.

—Entonces, ¿puedo hablar con uno de sus superiores?

—¿Por qué? ¿Tiene alguna queja?

—Sí, así es, pero pensándolo mejor, se la expondré directamente a ustedes.

Con un movimiento circular, Pine le arreó una patada en plena cabeza que lo tumbó de forma fulminante. Cuando el hombre trató de levantarse, recibió un codazo en el cogote. Se desplomó en el suelo y quedó allí inmóvil.

En el momento en que el otro agente trataba de desenfundar la pistola, Blum ya le estaba apuntando con la suya a la cabeza.

—Las manos en alto donde pueda verlas, si quieres evitarte problemas. Si intentas coger la pistola, te pego un tiro y te dejo frito.

Había adoptado la llamada posición Weaver, un ademán clásico que dejaba bien a las claras que podía cumplir su amenaza fácilmente.

—Están cometiendo un grave error —gruñó el agente.

—¡Dios bendito! —exclamó Fabrikant—. Acaba de atacar a un policía.

—Sí, ha hecho exactamente eso, así que usted baje el arma —dijo el hombre dirigiéndose a Blum.

—Eso no va a suceder —replicó ella.

—Por favor, haga lo que le dice. Podrían dispararnos —rogó Fabrikant.

—De hecho, eso es lo que pasará si bajo el arma —replicó Blum.

Pine sacó su pistola y le dijo al agente:

—De rodillas, ya.

—Señora, están metiéndose en un buen lío —repuso este.

Pine movió la pistola.

—De rodillas. No te lo pediré otra vez.

El tipo se arrodilló.

En cuanto lo hizo, Pine le golpeó en la nuca con la empuñadura de la pistola. El agente gritó de dolor y cayó inconsciente hacia delante.

Con la ayuda de Blum, Pine arrastró a los dos hombres hasta colocarlos juntos y luego los esposó.

—Me recuerda a lo del área de descanso de Tennessee

—dijo Blum—. Hombres haciendo estupideces. No parece tener fin.

—Oh, Dios mío —se lamentó Fabrikant—. Han atacado a dos oficiales de policía. —Y añadió indignado—: Y me han convertido en cómplice. Podría acabar en la cárcel.

—Yo no me preocuparía por eso —dijo Pine.

—Pero he sido testigo de cómo lo hacían. Eso resulta innegable.

—Ese no es el problema —dijo Blum.

—Pues entonces —saltó Fabrikant—, aclárenme cuál es, porque no acabo de entenderlo.

—El problema es que no son agentes de policía de verdad —respondió Blum.

—¿De qué habla? —replicó Fabrikant. Señaló a los dos hombres noqueados—. Por el amor de Dios, llevan uniformes. E iban a retenernos bajo custodia.

—Da igual —dijo Pine—. Son falsos policías.

—¿Cómo lo saben?

Blum señaló el pecho de uno de los dos supuestos agentes.

—No llevan placas con el nombre. Primer gran error. Un agente de policía jamás olvida ponérsela a la vista. De hecho, no se puede entrar de servicio sin ella. Deben llevar el nombre bien visible por un montón de razones.

—Y llevan un calzado erróneo —añadió Pine, señalando los mocasines de los hombres—. Esos zapatos no son aptos para el servicio. —A continuación señaló las pistoleras, en las que asomaba por abajo el cañón de las pistolas—. Por no mencionar que los policías de verdad no llevan silenciadores en sus armas.

—Y a la tercera va la vencida —apostilló Blum.

Fabrikant se quedó contemplando a los tipos del suelo.

—¿Me están diciendo que estos hombres son impostores? Pine asintió con la cabeza y afirmó:

—Parece ser un tema recurrente en este caso.

Fabrikant la miró perplejo.

—Entonces... iban a...

—Imagino que a pegarnos un tiro en la cabeza con sus armas con silenciador —dijo Blum con tono relajado.

—Venga, vaya a tomar su vuelo —le dijo Pine a Fabrikant—. Averigüe lo que pueda. E infórmeme en cuanto sepa algo.

—Pero ¿qué pasa con esto? —Señaló a los dos noqueados.

—En algún momento los descubrirán. Y espero que les caiga todo el peso de la ley por suplantar a dos policías del aeropuerto. En cualquier caso, no es problema mío; por suerte, porque ya tengo suficientes.

Él asintió con la cabeza, volvió a mirar a los dos hombres del suelo, se dio la vuelta y se encaminó a la puerta. Pine y Blum lo siguieron y después se fueron en la dirección opuesta.

—Vale, esto ya me lo temía —dijo Pine—; estos dos tenían acceso al registro del control de seguridad y han visto nuestros nombres allí.

—Se han puesto en marcha muy rápido.

—Si dispones de los recursos, puedes actuar muy rápido. Pero cuando te precipitas, te olvidas de los pequeños detalles. Las placas con los nombres, los zapatos, los silenciadores. Y este último no es un pequeño detalle, sino un error de bulto bastante gordo.

—Pues demos gracias a Dios por los errores gordos. Nos han permitido seguir con vida un día más.

—El día todavía no ha terminado —sentenció Pine.

43

Pine desmontó tanto la Glock como la Beretta y se tomó su tiempo para limpiar hasta la última molécula de ambas armas.

Mientras lo hacía, Blum se sentó delante de ella a la mesa de la cocina.

—A ver si acierto, ¿es tu técnica para relajar el estrés? —dijo.

Pine no alzó la mirada. Siguió pasando el cepillito por el cañón de la Glock.

—Potencia la concentración. Lo cual también ayuda a aliviar el estrés —aceptó—. Aparte, no mantener limpia tu arma puede costarte la vida.

Blum bebió un sorbo de té y miró la cocina a su alrededor.

Era temprano, no hacía mucho que había amanecido, y la luz empezaba a filtrarse por las ventanas.

Ambas mujeres tenían aspecto cansado y desaliñado. Era obvio que ninguna de las dos había dormido bien.

—Cuando era joven —dijo Blum—, podría haberme imaginado en el futuro cocinando en una cocina como esta con seis mocosos correteando a mi alrededor.

Ahora sí que Pine alzó la mirada.

—Pero eso es precisamente lo que hiciste, ¿no?

—Oh, sí que tuve a los críos. Pero nunca conseguí nada como esto. Vivíamos en una caravana que era más o menos como esta cocina. Scott, mi ex, ni siquiera podía permitirse una más grande. Estaba demasiado ocupado bebiéndose las pagas cada vez que cobraba. Y eso cuando lo hacía.

—Y entonces, ¿cómo lograbas salir adelante?

—Era buena costurera. Mi abuela me enseñó. Confeccionaba vestidos para una tienda del pueblo en el que vivíamos. Y también horneaba pasteles. Y cuando los niños estaban en el colegio, limpiaba casas. Incluso llegué a conducir un taxi en mis horas libres. Hice todo lo necesario para salir adelante y mantener a mis hijos.

—Pero empezaste a trabajar en el FBI cuando todavía eras joven.

—Me casé a los diecinueve, agente especial Pine. A los veintiocho ya había parido a todos mis hijos. Entre esos años, estaba casi siempre embarazada. —Antes de que Pine le preguntara cómo era posible tener tantos hijos en ese lapso de tiempo, Blum añadió—: En una de las ocasiones di a luz a gemelos.

Cuando Blum pronunció la palabra «gemelos», Pine volvió a concentrarse en la limpieza del arma. Pero Blum todavía no había acabado de contar su historia.

—Llegó un momento en que ya tenía a todos los niños en el colegio y entonces respondí a un anuncio que ofrecía un puesto en una oficina del FBI. Nunca había trabajado en una oficina. Ni para el Gobierno. Pero deseaba ese trabajo con toda mi alma.

—¿Por qué?

—Porque tenía pedigrí. Era el FBI. Pero no sabía si lo conseguiría. Había estudiado algunos cursos en la universidad y, de hecho, tenía un grado de dos años. Leía con voracidad. Me mantenía informada sobre la actualidad y la situación internacional. Me consideraba una persona inteligente con una sólida ética de trabajo a la que tan solo le habían faltado oportunidades.

—¿Por qué creías que no te darían el trabajo?

—Estaba segura de que habría un montón de mujeres postulándose para el empleo más cualificadas que yo. Y sí, en aquella época a esos puestos solo se presentaban mujeres. Los hombres investigaban y las mujeres se encargaban del papeleo y de los cafés. —Hizo una breve pausa—. Y el otro problema era que Scott andaba metido en líos. Quiero decir que hacía cosas que bordeaban la delincuencia. Yo sabía que la Agencia rastrearía mi pasado. Nunca había hecho nada que ni siquiera se acercase a los límites de lo ilegal. Pero si revisaban el pasado de Scott, bueno, tanto podían considerarme cómplice de sus trapicheos como simplemente optar por lo más fácil y decidirse por alguna del centenar de candidatas que no presentaban ese tipo de problemas.

—Pero conseguiste el trabajo. Y seguro que hablaron con tu marido.

—Sí que lo hicieron. Y Scott se comportó. Les aseguró que yo nunca había tenido nada que ver con ninguno de sus líos. Además, parece que me apoyó mucho. Al igual que, por lo visto, hicieron todas las personas con las que hablaron. Ya sabes, los adjetivos habituales: trabajadora, honesta, patriota.

—Así que al final tu ex no te falló.

—Eso no es del todo exacto.

Pine dejó los instrumentos de limpieza y miró a Blum.

—¿Qué quieres decir?

—Una semana después de que yo obtuviera el trabajo, pidió el divorcio. Al parecer estaba viéndose en secreto con una zorra ricachona treinta años mayor que él. Scott la engatusó con una sarta de mentiras y ella, como por desgracia les pasa a muchas mujeres, cayó de cuatro patas en sus redes. La verdad es que era guapo, eso se lo concedo. Y encantador. Y un capullo, sobre todo cuando le daba a la botella. En cualquier caso, se largó con ella, se instaló en su casa y se puso a conducir su Jaguar. Pero como ni la más mínima parte de todo ese dinero era suyo, yo no obtuve ni un céntimo de pensión alimenticia. Me pasaba una miseria para mantener a los niños, aunque siempre se retrasaba, y eso si se acordaba de pagar. Durante el divorcio, Scott me dijo que había hablado muy bien de mí a la Agencia y me había exculpado de tener cualquier tipo de relación con sus actos para que así pudiera conseguir el trabajo y disponer del dinero para encargarme por mi cuenta de los niños, porque él no quería saber nada.

—¿Cómo te contuviste para no pegarle un tiro? Hablo en serio.

—Hubo momentos en que me resultó difícil —aceptó Blum—. Pero no podía permitir que los niños quedaran a su cargo. Habría sido un desastre para ellos.

—Pero, pese a todo, me has dicho que no mantienes una relación estrecha con tus hijos. Cuando resulta que lo sacrificaste todo por ellos.

—Lo del FBI era un trabajo estupendo, pero no pagaban muy bien, aunque ofrecían muy buenas coberturas. De manera que tuve que pluriemplearme para llegar a fin de mes. A veces hacía hasta dos trabajos más. Lo cual significaba que no pasaba mucho tiempo en casa con los niños. Me perdí momentos importantes. Actuaciones de fin de curso, regresos a casa después de una temporada fuera, eventos deportivos y una graduación. Eso les dolió. Lo sé porque me lo han echado en cara muchas veces. Y tal vez también me culpen por la marcha de su padre, aunque no es que él pasara mucho tiempo con ellos.

—Debe de haber sido duro.

Blum se terminó el té.

—No fue fácil. Pero son mis hijos, así que los quiero. A pesar de todo.

—¿Y qué fue de Scott?

—Se gastó el dinero de la zorra y encontró a otra. Después se puso demasiado gordo y calvo para poder repetir la jugada. Luego empezó a tener problemas de salud. Lo último que he sabido de él es que estaba en un asilo estatal en alguna parte de la Costa Este. Me ha telefoneado algunas veces desde allí.

—¿Para decirte qué?

—Que se sentía solo y necesitaba hablar con alguien.

—Vaya caradura.

—Oh, pero accedí a hablar con él. ¿Qué más da a estas alturas? Es el padre de mis hijos. Y ya ha pagado un alto precio por su vida de crápula. Debía de tener mi número en una lista de contactos, porque me llamó por primera vez desde esa residencia hará unos seis meses. Me dijeron que estaba en los primeros estadios de la demencia senil. No se acuerda de nada del día a día.

—Tal vez eso no sea tan mala cosa —afirmó Pine, apartando la mirada.

—¿Por qué dices eso? Tenía algunos recuerdos felices.

—Yo hablo de los malos recuerdos.

Blum se recostó contra el respaldo de la silla y la miró.

—Bueno, yo te he contado mi vida en diez minutos. ¿Qué hay de la tuya?

—Me dijiste que te habías informado sobre mí. ¿Qué hay que contar?

—Siempre es mejor oír la historia por boca de su protagonista.

Pine se encogió de hombros, pero no dijo nada.

—Esa vez en que apareciste en la oficina después de correr llevabas una camiseta de tirantes. ¿Esos tatuajes en los deltoides? Géminis y Mercurio. Todo relacionado con gemelos. Y has bajado la mirada cuando he pronunciado la palabra. —Blum miró los brazos de Pine—. Y llevas NO MERCY tatuado en los antebrazos.

—Mucha gente lleva tatuajes.

—Mucha gente lleva los típicos tatuajes. «Te quiero, mami.» O un tiburón o una rosa. Pero tú no. Los tuyos tienen algún significado. Y parece importante.

—¿Eres psiquiatra o qué? —dijo Pine sin levantar la voz, mientras aplicaba aceite al gatillo.

—No, pero a diferencia de la mayoría de la gente, soy una buena observadora. Y también sé escuchar.

—Estoy bien, gracias.

Pine empezó a remontar las armas.

—¿Daniel James Tor?

A Pine le temblaron levemente las manos y las piezas de las pistolas repiquetearon al golpearse entre sí.

—¿Tienes ganas de hablar de eso? —le preguntó Blum.

—No. ¿Por qué iba a querer?

—Porque nos hemos lanzado juntas por un precipicio. Solo que todavía no hemos topado con el fondo del cañón. Creo que eso me concede ciertos derechos y privilegios con respecto a mi compinche. Si no estás de acuerdo, lo entenderé. Pero eso es lo que pienso, solo para que lo sepas.

Pine terminó de montar la Beretta y colocó ambas armas en sus correspondientes pistoleras.

Blum esperó paciente mientras su compañera hacía esto.

Fuera, empezó a lloviznar.

Pine consultó el reloj y dijo:

—Lo he comprobado, el vuelo de Fabrikant ha despegado puntual. No falta mucho para que aterrice en Múnich.

—Esperemos que averigüe algo útil.

Pine asintió con un gesto distraído y se quedó en silencio un rato.

—La policía sospechaba que lo había hecho mi padre. Lo de llevarse a mi hermana.

—No quiero ser ruda, pero ¿estás segura de que no lo hizo?

—Pasó el polígrafo. Desde la desaparición de Mercy se convirtió en un hombre destrozado. Mis padres se divorciaron. Él se suicidó.

—¿Dejó una nota?

—No que yo sepa. Mi padre no era lo que llamaríamos un hombre metódico. Actuaba por impulso.

—Tal vez se mató acosado por el sentimiento de culpa —sugirió Blum con cautela.

—No lo creo. Bueno, quiero decir que no se sentía culpable por haber hecho daño a Mercy. Pero sí por haber estado demasiado borracho para impedir que se la llevaran.

—¿Cómo puedes estar segura de eso?

—Me sometí a un ejercicio de reconstrucción de recuerdos. A través de la hipnosis. Mi padre no hizo acto de presencia, pero Daniel James Tor salió disparado de mi cabeza en esa sesión.

—Entonces, ¿lo recuerdas llevándose a tu hermana?

—Sí —dijo Pine—, solo que no sé si esto es porque realmente lo hizo o porque yo sabía que en esas fechas merodeaba por la zona y yo quise creer que por fin había encontrado una respuesta a lo que le sucedió a mi hermana.

—Comprendo tu dilema.

—¿Conoces el historial de Tor?

—Pues claro. Trabajaba en el FBI cuando lo detuvieron en Seattle. También asesinó a varias mujeres y niñas en el Suroeste. Una de ellas en Flagstaff.

—Y otra en Phoenix y una tercera en Havasu City. Esos tres lugares formaban un triángulo.

Blum asintió con un gesto pensativo.

—Es verdad. Ahora lo recuerdo. Trazaba patrones matemáticos. Por eso lo atraparon. Vaya idiota.

Pine negó con la cabeza.

—Está claro que a Tor le faltan varios cromosomas clave, pero no es ningún idiota.

—¿Lo visitaste?

—Sí.

—¿Y cómo fue?

—Mal —respondió Pine.

—¿Admitió haberse llevado a tu hermana?

—No, aunque no esperaba que lo hiciera. Desde luego no en el primer encuentro.

—¿Primero? ¿Es que vas a volver a visitarlo?

—Ese es el plan.

—¿Con qué fin? —preguntó Blum.

—Con el de conocer la verdad. Puedes considerarme una ingenua, pero es la única meta que he tenido durante toda mi vida.

—¿Y si no lo consigues? Porque la verdad es que no veo claro que un depravado como Tor acabe cediendo. Me lo imagino jugando contigo como si fueras un títere. ¿Qué otros entretenimientos tiene allí?

—Es un riesgo que tendré que correr.

Antes de que Blum pudiera replicar nada, el móvil prepago de Pine emitió un zumbido.

Miró el mensaje. Era de Kurt Ferris.

«Largaos. Saben dónde estáis. Llegarán en diez minutos.»

—Tenemos que largarnos —vociferó Pine.

Pine y Blum cogieron sus bolsas, que en ningún momento habían deshecho, y se dirigieron a toda prisa hacia el aparcamiento.

Sesenta segundos después, el Mustang emergía del garaje subterráneo y se dirigía hacia el sur. Pine giró en la siguiente esquina, dio la vuelta a la manzana y detuvo el coche a tres bloques del edificio de apartamentos, a cubierto en un callejón.

—¿Qué haces? —le preguntó Blum.

—Comprobar una cosa.

Un minuto después, cuatro todoterrenos negros se detuvieron ante el edificio de apartamentos y de ellos bajaron una veintena de soldados de uniforme que se dirigieron hacia la entrada del bloque.

En el Mustang, Blum miró a Pine.

—¿Es esto lo que querías comprobar?

Pine asintió con la cabeza, arrancó y se alejó del edificio de apartamentos.

—En el mensaje, Kurt no me decía quién venía. Pensaba que podía ser la Agencia.

—Bueno, sean quienes sean, nos hemos librado por un pelo. ¿Cómo crees que han averiguado que estábamos aquí?

—La inteligencia militar tiene ojos y oídos en todas partes. Y hay cámaras por todos lados. Por suerte, Kurt se ha enterado no sé cómo y ha podido avisarnos.

—El Gran Hermano acecha —dijo Blum.

—El Gran Hermano con esteroides. Y no van a dejar de perseguirnos hasta tenernos acorraladas.

—Entonces, ¿quién quieres ser? —preguntó Blum como sin venir a cuento.

Pine la miró mientras entraba en la autopista y aceleraba.

—¿De qué hablas?

—¿Quieres ser Thelma o Louise?

44

Pagaron en efectivo en un motel del condado de Stafford, Virginia, más o menos a una hora al sur de Washington, DC.

Se instalaron en la pequeña y anodina habitación sin deshacer las bolsas de viaje, como habían hecho hasta entonces.

Blum se sentó en una de las camas gemelas.

—¿Crees que Kurt se meterá en un lío por habernos ayudado? ¿Por habernos dejado su casa?

—Ya le dije que, si las cosas se ponían feas, adujera que no sabía nada. Por lo que a él respecta, yo no soy más que una amiga que le pidió un sitio en el que alojarse mientras estaba fuera de la ciudad. No tenía por qué saber en qué andaba metida.

—¿Cómo crees que se ha enterado de que venían a por nosotras?

—Kurt forma parte del Departamento de Investigaciones Criminales. Obviamente, tiene muchos amigos en el Ejército y también en los servicios de inteligencia. Alguien le habrá dado un chivatazo o bien él mismo habrá oído algo a través de las escuchas que hace.

—¿Qué crees que opina el FBI de todo esto?

Pine se sentó en la otra cama, se quitó los zapatos y se tumbó.

—Es difícil de responder. Saben que mentí sobre adónde iba y que estoy trabajando en el caso, pese a que me ordenaron apartarme de él. Y es probable que a estas alturas ya se hayan enterado de lo de los dos tíos del aeropuerto Dulles.

—¿Crees que la Agencia ha relacionado a Simon Russell con todo esto?

—Quién sabe. Y tal vez no conozcan lo del helicóptero del Ejército que se llevó a Priest y su hermano. Maldita sea, es posible que no hayan investigado nada de todo esto.

—¿Por qué no?

—Seguridad Nacional se encarga de ello. Es posible que los hayan apartado, como hicieron conmigo.

—¿Cómo sería un golpe de Estado contra el Gobierno? —preguntó Blum.

—En otros países, el presidente o un grupo de generales aparecen en los medios de comunicación y comunican que, debido a las razones más descabelladas que se les ocurra aducir, se declara la ley marcial y se suspenden las elecciones porque hay enemigos de la patria por todos lados, incluidas las altas esferas. Eso justifica que se pasen por el forro las normas democráticas. Entonces el presidente anuncia que va a ocupar el cargo de por vida. Mira cómo funciona en China. O bien los generales pueden sacar los tanques a las calles de la capital y anunciar que ellos están al mando y van a salvar el país. Todos los ciudadanos deberán seguir sus órdenes. O podría tratarse de un grupo de asesores de alto nivel que monten una junta. O de un puñado de multimillonarios hartos de malgastar dinero en donaciones a los partidos que deciden utilizar su fortuna para conseguir sus aspiraciones de manera más directa.

Blum la miró.

—¿Y qué podemos hacer nosotras? ¿Tenemos alguna opción?

—Carol, todo esto es nuevo para mí. En Quantico no te dan un cursillo sobre cómo abortar un golpe de Estado contra el Gobierno de Estados Unidos. Tal vez deberían empezar a replanteárselo.

—¿Cuál va a ser nuestro siguiente paso?

A modo de respuesta, Pine sacó las hojas en las que había impreso el listado de archivos de Ben Priest.

—Tenemos que descifrar la contraseña del lápiz de memoria. Tal vez la respuesta se halle en los nombres de los archivos de Priest.

Pine abrió el portátil sobre la cama y puso las hojas con los nombres de los archivos al lado.

—Priest ya ha demostrado que es de esa clase de gente que basa sus contraseñas en objetos personales.

—¿En qué más puede haberse inspirado para una contraseña? —preguntó Blum.

—¿Tal vez en algo que tuviera en su casa?

—¿Qué había allí aparte de la pelota de baloncesto y la camiseta?

—No había nada que pareciera muy personal.

—¿Y algo personal que no estuviera en la casa?

—¿Qué podría ser? —preguntó Pine—. Tiene un hermano con hijos. Por lo tanto, son sus sobrinos. Un momento, tú comiste con la esposa. ¿Te acuerdas de...?

—Por supuesto. Se llaman Billy y Michael. —Blum se quedó unos instantes pensativa—. Billy tiene once años y Michael, nueve.

Pine lo anotó todo en un trozo de papel.

—¿Algún otro detalle?

—A Billy le gusta esquiar en la nieve y sobre agua, y es el lanzador de su equipo en la liga infantil de béisbol. Está aterrorizado por tener que salir con chicas cuando sea adolescente. Michael es el lector de la familia, juega al lacrosse y saca de quicio a su madre a menudo. También toca el bajo. Los dos pasan demasiado tiempo enganchados a las redes sociales y tienen el móvil pegado a la mano, sobre todo Billy, y creen que la única finalidad de su padre en esta vida es ser su cajero automático particular. Tal vez lo vean así porque se pasa el día trabajando.

—¿Te enteraste de todo esto comiendo con una mujer a la que acababas de conocer?

—Las mamás no se andan con rodeos cuando se trata de intercambiar información. Ahora ella también sabe un montón de cosas sobre mis hijos. Somos muy eficientes contando batallitas. Y no escatimamos detalles.

Mientras Blum hablaba, Pine no había dejado de tomar notas.

—Perfecto, me has proporcionado un montón de datos para utilizar como posible contraseña.

Estuvo varias horas ante el ordenador después de descargarse un programa para crear un gráfico con posibles combinaciones de contraseñas basadas en lo que Blum le había contado y en los nombres del listado que Pine había cogido del despacho de Priest.

Tras probar la última combinación posible sin que ninguna hubiera funcionado, se recostó contra el respaldo de la silla muy frustrada.

Blum, que había echado una cabezada en su cama mientras tanto, se despertó un minuto después. La lluvia repiqueteaba contra el tejado de aquel motel de una sola planta.

—No ha habido suerte, por lo que veo —dijo Blum todavía adormilada.

—Por lo que parece, la familia de su hermano no era lo bastante importante para servirle de base a la hora de crear una contraseña importantísima y el listado de nombres tampoco me ha dado ninguna pista útil.

—Bueno, me muero de hambre. De camino he visto un restaurante en esta calle, a unas manzanas de aquí.

Fueron hasta allí en coche, aparcaron detrás del edificio y entraron.

Pidieron comida y unos cafés, que se pusieron a tomar mientras la llovizna continuaba cayendo.

Blum contempló el día tristón por la lluvia.

—Dios mío, ¿aquí siempre tienen este tiempo de perros? Yo acabaría teniendo impulsos suicidas. Necesito sol.

—Llueve y después sale el sol. Y luego llega el otoño y se pone a nevar.

Blum se estremeció por un escalofrío

—No, gracias. ¿Por eso te fuiste a vivir al Suroeste? ¿Por el clima?

—Casi acabo instalada en Montana o Wyoming.

—Dios mío, ¿sabes cuánto nieva allí?

—El clima no fue el factor determinante.

—Y entonces, ¿cuál fue?

—Ya te lo dije. Que hubiera poca gente o ninguna. —Miró a Blum, que se estaba llevando la taza de café a los labios. Pine se lo aclaró un poco más—: No me gustan las multitudes.

—Define multitud.

—Básicamente, que haya alguien más que yo.

—Bueno, pues lo siento si estoy formando una multitud —dijo Blum, que por el tono parecía un poco herida.

—Carol, a nosotras dos nos veo como una unidad, de modo que cuando digo «yo» también te incluyo, y viceversa.

—¿Sabes?, cuando tenía a seis niños en casa, varios de ellos todavía con pañales, anhelaba estar a solas aunque fuera solo unos minutos. Tenía la sensación de que en cada segundo de mi vida había alguien llamándome y pidiéndome que hiciera algo por esa persona.

—¿Y ahora? —preguntó Pine con curiosidad.

—Ahora vivo sola. Me despierto sola. Como sola. Me acuesto sola. —Miró a Pine por encima de la taza de café—. No se lo recomendaría a nadie, la verdad. Con multitudes o sin ellas. A veces es algo tan sencillo como contar con otro ser humano que te mantenga los pies calientes en la cama o te traiga una aspirina porque está a punto de estallarte la cabeza, y lo digo en serio, de verdad.

Les trajeron los platos y comieron en silencio, cada una abstraída en sus pensamientos.

Cuando acabaron, Blum preguntó:

—¿En qué piensas?

—En el caso. En mi carrera. En si el uno o la otra, o ambos, han llegado a un callejón sin salida.

—¿Alguna vez se te ha pasado por la cabeza trabajar en algún otro sitio que no sea el FBI?

—No.

—Soy leo, el león. Somos controladores obsesivos y testarudos, con un toque de bondad. Pero nos adaptamos. Creo que tú también podrías hacerlo. ¿Eres leo? ¿O de otro signo?

Pine se quedó mirándola sin responder.

—Te he preguntado si eres... —insistió Blum, pero enmudeció cuando Pine se levantó con brusquedad y dejó unos billetes en la mesa para pagar la cuenta.

—Vámonos.

—¿Qué te pasa? —quiso saber Blum mientras ella y Pine volvían de forma apresurada al motel.

—En respuesta a tu pregunta: soy capricornio.

45

La cama de Pine estaba llena de papeles con palabras apuntadas. Blum la estaba ayudando a introducir en el programa informático todas aquellas que le había ido diciendo.

—¿Cuándo te has descargado este programa? —preguntó Blum.

—Cuando he visto que no iba a dar con la contraseña de manera manual —respondió Pine, mientras sus dedos volaban sobre las teclas—. He probado un montón sin ningún resultado. Pero ayuda mucho poder acotar los parámetros del posible origen de la contraseña. De ese modo quizá acabemos dando con ella.

Blum soltó el último papel.

—Bueno, creo que esto es todo.

—Vamos a ver si tenemos suerte.

—No digas eso.

—¿Por qué no?

—Porque no la he tenido en los últimos veinte años.

Pine pulsó una tecla del ordenador.

—Allá vamos.

El programa empezó a probar posibles combinaciones de contraseñas.

—¿Cómo se te ocurrió lo de Capricornio? —preguntó Blum.

—Me preguntaba por qué Priest eligió ese nombre para la empresa inexistente. No sé si él también es capricornio o no. Pero hasta que tú has dicho que eras leo, no se me había ocurrido. De modo que, si funciona, todo el mérito será tuyo. —Se calló y miró la pantalla—. ¡Vaya!

Una contraseña había funcionado y la pantalla empezó a cambiar.

—La tenemos —dijo Pine.

—¿Cuál era la palabra? —preguntó Blum.

Pine miró la casilla de la contraseña.

—Algo increíblemente complejo, pero todo, excepto las letras «w» y «m», está relacionado con Capricornio.

—¿Y a qué harán alusión esas letras?

—Probablemente a Billy y Michael. William debe de ser el nombre completo de Billy. Lo cual significa que Priest sí pensaba en sus sobrinos, al menos lo bastante como para incluirlos en una contraseña.

—¿Qué demonios es esto? —preguntó Blum.

Había aparecido una imagen en la pantalla. Pine fue pasando páginas. Eran dibujos muy técnicos. Se detuvo en un inquietante diagrama y pulsó varias teclas para ampliarlo. Leyó lo que había escrito junto al dibujo.

—Esto..., esto son caracteres coreanos.

—¿Sabes lo que pone?

—No, pero puedo dar con una traducción muy rápido.

Escribió varios de los caracteres en un papel, buscó un traductor online e introdujo los caracteres coreanos. La traducción apareció casi al instante.

—«Material fisible» —leyó Pine con parsimonia—. ¿Fisible? Esto tiene relación con lo nuclear.

Blum se movió incómoda en la cama.

—Dios mío. ¿Corea del Norte va a... lanzarnos una bomba atómica?

—Si es así, eso explicaría la implicación de David Roth en el caso. Y la de Sung Nam Chung. ¿Este es el plan alternativo norcoreano si las conversaciones de paz fracasan? ¿Destruirnos con un arma nuclear?

—Pero si los norcoreanos están planeando una cosa así, ¿cómo te explicas lo del helicóptero militar secuestrando a los hermanos Priest?

Pine se encogió de hombros.

—Tal vez están al corriente de la trama e intentan remontarse a la fuente.

—Entonces, ¿se lo enseñamos a, no sé, al director del FBI?

—No tenemos ninguna prueba de que nada de esto sea verdad. Si vamos con esto, podrían hacernos desaparecer.

—Pero en este país la gente no se desvanece sin más.

—Cuéntaselo a los hermanos Priest. —Pine guardó silencio unos instantes—. Y, aunque consiguiéramos las pruebas, no sé si deberíamos llevarles esto.

—¿Qué quieres decir?

—El subdirector hizo todo lo que estaba en su mano para apartarme del caso. Y es imposible que tomara esa decisión sin la aprobación de su jefe y del jefe de su jefe. De hecho, Carol, esto podría llegar hasta lo más alto. —Miró fijamente a su compañera—. Y me refiero a lo más, más alto.

Ninguna de las dos abrió la boca durante unos segundos, porque ambas estaban digiriendo una posibilidad de tamaña magnitud.

—Pues algo tenemos que hacer —dijo por fin Blum.

Pine asintió con la cabeza.

—Para empezar, tenemos que encontrar a David Roth.

—¿Cómo?

—La última vez que se le vio fue en el Gran Cañón —dijo Pine—. Espera un momento. En este archivo hay más cosas. —Pasó varias páginas hasta que llegó a algo diferente—. Esto parece un mapa —comentó—. Tiene marcadores de latitud y longitud.

—Agente Pine, esto parece el Gran Cañón.

Pine comenzó a palidecer.

—Joder, claro que lo es. —Se quedó lívida mientras contemplaba el mapa—. ¿Crees... que los norcoreanos se las han arreglado para colocar una bomba atómica en el Gran Cañón?

—¿Y que Priest y Roth lo descubrieron? —dijo Blum.

Pine asintió con un gesto.

—Por eso Roth quería bajar al fondo del cañón. Para localizar la bomba. —Su teléfono vibró. Le había llegado un mensaje de texto—. Es de Oscar Fabrikant. Está en Rusia.

—¿Qué dice?

Pine leyó el mensaje:

—«Revisen la muerte de Fred Wormsley. Era muy amigo de Roth y del padre de este.»

Pine buscó en internet y encontró de inmediato un artículo.

Blum también lo leyó, mirando por encima del hombro de Pine.

—Muy bien, dice que el cadáver de Fred Wormsley se encontró en el río Potomac, cerca de la isla de las Tres Hermanas, hace ahora algún tiempo. Según la policía, pudo caer al río en algún punto del paseo del parque George Washington que lo bordea, la corriente lo arrastró y se ahogó.

—Pero es obvio que Fabrikant cree que aquí hay gato encerrado —dijo Blum.

—Y tal vez David Roth fuera de la misma opinión. —Pine señaló otro fragmento del artículo—. Wormsley trabajaba en la Agencia de Seguridad Nacional. Tenía un cargo muy alto. Por eso la investigación policial profundizó un poco más de lo que suele ser habitual en estos casos. Aun así, llegaron a la conclusión de que fue un accidente, pero ahora me pregunto si los presionaron para que dijeran eso.

Blum se recostó hacia atrás mientras parecía procesar toda la información.

—Veamos, Roth es experto en armas de destrucción masiva. Se enteró de la conspiración de los norcoreanos, tal vez a través de Wormsley. A este pudo llegarle la información por su trabajo en la ASN. Luego lo matan, tal vez lo hiciera ese tal Sung Nam Chung. Cuando sucede esto, Roth se pone en contacto con Priest. No sé cómo descubren que la bomba nuclear ya está colocada en el Gran Cañón. Roth se hace pasar por Priest para que nadie sepa que anda metido en esto y baja al fondo del cañón para tratar de localizarla. Entonces, ¿está intentando desarmarla?

—No lo sé. Pero ¿por qué Roth acudió a Priest? —preguntó Pine.

—Tal vez se conocieran. Y Priest le estaba echando una mano.

—Pero si Roth sabía que había una bomba nuclear en el Gran Cañón, ¿por qué no optó por avisar al Gobierno?

Blum reflexionó sobre ello durante un rato.

—Tal vez tema que si los norcoreanos se enteran de que vamos tras ellos, detonen la bomba. Puede que tratase de desarmarla con mucha discreción. No lo sé, es una mera especulación. Ni siquiera sé cómo funcionan las armas nucleares.

—Yo tampoco —dijo Pine—. Solo sé lo que pueden provocar si explotan.

—Bueno, ¿y ahora qué hacemos?

—Creo que es hora de volver al Oeste.

—Gracias a Dios. Ya empiezo a notar que estoy perdiendo el bronceado. —Sonrió avergonzada—. Lo siento, es un chiste malo. Suelo soltarlos cuando estoy al borde de un ataque de nervios.

Pine estaba tecleando números en el ordenador.

—¿Y si las referencias de longitud y latitud señalan el punto en el que han escondido la bomba? Y quizá Roth intentó dejar una pista a quienquiera que encontrase la mula muerta. ¿«J» y «k»? Eso podría señalar una cueva oculta a quienes conociesen la leyenda.

—Son un montón de preguntas sin respuesta —observó Blum.

—Y al parecer las respuestas están en uno de los mayores agujeros de la Tierra.

46

El cargo de la tarjeta de crédito se hizo online a las once de la mañana. Dos billetes de ida desde el aeropuerto nacional Reagan de Washington a Flagstaff, Arizona. El trayecto más corto era con American, con solo una escala en Phoenix antes de dirigirse a Flagstaff. El vuelo estaba programado para días después.

El número de la tarjeta de crédito personal de Carol Blum se había transmitido y enviado a las autoridades que habían pedido estar informadas. Se reunió un equipo de intervención rápida y se envió una unidad de reconocimiento al aeropuerto Reagan para preparar la detención de Blum y Pine antes de que embarcaran.

Sin embargo, las personas al mando de la operación se mostraban recelosas con esa compra por internet, porque en el aeropuerto podía aparecer solo Blum. O ninguna de las dos. Por si acaso, de inmediato se pusieron también bajo vigilancia los otros dos aeródromos, además de las estaciones de tren y autobuses de la zona de Washington, DC.

Y, por si las moscas, se desplegó otro equipo en Flagstaff. Los domicilios de Pine y Blum y la oficina de Shattered Rock ya estaban bajo vigilancia desde hacía tiempo.

De momento, lo único que podían hacer era esperar.

—¿Adónde dicen que quieren ir?

El taxista miró con recelo a Pine y Blum. Era un sesentón negro con sombrero de fieltro y gafas colgando de una cadenita. Llevaba una camisa de cuadros lo bastante abierta como para que asomara el rizado vello gris del pecho.

—A Harpers Ferry, Virginia Occidental —repitió Pine.

—Señora, usted sabe que esto es Virginia, no Virginia Occidental, ¿verdad? —dijo el hombre.

—Sé leer un mapa —replicó Pine.

—¿Sabe lo lejos que queda eso?

—A unos ciento sesenta kilómetros. Debería poder hacer el trayecto en menos de dos horas.

—¡Anda ya! Escuche, señora, en primer lugar, yo no hago carreras hasta Virginia Occidental.

Pine le mostró cinco billetes de cincuenta dólares. Había utilizado la tarjeta de débito de su colega para sacar el dinero en un cajero.

—Dos horas por doscientos cincuenta dólares. ¿Sigue sin querer llevar a dos pasajeras hasta Virginia Occidental?

El tipo meditó la propuesta.

—Bueno, pero después tengo que regresar aquí.

—Aun así, son más de cincuenta dólares la hora, se lo garantizo. No creo que sea una mala oferta.

Blum sacó otros cien dólares de la cartera.

—Y este extra para cubrir la gasolina —dijo—. Y porque es usted un encanto.

—Deben ustedes de estar ansiosas por llegar a Harpers Ferry. ¿A qué se debe tanto interés? —dijo el taxista.

—He oído que es un lugar histórico —explicó Pine.

—¿Y no tienen coche?

Antes de utilizar la tarjeta de crédito para comprar los billetes de avión, Blum había llevado el Mustang al aeropuerto Reagan y lo había dejado en el aparcamiento de estancias largas para dar verosimilitud al hecho de que fueran a tomar el vuelo desde allí con destino a Flagstaff.

—Estamos de visita, no somos de aquí —explicó Pine.

El taxista asintió con la cabeza.

—Perfecto, el tema es que yo no tengo nada en contra de coger su dinero, pero es mucho más barato ir en autobús o incluso en tren.

—No me gustan las multitudes. ¿Quiere el trabajo o no? A menos que hoy pueda ganar más dinero en cualquier otra parte.

El taxista echó un vistazo al equipaje.

—¿Eso es todo lo que llevan?

—Correcto.

El tipo se encogió de hombros y se puso las gafas.

—Muy bien, señoras, pues vamos allá.

Hicieron el trayecto hasta la estación de tren de Harpers Ferry en un poco menos de dos horas. Estaba justo en la frontera entre las dos Virginias. El edificio era de madera, pintado de un rojo apagado y de estilo victoriano. Lo habían construido sobre los cimientos de unos viejos arsenales.

Le abonaron al taxista la cantidad prometida y él les sacó las bolsas del maletero.

—Espero que disfruten de la historia —les dijo, dando una palmadita al dinero que ya tenía en el bolsillo.

—Tal vez dejemos nuestra propia huella en la historia durante nuestra estancia aquí —dijo Blum.

El taxista sonrió y entrechocó el puño con ella en un gesto de complicidad.

—¡A por todas, señoras! —bromeó.

Se marchó y, treinta minutos después, un tren de la Amtrak's Capitol Limited entró en la estación.

Ya habían comprado los billetes en otra estación pagando en efectivo. Cuando la mujer de la taquilla les pidió una identificación, Pine sacó la placa y dijo en voz baja:

—FBI en misión encubierta, estoy acompañando a una testigo importante del Gobierno. Intento protegerla de unos tipos realmente malos. No comente nada a nadie sobre nosotras.

La mujer, una sesentona con aires de matrona, echó un vistazo a Blum y sonrió.

—Bien hecho, cariño. No le diré una palabra a nadie.

—Todos tenemos que aportar nuestro granito de arena —dijo Blum con una sonrisa.

El tren partió un par de minutos después.

Habían reservado un compartimento con su propio lavabo, que también hacía funciones de ducha. Guardaron las bolsas, se sentaron en el asiento azul y contemplaron por la ventanilla el paisaje de Virginia Occidental que pasaba ante sus ojos. No tardarían mucho en contemplar el paisaje de Maryland y, después, el de Pensilvania y Ohio hasta llegar a la estación término en Chicago, donde cambiarían de tren para coger el Southwest Chief. Llegarían a Arizona antes de que el vuelo a Flagstaff que habían reservado hubiera siquiera despegado.

Pine echó un vistazo al compartimento.

—Nunca había cogido el tren. ¿Y tú?

—Una vez, cuando tenía dieciséis años. Recorría la costa

de California. Era la primera vez que estaba lejos de casa. Fui a visitar a una tía y me lo pasé muy bien. Me sentí libre como un pájaro. Tres años después, ya era madre y estaba aprendiendo a sobrevivir con un par de horas de sueño por noche.

Cenaron en el vagón restaurante. Blum pidió una copa de vino, Pine prefirió una cerveza. Ambas mujeres durmieron sin quitarse la ropa, Pine en la litera superior y Blum en la inferior. El movimiento del tren ayudó a que Pine se durmiera muy rápido y no se despertara hasta las seis.

Llegaron a Pittsburgh a medianoche y a Chicago alrededor de las nueve de la mañana siguiente. Bajaron del tren y desayunaron en una cafetería de la estación, un edificio cavernoso en la orilla oeste del río Chicago.

Pine y Blum tenían que matar el tiempo durante seis horas hasta que saliera el Southwest Chief.

Mientras desayunaban, Blum miraba un televisor colgado de la pared.

—Oh, Dios mío.

Pine levantó la vista. En la pantalla aparecía una fotografía de Oscar Fabrikant. En la banda de la parte inferior se leía: ACADÉMICO ESTADOUNIDENSE ENCONTRADO MUERTO EN MOSCÚ. APARENTE SUICIDIO.

Pine y Blum se miraron.

—No ha sido ningún suicidio —dijo en voz baja Pine.

—¿Cómo crees que lo han localizado?

—Debieron de enterarse de que nos vimos con él. Tal vez por los dos falsos policías. —Pine dio un golpe a la mesa—. No debería haberlo dejado marcharse. En aquel momento ya era hombre muerto.

—No hubieras podido detenerlo —dijo Blum.

—Podría haberse venido con nosotras.

—Pero no podemos recoger a todas las personas con las que nos topamos e intentar protegerlas. Acabaríamos todos muertos. Aunque lo que le ha sucedido es horrible. —Sintió un escalofrío.

Pine miró a Blum.

—Carol, creo que sería mejor que te quedaras aquí. Búscate una habitación de hotel y mantén un perfil bajo durante unos días.

—Tendré que usar mi tarjeta de crédito para abonar la habitación y en una hora estarían llamando a la puerta. —Señaló la pantalla—. Y no quiero acabar ahí, con un titular que diga que me suicidé.

—Pero puedes encontrar algún sitio en el que te permitan pagar en efectivo.

Bloom, obstinada, negó con la cabeza.

—Agente Pine, no pienso dejar que hagas esto sola. Como tú misma dijiste: «Somos una unidad, un equipo». Creo que trabajamos muy bien juntas.

Pine se quedó mirándola.

—¿Es que no crees lo mismo? —dijo Blum frunciendo el ceño.

—Yo hice un juramento, tú no. Firmé un contrato consciente de los riesgos, tú no.

Blum hizo con la mano el gesto de no querer seguir escuchando nada más.

—No te preocupes por eso. Sé que no soy una agente especial como tú, pero me uní al FBI y prometí hacer mi trabajo lo mejor que pudiera. Y pienso cumplir esa promesa. Además, he criado a seis niños hasta que han sido adultos sin perder a ninguno de ellos. De modo que también sabré cuidar de ti.

Pine sonrió.

—Ya me has salvado la vida una vez. En el aeropuerto.

Blum se inclinó sobre la mesa y le dio a Pine una palmadita en la mano.

—Y si vuelve a ser necesario, lo haré de nuevo. Somos dos tías con dos ovarios en un mundo de hombres. ¿Qué mejor incentivo podemos tener para seguir juntas?

La sonrisa de Pine se ensanchó.

—La verdad es que no se me ocurre ninguno mejor.

47

El tren Southwest Chief n.º 3 salió de Chicago con sus dos locomotoras P42 y sus nueve vagones en dirección al Suroeste de Estados Unidos. Viajaban a bordo catorce empleados de la compañía y ciento treinta pasajeros. La velocidad máxima del convoy era de ciento cuarenta y cinco kilómetros por hora y la alcanzaba en varios tramos prolongados a lo largo del trayecto. Sin embargo, la velocidad media durante los algo más de tres mil quinientos kilómetros hasta Los Ángeles era de apenas noventa kilómetros por hora, si se tenía en cuenta el hecho de que hacía treinta y una paradas en ocho estados diferentes.

Pine y Blum se acomodaron en sus asientos mientras el tren se bamboleaba e iba saliendo del área urbana de Chicago.

—¿Crees que hay alguien más de la Sociedad para el Bien en peligro? —preguntó Blum.

—No podemos descartar a nadie —dijo Pine—. Espero que hayan tomado nota de lo sucedido y mantengan un perfil bajo.

—¿Crees que podrías llamar a alguien del FBI? ¿A una persona de confianza? Si hay una bomba atómica en el Gran Cañón, me parece a mí que querrán saberlo.

Pine no respondió de inmediato.

—Carol, hay algo que chirría en todo esto. Si Roth es un inspector de armas de destrucción masiva y descubrió que hay una bomba atómica en el Gran Cañón, ¿qué sería lo primero que haría? O Ben Priest, una vez enterado. Estoy convencida de que ninguno de los dos es un traidor.

Blum la miró desconcertada.

—Deberían haber informado a las autoridades.

—Pero no lo hicieron. Y entonces un helicóptero militar secuestra a los hermanos Priest. Y lo que parecían federales iban a llevarse a Simon Russell a algún sitio para torturarlo. Después, a nosotras casi nos matan aquellos dos tíos del aeropuerto. Y lo que parecían militares de nuestro ejército asaltan la casa de Kurt Ferris.

—Entonces crees que en este caso los nuestros son los malos.

—No sé si saben lo de la bomba atómica y están intentando controlar cualquier filtración para evitar que cunda el pánico. Pero en estos momentos nuestro Gobierno está secuestrando gente a diestra y siniestra y haciendo algunas cosas muy extrañas. Parece que lo del cumplimiento de la ley se lo están pasando por el forro.

—Dios mío. Podríamos acabar como en Corea del Norte o Irán.

—O como en Rusia —añadió Pine—. Porque ellos también están involucrados. —Desconcertada, guardó silencio unos instantes—. No pensaba que los rusos y los norcoreanos fueran tan buenos aliados como para quizá trabajar juntos en colocar una bomba atómica en suelo norteamericano. ¿Pretenden iniciar la Tercera Guerra Mundial? De ser así, no van a ganar. Nadie va a poder doblegarnos.

—Pero ¿cómo es posible que los norcoreanos, o los rusos,

introduzcan allá abajo una bomba atómica sin que nadie se entere? ¿En serio pueden haberlo logrado?

—Supongo que pueden haberla llevado hasta el Gran Cañón en partes, a lo largo de mucho tiempo. Y haberla montado en una cueva alejada del circuito turístico que nadie conoce. Allí no tienes que pasar por un control de seguridad ni someterte a un análisis de magnetómetro para bajar al fondo.

—¿Crees que los datos de latitud y longitud marcan el punto en que está la cueva?

—Sí.

—¿Y qué vamos a hacer cuando lleguemos a Arizona?

—No estoy segura. Pero disponemos de un largo trayecto en tren para pensarlo.

Pine salió del compartimento y se dirigió al vagón cafetería. Pidió una cerveza y varias cosas para picar y se sentó a solas en el vagón panorámico.

Sacó el móvil y decidió hacer una llamada.

—¿Hola?

—Hola, Sam, soy Atlee.

—Atlee, no reconocía el número.

—Ya lo sé, estoy de viaje. Te llamo desde otro teléfono. ¿Cómo va todo?

—Bien, muy bien. ¿Vuelves pronto?

—Sí, de hecho, estoy de camino. ¿Qué tal el concierto?

—¿Qué concierto?

—El de Carlos Santana.

—Ah, sí. Fue estupendo. El tío todavía está en plena forma. Al final invité a un colega. Aunque no fue tan divertido como hubiera resultado contigo.

—Me alegra que lo digas. Dime, Sam: ¿has oído alguna cosa más sobre Lambert o Rice?

—No, solo que los enviaron a Utah.

—¿Y han llegado ya los reemplazos?

—No, de momento no. Así que tenemos que hacernos cargo también de lo suyo hasta que lleguen los nuevos. ¿Qué tal va tu investigación?

—Estoy haciendo progresos. Pero ha resultado ser un poco más complicada de lo que pensaba.

—Bueno, espero que pilles a quienquiera que matase a la mula. Todavía sigo sin creerme que alguien pueda ser tan cruel. ¿Qué le ha hecho una pobre mula a nadie?

—Sí, lo sé. ¿Las próximas noches trabajas?

—Sí. Eh, si quieres que salgamos alguna noche cuando vuelvas, puedo mirar de cambiar el turno con alguien. Aunque tal vez no sea posible porque estamos en cuadro.

—No, no es eso. He..., he pensado que quizá alguna noche haré una excursión a pie por el cañón.

—Vale, tú avísame y nos vemos un momento. —Se rio—. Te traeré una cerveza.

—Vale, suena bien.

—No pensarás ir sola, ¿verdad? —preguntó él de pronto.

—Bueno, ya soy mayorcita. Y ya he hecho el recorrido sola otras veces.

—No es lo más sensato.

—Sam, nunca he dicho que fuera sensata.

Más tarde, Pine y Blum fueron al vagón restaurante a comer algo. Tuvieron que compartir mesa con otras personas, de modo que no pudieron hablar durante la comida.

A las doce y media de la noche el tren se detuvo en Lawrence, Kansas. Subieron dos pasajeros y no se apeó ninguno. El tren reanudó la marcha cinco minutos después.

Apenas transcurridos otros cinco minutos, el convoy empezó a reducir la velocidad.

—¿Otra parada? —murmuró Blum, que estaba dormitando en su litera.

Pine se incorporó, cogió el móvil y consultó el mapa del recorrido que se había descargado.

—No hay ninguna hasta Topeka, en unos treinta minutos.

—Entonces, ¿por qué nos estamos deteniendo?

Pine, que ya había sacado la pistola, dijo:

—Buena pregunta.

Un minuto después, se oyó el chirrido de los frenos y el tren desaceleró con brusquedad, como si hubiera topado contra un muro.

A continuación se produjo una sacudida.

Y el potente Southwest Chief quedó completamente inmóvil.

48

—¿Qué ha pasado? —preguntó Blum, frotándose el hombro, que se había golpeado contra la pared.

—Creo que hemos chocado contra algo —respondió Pine, antes de salir de la litera y calzarse—. ¿Tienes la pistola a mano? —le susurró a Blum.

—No.

—Pues cógela.

—¿No creerás que...?

—No estoy segura, de modo que la respuesta es sí.

Pine corrió la cortina y miró por la ventanilla. Estaba demasiado oscuro como para distinguir nada.

Oyó pasos que atravesaban corriendo el pasillo del vagón. Abrió la puerta del compartimento y vio a un empleado del tren muy azorado.

—¿Qué ha sucedido?

—No lo sé, señora. No salga del compartimento. Les informaremos en cuanto sepamos con seguridad qué es lo que ha pasado.

Siguió avanzando por el pasillo y desapareció de la vista.

Pine oyó el zumbido de las puertas exteriores abriéndose. Unos instantes después, las luces interiores del tren parpadearon dos veces y se apagaron, dejándolas a oscuras.

Pine oyó gritos procedentes de otros compartimentos.

Sacó la linterna de la bolsa, le dijo a Blum que no se moviera de allí y salió al pasillo.

Aunque de vez en cuando los trenes chocan contra algún obstáculo, no le gustaba la pinta que tenía esto. Demasiadas coincidencias.

Avanzó poco a poco por el pasillo, moviendo la linterna de un lado a otro y enfocándola de vez en cuando hacia la negra noche de Kansas. Era imposible ver nada. Y por la megafonía interna no daban ninguna información. Además, las luces seguían apagadas y el tren no se movía.

Dejando aparte estos detalles, todo iba de maravilla.

Pine se puso rígida cuando lo oyó.

Un niño llorando.

El tren de pronto dio una sacudida, pero de inmediato volvió a detenerse. El movimiento casi hizo que Pine perdiera el equilibrio.

Volvieron a oírse los lloros.

Pine avanzó hacia los sollozos, llegó ante una puerta y pulsó el botón de apertura. La puerta se deslizó lateralmente con un siseo hidráulico y ella pasó al siguiente coche cama.

Iluminó el pasillo con la linterna y al principio no vio nada raro.

De pronto el haz de luz enfocó una pequeña silueta.

Era una niña pequeña, de no más de seis años, plantada en mitad del pasillo con una muñeca andrajosa.

Parecía afligida y lloraba.

Pine bajó la pistola, apartó el haz de luz de la cara de la niña y corrió hacia ella.

—¿Estás bien? —le preguntó, después de acuclillarse junto a ella—. ¿Dónde están tus padres?

La niña negó con la cabeza, se sorbió los mocos y se limpió la nariz con la muñeca.

—No lo sé. Mi mamá ha ido al lavabo. Y... y entonces todo se ha quedado a oscuras. He salido a buscarla. Pero..., pero no sé dónde está.

—Tranquila, vamos a encontrarla juntas. ¿Cómo te llamas?

—Debbie.

—Muy bien, Debbie. Vamos a buscar a tu madre. ¿Sabes en qué dirección ha ido?

Debbie miró a su alrededor.

—No lo sé. Está todo muy oscuro. —De nuevo rompió a llorar.

Pine la cogió de la mano.

—Veamos, yo he venido desde allí y no he visto a nadie. De manera que creo que tu mamá debe de estar al otro lado. Vamos a comprobarlo.

Recorrieron el pasillo hasta el final. Allí había un lavabo.

—¿Cómo se llama tu madre?

—Nancy.

Pine llamó a la puerta.

—¿Nancy? ¿Estás ahí? Tengo aquí conmigo a tu hija Debbie.

—¡Mami! ¡Mami! —gritó Debbie, y golpeó la puerta.

Pine abrió y echó un vistazo. Allí no había nadie.

Miró a Debbie y le preguntó:

—¿Estás segura de que ha ido al lavabo?

La niña asintió con la cabeza.

—Eso es lo que me ha dicho. No tenemos ninguno en el compartimento. Me ha dicho que me quedara allí y que enseguida volvía. Y entonces se ha ido la luz.

—Vamos a seguir buscando, Debbie, seguro que está por aquí cerca.

Pasaron al siguiente coche cama, donde vieron a dos parejas de ancianos moviéndose a tientas en la oscuridad.

—¿Sabe qué ha ocurrido? —preguntó uno de los hombres, agarrando de la mano a una mujer que Pine dio por hecho que era su esposa.

—El tren debe de haber topado con algo —dijo Pine—. ¿Han visto pasar a una mujer joven? He encontrado a su hija. La madre ha ido al baño y ha desaparecido.

—Oh, pobrecita —dijo con ternura una de las mujeres—. Pero no hemos visto pasar a nadie. Acabamos de salir del compartimento.

—Yo he oído pasar a alguien hace poco tiempo —dijo el otro hombre—. Pero no sé quién era.

—Gracias. Deberían volver a su compartimento. Aquí podrían caerse y hacerse daño.

Pine y Debbie continuaron hasta el siguiente vagón. La agente empezaba a estar preocupada. ¿Y si la madre había ido en la otra dirección, había vuelto y se había encontrado con que su hija no estaba? Ahora mismo debía de estar angustiadísima.

Se oyó un ruido a sus espaldas. Pine se dio la vuelta y se llevó la mano a la pistolera, pero se relajó al ver aparecer de entre las sombras a Blum.

Un segundo después volvió a tensarse al comprobar que Blum no estaba sola.

Había alguien detrás de ella. Un hombre menudo, sin duda, porque Blum lo tapaba por completo.

El tipo dio un paso a un lado.

Sung Nam Chung tenía a Blum agarrada por el cuello.

En cuanto vio que la mano de Pine se movía hacia la pistola, apretó con más fuerza.

—Yo no haría eso, por el bien de su amiga.

—Lo siento, agente Pine —dijo Blum—. Me ha cogido desprevenida.

—¿Qué... pasa? —preguntó la niña—. ¿Quién es este hombre?

—Es un conocido mío, Debbie —dijo Pine.

—¿Le... está haciendo daño a la señora?

Chung metió la mano en el bolsillo y sacó una pistola.

Debbie pegó un grito y dio un paso atrás. Pine se puso delante de la niña, haciendo de escudo entre la pequeña y el arma de Chung.

—La niña está buscando a su madre. No tiene nada que ver con esto. Iremos con usted, pero ella se queda aquí.

A Chung no pareció convencerlo la propuesta.

—No es más que una niña —dijo Pine—. No puede hacer nada.

Chung miró a la agente de arriba abajo y asintió con un gesto.

Pine se volvió hacia Debbie.

—Veamos, creo que tu madre debe de estar en el siguiente vagón. Pero quiero que te quedes aquí hasta que venga a buscarte ella o uno de los empleados del tren. Llevan uniforme. Ya sabes qué pinta tienen, ¿verdad?

Debbie alzó la mirada hacia Pine y asintió con la cabeza.

—¿Vas... a dejarme?

Se agarró al brazo de Pine.

—Solo un momento. Tenemos que acompañar a un sitio a este hombre.

—¿Es malo?

—Debbie, tienes que quedarte aquí, ¿de acuerdo? ¿Vas a ser valiente y harás eso por mí?

Debbie por fin asintió con un gesto entre lágrimas.

Pine miró la muñeca que la niña llevaba en la mano.

—¿Cómo se llama tu muñeca?

—Hermione.

—¿Como la chica de Harry Potter?

Debbie asintió con un gesto.

Pine se acuclilló y le dio un beso.

—Volveré para ver cómo estás.

—¿Me lo prometes? —dijo Debbie.

—Te lo prometo.

Pine se levantó y miró a Chung.

—Vamos.

49

Volvieron a su compartimento sin cruzarse con nadie, aunque sí oyeron a varias personas hablando en sus cubículos mientras avanzaban.

Pine entró la primera, seguida por Blum y por último Chung, que cerró la puerta tras él.

—Siéntense —les ordenó.

Pine y Blum se acomodaron en la litera inferior.

—Saque su pistola y déjela en el suelo —indicó Chung a Pine sin dejar de apuntarle a la cabeza.

La agente obedeció.

—Empújela con el pie hacia mí —le ordenó.

Ella así lo hizo. Él se inclinó y la dejó en la pequeña mesa de metal que tenía detrás. Pine vio que al lado estaba el arma de Blum.

—La otra pistola también, por favor —dijo Chung—. Sé que lleva una de repuesto.

Pine la sacó de la pistolera del tobillo y la deslizó por el suelo.

Chung la empujó con el pie hacia detrás de él.

—¿Cómo ha sabido que viajábamos en este tren? —preguntó Pine.

—Es el único que va a Arizona. Y ustedes son las únicas

pasajeras que han pagado los billetes en efectivo. Y, al parecer, no le facilitaron sus nombres a la mujer de la taquilla. De modo que optó por ponerles como nombre Jane y Judy Expósito. Llama la atención de inmediato.

Pine hizo una mueca al oírlo.

—Ha conseguido detener el tren. ¿Ha cruzado un coche en la vía o algo por el estilo?

—Eso es irrelevante.

—Muy bien, entonces, ¿qué quiere?

Chung rebuscó en el bolsillo y sacó algo.

—A este hombre.

Le tendió a Pine un trozo de papel, que ella cogió.

Lo enfocó con la linterna para ver de qué se trataba.

Era una fotografía.

De David Roth.

Pine y Blum miraron a Chung.

—No sé dónde está.

Una vez más, el coreano fue tan rápido que Pine no tuvo tiempo de tratar de bloquear su golpe y salió disparada contra la pared.

Cuando Blum se puso en pie e intentó atacar a Chung, este se limitó a agarrarla por la muñeca y retorcérsela hasta que ella gritó de dolor y cayó al suelo, para luego llevarse las manos a la cabeza y empezar a jadear.

Pine se reincorporó con lentitud, limpiándose la sangre de los labios.

—No he venido hasta aquí para que me diga que no sabe cosas que sí conoce —dijo Chung.

—Es verdad que estoy tratando de encontrar a Roth —explicó Pine y escupió un poco de sangre—. Pero no lo he localizado. Todavía.

—Pero ¿tiene alguna idea sobre dónde puede estar? —preguntó Chung.

—Creo que sí.

—¿Dónde?

Pine miró a Blum.

—Si acepto decírselo, ¿la dejará marchar?

Chung negó con la cabeza.

—Ella no es una niña.

Blum se levantó y se sentó junto a Pine.

—Bueno, perfecto, porque no pienso irme a ningún sitio. —Se sacudió la ropa, colocó las manos en el regazo y dijo con tono amable—: Y ahora, agente Pine, cuéntale a este amable caballero dónde crees que está el señor Roth.

Pine no abrió la boca.

—Bueno, en este caso, me parece que tendré que hacer los honores. —Miró a Chung—. Creemos que el señor Roth está en Flagstaff y allí nos dirigimos. Pero eso usted ya lo sabe porque ha revisado nuestros billetes.

—¿Por qué en ese sitio llamado Flagstaff?

—Allí hay una oficina del FBI, la más grande en los alrededores del Gran Cañón. Creemos que se va a entregar allí.

—¿Por qué va a hacer eso? —preguntó Chung con tono severo.

—Creemos que está asustado —respondió Blum—. No quiere morir. Piensa que el FBI puede protegerlo.

—¿Y es así? —añadió Pine, mirando a Chung.

—¿Me lo pregunta a mí? Ustedes son empleadas de esa agencia, no yo.

—Eso es irrelevante en relación con mi pregunta —dijo Pine, imitando la respuesta previa del coreano—. Quiero que me diga qué opina usted al respecto.

Chung reflexionó unos instantes.

—No creo que nadie pueda protegerlo. Y su gente menos que nadie.

—Bueno, pues entonces ya estamos de acuerdo en algo. ¿Por qué quiere encontrarlo?

—Creo que es obvio.

—No para mí. A menos que quiera usted recuperar su artefacto nuclear.

Chung la miró calibrándola.

—El mundo es complicado, agente Pine. Mucho más de lo que usted parece creer.

—Creo que planear el estallido de una bomba atómica en suelo norteamericano y el asesinato de un montón de mis compatriotas es algo muy sencillo. ¡Sencillamente demencial! Tiene usted muchos motivos para colaborar conmigo.

—¿Por qué?

—Si esa bomba estalla, Corea del Norte desaparecerá de la faz de la Tierra. La bombardearemos y la devolveremos a la Edad de Piedra.

—Estoy por completo de acuerdo con usted.

Pine iba a decir algo, pero se quedó mirándolo boquiabierta.

Blum logró reunir el arrojo suficiente para preguntar:

—¿Está..., está de acuerdo con esto?

—Por supuesto —dijo Chung—. ¿Por qué creen que estoy aquí?

—¿Por qué no me lo explica? —le pidió Pine—. Porque yo ya no entiendo nada.

—No es mi trabajo explicar las cosas. Y si no pueden ayudarme, entonces... —Se encogió de hombros.

—Entonces, ¿qué, va a matarnos? ¿Por qué motivo?

—Si las dejo con vida, van a hacer que cumplir mi misión sea mucho más complicado.

—Supongo que entiendo su punto de vista —dijo Pine.

—Su honestidad dice mucho de usted —concedió Chung.

—Parece usted demasiado buena persona para este tipo de trabajo —intervino Blum.

—Su comentario la retrata, señora —replicó Chung—. No soy buena persona. Para nada. Como, por desgracia, están a punto de comprobar.

En ese momento, el tren reanudó la marcha.

Los pilló a los tres desprevenidos y Chung se tambaleó hacia atrás.

Pine se inclinó hacia delante y puso la cabeza entre las rodillas, como si estuviera a punto de vomitar.

Agarró una pequeña barra. Era la herramienta que el encargado del coche cama había utilizado para desplegar la litera superior. Y Pine había visto como, después de dejar ambas camas preparadas, la guardaba encajada bajo la litera inferior.

Se incorporó y dio con la barra en la mano de Chung, que soltó la pistola, y a continuación le arreó otro golpe en la mandíbula.

Él se tambaleó hacia atrás, contra la pared.

Recuperó el equilibrio justo en el momento en que Pine le lanzaba una patada lateral de tal potencia que lo levantó del suelo y lo lanzó contra la ventanilla del compartimento.

Rebotó contra el cristal y salió catapultado hacia delante mientras Pine se lanzaba sobre su pistola, que había caído de la mesa después de que Chung chocara contra ella.

La agente se deslizó por el suelo, agarró la pistola, chocó contra la pared, se volvió y disparó.

El tiro no dio a Chung, sino que impactó contra la ventanilla y la resquebrajó.

Chung se abalanzó sobre Pine y le quitó la pistola de una patada, la cual fue acompañada de un puñetazo en el costado izquierdo, que la dejó sin respiración.

«Mierda, ya empezamos otra vez.»

Chung se incorporó y estaba a punto de volver a patear a Pine cuando dio unos pasos hacia atrás con las manos en la cabeza.

Blum lo había golpeado con la barra.

Con sangre goteándole de un corte en la cabeza, Chung se volvió y estaba a punto de arrearle a Blum un puñetazo letal, cuando Pine lo golpeó por detrás con la rodilla en la base de la columna vertebral y lo lanzó hacia delante, contra el ya resquebrajado cristal de la ventanilla.

Mientras el tren iba aumentando de velocidad, Pine le hizo una llave a Chung con sus piernas y le rodeó el torso con los brazos, inmovilizando los del hombre en los costados. Hizo palanca y obligó a su contrincante a aplastarse contra el cristal.

Pine presionó con el deltoide bajo el omóplato derecho de Chung y empujó hacia arriba. Con el impulso, el menudo coreano perdió contacto con el suelo, que ya solo tocaban las puntas de sus gastados zapatos. Mantener esa posición era muy complicado, porque Pine no podía abrir las piernas para ganar apoyo y hacer más fuerza para mantener a Chung alzado de una manera eficiente. Sabía que, si le liberaba las piernas de su presión, aunque fuera mínimamente, Chung se desembarazaría de ella y las mataría a las dos.

Podía haberle dicho a Blum que cogiera una de las pistolas, pero no iba a pedirle a su compañera que disparara a sangre fría al coreano en la cabeza. Y, además, podía errar el tiro y darle a Pine, o incluso, como ella estaba pegada a Chung, la bala podía atravesarle el cuerpo y matarla a ella también.

Pero no podía seguir inmovilizando al coreano eternamente. Eso no era sostenible. De pronto se le ocurrió un plan.

—Carol —jadeó Pine—. La ventanilla. El... seguro.

En un primer momento Blum se quedó desconcertada, pero enseguida avanzó dando tumbos, agarró la palanca roja de la parte inferior de la ventanilla y tiró de ella.

Chung, consciente de las intenciones de Pine, trató de liberarse. Sacudió la cabeza hacia atrás y golpeó a Pine en la barbilla. El dolor le subió por toda la cara e hizo una mueca. Pero consiguió mantenerse firme contra el cristal resquebrajado mientras Blum quitaba el sellado de goma del perímetro de la ventanilla.

Una vez hecho esto, Blum agarró el borde del cristal y tiró con fuerza. Logró desencajarlo de la pared del tren, lo deslizó lateralmente y dejó que cayera al vacío. El aire entró en el compartimento, agitando las cortinas.

Este era el momento de la verdad, pensó Pine. Sin el cristal, ella perdía buena parte de la capacidad de hacer palanca. Chung dio un tirón, se sacudió y corcoveó, pero sin poder apoyar los pies en el suelo, carecía de la tracción necesaria y por tanto de la capacidad de contraatacar.

Las luces interiores del tren parpadearon.

Pine continuó empujando hacia arriba, centímetro a centímetro, al menudo oriental, sin dejar de mantenerle inmovilizados los brazos en los costados. El torso, los brazos y las piernas de Chung eran como un tubo, uno que Pine iba alzando poco a poco, pero de un modo inexorable, mediante sucesivos movimientos de milímetros de sus brazos y piernas. Le vino a la cabeza la horripilante imagen de una boa constrictor engullendo a su víctima, una visión que no estaba tan alejada de lo que sucedía en esos momentos. Solo que Pine no quería tragarse a Chung, sino vomitarlo al exterior.

Pine se inclinó hacia delante y la cintura de Chung quedó sobre el borde de la ventanilla.

Eso significaba que el norcoreano ya tenía medio cuerpo fuera del tren.

Pero Pine también.

El tren rodaba ahora a solo unos cuarenta kilómetros por hora. Pero estaba acelerando.

El viento los azotaba. Ambos estaban boca abajo. Además de la espalda de Chung, Pine veía el paisaje que pasaba a toda velocidad. Recorrían una zona llana. Lawrence, Kansas, ya había quedado muy atrás y se alejaba a cada vez mayor velocidad.

Pine estaba al borde de sobrepasar el límite de lo que resultaba seguro para ella. Unos centímetros más y no podrían mantenerse en el interior del compartimento. El peso de Chung y el ángulo en que lo sostenía le tensaban todos los músculos, por lo que estaba al límite de sus fuerzas. Si perdía el equilibrio, ambos saldrían volando por la ventana. Aunque el tren todavía no iba muy rápido, el impacto contra el suelo podía hacerlos rebotar contra las ruedas del convoy. Y eso significaría una muerte segura para ambos.

Mientras jadeaba tratando de respirar, notó la presencia de Blum detrás de ella, agarrándola del cinturón y tirando hacia atrás, haciendo del contrapeso extra que necesitaba.

Pine se preparó para actuar. Aunque notaba como Chung estaba logrando liberar el brazo derecho, lo contuvo unos instantes más y contó hasta cinco mentalmente.

«Aguanta, Atlee. Aguanta en esta posición unos segundos más. Unos segundos más y obtendrás la medalla de oro.»

Gruñó y después gritó mientras el Southwest Chief tomaba impulso con sus dos locomotoras. La súbita sacudida de la aceleración casi los había expulsado fuera del compartimento a los tres, pero Blum se echó a tiempo más hacia atrás para aumentar el contrapeso ante el incremento de la velocidad.

«Tres...»

Pine tenía que calcularlo con absoluta precisión. No podía permitir que Chung se agarrase a sus brazos o piernas. Estaba tan agotada que si el coreano lograba permanecer en el compartimento, ya podían darse por muertas las dos. De momento necesitaba que tanto ella como Blum mantuvieran la posición.

La parte de su cuerpo que salía del compartimento estaba tan expuesta que apenas podía respirar por el viento que le golpeaba en la cara.

«Dos...»

Tensó cada músculo y cada articulación, preparándose para el momento de soltar el lastre. Percibía los latidos del corazón de Chung contra su pecho. Oía sus jadeos. Olía su miedo.

Y también el propio.

«Uno...»

Empujó con todo su peso la espalda de Chung al mismo tiempo que soltaba la llave que mantenía sobre los brazos del coreano.

Notó como Chung sacudía en el aire los brazos liberados. De algún modo, el coreano se las arregló para darse la vuelta y sus manos tantearon el marco de la ventanilla, ahora sin cristal.

Él y Pine quedaron casi cara a cara mientras volvían las luces del interior y esta vez se mantenían encendidas.

Pine pudo verle la cara, mientras el viento que corría junto al tren en marcha los golpeaba a los dos. Supuso que la expresión de Chung sería idéntica a la suya: de pánico.

De pronto Chung estiró los brazos y le agarró algunos mechones del cabello revuelto por el viento en el mismo instante en que Pine le soltaba las piernas.

Los dedos del coreano le arrancaron de raíz algunos cabellos a Pine, mientras sus pies se movían frenéticamente en el aire buscando algún apoyo.

Pine dio un salto hacia atrás en el momento en que él intentaba patearle la cara.

Y entonces el viento atrapó a Chung y su cuerpo quedó fuera de la ventanilla, incapaz ya de recuperar el equilibrio.

Durante un instante, pareció suspendido en el aire y, a continuación, como el pasajero de un avión absorbido por la despresurización, Chung fue eyectado violentamente hacia la derecha y en un destello desapareció de la vista de Pine.

Pine cayó hacia atrás, en brazos de Blum.

Ambas mujeres permanecieron en el suelo varios minutos, temblando y jadeando.

Por fin, se incorporaron poco a poco y en ese momento las luces del tren volvieron a apagarse y se encendieron de nuevo.

Unos segundos después, se abrió la puerta del compartimento y el encargado del vagón miró el interior. Al ver la ventanilla sin cristal y las cortinas sacudidas por el viento, gritó:

—¡Oh, Dios mío!

Pine se sentó en la litera inferior y dijo:

—Necesitamos otro compartimento. —Inspiró hondo—. Se nos ha roto la ventana.

50

Winslow, Arizona.

No Flagstaff.

Pine y Blum llegaron con una hora de retraso a esa estación, que formaba parte de un complejo hotelero. La primera había supuesto que habría alguien esperándolas en Flagstaff, alguien con quien no querían toparse.

En contra de lo que dice la letra de la canción *Take it Easy*, no estaban allí para relajarse.

Sin embargo, por seguir con la canción de los Eagles, sí que vieron a una mujer que conducía una camioneta Ford con plataforma trasera.

Pine la saludó con la mano y Jennifer Yazzie se detuvo pegada al bordillo.

Pine y Blum metieron las bolsas de viaje en la parte trasera, subieron y se sentaron hombro con hombro en la cabina.

—Gracias por recogernos, Jen —dijo Pine después de presentarle a Blum.

—No hay de qué. ¿Qué te ha pasado en la cara? —le preguntó al ver la barbilla tumefacta y el labio cortado de la agente.

—Me he golpeado con una puerta.

—¿Por qué será que no me lo creo?

—¿Qué tal está Joe Jr.?

—Nos sigue trayendo de cabeza.

—Siento oírlo.

—¿Quieres que te deje en casa o en la oficina?

—En ninguno de los dos sitios. Y esperaba que Carol, aquí presente, pudiera quedarse contigo y con Joe por un tiempo, si no te supone un problema.

Yazzie lanzó a Blum una mirada inquisitiva y después volvió a posar los ojos en Pine.

—No hay problema. Me sorprendió cuando me dijiste que venías aquí en tren. Ni siquiera sabía que te hubieras marchado. ¿Dónde has estado?

—De vuelta en el Este. Y si no te importa, necesitaría que me prestases parte de tu equipo de acampada.

—¿Te vuelves a marchar?

—Me voy de excursión al Gran Cañón.

—¿Cómo, sola? —preguntó Yazzie.

—Ese es el plan.

—¿Por qué?

—Porque ahora tengo unos días de vacaciones. Hace tiempo que no hago un recorrido por allí y quiero ejercitar la musculatura.

—Podría acompañarte.

—¿Cuándo, con tanto tiempo libre como tienes?

—Bueno, pues podría acompañarte Joe.

—Él tiene todavía menos tiempo libre que tú.

—No es sensato hacer esas rutas sola, y lo sabes.

—Yo quería acompañarla —intervino Blum—. Pero, bueno, ya no creo que pueda. Tengo las rodillas y la cadera machacadas. La agente Pine se me ha caído encima.

—Me lo tomaré con calma e iré con cuidado —prometió

Pine—. No pretendo ir de punta a punta en una sola jornada. Mi plan es pasar unos días allí abajo.

—¿Esto tiene algo que ver con la mula que encontraron despanzurrada? ¿Y con la persona desaparecida?

—¿Has oído hablar de eso?

—Esto no es precisamente Nueva York. Que se pierda alguien por aquí no es tan poco habitual, pero que despanzurren a una mula es más novedoso.

—Como te he dicho, voy allí para relajarme.

—¿Cuándo tienes pensado partir? —preguntó Yazzie.

—Esta misma noche.

—Acabas de volver de un viaje muy largo. Puedes cenar con nosotros y relajarte un poco antes de marcharte.

—Jen, me temo que no dispongo de tiempo para eso.

Ese mismo día, más tarde, Pine estaba sentada en el sofá del sótano de casa de los Yazzie, en Tuba City.

Había visto en las noticias que el Southwest Chief se había topado con problemas de señalización que lo habían obligado a detenerse de forma abrupta. Como consecuencia, se habían producido algunos fallos eléctricos y algunos pasajeros y miembros de la tripulación sufrieron golpes y magulladuras leves. Los trenes de mercancías circulaban por las mismas vías y había que actuar con prudencia porque la señalización era fundamental para que dos convoyes no chocaran uno contra el otro. No se mencionaba para nada la ventanilla rota.

Pero, en cambio, sí que se decía que se había descubierto un cadáver en las vías. De momento sin identificar.

Pine dudaba que llegara a poder hacerse eso. Pero al menos quedaba claro que Sung Nam Chung estaba muerto.

Había reunido todo el equipo prestado y repasado la lista, que constaba de ochenta artículos. Incluía buen calzado para hacer senderismo con suelas reforzadas y con adherencia, bastones de marcha, una linterna frontal a pilas, un sombrero de ala ancha y protector solar, un botiquín, comida rica en sal, un silbato y un espejo de señales, un saco de dormir, una lona ligera y varias mudas de ropa. También llevaría un bidón de hidratación rellenable con un sistema de circulación del agua que se activaba al morder la pieza que se colocaba en la boca. Y todo esto tenía que pesar menos de diez kilos.

Y, por supuesto, también llevaría sus dos pistolas. Suponían un peso adicional, pero Pine suponía que podían convertirse en los artículos más importantes de todos los que iba a cargar.

Si es que quería regresar con vida.

Blum, que iba a quedarse en la habitación de invitados, bajó y se sentó con ella en el sofá. Echó un vistazo al equipo.

—¿Qué ruta vas a seguir?

—La de Bright Angel o la de Kaibab Sur. Todavía no lo he decidido.

—¿Has averiguado la localización por la latitud y la longitud?

—La he delimitado lo máximo que he podido. Pero no sé el punto exacto.

—Lo cual es un motivo añadido para no ir sola.

—Carol, no puedo pedir que me envíen a un regimiento de agentes del FBI para acompañarme. De hecho, no puedo avisar a nadie, teniendo en cuenta que nuestro propio Gobierno parece estar metido en esto hasta las cejas.

—Yo podría... —empezó Blum.

—No, Carol, no puedes.

Blum apartó la mirada.

—Lo que pasó en el tren... —comenzó a decir.

—Me salvaste la vida. No habría logrado vencer a ese tipo sin tu ayuda.

—Era lo mínimo que podía hacer, dado que puse en peligro tu vida al dejar que me atrapara.

—Creo que se te puede perdonar que no lo acabases con él tú sola.

—Al menos conseguimos localizar a la madre de esa niña.

—Sí, estaba muy asustada. Los niños pequeños necesitan a sus padres.

—Sí, así es —dijo Blum, mirando a Pine, que mantenía la mirada fija en el suelo. Se aclaró la garganta y preguntó—: Si allí hay una bomba atómica, ¿qué vas a hacer?

—Con suerte, lograré localizar a David Roth y él me ayudará a desactivarla.

—Lleva mucho tiempo desaparecido. Podría estar muerto.

—Tal vez. Pero tengo que intentar localizarlo con vida.

—Eres consciente de que hay más gente buscando a Roth aparte del difunto Sung Nam Chung.

—Lo soy, Carol.

—Y que pueden haber llegado a la misma conclusión que tú. Que Roth podría seguir escondido en el cañón.

—Lo cual implica que tendré compañía allí abajo —concluyó Pine.

51

El mirador Ooh Aah.

Las impresionantes vistas desde allí estaban sin duda en el origen de su nombre.

Pine había recorrido un kilómetro y medio por la llamada ruta Kaibab Sur y, al hacerlo, había descendido a casi doscientos metros por debajo del nivel del lado sur, que estaba 2.195 metros por encima del nivel del mar. Hasta el momento el clima era fresco y el aire olía a pino. Pero esto cambiaría de forma drástica a medida que fuera avanzando. El lado sur acumulaba medias de quince centímetros de nieve, mientras que la zona del Rancho Fantasma no llegaba a los tres.

Jennifer Yazzie la había dejado en el punto de inicio del sendero.

—Joe ha llamado antes de que saliéramos —le dijo a Pine mientras esta sacaba el equipo.

—No se lo habrás contado...

—No. Pero me ha dicho algo que tal vez te interese saber.

—¿El qué? —preguntó Pine mientras se cargaba la mochila a la espalda.

—Joe me ha dicho que se ha topado con unos federales husmeando.

—¿Qué buscaban?

—Le han preguntado por ti.

—¿De qué agencia eran?

—Eso es lo raro. No estaba muy claro.

—¿Cómo puede no estarlo? ¿No le han enseñado a Joe sus credenciales?

—Parece ser que no. Y por tanto no les ha dicho nada. —Hizo una pausa y sonrió—. Aunque de todos modos no lo hubiera hecho sin consultarte antes.

—Dale las gracias de mi parte —dijo Pine mientras sacaba los bastones de marcha—. ¿Algo más?

—Esta mañana ha aterrizado en el aeropuerto del cañón un helicóptero militar. Uno de los guardabosques se lo ha contado a Joe.

—Es muy inusual.

—Pero no pareces sorprendida —replicó Yazzie.

—Porque no lo estoy.

—Si estás metida en algún lío...

—Digamos que voy por libre. Y personas que creías que tendrías como aliados resulta que no lo son.

Yazzie se mostró muy preocupada ante este comentario.

—Escucha, Atlee, no sé qué está pasando, pero si ahí abajo tienes cobertura, llámanos si necesitas ayuda.

—Jen, ya has hecho más que suficiente.

—Has sido una verdadera amiga de la comunidad y, bueno, nos preocupa lo que te pueda suceder.

Pine le dio un abrazo a Yazzie.

—Nos vemos pronto —se despidió, con la esperanza de que fuera verdad. Ahora mismo, no habría apostado por ello.

Mientras los faros de la camioneta de Yazzie desaparecían en la oscuridad, Pine se había dado la vuelta y había comenzado a caminar por el sendero.

Normalmente, las personas que no querían recorrer todo el lecho del cañón optaban por el Kaibab, enfilaban hacia el oeste por el sendero Tonto en dirección al Indian Garden y después subían hasta Bright Angel y llegaban al lado sur. Debido a la regla de oro que decía que una hora de descenso equivalía a dos horas de ascenso, el sendero Kaibab era una buena opción para la bajada. En esa ruta no había ni sombra ni agua potable, salvo en el inicio del recorrido. Después de tomar el sendero Tonto y girar hacia Bright Angel, se podía descansar a la sombra en el Indian Garden, beber agua y emprender la pronunciada subida. A lo largo de ese recorrido ascendente había dos albergues.

La falta de sombra no suponía ahora ningún problema, porque era casi medianoche. Y el sendero Tonto no era una opción, porque Pine pretendía descender hasta el fondo del cañón. Había elegido ese horario nocturno porque además evitaría cruzarse con otros senderistas. De momento, en el tramo que llevaba recorrido no se había cruzado con nadie que subiera o bajara. Y eso incluía a los guardabosques del parque. Eso era una muy buena noticia, ya que, por lo que sabía, les habían dado instrucciones de detenerla si se cruzaban con ella.

El recorrido hasta el campamento de Bright Angel, cerca del Rancho Fantasma, era de unos once kilómetros. El cercano sendero de Bright Angel tenía unos quince kilómetros y conducía al mismo destino. Pero, debido a la topografía y otros factores, ambos recorridos llevaban entre cuatro y cinco horas.

Caminando a buen ritmo, Pine tenía la intención de completar el descenso en solo tres horas. En otras circunstancias, no hubiera intentado semejante hazaña en plena noche, ya que, como todos los senderos que bajaban al fondo del cañón, el Kaibab estaba repleto de zigzags, curvas estrechas y giros traicioneros. Y aunque gozaba de un buen mantenimiento, el terreno no era precisamente liso. Lo último que quería era dar un paso en falso y acabar precipitándose al vacío. Pero conocía bien el Kaibab y se mantenía en el lado interior del sendero. Los excursionistas que subían tenían prioridad de paso y, si se cruzaba con uno, tendría que desplazarse al lado del precipicio, pero de momento iba completamente sola.

Con los bastones de marcha plegables apenas rozando el suelo mientras avanzaba, la linterna colocada en la frente iluminando muy bien el terreno ante ella y sus largas piernas marcando un ritmo vivo, no tardó en llegar a Cedar Ridge y el marcador de dos kilómetros. Ese era el punto en el que se recomendaba a los excursionistas que hacían el recorrido a pleno sol, sobre todo en verano, que dieran media vuelta y emprendieran el regreso. Porque todos los recorridos empezaban con la bajada y le transmitían a la gente una falsa sensación de ir muy bien de fuerzas. Pero el camino de regreso en subida era mucho más duro.

La temperatura estaba todavía por debajo de los veinte grados, pero Pine notaba el sudor que le recorría la espalda mientras mantenía el buen ritmo. Llevaba un trapo empapado en agua alrededor del cuello. Oía el ruido de los cascabeles cuando las serpientes se apartaban de la vibración que producían sus pasos al golpear la roca y la tierra del suelo, y el sonido de los mamíferos de gran tamaño al alejarse en la dirección contraria cuando la oían acercarse. En una ocasión pisó por accidente una caca de mula, dejada allí por algún grupo que había hecho el recorrido de día. No se cruzaría con ninguna mula durante el descenso, porque ya lo habría completado antes de que el primer grupo de mulas con turistas iniciase el ascenso desde el Rancho Fantasma por la mañana. Sin embargo, el primer grupo de mulas de bajada partiría antes, al alba. Aunque eso tampoco le iba a suponer un problema. Para entonces ella ya estaría muy abajo, en la garganta interior del cañón.

Comió sin detenerse, equilibrando comida rica en sal con pequeños sorbos de agua del bidón de hidratación solo para apagar la sed.

La temperatura iba aumentando a medida que bajaba.

Pasó por el Skeleton Point, de inquietante nombre, lo cual quería decir que había recorrido un tramo descendente con un desnivel de casi quinientos metros desde el Ooh Aah. Se irguió un poco y aminoró el ritmo al oír pasos que se acercaban en dirección contraria. Este nuevo tramo zigzagueaba mucho y acumulaba una larga serie de curvas cerradas hasta llegar a la meseta de Tonto.

Ya había dejado atrás el teléfono de emergencia, desde el que se podía avisar a los guardabosques en caso de apuro. Hasta llegar abajo ya no había otro en lo que quedaba de trayecto.

Aunque esto era más evidente a la luz del día, a Pine siempre le había intrigado cómo el sendero iba cambiando de color a medida que se iba bajando. Eso se debía al cambio de la roca subyacente. En su recorrido, había pasado de los tonos rojizos al marrón claro.

Al cabo de un poco vio aparecer la luz de dos linternas frontales en la oscuridad.

Dos hombres.

En un gesto instintivo, Pine llevó la mano a la Glock.

Pero los hombres, uno joven y el otro mayor —tal vez padre e hijo—, se limitaron a saludarla al pasar, acompañando el gesto de la mano con la esforzada sonrisa de alguien agotado.

La excursión de ellos dos estaba a punto de concluir. La suya no había hecho más que empezar.

Unos cinco kilómetros después, llegó a un corto túnel horadado en la roca y entró en él. De nuevo, volvió a llevar la mano a la pistola. Era el sitio ideal para una emboscada.

Salió del túnel y de inmediato llegó al puente suspendido de Kaibab, popularmente conocido como el Puente Negro. También se lo llamaba el puente de las mulas, porque era el único que utilizaban estos animales. Constaba de unas barandillas altas de metal y un suelo de tablones. Solo había otro puente en todo el Gran Cañón, el puente suspendido de Bright Angel, al cual se llegaba bajando el sendero homólogo. A este último se lo conocía como el Puente Plateado, porque era todo de metal. A las mulas no les gustaba el suelo de rejilla metálica que permitía ver el fondo y por tanto se negaban a cruzarlo. Se había construido para pasar tuberías de agua de un lado a otro y Pine creía que no tenía la capacidad de soportar el peso de diez mulas con sus correspondientes jinetes que podían llegar a pesar ochocientos kilos, mientras que el Puente Negro sí podía.

Antes de poner un pie en el Puente Negro, Pine podría haber girado hacia el oeste y tomar el sendero que bordeaba el río hasta el Puente Plateado para cruzar el río Colorado por allí, pero a ella le gustaba el Puente Negro. Y, además, tenía otro motivo para optar por ese recorrido.

Mientras cruzaba el puente, miró abajo y vio las turbias aguas del Colorado rugiendo a sus pies. La gente de la zona lo llamaba el auténtico «colorado», haciendo honor a su tono rojizo. Sin el complejo sistema de presas que se había construido alrededor del cañón, durante los veranos de sequía el poderoso Colorado no sería en algunos tramos mucho más que un hilillo de agua. Pero las presas habían logrado regular el flujo para hacerlo más consistente y poder utilizarlo para generar energía hidroeléctrica. Gracias a esto, los rafters podían disfrutar de los desafiantes rápidos. Pero sin el control del flujo de agua que proporcionaban las presas, había tramos del Colorado que habrían resultado tan peligrosos que harían imposible la práctica del rafting.

Y el sistema de presas había aportado otra importante contribución. El cieno tendía a acumularse en las presas, con lo cual el agua que fluía desde ellas era más transparente. El sol lograba penetrar dentro del agua y el resultado era que prosperaban las algas. Y eso contribuía al color verdoso del Colorado, que resultaba muy evidente cuando se contemplaba desde las alturas.

Después de dejar atrás el puente, le llevó unos minutos bajar hasta la playa de los Botes, donde se echó en la arena y se quedó un rato contemplando el cielo estrellado. Este era el otro motivo por el que había cruzado por el Puente Negro. Con el tiempo, Pine había convertido en una costumbre lo de bajar hasta esta playa y contemplar el firmamento, y una parte de ella tal vez albergaba la esperanza de que seguir esa rutina podía traerle buena suerte. Pero en su trabajo, una se ganaba la suerte a base de preparación y una todavía mejor ejecución de las misiones.

«Pero, Pine, es la primera vez que te las vas a ver con una bomba atómica.»

Reemprendió el camino y el terreno se hizo mucho más limoso y blando, debido a la proximidad del agua. Pine notaba como le resbalaban los pies mientras avanzaba. Era como caminar por una playa, donde cuesta más andar. Era lo último que necesitaba después del esfuerzo del acelerado descenso, pero no podía elevarse sobre el suelo y hacer el resto del camino volando.

Para llegar al Rancho Fantasma bastaba con seguir el sendero en dirección norte. Pero ella no se dirigía hacia allí, donde, sin duda, a esas horas habría excursionistas y jinetes durmiendo a pierna suelta antes de emprender la expedición de regreso; ella seguiría la ribera del río.

El arroyo de Bright Angel estaba un poco más adelante. Cuando llegó a él, se quitó las botas, se arremangó los pantalones y vadeó el poco profundo cauce. Se sentó en una roca y dejó que el agua fresca le proporcionase un bienvenido masaje de pies. El arroyo terminaba su recorrido justo aquí, donde desembocaba en el Colorado en un punto equidistante entre los dos puentes. El arroyo de Bright Angel era el sitio ideal para darse una zambullida si a uno le apetecía. El Colorado, incluso en los tramos en que parecía discurrir apaciguado, descendía a más de seis kilómetros por hora. Había pocos nadadores capaces de luchar contra esa corriente. Además era profundo y sus aguas estaban muy frías. Más de una vez, hacía ya años, algún joven se había ahogado en la playa de los Botes al intentar cruzar el río nadando desde allí.

El arroyo de Bright Angel era también el que nutría la antigua piscina del Rancho Fantasma. Pine la había visto en fotos. Estaba entre el anfiteatro y el hotel. Sabía que la habían excavado de forma manual durante la Gran Depresión. No sabía cuándo la habían eliminado ni por qué. Fue mucho antes de que ella se instalase aquí.

También cerca del anfiteatro estaba el puesto de los guardabosques. Sacó los pies del agua, caminó un poco más y cruzó una pequeña pasarela sobre el arroyo. Una vez al otro lado, se secó los pies y volvió a ponerse los calcetines y las botas. Kettler le había dicho que esa noche le tocaba trabajar. Eso quería decir que ahora se hallaba lo más cerca de él que estaría en esta misión. Hubiera sido estupendo contar con un hombre tan competente como Kettler a su lado.

Pero después de haberle dado algunas vueltas, Pine había decidido que no podía pedírselo. Era su trabajo, no el de él. Era ella quien debía afrontar el peligro, no él. Si no salía con vida de aquí, no iba a llevarse con ella a ese hombre.

—Cuídate, Sam —dijo dirigiéndose a la oscuridad—. Si no logro salir de esta, no me olvides. Al menos durante un tiempo.

«Venga, Pine, corta el rollo melodramático. Tienes una bomba atómica que encontrar.

»Que Dios me ayude.»

52

Pasó junto al cercado de las mulas reservadas para uso del personal del parque, pero en esos momentos no había ninguna. Allí estaba también una planta de tratamiento de las aguas residuales. Se dirigió hacia el oeste, dejando la zona de acampada y el Rancho Fantasma al norte de su posición. En la oscuridad, Pine distinguía las siluetas de algunas tiendas a lo lejos e incluso le llegaba el leve rumor de las conversaciones nocturnas de algunos de los campistas. Siguió caminando un rato, con los bastones de marcha golpeando de forma metódica el suelo a cada paso. Los utilizaba incluso en terreno llano. Las rodillas, la espalda y las caderas se lo agradecerían después.

Pasado cierto tiempo, aminoró el ritmo de la marcha y al final se detuvo.

Se sentó en una roca después de comprobar que no hubiera ni escorpiones ni serpientes. El rumor del río le impediría oír con claridad si alguien se acercaba, lo cual no le gustaba, pero no podía hacer nada al respecto. Allí abajo había muchas cosas ante las que una no podía hacer nada. En el cañón, la naturaleza llevaba la batuta y los seres humanos eran meros visitantes de paso.

Apagó la linterna frontal, comió y bebió, recargándose de

electrolitos y llenándose el estómago. Había traído un filtro y sabía dónde había manantiales en la zona hacia la que se dirigía. Se volvió a quitar las botas y se masajeó los pies sin quitarse los calcetines. El descenso había sido duro, pero estaba muy en forma y había llegado muy entera. Sin embargo, el ascenso, sobre todo si pretendía mantener el ritmo de la bajada, sería una experiencia muy distinta.

Con suerte, no tendría que subir corriendo, con un regimiento de tipos siniestros tras ella.

Consultó la brújula con luz incorporada porque estar allí abajo a oscuras era como encontrarse en el mar en plena noche. La tierra y el mar se parecían mucho. Solo podías fiarte de tus instrumentos. Y como ahora se había alejado del río ya no podía seguir su curso.

Consultó el reloj de marcha, que también llevaba un termómetro incorporado.

Casi veintisiete grados, lo cual quería decir que en cuanto saliera el sol aquello sería un horno. Nada inusual en esa época del año. En una ocasión en que hizo una excursión hasta Bright Angel, llegó a Indian Garden, que estaba a mitad de camino. Allí, además de agua potable, lavabos y sombra, había un termómetro. Ese día marcaba cuarenta grados. Al lado del termómetro había un cartel en el que se leía: TU CEREBRO AL SOL. En el fondo del cañón, la temperatura subía hasta los cuarenta y ocho grados. Había llegado bañada en sudor y deshidratada, pese a haber comido y tomado agua y bebidas energéticas durante todo el descenso. Se tumbó en el tramo menos hondo del arroyo durante una media hora antes de sentirse con fuerzas para incorporarse.

Miró la oscuridad a su alrededor. Ahí fuera había muchas cosas hermosas. Flores, árboles, animales, rocas con formas singulares, las cuales era imposible ver en otros lugares, por mucho que se buscaran. Pero también había muchas cosas capaces de matarte. Y a las que había que tener un respeto.

Allí sentada, Pine sintió el calor. En ocasiones el cañón actuaba como un horno de convección. El calor te golpeaba desde todos lados, incluso desde las entrañas. Pine alzó la mirada. Pese a que el cañón, en su punto más ancho, tenía veintinueve kilómetros, el cielo quedaba encajonado entre dos altos muros de piedra.

Recorrió con el índice la Vía Láctea. Las constelaciones la relajaban. Siempre estaban en el mismo sitio cuando alzabas la vista. Eran como amigos que vigilan que no te pase nada malo.

«Ojalá fuera así.»

Descansó durante una hora y volvió a mirar el cielo.

La regla de oro en el cañón era que la noche caía muy rápido y el amanecer llegaba con parsimonia.

Ambos fenómenos se debían a las gigantescas paredes del cañón. Era como estar rodeado por un mar de rascacielos de mil quinientos metros de altura.

Enfocó la linterna frontal sobre el mapa de papel que acababa de sacar del bolsillo. Lo había impreso del lápiz de memoria. Ya había calculado de forma aproximada la localización en la que esperaba que estuviera la cueva que Roth buscaba. Luego se guardó la hoja, se concentró en la brújula e hizo mentalmente unos cálculos matemáticos.

Una vez terminados, permaneció sentada contemplando lo que la rodeaba, templando los nervios para lo que se avecinaba.

En una ocasión, durante una caminata cerca del río, Pine

vio algo metálico parcialmente sumergido en el cieno en un tramo poco profundo del Colorado que logró sacar con ayuda de uno de sus bastones de marcha. Era un cilindro largo y el agua había borrado casi cualquier detalle que permitiera dilucidar qué era.

Casi.

Cuando lo examinó más de cerca, descubrió que era una lata de cerveza Heineken. No tenía ni idea de cuánto tiempo llevaba en el agua, después de caerse sin duda desde alguna piragua. Ese día la temperatura en el fondo del cañón era de casi cuarenta grados. Pine abrió la lata y se bebió el contenido. Resultó ser la cerveza más fría y gustosa que se había tomado en toda su vida.

Volvió a concentrarse en la tarea que tenía ante sí. Si allí abajo había una bomba atómica, ¿cómo planeaba Roth sacarla, si es que ese era su plan?

Había ido en mula al oeste de alguno de los dos puentes que atravesaban el río. Y el sendero Kaibab Norte, que llevaba al lado norte, era mucho más largo que las rutas desde el sur, unos veintidós kilómetros desde el sendero que conducía al Rancho Fantasma.

Pine miró hacia el oeste. El sendero del Ermitaño estaba en esa dirección. No estaba ni de lejos en las buenas condiciones del Kaibab y el Bright Angel; de hecho, aparecía en los mapas como un sendero sin mantenimiento del Servicio de Parques Nacionales. Pero el problema seguía siendo el mismo: Roth estaba en la cara norte del Colorado y el sendero del Ermitaño se hallaba en la cara sur. Y no había modo de que pudiera cruzar el río y acceder al sendero del Ermitaño.

Y, de todos modos, ¿cuánto pesaba una bomba atómica?

¿Podía uno cargar con una cosa así para sacarla de aquí? ¿No pesaban cientos de kilos?

Pero tal vez ese no era el plan de Roth. Quizá había bajado aquí tan solo para desarmarla, sin moverla de su sitio. Y después dar la alarma.

Pine miró hacia arriba.

¿O tal vez pensaba utilizar un helicóptero para salir de aquí con la bomba?

A mucha distancia de allí, siguiendo el curso del río, había un pequeño helipuerto para turistas llamado Whitmore. Lo utilizaba sobre todo gente que venía desde Las Vegas. Pero eso estaba en el lado oeste del cañón, cerca del Cañón Negro, y estaba a más de ciento cincuenta kilómetros de donde se encontraba ahora Pine. Era imposible que Roth pudiera llegar tan lejos con una bomba atómica.

De modo que un helicóptero que aterrizase aquí por la noche debería llegar procedente de uno de los lados del cañón, descender, volar entre las dos paredes, aterrizar en un punto predeterminado, recoger a Roth y la bomba, y salir del fondo. En caso de ser detectado, los guardabosques del parque tal vez enviarían un helicóptero tras él o, como mínimo, contactarían con las autoridades locales y federales para averiguar qué sucedía. Pero un helicóptero preparado para vuelos nocturnos sobre terrenos irregulares y estrechos podía sin duda llevar a cabo este tipo de misión.

¿Tal vez un helicóptero militar? ¿Como el que se había llevado a los hermanos Priest? ¿Por eso estaba involucrado el ejército? ¿También ellos estaban buscando la bomba atómica? ¿Acaso Roth trabajaba en coordinación con ellos? ¿Debía Pine subir y contarles lo que sabía?

Pero ella era consciente de que esto no era una opción.

Sus colegas federales habían actuado en todo momento de modo muy raro en relación con este asunto. Los dos tipos del aeropuerto, si eran federales —y ella tenía una clara sospecha de que sí lo eran—, tenían planeado matarlos a los tres.

«No puedo fiarme de mi propia gente.»

Era un reconocimiento doloroso.

Caminó hasta el lugar en el que habían encontrado el cadáver de Sallie Belle. Aquí el terreno era muy llano y sin duda había espacio suficiente para que aterrizara un helicóptero. Echó un vistazo alrededor, en busca de alguna posible evidencia de marcas o daños provocados por los patines del aparato o por los remolinos provocados por las hélices. Pero lo cierto era que el cañón no era una urna de cristal. Los bichos correteaban por el terreno y movían cosas, las plantas crecían, el agua fluía, el viento soplaba, las lluvias borraban las huellas.

De modo que allí no había ni rastro de nada.

Exploró un poco hacia el oeste y después en dirección norte.

Muchos podrían pensar que hoy en día en el Gran Cañón no quedaba ni un palmo de terreno por explorar, pero Pine sabía que la gran mayoría de los turistas solo contemplaban el cañón desde el lado sur. Y desde ese punto, solo era visible un cuatro por ciento del espacio. Los que bajaban hasta el fondo tenían permitido acampar en ciertos lugares asignados y se les exhortaba a no salirse de determinados senderos bien señalizados. Casi nadie se aventuraba por las zonas no acotadas. Ni siquiera los que practicaban rafting se arriesgaban a ir muy lejos por los cañones adyacentes, porque eran muy accidentados y estaban repletos de serpientes y otros bichos peligrosos. Uno de los guardabosques del parque le comentó a

Pine en una ocasión que en los treinta años que llevaba aquí, solo había recorrido a pie una mínima parte del cañón.

Pine tuvo un bajón. ¿Su plan se desmoronaba ante la realidad que se encontraba sobre el terreno? ¿De verdad creía que iba a bajar aquí y, en unas pocas horas, encontrar a Roth, la cueva y la bomba atómica?

Pero se sacudió los pensamientos negativos y se recompuso.

Uno de los pequeños cañones adyacentes. Roth tenía que estar en alguno de ellos. De hecho, eso cuadraría con las coordenadas marcadas en el lápiz de memoria.

Pine consultó el reloj. Quedaba una hora hasta que empezase a amanecer. Se puso en marcha.

El fondo del cañón se aplanaba en las proximidades del río Colorado; el río era, por supuesto, el causante. Pero en cuanto una se alejaba del agua el terreno enseguida se empinaba y había por allí muchos cañones adyacentes.

Pasados treinta minutos se topó con el primero. Después de explorarlo lo mejor que pudo a pie, sacó unos prismáticos con visión nocturna de la mochila y estudió el resto de la zona.

Un instante después, Pine se acuclilló y desenfundó la Glock, mientras dirigía los prismáticos a la entrada del cañón adyacente.

Había oído el chasquido de unas botas sobre la piedra.

Sus entrenados oídos captaron que no se trataba de pasos de senderistas. Eran demasiado sigilosos, aparte del hecho de que ningún excursionista en su sano juicio se pondría a explorar un cañón adyacente en plena noche.

Pine se deslizó hacia la derecha y se escondió detrás de una roca.

Diez segundos después, emergieron de la oscuridad tres hombres.

Pudo verlos con claridad gracias a los prismáticos.

Estaba bastante segura de que no eran guardabosques.

Había visto muchos en su vida.

Y jamás había visto que llevaran chalecos antibalas y cascos de combate, y empuñaran rifles de asalto M4.

53

Pine se parapetó contra la roca mientras los hombres se acercaban.

Maldijo en silencio, porque mientras permanecía allí agazapada, empezaba a amanecer en el Gran Cañón. Cuando la luz llegaba hasta allí el espectáculo podía ser sobrecogedor. Había hecho varias excursiones a puntos diferentes del cañón tan solo para contemplar el amanecer. Era una experiencia surreal y única.

Ahora, por primera vez en su vida, detestaba que estuviese amaneciendo.

Podía afirmar que esos hombres eran auténticos profesionales simplemente por el modo en que se movían por el terreno. Trabajaban en equipo, se desplegaban, una punta de avance, dos flancos, se comunicaban con suma eficacia con gestos de las manos y sus miradas barrían todo el terreno de forma metódica, sin perder detalle.

Y no tardarían en reparar en su presencia.

También ellos disponían de visión nocturna, pero sus modelos de visor parecían muy superiores a los de Pine. Llevaban ropa de camuflaje, pero no uniformes militares. Ninguna insignia, ninguna placa con el nombre, ninguna indicación de rango.

Pero sin duda tenían aspecto de militares.

Como cada vez había más luz, se levantaron los visores y escrutaron el terreno que tenían ante ellos.

La Glock de Pine contra tres rifles de asalto. El combate iba a durar bien poco. Se preguntó dónde la enterrarían, si es que se molestaban en hacerlo.

Debían de haber llegado a la misma conclusión que ella: que Roth tenía que estar por aquí, en uno de los cañones adyacentes.

Y este detalle le proporcionó a Pine información suplementaria.

Esos tipos conocían el plan de Roth... por Ben Priest. ¿Después de interrogarlo sin contemplaciones? ¿Y qué habría sido del pobre Ed Priest, cuyo único pecado era haberse preocupado por su hermano?

Sin dejar de estar pendiente de los M4 que se acercaban a ella, Pine sacó el móvil. Una de las grandes operadoras había instalado una antena en el parque y sus clientes a veces gozaban de cobertura. Pine era abonada de esa compañía.

SIN COBERTURA, se leía en la parte superior de la pantalla.

«Nota personal: si sales viva de esta, cancela el puto contrato con esta compañía de mierda.»

Todo su cuerpo se puso rígido cuando el tipo que avanzaba en cabeza sacó un pequeño radiocomunicador que llevaba sujeto con velcro al chaleco antibalas. Habló por él y después escuchó la respuesta que le daban.

«De acuerdo, es probable que él disponga aquí abajo de comunicación por satélite segura. Y que también pudiera contar con ella en Siberia o en la Antártida.»

Si esos tipos no eran militares estadounidenses o paramilitares al servicio de la CIA, no estaba segura de qué podían ser. El hecho de que probablemente sirvieran al mismo país que ella no le resultó muy reconfortante. Los tíos que entraron en casa de Simon Russell también eran federales. Y tenían planeado meterlo en un avión y llevarlo a algún lugar en el que la tortura era del todo legal.

Teniendo en cuenta esto, Pine suponía que, si optaba por salir de su escondrijo y mostrarles las credenciales del FBI, lo que harían esos tipos sería pegarle un tiro en la cabeza. Y después dispararle una segunda vez para asegurarse de que la habían liquidado.

El que iba al frente se guardó el radiocomunicador y les hizo un gesto a los otros dos. Se dieron la vuelta y salieron del cañón adyacente.

Pine suspiró aliviada y alzó la mirada para contemplar el cielo.

Lo más probable era que la llegada del amanecer le hubiera salvado el culo. Esos tíos temían la luz del día tanto como ella. Seguramente se habían pasado la noche buscando por allí abajo.

Se preguntó dónde estarían acampados. ¿O disponían de un helicóptero que los bajaba y los subía? En condiciones normales esto no lo permitía el reglamento y la legislación del Servicio de Parques Nacionales.

Dio por hecho que un poder superior había decidido hacer caso omiso de esas regulaciones.

Y esa idea le provocó un escalofrío.

Esperó treinta minutos antes de salir de su escondrijo, para asegurarse de no tener una sorpresa desagradable. Después instaló su campamento detrás de un gran afloramiento rocoso que la ocultaba y además le proporcionaba algo de sombra.

Allí abajo el calor no tardaría en apretar. Antes había localizado un manantial, así que rellenó el bidón de hidratación y una segunda CamelBak para cargar en la espalda después de filtrar el agua. Se sentó a la sombra, comió y bebió hasta quedar saciada, pero no más de lo necesario. El golpe de calor podía pillarte desprevenida. En determinado momento te sentías simplemente acalorada y, un minuto después, estabas mareada y desorientada. Podía llevarte días recuperarte, un lujo que Pine no podía permitirse.

La presencia de los tres tíos con los M4 le indicaba a Pine que todavía no habían localizado a Roth. No merodeaban por allí abajo buscándola a ella, porque no debían ni saber que estaba aquí. ¿También estarían buscando la bomba atómica? Pero ¿qué lógica tenía esto? Roth era un respetado inspector de armas de destrucción masiva. ¿Por qué no estaba trabajando mano a mano con el Gobierno para desactivar el artefacto? Todo este asunto era tan turbio como las aguas del río Colorado.

Pine soportó el abrasador calor echando cabezadas y manteniéndose bien hidratada.

Una parte de ella deseaba seguir buscando a Roth a plena luz del día, pero su sentido común la hacía permanecer donde estaba. Si el calor infernal no podía con ella, podían acabar haciéndolo esos tres tíos con rifles de asalto. Era mejor esperar a la noche para continuar la búsqueda.

Pasó el día y la oscuridad cayó muy rápidamente, como solía hacerlo en el fondo del cañón.

Pine se despertó de la última cabezada hacia las nueve. Miró el cielo y frunció el ceño.

En esta época del año las tormentas se cargaban de energía con el calor del día, combinado con la humedad proveniente del sureste, y el resultado eran intensas tronadas. Bien, pues a Pine le pareció que esa noche podía desatarse uno de estos vórtices meteorológicos.

Se puso el poncho impermeable y se aseguró de llevar la mochila bien cerrada. La cargó consigo, porque si la dejaba allí en el suelo, sufriría los ataques de las ardillas, los ratones y otros roedores. Y, si se les dejaba el tiempo suficiente, eran capaces de roer hasta el acero. Por este motivo, en las zonas de acampada, el Servicio de Parques Nacionales colocaba unas barras a cierta altura para que los excursionistas pudieran colgar de ellas sus equipos.

Apenas tuvo tiempo de ponerse a cubierto antes de que el primer rayo iluminara el sobrecalentado cielo. El subsiguiente trueno pareció sacudir el cañón hasta las entrañas.

Tras el segundo trueno empezó a descargar la lluvia. O, para ser más precisos, las balas de agua, porque las gotas caían con tal fuerza que hacían daño cuando te golpeaban.

El peñasco bajo el que Pine se había refugiado le procuró cierta protección hasta que el viento empezó a rachear la lluvia de forma casi horizontal. Así que se volvió para que el agua no le diera en la cara. La temperatura había bajado un poco, pero no era como en la parte alta del cañón, donde una tormenta repentina podía provocar una bajada del mercurio de más de cinco grados en cinco minutos. Ella seguía sudando aunque estaba empapada.

La tormenta cesó al cabo de media hora y el cielo se despejó.

Ahora ya podía ponerse manos a la obra. Echó un vistazo a la brújula y se puso en marcha.

El segundo cañón adyacente apareció imponente ante ella al cabo de más o menos una hora.

Ya era casi medianoche. Utilizó el visor nocturno para avanzar con seguridad en un terreno muy abrupto. Por aquí no había senderos marcados ni ningún tipo de señal de advertencia. Dudaba de que ningún excursionista hubiera pasado por aquí en mucho tiempo.

Avanzaba despacio, atenta a la posible presencia de serpientes y otros peligros. No quería quedarse aprisionada en algún socavón y que localizaran su cadáver semanas, meses o años más tarde. Por aquí se perdía gente de la que se recuperaba el esqueleto mucho tiempo después. Y si morías aquí, los carroñeros no tardaban en aparecer. De hecho, lo hacían antes de que hubieras muerto. ¿Por qué esperar para darse un banquete?

Llevaba toda la noche pendiente de la posible aparición de los tipos armados con los M4, pero por suerte de momento no había ni rastro de ellos.

Se metió en el pequeño cañón adyacente hasta donde le fue posible, pero ya empezaba a amanecer.

Resultado: nada. Ninguna cueva, ninguna grieta, ni rastro ni de David Roth ni de la bomba.

Siguió caminando y acampó junto al siguiente cañón adyacente susceptible de ser explorado. El lugar elegido quedaba a cubierto de fisgones, pero a suficiente altura como para proporcionarle una vista panorámica de la zona. Desayunó, bebió agua y después se durmió. Cuando se despertó unas horas después, de nuevo se planteó si seguir buscando a plena luz del día.

Y de pronto oyó el ruido de helicópteros por encima de su cabeza.

Alzo la mirada y vio los pájaros de metal que transportaban turistas sobrevolando los acantilados. Por ley no tenían permitido descender al fondo del cañón, pero aun así desde esa altura podían llegar a divisarla. Su presencia hizo que Pine optara por limitar su búsqueda a las horas nocturnas.

Se sentó en su improvisado campamento, comió unos frutos secos y cecina y bebió agua filtrada. Tenía calor y había perdido peso, y se sentía agarrotada y dolorida después de tanto dormir sobre rocas.

Se apoyó en un saliente rocoso, cerró los ojos e intentó descansar. Con esos horarios invertidos tenía el cuerpo alterado por completo. Vomitaba todo lo que comía, pero no tenía modo de evitarlo.

Se había llevado un cargador portátil para el móvil, pero no le servía de nada, porque no tenía cobertura.

SIN SERVICIO era todo lo que le aparecía en la pantalla.

A la sombra, decidió quitarse algo de ropa y se miró los brazos, desnudos a excepción de los tatuajes. Pasó los dedos por el nombre de Mercy. Recorrió cada letra con la yema del índice. Recordaba a la perfección el día —o más bien la noche— en que se los hizo. Y se tatuó los hombros unos meses después de los brazos.

El tatuador era muy profesional y no puso pegas cuando ella le dijo lo que quería. Tampoco le hizo ninguna pregunta sobre el porqué de esos tatuajes.

—Si a ti te gusta, a mí me gusta —le dijo—. Es tu piel, no la mía.

El tipo se llamaba Donny. Era alto y extremadamente delgado. Después le contó que había sido adicto al cristal durante años.

—Te quita por completo el apetito, te lo aseguro. Mucho más que los cigarrillos. Dejé de consumirlo, pero ya nunca recuperé las ganas de comer.

Pine comprobó las provisiones. Debía tener en cuenta el largo camino de vuelta hasta Bright Angel desde donde estaba ahora. Y después todavía le quedaría el reto del ascenso para salir del cañón, teniendo en cuenta el terreno que había cubierto. Disponía de provisiones suficientes para una noche más de búsqueda en otro cañón adyacente. Pero al día siguiente tendría que emprender el regreso.

Bueno, pensó Pine mientras esperaba a que oscureciera, a la tercera va la vencida, ¿no es lo que dicen?

54

Desde la primera vez que divisó a los tipos de los M4, por fin los prismáticos le descubrían algo interesante. Se había despertado cuando todavía era de día y decidió aventurarse un poco por el cañón adyacente. El sol estaba en lo alto y penetraba hasta las profundidades del cañón como una bombilla de trillones de vatios sumergida en el océano.

Y ahora, la luz del sol iluminaba algo en lo alto, al fondo del cañón adyacente.

Miró a izquierda y derecha para tener algunos puntos de referencia que después la ayudaran a localizar el punto exacto. Estaba tentada de intentarlo ahora, pero el calor era demasiado intenso, soplaba algo de viento y parecía que había un buen trecho hasta allí. Y todavía había luz del día. Lo que había visto parecía un reflejo metálico. Y dio por hecho que no se trataría de una lata de cerveza. O al menos esperaba que no lo fuera.

Continuó observando con los prismáticos, memorizando cada detalle del camino que seguiría. Por la noche, el paisaje parecía distinto. No podía arriesgarse a no localizar el punto cuando se acercara más tarde. Por suerte, había configuraciones rocosas muy inusuales justo a la derecha del reflejo.

Regresó al campamento, comió, bebió y fantaseó con que esa noche por fin encontraría a Roth.

Y la bomba.

«O quizá esté del todo equivocada y no encuentre nada. En ese caso, ¿a qué me dedicaré cuando en el FBI me den una patada en el culo?»

El hecho era que esto quedaba fuera de su liga. Pine era agente del FBI. Se podía enfrentar a un robo en un banco, a un secuestro, incluso a uno o dos asesinos en serie, y daría la talla. Atraparía al culpable.

Pero esto era otra cosa.

Cerró los ojos y los abrió de inmediato.

«No, no es ningún sueño. Esto podría ser el fin del mundo si esa bomba explota.»

Se obligó a dormir y se programó una suerte de despertador mental. Se despertó a las once de la noche, lista para empezar de nuevo.

Estaba escalando por unas rocas cuando oyó un cascabel y se quedó completamente inmóvil durante unos segundos, pero después siguió avanzando.

Llegó a una meseta y miró a su alrededor y después hacia abajo. Calculó que había subido más o menos unos trescientos metros.

La singular formación rocosa que había visto de día era reconocible con el visor nocturno. Avanzó sin perder tiempo hacia ella. ¿Era el Santo Grial lo que le había llamado la atención justo encima? ¿O se trataría de alguna cosa sin relación con su búsqueda?

«Por favor, Dios, si recibes señal desde aquí abajo, haz que se trate de lo primero.»

Se irguió y, al acercarse más, se detuvo.

La luz había realmente provocado el reflejo de algo metálico.

Era una larga polea clavada en una roca redonda más alta que Pine y tres veces más ancha que ella.

A medida que se acercaba, Pine descubrió algo sorprendente. De la pared rocosa colgaba una malla de camuflaje. No se habría percatado de no estar tan cerca. Se mimetizaba a la perfección con el entorno.

Cogió una punta y la levantó. Miró por la abertura lo que había detrás.

Pine se quedó sin aliento.

Una cueva. Echó un vistazo a la brújula. El lugar estaba dentro de los parámetros indicados en el lápiz de memoria. ¿Acababa de dar con Roth? ¿Y con la bomba?

Soltó la malla, dio un paso atrás y miró a su alrededor. No había ninguna evidencia de la presencia de alguna persona por allí. Pero alguien tenía que haber puesto esa malla de camuflaje. Pasaron unos treinta segundos mientras reflexionaba sobre qué hacer.

Pine no oyó nada, ninguna bota rozando una roca. Ningún chirrido de un radiocomunicador. Ninguna respiración jadeante.

No oyó nada hasta que un haz de luz la iluminó y una voz de hombre dijo:

—Vuélvase muy poco a poco. Ni se le ocurra acercar la mano a la pistola o dispararé.

—Soy agente del FBI. Le mostraré mis credenciales.

Las siguientes palabras la golpearon con la misma contundencia que una de las brutales patadas de Chung.

—No se moleste, agente Pine. Vuélvase y mantenga las manos apartadas de la pistola. ¡Obedezca!

Pine se giró poco a poco, manteniendo las manos cerca del pecho, pero no más arriba. No se estaba preparando para desenfundar como si estuvieran en pleno duelo de OK Corral. Pero si alzaba las manos por encima de la cabeza estaría admitiendo una sumisión total. Era agente del FBI. No se iba a rendir ante esos tíos, quienquiera que fuesen.

Y, en efecto, parecía que se trataba de los tres tipos de la otra noche.

—¿Qué hacéis aquí? —ladró Pine.

—No creo que esté en posición de hacer preguntas —respondió el tipo.

—Tengo placa de agente federal. ¿Te parece una posición suficiente? Y vosotros sois del ejército.

—¿Por qué, porque llevamos camuflaje?

—Es más que eso. Lleváis los ACU, los uniformes de combate del ejército.

Él se encogió de hombros.

—Joder, estos uniformes se pueden comprar en eBay.

—Pero no los que llevan el estampado de camuflaje operacional. Eso se ha incorporado hace muy poco. Y vais armados con rifles de asalto M4.

El tipo dio un paso adelante.

—¿Qué hace aquí?

—Me imagino que lo mismo que vosotros. Busco a alguien.

—¿A quién?

—¿De verdad tenemos que jugar a este juego cutre?

—¿A quién? —insistió.

—A «Bésame el culo». Y ahora deja que te haga una pregunta. ¿Cómo me habéis encontrado?

—Lo hicimos el primer día que bajó aquí. La hemos estado siguiendo desde entonces.

—Y una mierda. Os vi metiéndoos en un cañón adyacente. Os disteis media vuelta porque estaba amaneciendo.

—Nos dimos la vuelta para no toparnos de narices con usted. Estaba escondida detrás de una roca, acuclillada, apuntándonos con la pistola. Probablemente pensando que una Glock contra tres M4 no iba a acabar bien. Para usted.

Pine miró al cielo.

—¿Tenéis satélites enfocados aquí abajo?

—No, simplemente sabemos cómo rastrear a la gente. —Movió el arma—. ¿Nunca le han disparado con uno de estos?

—No, ni quiero que suceda. De modo que me estabais siguiendo. ¿Por qué?

—Es obvio. Si sabía dónde estaba Roth nos llevaría hasta él. Después la orden que hemos recibido es interceptarla. Por esto estamos aquí.

—Perfecto, ya lo habéis hecho. ¿Qué dice el resto de la orden?

El tipo se encogió de hombros e intentó sonreír, pero apenas logró mover un músculo de la cara, de modo que lo dejó correr.

Pine los miró a los tres. Debían de tener veintitantos largos o treinta y pocos. Sin duda, edad suficiente para haber combatido en alguna guerra, haber matado y haber sido heridos. Tipos encallecidos, a los cuales te gustaría tener de tu parte.

«Solo que parece que no es así.»

—¿Os han explicado qué está pasando aquí? ¿Lo que sucede de verdad? ¿De qué va todo esto?

—Sabemos lo suficiente para hacer nuestro trabajo. No necesitamos conocer más.

—Es otra manera de decir que escondéis la cabeza bajo tierra como los avestruces.

Pine no miró ni una sola vez la malla de camuflaje, con la

infundada esperanza de que no se hubieran percatado de su presencia.

—Señora, va a tener que acompañarnos.

—¿Tenéis un helicóptero? ¿Es así como entráis y salís de aquí? Ahorra mucho tiempo no tener que patearse esta jodida montaña.

—Acompáñenos.

—No pienso ir a ningún sitio con vosotros. Soy agente federal. No podéis darme órdenes. De modo que dejadme en paz o tendré que pedir refuerzos.

El tipo miró a su alrededor y negó con la cabeza con parsimonia y una mirada cargada de ironía.

—No veo que tenga refuerzos por ningún lado. Y aquí abajo su teléfono no funciona.

—Dejadme en paz.

—Tenemos otras órdenes en caso de que se niegue a acompañarnos.

—¿Cuáles, pegarme un tiro? Soy agente del FBI.

—No, señora, en estos momentos usted es tan solo una enemiga de este país.

—¿Y cómo coño se explica esto? Los dos trabajamos para el mismo país.

—¿Va a acompañarnos? Último aviso.

Los otros dos alzaron los M4 y le apuntaron. Uno a la cabeza y el otro al torso.

Imposible salir con vida.

—Esto es una locura —vociferó Pine—. Soy agente federal. Bajad las armas. Ahora mismo.

—No podemos hacerlo. Último aviso. Tres segundos.

Pine se quedó petrificada. Realmente estaban dispuestos a ejecutarla en mitad del Gran Cañón.

Acercó la mano a la Glock. Tal vez lograse desenfundarla y disparar una vez.

«Adiós a todos los que les importo algo. Ya voy para allá, Mercy.

»Mierda.»

Un disparo. Un segundo disparo.

Fue todo tan rápido que Pine pensó que había recibido los dos impactos.

Los dos tipos en los flancos se encorvaron, se irguieron y se desplomaron hacia delante.

El que ocupaba la posición central se volvió y apuntó a su nuevo objetivo.

—¡No! —gritó Pine, desenfundando la pistola—. Tíralo al suelo, al suelo o disparo.

El M4 ladró al mismo tiempo que Pine apretaba el gatillo de la Glock, con el puntero láser apuntando a la nuca del tipo.

El tipo se desplomó.

Pine, con las manos temblorosas, bajó el arma poco a poco.

A veinte metros, Sam Kettler la miraba con ojos desaforados. Llevaba una mochila a la espalda y una pistola en la mano.

Pine miró los tres cadáveres. A dos los había matado Kettler, al tercero ella.

—Mierda —musitó—. Eran de los nuestros. O al menos eso creo.

Kettler avanzó hacia ella.

—Un modo curioso de verlo. Estaban a punto de matarte.

Pine lo miró.

—¿Qué estás haciendo aquí?

Él señaló los cadáveres.

—Las últimas tres noches he visto un helicóptero que descendía al fondo del cañón. Al final me he decidido a tomar cartas en el asunto. He cogido la mochila, les he seguido la pista y me han traído hasta aquí. Y entonces he visto lo que estaban a punto de hacer contigo. —Miró la pistola que todavía empuñaba y negó con la cabeza—. En primer lugar, ¿qué demonios hacen aquí abajo estos soldados norteamericanos?

—Es una larga historia. —Pine estiró la mano y le agarró el brazo—. Gracias por salvarme la vida.

—Bueno, después me la has salvado tú a mí. Este tío me tenía encañonado. Si no le hubieras disparado, en estos momentos tendría el cuerpo atravesado por una ráfaga de M4.

Pine retiró la mano del brazo de Kettler y se apoyó contra un saliente rocoso.

—¿Estás bien? —le preguntó él.

—Me voy recuperando —dijo ella, respirando hondo varias veces.

Kettler la miró.

—¿Y tú qué haces por estos parajes? No estás haciendo senderismo, eso está claro.

—Estoy buscando al tipo desaparecido. Y ellos se encontraban aquí por el mismo motivo.

—¿Crees que anda por aquí? ¿Por qué?

—De nuevo, es una larga historia. —Miró los cadáveres—. Tenemos que hacer algo. No podemos dejarlos aquí. —Echó un vistazo a su alrededor—. Pero esto es, bueno, supongo que es el escenario de un crimen. No podemos alterar nada. —Se frotó la frente—. Tengo que avisar a un equipo y acordonar la zona. Tengo que..., tengo que... —Se agolpaban tantas ideas en su cabeza, que Pine temió que acabaría vomitando.

Kettler se le acercó y la cogió del brazo.

—Lo que tienes que hacer es respirar hondo unas cuantas

veces más y tomarte tu tiempo. Atlee, han estado a punto de matarte.

—¡Sam, le he disparado a un soldado de nuestro ejército!

—Bueno, y yo me he cargado a dos.

Mientras Pine se recomponía, Kettler descubrió la malla de camuflaje. La echó a un lado y vio la abertura de la cueva.

—Joder, ¿de dónde ha salido esto?

—Puede que sea lo que andaba buscando.

—Bueno, de momento puedo meter aquí dentro los cadáveres.

—Te ayudaré.

—Y después pedimos refuerzos.

—No. Primero tenemos que encontrar algo.

—¿El qué?

—No vas a tardar mucho en descubrirlo.

55

Metieron los cadáveres en la cueva y los dejaron en un rincón.

Pine buscó si llevaban alguna identificación, pero iban indocumentados. Y tampoco llevaban una chapa con su nombre en el uniforme.

—¿Estás segura de que son miembros del ejército? —preguntó Kettler.

—Ahora mismo no estoy segura de nada.

Pine movió la linterna de un lado a otro. La cueva era profunda y calculó que debía de tener casi cinco metros de altura. Una zona más oscura al fondo tal vez fuera un pasadizo hacia otro espacio, pero no estaba segura.

—Bueno, tienes que explicarme qué está pasando aquí —le pidió Kettler.

Con frases secas y cargadas de información, Pine lo puso al corriente de casi todo lo sucedido. Cuando terminó la explicación, Kettler parecía a punto de vomitar.

Miró a su alrededor.

—¿Una bomba atómica? ¿Aquí? ¿Me estás tomando el pelo?

—Ojalá fuera así.

Kettler enfocó con la linterna a su alrededor.

—Bueno, desde luego aquí no está.

—Pero podría encontrarse ahí, al fondo —dijo ella, señalando la parte trasera de la cueva—. Enfoca con tu linterna. Es más potente que la mía.

Kettler lo hizo y bajo la luz vieron un pasadizo horadado en la roca.

Entraron en él y avanzaron en fila india, con Pine a la cabeza.

Mientras caminaban, ella tropezó con algo.

Kettler enfocó el suelo con la linterna y Pine oyó como inspiraba aire.

—Es el cable de una trampa.

—¿De esos que están conectados con un explosivo? —preguntó Pine aterrorizada.

—No.

—¿Cómo puedes estar seguro?

—Porque ya estaríamos muertos.

Siguieron avanzando y se hallaban a punto de entrar en lo que parecía una cueva más grande cuando oyeron una voz.

—Un paso más y será el último que den.

—¿Señor Roth? —preguntó Pine.

El silencio se prolongó unos instantes.

—¿Quiénes son ustedes?

—Agente especial Atlee Pine del FBI. Me acompaña un guardabosques del parque que se llama Sam Kettler. He estado investigando la muerte de una mula y la desaparición de Ben Priest.

El haz de luz de una linterna los deslumbró.

—Déjenme ver sus identificaciones.

Ambos sacaron lentamente sus placas.

—Escuche, señor Roth. Entiendo que no se fíe de nosotros. Porque yo misma no estoy segura de poder confiar en mi agencia en estos momentos.

—Quiero que den media vuelta y se larguen de aquí. ¡Ahora mismo! O aténganse a las consecuencias.

—Señor Roth, podemos ayudarle. Y estoy segura de que necesita ayuda.

—Les he dicho que se marchen. ¡Ya!

Pine miró a Kettler y preguntó:

—¿Y qué hacemos con los tres cadáveres que hemos dejado a la entrada de la cueva?

Durante un rato Roth no dijo nada.

—¿Tres cadáveres?

—Acabamos de disparar a tres soldados que andaban buscándolo. Iban a matarnos, a pesar de que les he mostrado mi placa del FBI. Y estoy segura de que después iban a por usted. Así que acabamos de salvarle la vida.

—Esto..., esto es...

—Una situación complicada, señor Roth, y tenemos que enfrentarnos a ella. Ben Priest me contó algunas cosas.

—¿Conoce a Ben?

—Sí, y creo que fueron hombres de nuestro propio ejército quienes lo secuestraron.

Se produjo otro momento de silencio, antes de que Roth preguntase inquieto:

—¿Han secuestrado a Ben? ¿Cómo?

—Es una larga historia. El asunto es que todo está descontrolado.

Roth mantenía la luz sobre sus rostros.

—¿Cómo han localizado esta cueva?

—Las coordenadas estaban en un lápiz de memoria que encontré en casa de Ben.

—¿Cómo han sabido de mi existencia, en primer lugar?

—Ben no lo delató, si eso es lo que está pensando. Me habló de usted Oscar Fabrikant. Llegué hasta él porque Ben era miembro de la SpB. ¿Sabe qué es esa organización?

—Sí. ¿Qué más le dijo Oscar?

—Que le preocupaba que los rusos pudieran estar involucrados.

—Y así es. Pero ahora tienen que marcharse. A estas alturas ya no puedo fiarme de nadie.

—No puedo irme, señor Roth. He venido aquí a hacer mi trabajo. Y a descubrir quién mató a Fabrikant.

Un nuevo silencio prolongado.

—¿Oscar... ha muerto?

—Encontraron su cadáver en Moscú. Oficialmente se suicidó, pero yo sé que no es verdad.

—¿Oscar, muerto? No me lo puedo creer.

—¿Puede dejar de enfocarnos a la cara con la linterna, por favor?

La luz se apagó.

—¿Va a confiar en nosotros, señor Roth? Vamos a necesitarnos los unos a los otros para terminar con esto.

Roth no respondió.

—Por favor, señor Roth. ¿Qué puedo hacer para que se fíe de mí?

—¿Qué cree que está pasando? —preguntó Roth.

—Creo que aquí dentro hay una bomba atómica. Y como mi trabajo es proteger el Gran Cañón por encima de todo, esto no es una buena noticia.

Se produjo otro largo silencio.

—Si resulta no ser quien dice ser, no saldrá de aquí con vida —dijo él en tono amenazante.

—Me parece justo —replicó Pine.

—Salgan del pasadizo.

Entraron en la cueva y de pronto el espacio se iluminó con una luz que procedía de un foco alimentado con baterías. Roth acababa de encenderlo.

Y tras esta iluminación apareció el propio Roth. Tenía el rostro muy sucio y parecía agotado.

Pine le mostró la placa y la identificación.

Él las miró y se las devolvió.

—Todo lo que le he contado es cierto —dijo ella.

Roth asintió con un gesto parsimonioso.

—La creo. No sé muy bien por qué, pero el instinto me dice que me puedo fiar de usted.

—¿Ese cable trampa es cosa suya? —preguntó Kettler.

—Sí, es solo un aviso para mí en caso de que alguien entre hasta aquí.

—Entonces, ¿está armado? —quiso saber Kettler, mirando a su alrededor.

—Sí, se puede decir que estoy armado —respondió Roth.

Enfocó su linterna sobre algo detrás de él.

Era rectangular, con una cobertura metálica, y medía más o menos metro y medio de largo y un metro de alto.

De forma instintiva, tanto Pine como Kettler se echaron hacia atrás al ver el objeto.

—¿Es... la bomba atómica? —preguntó Pine.

Roth asintió con la cabeza.

—Y me acaban de confirmar que ustedes no están involucrados en la conspiración.

—¿Por qué?

—Porque los dos parecían dispuestos a salir corriendo para salvar el pellejo.

—¿Y quién no lo haría ante una bomba atómica? —dijo Pine.

—Este es un artefacto nuclear muy particular —explicó Roth.

—No parece lo bastante grande para ser una bomba atómica —dijo Kettler—. ¿Es lo que llaman un dispositivo nuclear de maleta?

Roth negó con la cabeza.

—Es un artefacto nuclear táctico, pero tiene el tamaño suficiente. Según mis cálculos, contiene el equivalente a casi tres kilotones de TNT. Para tener un punto de comparación, la bomba que se lanzó sobre Nagasaki tenía una potencia de más de veinte kilotones. La detonación más potente de la historia fue la bomba del Zar que los soviéticos hicieron estallar hace muchos años y tenía una potencia de cincuenta megatones. Si los soviéticos hubieran colocado un núcleo de uranio en lugar de uno de plomo, hubiera doblado la potencia. —Dio una palmadita al artefacto—. Pero para su tamaño, este es el artefacto nuclear táctico más potente que he visto en mi vida. Se llevaría por delante un buen cacho del Gran Cañón y dejaría el lugar radioactivo durante miles de años.

—¿Va a explotar? —preguntó Pine, dando otro paso atrás.

—Diría que no.

—Entonces, ¿lo ha desactivado?

Roth negó con la cabeza.

—La verdad es que no se desactiva un artefacto nuclear. No es como en las películas de Hollywood en las que hay un cronómetro que va haciendo una cuenta atrás y el héroe decide el color del cable que tiene que cortar. Si un artefacto nuclear amenaza con explotar, lo mejor que puedes hacer es seguir una serie de pasos para asegurarte de que la reacción en cadena nuclear no se produce. Habrá una gran explosión, pero no será nuclear.

—¿Cómo ha llegado hasta aquí? —preguntó Pine.

Roth les indicó con un gesto que se acercaran y les señaló la plancha metálica frontal.

—¿Ven esto que hay grabado?

Pine y Kettler se acercaron.

—¿Está escrito en coreano? —preguntó ella.

—Sí, así es.

—Tiene sentido. En el lápiz de memoria de Priest había planos de un artefacto nuclear norcoreano.

—Se los pasé yo, junto con las coordenadas de esta cueva.

Pine se puso rígida.

—Entonces, ¿los norcoreanos realmente están intentando provocar una explosión nuclear en el Gran Cañón? ¿Su participación en las conversaciones de paz era una pura farsa?

—No, por supuesto que no pretenden provocar una explosión nuclear en el Gran Cañón —fue la sorprendente respuesta de Roth.

Pine se quedó patidifusa con la respuesta. Sin embargo, insistió con testarudez:

—Pero había un individuo llamado Sung Nam Chung que le andaba buscando. Y trabajaba para los norcoreanos.

—Eso es perfectamente plausible, pero los norcoreanos no han colocado esto aquí. —Roth hizo una pausa—. Sino nosotros.

Pine se quedó lívida.

—¿Nosotros?

—Bueno, ciertas personas muy poderosas del Gobierno de los Estados Unidos.

—¡Cómo puede decir eso! —soltó Kettler—. ¿Los nuestros han colocado este artefacto aquí? ¡Es una locura!

—Estoy de acuerdo, es una auténtica locura. Pero, aun así, es la verdad.

—¿Cómo puede estar tan seguro? —preguntó Pine.

—Porque reconozco los materiales con los que se ha fabricado. Son rusos.

—Pero lo que hay escrito en la carcasa está en coreano.

—Rusia ha estado proporcionando a Corea del Norte material para fabricar artefactos nucleares durante años. Algunos de esos materiales se han utilizado para construir esta bomba.

—Le vuelvo a hacer la misma pregunta: ¿cómo puede estar tan seguro? —insistió Pine.

A modo de respuesta, Roth sacó un destornillador a pilas de una bolsa que tenía junto al artefacto y desenroscó la plancha superior. Sacó la placa y la sostuvo en alto.

—Mire lo que hay escrito en el interior de esta plancha, ¿en qué idioma le parece que está?

—Alfabeto cirílico —dijo Pine examinándolo de cerca—. Es ruso.

Roth dejó la tapa.

—Exacto. Indica el lugar de origen y el número de serie de esta pieza. Se ha reciclado.

—Pero si los rusos proporcionaban a los norcoreanos material nuclear —dijo Pine—, puede tener sentido que haya una inscripción en ruso en uno de sus artefactos. Entonces, ¿por qué está tan seguro de que no lo han colocado aquí los norcoreanos?

—Porque esta arma va a ser la excusa para destruir Corea del Norte. Y dudo mucho que ellos mismos quieran provocar su propia aniquilación.

56

Pine y Kettler se miraron y después observaron el artefacto nuclear.

Al final, Pine volvió a mirar a Roth.

—Me va a tener que explicar esto.

—Es muy sencillo. Los rusos nos han proporcionado esta arma nuclear táctica y nosotros la hemos colocado aquí.

—¿Y por qué diantres nuestro país iba a querer volar por los aires el Gran Cañón? —preguntó Pine.

—Esta bomba no puede explotar. Lo cual es la razón definitiva por la que sé que los norcoreanos no la han puesto aquí.

—¿Cómo sabe que no puede explotar? —quiso saber Pine.

—Porque le faltan algunos componentes fundamentales.

—¿Cuáles? —preguntó Kettler.

—Puedo hacerles un repaso básico para legos. —Señaló el artefacto—. Esto es lo que se denomina «bomba de fusión» o «arma termonuclear». Lo importante es que genera su fuerza destructiva de un modo muy similar a como el sol genera energía. Una detonación convencional produce lo que se denomina la primera fase. Eso lleva al uranio fisible a una reacción en cadena, cuyo resultado es una explosión que produce un calor de muchos millones de grados. El calor y la energía llegan al núcleo de uranio, que inicia lo que se denomina la segunda fase. Esta etapa inicia la fusión y la explosión resultante de esta segunda fase destruye el contenedor del uranio. Entonces los neutrones liberados provocan la fusión que produce el evento termonuclear. ¿Me siguen?

Kettler se rascó la mejilla.

—Vaya, si esta es la versión para tontos, no quiero ni imaginarme cómo será la complicada.

—Entre los componentes que le faltan a este artefacto —continuó Roth— están el deuteruro de litio, un reflector funcional y un seguro apropiado. Sin esto, lo que tienes es básicamente un montón de uranio y átomos de hidrógeno con los que no vas a poder hacer nada.

—Entonces, ¿qué sentido tiene colocar esto aquí? —preguntó Kettler.

—Proporcionarnos una excusa para atacar a Corea del Norte —le aclaró Pine—. A eso se refería Sung Nam Chung cuando me dijo que estaba de acuerdo conmigo en que, si la bomba explotaba, Corea del Norte sería aniquilada. También él trataba de localizarla para abortar el plan.

—Solo que él no podía conocer el verdadero plan —dijo Roth—. La bomba no iba a explotar, aunque sí se utilizaría contra Corea del Norte como si lo hubiera hecho.

—Pero si le faltan algunos componentes básicos, ¿eso no levantaría sospechas de que todo era una farsa?

—¿Y quién iba a enterarse? —replicó Roth—. No iban a permitir que los periodistas la abrieran para revisar las entrañas del artefacto. Y cuando trajeran a los «expertos» para examinarlo, les dirían que esos componentes se habían extraído a posteriori, para asegurarse de que no se producía un accidente. Me imagino el frenesí informativo cuando el Gobierno anunciara que había localizado esta cueva en el Gran Cañón. Habrían retransmitido en directo el traslado de la bomba en helicóptero.

—¿Y cuál habría sido el siguiente paso después de hacer pública la presencia de la bomba? —preguntó Kettler.

—Supongo que habrían acudido a las Naciones Unidas con gráficos, fotografías y documentación sobre cómo se las habían arreglado los norcoreanos para colocar un artefacto nuclear en el Gran Cañón. Todo manipulado, claro está, pero creíble y plausible.

—Pero ¿también resultaría plausible argumentar que los norcoreanos habían metido una bomba en suelo americano? —dijo Pine—. ¿Sabiendo que si eso se descubría supondría su destrucción?

—Bueno, nuestro bando hubiera contrarrestado este argumento diciendo simplemente que si la bomba hubiera estallado, no habría quedado evidencia alguna de su procedencia. Pero ¿qué pasaría si saliera a la luz que Corea del Norte había intentado detonar una bomba atómica en el escenario natural más emblemático de Estados Unidos, pero que logramos destapar el complot y abortarlo? La guerra habría sido inevitable.

—Y moriría mucha gente en una guerra de este tipo —dijo Pine.

—Sería larga y sangrienta, con carnicerías como no hemos visto desde la Segunda Guerra Mundial y la guerra de Corea. Morirían literalmente millones. Cientos de miles tan solo el primer día.

—Dios mío —dijo Kettler—. Y yo que pensaba que las guerras de Afganistán e Irak habían sido espantosas.

—Todas son horribles si hablamos de pérdidas humanas

—repuso Roth—. Estoy seguro de que algunos informes del Gobierno habrán calculado el número «exacto» de bajas distribuidas en diversas categorías y habrán armado la justificación de su sacrificio en semejante conflicto. —Negó con la cabeza—. Qué horror de trabajo.

—¿Y por qué necesitamos que los rusos nos ayuden en esto? —preguntó Pine.

—Como ya les he comentado, los rusos han estado ayudando a Corea del Norte en sus programas armamentísticos durante mucho tiempo. Tienen acceso a los materiales fisibles «legítimos» que necesitaba nuestro Gobierno para organizar este plan. ¿La placa con caracteres coreanos y el resto de los componentes? No había necesidad de falsificarlos, porque disponíamos de ellos. Sin la ayuda de Rusia, tendríamos que haber ido en busca de un material similar, o bien construir un arma falsa que pareciera norcoreana usando materiales de aquí y de allá. Pero los poseedores de armas nucleares forman una élite muy restringida. No hay muchos jugadores en ese tablero. Y los que están en este grupo selecto son muy conocidos y el modo de fabricar armas de cada uno es claramente identificable. De modo que si hubiéramos pedido ayuda a otro socio que no fuera Rusia, eso hubiera dejado un rastro que habría llevado de forma directa hasta nosotros, con lo que el plan se hubiera ido al traste desde el primer momento.

—De acuerdo, pero ¿por qué iban a querer los rusos ayudarnos en esto? —preguntó Pine—. ¿Qué ganaban ellos?

—Les habría permitido ser socios de la única superpotencia mundial. Algo que los elevaría hasta casi nuestro estatus. Y Rusia quiere desempeñar un papel protagonista en el Lejano Oriente, pero no tiene manera de igualar la maquinaria económica de Pekín. De modo que están buscando otras formas de ejercer su influencia y tener voz en la región. Supongo que se habría recompensado a Rusia de algún modo. Tal vez, después de ganar la guerra, hubiéramos permitido que Rusia se anexionara parte o todo Corea del Norte.

—¿Como cuando se repartieron Alemania después de la Segunda Guerra Mundial? —preguntó Pine.

—Sí. Y Corea del Norte tiene algunos recursos naturales, como por ejemplo la antracita, que Rusia podría utilizar para apuntalar su economía en el Lejano Oriente. —Se quedó un rato en silencio, con aire pensativo—. Quién sabe, tal vez todo esto podía ser el principio de una especie de gran acuerdo entre nosotros y los rusos para dividirnos el mundo. En realidad, en eso consistió la Guerra Fría, pese a que Estados Unidos y Rusia eran entonces enemigos.

—Deberíamos seguir siéndolo —dijo Pine.

—Pero no parece que la política actual vaya por ese camino.

—Los norcoreanos deben de saber que algo se está cociendo —siguió Pine—. Enviaron a Chung para averiguarlo. De hecho, para encontrarlo a usted.

—Tendrían todos los incentivos posibles para detener este plan, porque lo que está en juego es su futuro.

—¿Cómo se vio usted involucrado en esto?

—Fred Wormsley era un buen amigo mío, de mi padre y mío. Fue mi mentor.

—He oído que se ahogó.

—No fue así. Lo asesinaron. Y él es el motivo por el que ahora mismo estoy aquí abajo.

—¿Qué quiere decir con eso? —preguntó Pine.

—Antes de morir, Fred se reunió en secreto conmigo. Debido al alto cargo que tenía en la ASN, lo habían reclutado para este plan demencial. Uno pensaría que, con una cosa así, habría miles de filtraciones. Pues no; hasta donde yo sé, Fred fue el único que les plantó cara. Pero les siguió la corriente para poder descubrir todo lo que estaban maquinando. Sin embargo, en determinado momento, alguien lo traicionó.

—Y usted tomó el relevo para impedir que este plan se llevara a cabo —dijo Pine.

—Después de que Fred me contara todo lo que sabía, me puse en marcha para localizar este artefacto nuclear. Por suerte, él sabía la localización de la cueva en la que lo habían escondido y me pasó esa información. De otro modo, me hubiera sido imposible localizarla, debido a las dimensiones del Gran Cañón.

—¿Y Ben Priest? ¿Cuál es la conexión con él?

—Ben trabajó varios años en la CIA. Después se pasó a los servicios de inteligencia del Departamento de Defensa. Cuando yo ejercía de inspector de armas de destrucción masiva en varios países, Ben trabajaba entre bastidores para facilitar el acceso de mis equipos. En esa época nos hicimos buenos amigos. Después él empezó a trabajar por libre. Nunca supe muy bien qué hacía, pero se ganó una buena reputación como alguien que ayudaba a personas empantanadas en situaciones complicadas que requerían amplios conocimientos de geopolítica. Cuando le hablé de esta conspiración, decidió ayudarme de inmediato. Enseguida se percató de lo temerario que era este plan. Y de que había que detenerlo a toda costa.

—Por lo que parece, incluso aunque fuera a costa de su propia vida y la de su hermano —añadió Pine.

—¿Y qué pinta la mula en todo esto? —preguntó Kettler.

—De hecho —dijo Roth—, la mula fue el principal motivo por el que metí a Ben en esto. Verán, cuando supe a través de Fred Wormsley dónde estaba el artefacto nuclear, recordé que Ben me había comentado que iba a hacer una excursión en mula al fondo del Gran Cañón. Yo no tenía modo de conseguir una mula por mi cuenta. Hay que reservar plaza con un año de antelación. De modo que Ben y yo urdimos el plan de que lo suplantara en la excursión en mula. Era una jugada perfecta.

—Ahora todo encaja —dijo Pine.

—Además, Ben y yo bajamos hasta aquí antes de la excursión en mula.

—¿Por qué? —preguntó Kettler.

Roth señaló las pilas de equipo que había allí y lo que parecían trajes de protección amontonados al lado del artefacto nuclear, junto con comida y varios bidones de agua.

—No se puede abrir un artefacto nuclear con un destornillador y unas gafas de natación como protección. Y, claro está, necesitaba comida, filtros de agua y otras provisiones. No podía bajarlo todo en la excursión en mula, hay límites de espacio y de peso. Cuando lo trasladamos aquí, lo escondimos todo cerca del Rancho Fantasma. La noche que «desaparecí» utilicé la mula para transportarlo lo más cerca posible de mi destino final. Después, lo fui metiendo en la cueva.

—Pero ¿por qué narices la mató? —preguntó Kettler.

—La mula tropezó con una roca y o bien quedó atontada o se rompió una pata. De todos modos, para ser sincero, tenía pensado matarla de todas formas. Llevaba conmigo un anestésico para hacerlo del modo más humanitario posible.

—Pero ¿por qué? —insistió Kettler.

Roth extendió las manos en un gesto de disculpa.

—No podía traerla aquí conmigo. Y estábamos muy lejos

del Rancho Fantasma. La pobre mula no tenía modo de volver. Hubiera sufrido el ataque de depredadores que la habrían matado. No quería que sufriera.

—Y le grabó las letras «j» y «k» en el lomo —dijo Pine—. ¿Por qué?

—Agente Pine, no tenía ninguna garantía de salir de aquí con vida. Andar solo por el Gran Cañón no es lo más inteligente. —Miró a Kettler—. Estoy seguro de que advierten a todos los turistas de no hacer lo que yo he hecho. Bajar aquí sin ningún refuerzo y salirse de los senderos marcados.

—Eso es cierto —admitió Kettler.

Roth volvió a mirar a Pine.

—Ben era la única persona que sabía que yo estaba aquí abajo. Si le pasaba algo, como me acaba de decir que sucedió, yo no tenía ningún otro contacto. Si yo moría aquí abajo, por una mordedura de serpiente, una caída o deshidratación, quería que alguien supiera que mi muerte estaba relacionada con algo oculto en esta cueva.

—Por lo tanto, usted sabía lo de la supuesta expedición de Jordan y Kinkaid y la cueva que se cuenta que encontraron.

—Sí. De hecho, oí que unos lugareños contaban esa historia cuando bajé caminando con las provisiones.

—Mi secretaria es de por aquí. Por eso ella también conocía esa historia.

—Fue lo único que se me ocurrió, esas dos letras indicando una cueva escondida en el Gran Cañón.

—No era una pista muy obvia —dijo Pine—. Suerte que mi secretaria conocía la historia y ató cabos.

—Bueno —replicó a la defensiva Roth—, no podía escribir «Eh, hay un artefacto nuclear en una cueva aquí abajo». Podían ser los que han montado esta conspiración los que hallaran a la mula. No quería proporcionarles un mapa preciso de dónde encontrarme. Hice lo que pude con lo que tenía a mano.

—Pero después le dio la vuelta a la mula para ocultar la inscripción —dijo Pine—. ¿Por qué?

—Porque sabía que acudirían los carroñeros y empezarían a devorarla. Si hubiera dejado las marcas expuestas, habrían desaparecido destrozadas.

A Pine había algo que la desconcertaba, de modo que dijo:

—Pero los tres soldados estaban justo delante de la cueva. Lo lógico es que ya hubieran entrado aquí para sacar el artefacto en cuanto las negociaciones de paz fracasaron. Y entonces se habría puesto en marcha el circo mediático.

—Por supuesto que deberían haber hecho eso. Solo que esta no es la cueva en la que los conspiradores dejaron el artefacto.

—¿Cómo? —exclamó Pine.

—Agente Pine, no podía dejarlo allí, así que lo trasladé hasta aquí.

—¿Lo trasladó usted solo? ¿Cómo?

Para responder a la pregunta, Roth sacó de una esquina lo que parecía una mochila de tecnología punta combinada con un exoesqueleto.

—Este artefacto no es tan pesado como parece. Se ha avanzado mucho en la reducción de tamaño de los artefactos nucleares, lo cual es al mismo tiempo impresionante y aterrador. Y esto es un elevador que he diseñado. Lo desmonté y Ben lo bajó en una de sus excursiones al fondo del cañón y lo dejó en uno de los escondites que teníamos. Lo volví a montar y lo utilicé para traer hasta aquí las provisiones que quedaron junto a la mula. Y después para traer el artefacto.

—¿Y cómo sabía de la existencia de esta cueva?

—Muy sencillo. Hace muchos años, cuando era un veinteañero, solía venir de excursión al Gran Cañón con bastante frecuencia. En una ocasión me salí de los senderos marcados y di con esta cueva. No fue nada excepcional, por aquí las hay a montones. Pero cuando caí en la cuenta de que estaba muy cerca de la que habían utilizado para colocar el artefacto, se me ocurrió el plan de trasladarlo aquí. Me traje una polea plegable para mover una roca y tapar la entrada cada vez que salía de la cueva.

—Pero ¿para qué tenía que salir de la cueva mientras estaba aquí abajo? —preguntó Pine.

Esta vez fue Kettler quien respondió:

—Lleva usted aquí muchos días. Necesitaba agua.

—Sí —confirmó Roth—. Por aquí cerca pasa un arroyo y había traído filtros. Además, algunas de las baterías para mis instrumentos funcionan con energía solar. Tenía que sacarlas para recargarlas. —Hizo una pausa—. Por desgracia, tenía que dejar la entrada abierta cuando estaba dentro. Pero he utilizado la malla de camuflaje que llevaba conmigo para ocultarla. Colocaba la piedra cuando salía para que nadie se colara y me sorprendiera al volver.

—Entonces, ¿lleva todo este tiempo trabajando en este artefacto? —dijo Pine.

—Desmontar y volver a montar un artefacto nuclear, sobre todo si se hace a solas, es un proceso lento y laborioso.

—Me sorprende que no hubiera guardias armados alrededor de la otra cueva veinticuatro horas los siete días de la semana —dijo Pine—. De haber sido así, ni usted ni nadie hubiera podido sustraer el artefacto.

—No podían hacerlo —respondió Roth—. Si se hubiera

descubierto la presencia de soldados alrededor de una cueva en el Gran Cañón se habrían levantado sospechas. El plan se hubiera ido al garete. El tempo era básico.

—Los más probable es que pensaran orquestar el descubrimiento de la bomba en el mismo momento en que las conversaciones de paz fracasaban —dijo Pine—. En cuanto eso sucediera, el plan se ponía en marcha.

—Y si alguien hubiera visto guardias armados alrededor de la cueva antes de ese momento, se les hubiera complicado mucho el argumento de que de repente habían descubierto la localización del artefacto nuclear —dijo Roth con una sonrisa—. Me hubiera gustado ver sus caras cuando entraron en la cueva y descubrieron que el artefacto había desaparecido.

—De modo que usted trasladó el artefacto nuclear desde el lugar en que ellos lo colocaron hasta aquí. Y esos soldados estaban buscando por el cañón, tratando de localizarlo y encontrarle a usted.

—Es sin duda un buen resumen —dijo Roth.

—Me dijeron que me estaban siguiendo a mí, con la esperanza de que los condujese hasta usted. Lo cual es justamente lo que acabé haciendo.

—Por suerte pudo detenerlos antes de que llegaran hasta mí. —Roth hizo una pausa y se encogió de hombros—. Pero hemos estado al borde del precipicio.

—Seguimos ahí —puntualizó Pine, quien miró el arma nuclear—. ¿Cuál era su plan?

—Mi idea era documentarlo todo. Dejar el artefacto aquí, taponar la entrada de la cueva, salir del cañón y dar a conocer lo que he descubierto sin revelar la localización de la bomba. Estaba ya listo para marcharme cuando aparecieron ustedes.

—Pero ellos podrían seguir buscando el artefacto nuclear

y acabar localizándolo. Y entonces seguir con su plan. Y si usted protestase o tratara de acusarlos, dirían que está loco, que es un traidor. O incluso lo harían desaparecer.

—Pero no puedo salir del cañón cargando con un artefacto nuclear.

—¿Y si usáramos el helicóptero del Servicio Nacional de Parques? —sugirió Kettler.

Pine negó con la cabeza.

—No, estoy segura de que lo tienen todo bajo vigilancia. Y al Servicio Nacional de Parques ya se lo han quitado de encima. Recuerda lo que les pasó a Lambert y Rice.

—Bueno —dijo Kettler—, no podemos dejar esto aquí. Puede que no explote, pero ¿no tiene elementos radioactivos?

Roth asintió con un gesto.

—En el núcleo sí. Y eso se convierte en problemático si el artefacto resulta dañado.

Pine se acercó a la bomba y le echó un vistazo.

—Ha dicho que nos la proporcionaron los rusos, ¿verdad?

—Sí.

—Entonces, si yo fuera ellos, pediría a cambio algo más que una vaga promesa de concesión de la antracita de Corea del Norte.

—¿Cómo? —preguntó Roth mientras se acercaba a ella.

—Al revisar el artefacto, ¿ha encontrado algo que no le cuadrara?

—¿Qué quiere decir?

—Usted es el experto en armas de destrucción masiva. ¿Hay algo en este artefacto que no reconozca?

Roth miró el arma.

—Bueno, esto. —Señaló dos hileras de pequeños remaches clavados en las planchas metálicas—. Están en los cuatro lados. Pensé que podían servir para reforzar la estructura. Pero en realidad no serían necesarios.

Pine palpó los remaches y los golpeó con los nudillos.

—Esto está hueco.

Roth lo miró y frunció el ceño.

—No me había fijado.

Pine, moviéndose alrededor del artefacto, fue golpeando cada uno de los remaches con la linterna. Cuando terminó su recorrido, dijo:

—En cada uno de los lados hay un remache de apariencia un poco diferente. —Señaló uno—. ¿Puede cortar una sección de metal justo aquí?

Roth así lo hizo. Bajo el metal apareció un pequeño aparato eléctrico.

—¿Qué demonios es esto? —se preguntó Roth en voz alta.

—¿Qué coche tiene?

—Un Mercedes Clase S. Pero ¿qué tiene que ver con esto?

—¿Recuerda que lleva unos pequeños discos insertados en varios puntos de la carrocería?

Roth observó el aparatito que había aparecido en la carcasa de la bomba.

—Eso son cámaras. ¿Me está diciendo que esto es una especie de cámara?

—Sí. —Pine sacó la pieza metálica que Roth había cortado—. Y esto es una lente camuflada como un remache. Probablemente también lleve un micrófono incorporado.

—¿Por qué lo han colocado aquí? —preguntó Kettler.

—En mi etapa en la oficina del FBI de Washington trabajé

en un caso relacionado con una red de espionaje rusa. Incluso llegué a viajar a Ucrania durante las investigaciones. Nos advirtieron de que la habitación del hotel estaría vigilada y que por tanto actuáramos en consecuencia. Dormí con la ropa puesta y jamás utilicé el teléfono de la habitación. En ningún momento hablé en voz alta. A los rusos les encantan los aparatitos de vigilancia. Una vez, cuando construimos una nueva embajada allí, cometimos el error de utilizar a subcontratistas rusos. Resultó que habían convertido todo el edificio en una enorme cámara y grabadora. Por suerte, lo descubrimos a tiempo.

—Pero ¿para qué iban a colocar los rusos dispositivos de vigilancia en este artefacto? —preguntó Roth.

—Los han utilizado para grabar a los nuestros colocando la bomba en el Gran Cañón, de modo que quede registro de que no han sido los norcoreanos. Estoy segura de que todo lo grabado ya está archivado en una base de datos rusa.

—¡Vaya putada! —dijo Kettler—. Lo que estás diciendo es que...

—Lo que estoy diciendo es que si empezáramos una guerra basada en pruebas falsas y matáramos a millones de personas...

—... los rusos tendrían una prueba irrefutable de nuestra culpabilidad y de nuestras mentiras ante el mundo —completó la frase Kettler.

—Es lo que ellos llaman *kompromat* —añadió Pine—. ¿Qué podrían pedirnos los rusos en su chantaje a cambio de no desvelar semejante secreto?

Roth se apoyó contra la pared de piedra de la cueva y dijo:

—Todo lo que quisieran.

—Exacto.

De pronto Roth empezó a mirar el artefacto con aire horrorizado.

—¿Cree que ahora siguen observándonos y escuchándonos? —preguntó a Pine en un susurro.

—Es harto improbable. Aquí abajo no llega el wifi ni la señal de telefonía móvil. Y ninguna señal de satélite sería capaz de atravesar toda esta roca.

—Pero ¿cómo se supone entonces que han conseguido la información comprometedora? —preguntó Roth.

—Se hicieron con ella mucho antes de que se depositara el artefacto en la otra cueva. Había que entregarlo a los americanos y después enviarlo hasta aquí. Deben de tener audio y vídeo de oficiales estadounidenses recibiéndolo y después de nuestros muchachos, tal vez con uniforme militar, cargándolo en un avión, trayéndolo a Arizona y después tal vez transportándolo hasta aquí en helicóptero. Un montón de audios y vídeos que demostrarían que nuestro país estaba metido en esto hasta el cuello. —Miró el artefacto—. Pero, para asegurarnos, mejor desactivemos el resto de los dispositivos.

Roth volvió a coger la sierra y, con ayuda de Pine y Kettler, cortó los otros dispositivos y los sacó de la carcasa del artefacto.

Pine se los guardó en la mochila.

—¿Y ahora qué hacemos? —preguntó Roth.

—Lo contrario de lo que ha dicho antes: vamos a sacar el artefacto nuclear de aquí —propuso Pine con firmeza.

—¿Por qué? —dijo Roth.

—Porque ahora que sabemos lo de los aparatos de vigilancia, podemos utilizar esta información a nuestro favor.

—¿Cómo? —preguntó el experto.

Antes de que Pine pudiera responder, oyeron un ruido.

—¿Qué es eso? —preguntó Kettler.

Corrieron hacia la caverna por la que habían entrado. Una vez allí, el ruido era mucho más estruendoso.

—Es un helicóptero —dijo Roth muy tenso.

—Y no creo que venga a rescatarnos —repuso Pine.

57

Pine echó un vistazo por una esquina de la entrada de la cueva y a través de la malla de camuflaje.

—Hay un foco apuntando hacia aquí. Deben de saber que esta es la última zona por la que se ha movido el equipo de búsqueda.

Esperaron unos minutos hasta que el helicóptero pasó por encima del acantilado y desapareció.

—De acuerdo, tenemos que largarnos de aquí —dijo Kettler, tomando el mando.

Corrió hasta los cadáveres de los soldados y les cogió a dos de ellos los M4 y varios cargadores de repuesto.

—¿Tienes visor nocturno? —le preguntó a Pine, quien asintió con la cabeza—. Vigila la presencia del helicóptero y del foco. Harán varias pasadas. Si no ven nada, continuarán la búsqueda por otras zonas.

—¿Esto lo dices basándote en tus experiencias como soldado? —preguntó Pine.

—El ejército tiene un modo de hacer las cosas, que es seguir siempre los mismos protocolos.

Pine se colocó en posición para cumplir con la tarea asignada.

—Pero no podemos subir todo el camino de vuelta cargando el artefacto —le dijo Roth a Kettler—. Es demasiado pesado. Ya me costó Dios y ayuda trasladarlo de una cueva a la otra.

—Podemos hacerlo si nos turnamos —repuso Kettler—. Y si utilizamos el aparato elevador que ha traído con usted.

—Pero ¿qué pasa con la agente Pine? —preguntó Roth.

—Joder, probablemente es más fuerte que nosotros dos juntos. Y ahora sígame.

Volvieron a la cueva interior y Kettler ayudó a Roth a envolver el artefacto con una enorme lona de camuflaje que el experto en armas había traído también consigo. Kettler se quitó la mochila y dijo:

—Yo lo cargaré primero. Dígame cómo funciona el elevador.

Roth ayudó a Kettler a colocarse el exoesqueleto y la mochila elevadora y después le dijo que se acercase al artefacto y se acuclillara. Roth sujetó el artefacto a la mochila elevadora.

—A ver, la polea de la mochila, los sistemas de redistribución del peso y el exoesqueleto alimentado por baterías cargarán aproximadamente el cincuenta por ciento del peso. Lo cual quiere decir que a usted le tocará llevar unos treinta kilos. Podría ser peor.

—Mi mochila en el ejército pesaba treinta y cinco. De modo que ningún problema. —Kettler se incorporó poco a poco y equilibró el cuerpo—. Perfecto, todo en orden.

Volvieron a la cueva de la entrada.

—¿Dónde está el helicóptero? —preguntó Kettler a Pine, que observaba el exterior desde la abertura de la cueva.

—Está empezando a dar una segunda pasada —dijo—. Esperad.

En treinta segundos, el helicóptero volvió a aparecer. Después, el ruido de las aspas y del motor se fue alejando.

—Muy bien, parece que se han largado.

Kettler le explicó el plan a Pine.

Ella consultó el reloj.

—Son las dos de la madrugada. Es imposible que podamos llegar arriba antes del amanecer, y menos con semejante carga. Y de todos modos, podrían estar esperándonos al principio de cada uno de los senderos.

—Es probable que tengan controlados los senderos principales, pero no todos los senderos angostos ni tampoco los senderos primitivos —dijo Kettler utilizando la terminología del Servicio Nacional de Parques para calificar los distintos tipos de sendero.

—¿Qué quiere decir eso? —preguntó Roth.

—Los dos últimos tipos son senderos en los que no se hace ningún tipo de mantenimiento —aclaró Pine mirándole—. De modo que son mucho más complicados de transitar.

—¿Más que el sendero por el que bajé con la mula? —dijo Roth.

—Sí, sin duda. —Kettler asintió con la cabeza—. El que tenemos más cerca es, de hecho, una combinación de estos dos tipos de senderos y desemboca en el lado norte, cerca del Camino Forestal de Servicio. No es un sendero primitivo, sino uno angosto, pero aun así es muy exigente. Al menos no es como el sendero Nankoweap. Ese lo he completado dos veces y es bien jodido. Buena parte del recorrido se hace a solo unos centímetros de acantilados de unos trescientos metros o más. Desde luego, no es para pusilánimes. Pero el sendero que vamos a seguir también tiene algunos de estos pasos complicados.

—¿Tenemos el equipo necesario para hacerlo? —preguntó Pine.

Kettler alzó su mochila, que cargaba en la mano.

—Aquí llevo cuerdas de escalada y mosquetones. ¿Qué tal si nos atamos todos a la cuerda?

Pine miró a Roth.

—¿Usted se ve capaz de afrontarlo?

—Sí —respondió él—. Como ya les he contado, hace años recorrí los senderos del cañón.

—De acuerdo —dijo Kettler—. Pero el que vamos a subir es más complicado.

Atados los tres con la cuerda, enfilaron hacia el este para tomar el sendero y, una vez ya en él, lo siguieron. Roth iba entre Pine y Kettler, que conocía el recorrido y encabezaba el camino.

—¿Llevas bien el peso? —le preguntó Pine.

—Sí.

—Muy bien, pero nos iremos turnando cada dos horas.

Siguieron el curso del Colorado hasta que llegaron a un arroyo que desembocaba en el río. Kettler localizó el primer mojón, una pila de piedras sujetas entre sí con una malla, que marcaba el inicio del sendero. No habían avanzado mucho cuando llegaron a una pronunciada cuesta por la que bajaba el arroyo. Pine se dio cuenta de que a Roth le costaba tanto mantener el ritmo como subir por esa cuesta.

Trotó hasta ponerse delante de Roth y tiró de él.

—Muy bien, este tramo es un poco peligroso, de modo que vamos a afrontarlo de manera inteligente.

Llamó a Kettler, que enseguida se acercó a ellos. Pese a las objeciones de Roth, utilizaron la cuerda para tirar de él y ayudarlo a subir y después a cruzar la desembocadura del arroyo. Pine le agarró del cinturón y tiró de él para superar el último obstáculo y, a continuación, el hombre tuvo que sentarse un rato, empapado y sin aliento, a los pies de sus dos compañeros de cuerda.

—Bueno —dijo Roth—. Puede que haya sobrevalorado mis aptitudes como escalador. Ya no tengo veinte años. Y, para ser sincero, las caminatas que hice con Ben me dejaron agotado.

—No se preocupe, vamos a sacarlo de aquí.

Media hora después, una vez Roth hubo descansado lo suficiente, continuaron el ascenso; esta vez era Pine quien cargaba con el artefacto. En algunos tramos el sendero se encontraba en muy mal estado y en otros simplemente había desaparecido.

Pine se percató de la creciente ansiedad en la expresión de Roth a medida que el camino se hacía más empinado y sinuoso. Le dio una palmada en el hombro cuando culminaron un tramo particularmente arduo.

—Lo está haciendo muy bien, señor Roth.

—Me llamo David. Dada la situación en la que estamos, creo que nos hemos ganado poder tutearnos.

—Yo soy Atlee y él, Sam.

Roth logró esbozar una sonrisa, pero no se le quitó la cara de susto.

Iban a buen ritmo. Pine consultó el reloj: no tardaría en amanecer.

—¿Qué es ese ruido? —preguntó inquieto Roth.

—La cascada —respondió Kettler—. Salta aquí cerca. Después el río gira hacia el sur en dirección al arroyo que hemos cruzado, que desemboca en el Colorado. Vigila dónde pisas. Aquí el terreno es resbaladizo.

Atravesaron un ancho valle. Después tuvieron que superar una especie de endiablado zigzag.

—Sam, creo que tendríamos que parar un rato para descansar —propuso Pine.

Kettler se volvió y miró a Roth, que avanzaba tambaleándose.

—De acuerdo.

Acamparon, lo más pegados a las paredes rocosas posible, y colocaron el artefacto nuclear lo más lejos del precipicio que pudieron.

Después de comer e hidratarse, Roth se quedó dormido en un fino saco de dormir que Kettler le ofreció. Estaban en el lado noroeste del cañón y el alba llegaría con más lentitud que si estuvieran en la punta este.

Pine y Kettler se sentaron con la espalda apoyada en la pared de piedra y los M4 a mano.

—¿Crees que lo logrará? —preguntó Kettler.

—No lo sé. Diría que tiene quince o veinte años más que nosotros, y no está acostumbrado a esto. Y además llevaba mucho tiempo allí abajo. El cañón te roba la energía. Pero trasladó el artefacto a la segunda cueva él solo. Eso es toda una hazaña.

—Es verdad.

—Si quieres echar una cabezada, yo vigilo —le dijo Pine.

Kettler negó con la cabeza.

—No, estoy bien.

Se quedaron un rato en silencio.

—De modo que el destino del mundo depende de, bueno, de nosotros, ¿no? —dijo Kettler.

—Eso parece.

—La verdad es que cuando decidí apuntarme al Servicio Nacional de Parques no fue para acabar metido en esto.

—Bueno, en mi caso sí que me uní al FBI para hacer cosas como esta —replicó Pine.

Él se volvió hacia ella y le sonrió.

—Atlee, me alegro de que estés aquí. Si solo fuéramos Roth y yo, estaría cagado de miedo.

—No, qué va, estarías haciendo lo mismo que ahora: lo necesario para completar la misión. —Hizo una pausa—. Pero si tú no estuvieras aquí, creo que yo sí estaría cagada de miedo.

Kettler contempló las paredes rocosas que los rodeaban.

—¿Sabías que hay cinco ecosistemas diferentes en el Gran Cañón? El mismo número que encuentras entre México y Canadá.

Pine lo miró.

—Eres una fuente de información inagotable sobre el Gran Cañón.

—Cuando voy a un sitio, me informo sobre él. Soy así.

—¿Podremos avanzar un poco más antes de que haga demasiado calor? —preguntó Pine.

—En este sendero no hay mucha sombra. Y parece que el día se va a poner caluroso. Tú y yo podríamos, pero dudo de que él sea capaz de hacerlo. Y si subimos mucho más, llegaremos a un punto en el que ya no hay donde ponerse a cubierto. Y empieza un tramo con mucha pendiente y muchas sinuosidades.

—Y si vuelve a aparecer el helicóptero seríamos un blanco fácil.

—Entonces, ¿esperamos aquí a que anochezca? Desde aquí, llevando a Roth a remolque, podemos llegar arriba en unas seis horas. Antes del siguiente amanecer.

Ambos volvieron a dejar que sus miradas se perdieran en la oscuridad.

—Es como si estuviéramos de nuevo sentados en el Jeep —dijo Kettler.

—Solo nos faltan las cervezas.

Kettler abrió su mochila y sacó una lata.

—Me estás tomando el pelo —dijo ella pasmada.

Él la abrió y se la pasó.

Pine la cogió.

—Está fría. ¿Cómo lo has conseguido?

—Como ya te conté, cuando me toca trabajar siempre tengo la mochila preparada en el puesto de los guardabosques, por si surge una emergencia o por si quiero salir a caminar o escalar al acabar el turno. Y en la mochila siempre llevo una cerveza en un enfriador a pilas. Es un pequeño capricho que me permito. Cuando estuve estacionado en Oriente Próximo, mi pelotón siempre esperaba con ansia tomarse una cerveza por la noche. —Se calló y la sonrisa le desapareció de la cara—. Era lo único que aguardábamos con ansia. Aparte del momento de ser enviados de vuelta a casa.

—Te entiendo, Sam. —Pine bebió un largo trago y se la pasó a Kettler—. Caramba, ahora necesitaría un cigarrillo.

Él sonrió, echó un trago y se quedó mirando la lata, primero con aire contemplativo y después ceñudo.

Pine lo observaba con atención.

—¿Te ronda algo por la cabeza?

Él se encogió de hombros.

—Qué demonios. Quizá debería contártelo.

—¿El qué?

Kettler le pasó la cerveza.

—Estaba al mando de una patrulla, recorríamos a pie un

pueblecito a unos cien kilómetros de Faluya. De pronto salió un niño, que no tendría más de diez u once años, de su casa, que en realidad era más bien una choza de barro. Yo la podría haber derribado de una patada. Llevábamos encima algunos caramelos. Se los regalamos. Nos acompañaba un traductor. Le preguntamos al crío si sabía de la presencia de algún miembro de Al-Qaeda por la zona. Nos dijo que no sabía nada. De pronto apareció una anciana, muy cabreada. Resulta que era la abuela del chico. Lo agarró y nos dijo que nos largáramos. No paraba de gritar y estaba cada vez más furiosa. Empezaron a aparecer algunos de los jóvenes de la aldea. De modo que decidimos largarnos. Yo cubría el flanco posterior.

Kettler dejó de hablar. Se le había cubierto la frente de sudor. Pine tenía claro que no era debido al calor. Le volvió a pasar la cerveza.

—Toma, echa un trago.

Él bebió un sorbo y continuó:

—Cuando me di la vuelta, vi que el crío empuñaba un AK-47. Creo que la abuela lo llevaba escondido bajo la ropa. Un arma mortífera. Y la abuela, bueno, ella llevaba una granada en la mano. —Volvió a enmudecer, con una mirada de incredulidad en el rostro—. La jodida arma era más grande que el niño. Pero sabía manejarla. Eso lo vi claro desde la distancia. —Se pasó la lengua por los labios—. Mis hombres todavía ni se habían enterado de lo que estaba pasando.

Intuyendo cómo iba a acabar la escena, Pine le puso una mano sobre el brazo. Notó la elevada temperatura del cuerpo.

—Miré al niño y después a la abuela. Nunca... —Volvió a pasarse la lengua por los labios y tragó con cierta dificultad—. Nunca había visto tanto odio en las miradas en toda mi vida. Ni me conocían, pero me odiaban con toda su alma. Los dos.

—Sam, odiaban lo que representabas y el motivo por el que estabas allí.

—Disparé al crío en la pierna. No quería matarlo. Solo evitar que disparara contra mí y mis hombres. Pero la bala debió de rebotar en el hueso y le seccionó la femoral. Fue como un géiser. Murió en cuestión de segundos. Se desplomó en el suelo y entonces...

—No tienes por qué hacer esto —le dijo Pine, apretándole el brazo—. No tienes por qué continuar contándomelo.

Kettler negó con la cabeza y siguió:

—La abuela lo miró y empezó a chillar. Me clavó los ojos, con lágrimas deslizándosele por las mejillas. Se dispuso a sacar la anilla de la granada y lanzárnosla. —Hizo una pausa, pero solo de un instante—. Le disparé a ella también. En la cabeza. —Se calló y miró a Pine—. ¿Quieres saber por qué?

Pine no dijo nada, lo que él interpretó como una invitación a continuar.

—Pensé que no querría seguir viviendo, así que la maté. Actué como si fuera Dios, pese a que no lo era. Ni lo soy. En ese momento no podía pensar con claridad.

—Hiciste aquello para lo que te habían entrenado. Salvaste a tus hombres.

—Sí, me habían entrenado para matar a niños y abuelas. Atlee, yo no me había alistado para eso. En absoluto. Ni de coña. Han pasado ya diez años y sigo teniendo pesadillas. Aprieto el gatillo una y otra vez. Y ellos mueren sin parar.

—Sam, no tenías otra alternativa. Estabas atrapado en una situación muy compleja.

Él la miró.

—La noche que vine con las cervezas...

—¿Sí?

—Había tenido una pesadilla. Me desperté bañado en sudor. Y entonces... Pensé en llamarte..., en verte. Y eso... me ayudó.

—Me alegro, Sam.

Permanecieron sentados en silencio durante aproximadamente un minuto. Lo único que se oía era el viento y el agua del río que tenían a sus pies.

Pine se quitó la cazadora y le mostró el brazo desnudo, con los tatuajes.

—Mercy era mi hermana gemela.

—¿Era? ¿Qué le pasó?

—Cuando teníamos seis años, alguien entró en nuestro dormitorio una noche y se la llevó. Todavía no he logrado averiguar qué fue de ella.

—Dios mío, Atlee, lo siento.

—Supongo que ese es el motivo por el que decidí ser agente del FBI. —Miró a Kettler—. Para asegurarme de que otras personas lograran que sus casos se resolvieran, porque... porque el de Mercy jamás lo hizo.

Kettler le tomó la mano y se la apretó.

—No se me ocurre un oficio mejor al que dedicar tu vida.

—Nunca hablo de ello. Como tú con lo que viviste. —Miró a su alrededor—. Pero ahora he pensado, qué demonios, ¿no crees? Mañana nos queda muy lejos, si es que llegamos a ver el nuevo día.

Kettler asintió con un gesto y dijo, hablando sin prisas:

—Creía que podía superarlo solo. Pero... —Negó con la cabeza—. Voy a pedir ayuda. El Departamento de Asuntos de los Veteranos tiene una clínica no muy lejos. Debo resolver esto. Me vine a trabajar aquí pensando que tal vez de este modo lograría superarlo, pero no ha sido así.

—Sam, recibir asesoramiento psicológico siempre ayuda. Es lo más recomendable.

—Bueno, habrá que probarlo. —Suspiró y apartó la mirada—. ¿Y tú has pensado alguna vez en acudir al psicólogo? Por lo de tu hermana.

Pine no respondió.

58

Las horas de calor del día pasaron sin que apareciera ningún helicóptero tratando de localizarlos. Tampoco hizo acto de presencia ninguna patrulla de soldados armados con rifles de asalto M4 subiendo por el sendero tras ellos. El motivo parecía obvio: a la luz del día se veía todo.

Empezó a llover mientras Kettler y Pine se turnaban para dormir. Cuando se espabilaron a las diez de la noche, el sistema tormentoso ya se había desplazado y el cielo se había aclarado un poco. Despertaron a Roth y los tres comieron y bebieron lo suficiente con objeto de tener las reservas de energía necesarias para afrontar el último asalto a la ladera norte.

Mientras ascendían atados con la cuerda, Kettler le puso la mano en el hombro a Roth y le dijo:

—Veamos, Dave, este es el plan. Nos espera un tramo en plan zigzagueo, con algunas pendientes muy pronunciadas. Pero lo superaremos. Después viene un tramo largo y duro que se puede recorrer sin problemas. Luego nos esperan unos cuantos kilómetros bastante llanos. A continuación, cuando el sendero se bifurca, tomaremos dirección este. Vendrá un nuevo zigzagueo y el recorrido es más accidentado que el del sendero del oeste, pero también varios kilómetros más corto.

Tú fíjate en mí y tómatelo con calma, y antes de que amanezca estaremos caminando por carreteras pavimentadas. ¿Te parece bien?

—¿Y qué pasa con nuestra carga? Ahora me toca llevarla a mí.

—Atlee y yo hemos decidido que nos repartiremos entre nosotros dos esta tarea.

—Pero eso no es justo para vosotros.

—Has pasado mucho tiempo ahí abajo. Nosotros no. El cañón te chupa la energía. Cada uno tiene que ser consciente de sus límites y valorar qué es mejor para el equipo y la misión. Seguro que tú y tu equipo de expertos en armas de destrucción masiva funcionáis del mismo modo cuando hacéis inspecciones sobre el terreno.

Roth puso una mano sobre el hombro de Kettler y le dijo:

—Así es. Y... gracias.

Kettler cargó con el artefacto y se pusieron en marcha.

En algunos momentos Roth lo pasó mal e incluso Pine tuvo que sacar de donde pudo fuerzas extra para aguantar el ritmo. Se quedó maravillada con Kettler, que parecía moverse como una máquina impasible. Incluso cargando con el artefacto, resultaba muy evidente que tiraba de los otros dos y les hacía el trayecto más llevadero a costa de ponérselo más difícil a sí mismo.

En la bifurcación tiraron hacia el este y llegaron a un tramo de pendientes pronunciadas.

Kettler miró hacia atrás, en dirección a Roth, y alzó las manos para indicar que iban a hacer un descanso.

—Estoy... estoy bien —dijo el experto en armas sin aliento.

Kettler retrocedió para acercarse a él.

—De acuerdo, pero yo necesito un respiro. Se me están

empezando a agarrotar los gemelos. Ahora le tocará el turno de cargar a Atlee.

—Muy bien, si tú lo dices, descansaremos —dijo Roth, y se derrumbó en el suelo.

Pine le lanzó a Kettler una mirada cómplice.

Pero de inmediato la expresión del rostro se le tensó.

«Wump-Wump-Wump.»

El ruido de un helicóptero que no se veía por ningún lado.

—Apagad las linternas —ordenó Kettler.

Así lo hicieron los tres.

Kettler agarró a Roth y lo llevó bajo unos pinos de Virginia. Pine se unió rápidamente a ellos.

Se agazaparon allí, sin mover un músculo, mientras el foco del helicóptero peinaba el escarpado terreno como una araña luminosa deslizándose sobre una superficie de cristal.

Pine contuvo la respiración. La única buena noticia era que por allí no había ningún sitio en el que el helicóptero pudiera tomar tierra.

Pero se imaginó una ametralladora abriendo fuego contra ellos desde el aire si el haz de luz los localizaba. Agarró con fuerza el M4 y pensó que lo mejor, si llegaba a ser necesario, sería disparar contra la cola del helicóptero.

El aparato los sobrevoló durante lo que les pareció una eternidad. Pero el reloj de Pine atestiguaba que solo habían pasado dos minutos. Después se elevó, se dirigió hacia el este, sobrevoló la cresta de una montaña y desapareció.

Permanecieron inmóviles durante unos minutos, para asegurarse de que no regresaba.

Por fin, una vez comprobado que el ruido de las hélices no volvía a escucharse, salieron del escondrijo.

—¿Listo para continuar? —preguntó Kettler con voz tranquila.

—Listo —respondió Roth visiblemente nervioso.

Kettler ayudó a Pine a colocarse la mochila con el artefacto y reanudaron el ascenso.

Poco después, el sendero se empinaba mucho.

Y volvió a aparecer la lluvia, cuyas gotas les picoteaban en la cara. Fue entonces cuando Roth dio un paso hacia arriba en un tramo muy estrecho, que estaba inquietantemente al borde de un profundo precipicio, y la roca cedió y una parte del empapado sendero cedió.

Pegando un grito, Roth se deslizó hacia un lado, moviendo las manos en el aire, sin poder agarrarse a nada. Y, con un aullido de terror, cayó por el precipicio.

El peso lanzado a plomo tiró repentina y violentamente de Pine, que cayó de bruces. El pesado artefacto y la mochila le cayeron sobre la espalda y la aplastaron contra el suelo, haciendo que expulsara todo el aire de sus pulmones.

Roth quedó colgado en el vacío, sostenido por la cuerda anudada a la cintura. Se balanceaba, tratando de agarrar con ambas manos la cuerda. Sus constantes movimientos provocaban que el peso tirase con cada sacudida de Pine, que cada vez estaba más cerca del borde. Se iba deslizando entre rocas, barro y cactus, mientras trataba por todos los medios de evitar despeñarse.

Desde la otra punta de la cuerda, Kettler empleaba todas sus fuerzas en evitar ser también arrastrado.

Mientras Roth no paraba de balancearse, la cabeza de Pine ya se asomaba al abismo. Tenía que evitar que el resto de su cuerpo siguiera el mismo camino. Aplastó las palmas de las manos contra el terreno rocoso y empujó con ímpetu hacia atrás, para evitar la caída. Era como si levantara unas pesas de miles de kilos.

—¡Mierda! —gritó al límite de sus fuerzas.

—Atlee —la llamó Kettler—, voy a tirar hacia atrás para hacer de contrapeso. Si yo también me acerco demasiado al precipicio, caeremos todos. En cuanto consiga que nos estabilicemos, ya encontraremos una solución para salir de esta. Tú aguanta.

Pine apretó los dientes y asintió con un gesto para indicar que lo había entendido.

Con la cara asomada al abismo, veía a Roth bamboleándose de un lado a otro unos cinco metros por debajo. Y después lo que había era una caída muy larga y sin duda mortal.

—David —le gritó—, deja de moverte. Estamos tratando de solucionar esto, pero tus sacudidas no ayudan.

En honor de Roth hay que decir que dejó de moverse de inmediato.

Pine tensó todos los músculos de su cuerpo, agarró las puntiagudas rocas incrustadas en el borde del acantilado e intentó recular un poco más. Pero con el peso muerto de Roth todo esfuerzo era inútil. De no ser tan fuerte como era, Pine haría ya rato que se habría despeñado por el precipicio. En realidad, el peso añadido del artefacto que llevaba encima ayudaba a evitar la caída, porque actuaba como contrapeso, aunque la presión sobre su espalda no resultaba precisamente agradable.

—¡Veamos, Atlee! —gritó Kettler—. Voy a intentar lanzarte una cuerda con un mosquetón. Engánchatelo a la cintura. No te pases la cuerda a tu alrededor, solo engancha el mosquetón.

Ella asintió con la cabeza y miró hacia Kettler.

Él había pasado la cuerda que lo conectaba con Roth alrededor de una enorme roca que sobresalía al borde del sendero. De este modo había logrado estabilizar y asegurar el peso de Roth.

Sostuvo en alto la segunda cuerda con el mosquetón para que Pine la viera.

—Ahí va.

El mosquetón aterrizó justo al lado de la mano izquierda de Pine. Lo cogió y lo enganchó al mosquetón de la cuerda que llevaba alrededor de la cintura.

—Muy bien —dijo Kettler, que había estado observando sus movimientos.

Agarró su punta de la cuerda, la aseguró alrededor de la gran roca dándole varias vueltas e hizo un nudo de seguridad.

Ahora Pine entendió por qué le había pedido que no se la enrollase alrededor de la cintura. El peso muerto de Roth ya ejercía mucha presión sobre su cintura. Enrollarse una segunda cuerda alrededor del cuerpo habría podido provocarle, si las cosas salían mal, un estrangulamiento semejante al de una boa constrictor. Haciendo lo que le había dicho Kettler, si Roth la arrastraba de nuevo hacia el borde del abismo, la cuerda del mosquetón y la otra cuerda anudada alrededor de una roca impedirían, si todo funcionaba como debía, que ella y Roth se despeñasen mortalmente. El único dilema era que ahora Pine estaba literalmente entre la espada y la pared.

Kettler se le acercó con más cuerda y otro mosquetón.

Le tocó el brazo.

—¿Estás aguantando bien?

Ella asintió con una mueca de dolor.

—Sí, pero no voy a poder hacerlo mucho tiempo más.

—No será necesario.

Kettler se asomó al precipicio.

—Dave, te voy a lanzar esta cuerda. Engancha el mosquetón al que ya llevas encima, ¿de acuerdo?

Roth asintió con un gesto y Kettler empezó a soltar cuerda.

El experto en armas logró agarrarla al segundo intento y se enganchó el mosquetón.

Kettler, agarrando la otra punta de la cuerda, se desplazó de vuelta hasta la gran roca, enganchó la segunda cuerda a la que ya tenía allí asegurada y comprobó que estuviera suficientemente tensa.

Volvió al borde, se asomó y se dirigió a Roth:

—Ya estás bien atado a una roca. Ahora voy a soltarte de Atlee.

—¡No! —gritó Roth—. ¡No lo hagas! Me precipitaré al vacío.

—Eso no va a pasar. La roca a la que estás atado debe de pesar unos dos mil kilos. Eso hace la función de cinturón. Y la cuerda que te he lanzado son los tirantes, por si acaso. Ahora tengo que liberar a Atlee para que pueda ayudarme a subirte. Cuando suelte su cuerda, es posible que caigas unos centímetros, pero no vas a precipitarte al vacío, ¿de acuerdo? Te estoy sujetando con dos cuerdas.

—Oh, Dios mío, por favor, Dios mío —oyeron que gimoteaba.

—David —le gritó Pine—, no te vamos a perder, ¿entendido? Es un buen plan. Y es el único que tenemos, ¿de acuerdo?

—De... acuerdo —respondió Roth por fin.

Kettler miró a Pine.

—¿Estás lista para que te suelte?

—Mi espalda seguro que sí.

No le fue fácil, porque todo el peso muerto de Roth tiraba de ella, pero Kettler se las apañó para soltar el mosquetón que la conectaba con este.

Roth pegó un grito cuando descendió de golpe unos centímetros, pero se tranquilizó al comprobar que las otras cuerdas lo sostenían.

Pine dejó escapar un largo y atormentado jadeo.

—Necesito quitarme de encima esta jodida bomba. ¡Ahora mismo!

Kettler soltó las correas que la sujetaban a ella y, con mucho esfuerzo, logró quitársela de encima.

Pine permaneció allí tumbada respirando hondo.

—Atlee, necesito que me ayudes a tirar —le pidió Kettler, con un punto de ansiedad en la voz, mientras la lluvia seguía bombardeándolos.

Pine comprendía sus nervios. Si el helicóptero reaparecía ahora, acabarían todos muertos.

—Ya lo sé, dame un segundo. —Tomó aire varias veces—. Venga, estoy preparada.

—Estupendo, tenemos que conseguirlo a la primera.

En un segundo, Kettler los enganchó a los dos a las cuerdas atadas en la gran roca.

Después le dio a Pine unos guantes que llevaba en la mochila. Él ya se había puesto los suyos.

Se colocaron ambos al borde del precipicio.

Kettler la miró y le sonrió para darle ánimos.

—Bueno, casi olímpica, veamos qué me puedes dar.

Ella esbozó una débil sonrisa a modo de respuesta, sopló en los guantes y los frotó entre sí.

—Vamos allá.

Se acuclillaron, tiraron, jadearon, se deslizaron un poco y retrocedieron. El suelo estaba muy resbaladizo y no paraba de llover, y en un par de ocasiones, los pies y los dedos de las manos les patinaron, con lo cual Roth subió unos centímetros y a continuación cayó un poco. Pine era muy fuerte, pero Kettler también. Sumando fuerzas, lograron ir subiendo a Roth centímetro a centímetro hasta que la parte superior de su cabeza apareció sobre el borde del sendero.

Kettler anudó de inmediato la cuerda, para no perder lo ya ganado con tanto esfuerzo.

Él y Pine se acercaron otra vez al borde y se acuclillaron. Agarraron entre los dos a Roth por debajo de las axilas.

—Uno, dos, tres, arriba —dijo Kettler.

El torso de Roth aterrizó sobre el sendero.

—Otra vez —dijo Kettler.

Y ahora siguió el resto del cuerpo de Roth. Todos se tumbaron en el suelo y permanecieron allí unos minutos, recuperando el aliento, con las caras cubiertas de sudor, pese a tenerlas ya empapadas de agua de lluvia.

Pasado un rato, se incorporaron, desataron las cuerdas de la roca, volvieron a atarse entre ellos y se pusieron de nuevo en marcha; ahora era Kettler quien cargaba con el artefacto.

—Gra... gracias —les dijo Roth mientras avanzaban.

—No lo hagas todavía —replicó Pine—. Aún no hemos llegado arriba.

Unos veinte minutos de ascenso más tarde, Kettler se volvió.

—Enseguida la ladera dejará de ser tan empinada. Y después ya habremos llegado.

Pine miró el cielo y después el reloj.

—¿Cuánto nos falta? —le preguntó a Kettler.

—Más o menos un par de horas.

—Vamos a intentar acortarlo —dijo Pine.

Cuanto más altos estuvieran, el amanecer llegaría antes.

Sacó el móvil y le emocionó ver que aparecían varias barras. Marcó un número, rogando que la línea funcionara. La persona al otro lado descolgó medio dormida al tercer tono.

—Soy Atlee. Me dijiste que, si necesitaba ayuda, solo tenía que pedírtela. Ahora te la estoy pidiendo.

Unas dos horas y media después llegaron a la parte superior del lado norte. Kettler alzó la mano y los otros dos se detuvieron de inmediato. Roth se dejó caer en el suelo, jadeando.

Kettler se desembarazó del artefacto que cargaba, se acercó a sus dos compañeros y les desató la cuerda. Se acuclilló y observó la zona que tenían delante con mirada de soldado profesional.

—¿Y ahora cuál es el plan? —preguntó Kettler—. No me gusta estar expuesto aquí arriba. Aquí ese helicóptero podría aterrizar en cualquier lado.

Pine miró el cielo, buscando algún haz de luz que rompiera la oscuridad del cañón.

Se dijo a sí misma que, si el helicóptero aparecía y aterrizaba, abriría fuego, apuntando al tanque de combustible.

—He pedido ayuda. Llegarán enseguida.

—Espero que sea a tiempo —replicó Kettler.

Treinta minutos después, la luz de un par de faros atravesó la oscuridad, pero provenía de la carretera, no del cielo. Kettler se volvió rápidamente y apuntó con el M4 al vehículo que se acercaba.

—Baja el arma —le dijo Pine en cuanto el vehículo estuvo la bastante cerca como para identificarlo—. Los conozco.

El Chevy Suburban se detuvo ante ellos y se apearon Joe y Jennifer Yazzie.

Joe Yazzie Sr. era un hombre alto y corpulento. En la larga melena negra asomaban ya algunas canas. Tenía la piel curtida después de haber pasado toda su vida al aire libre y cojeaba un poco al caminar.

Pine sabía que era a causa de un disparo que recibió en el muslo, cuya herida todavía no se le había curado del todo.

Llevaba el uniforme de policía y empuñaba en la mano derecha una escopeta con el cañón apuntando hacia el suelo.

—¿Atlee? —llamó Jennifer.

—Somos nosotros —respondió Pine, y los tres salieron de las sombras.

—Agente Pine. ¿Estás bien? —Carol Blum se había apeado del asiento trasero y se acercaba a ellos.

—Estamos todos bien.

El grupo se reunió en mitad de la carretera. Pine les presentó a Roth y a Kettler a los Yazzie y a Blum.

Blum le agarró la mano a Pine.

—Estaba segura de que lo encontrarías.

—Bueno, no lo habría logrado sin la ayuda de Sam.

Blum puso una mano en el hombro de Kettler y le dijo moviendo los labios sin hablar: «Gracias».

Joe Yazzie miró a Pine con severidad y dijo:

—Atlee, no nos has contado gran cosa. De hecho, nada de nada.

—Ojalá pudiera explicároslo todo y algún día espero poder hacerlo. Pero ahora tenemos un montón de cosas que hacer. Y no disponemos de mucho tiempo.

—¿Adónde quieres que os llevemos?

—A Tuba City, lo más rápido que puedas.

Joe pareció sorprendido.

—¿A Tuba City? ¿Por qué?

—Porque es soberana. Y tenemos que llevar algo con nosotros.

Ella y Kettler corrieron hasta el artefacto, lo cargaron y lo dejaron junto al todoterreno.

Joe lo miró con suspicacia.

—¿Qué demonios es esto?

—Esto —dijo Pine— es el premio gordo.

59

Se dirigieron hacia el norte, hasta el lago Jacob, después giraron a la derecha y viajaron hacia el este hasta el cañón de Mármol y finalmente en dirección sur hasta Tuba City. Era el trayecto más corto y, aun así, el viaje les llevó casi tres horas por la carretera 89A.

Cuando llegaron a su destino, el sol ya estaba muy alto en el cielo.

Al entrar en las afueras de Tuba City, Joe Yazzie le preguntó a Pine:

—¿Y ahora qué?

Ella iba en el asiento trasero, justo detrás de él.

—Llévanos a la comisaría de policía —dijo Pine.

Joe asintió con la cabeza y se dirigió hacia allí.

—¿No me puedes hacer al menos un resumen de lo que pasa? —le dijo, mientras su mujer le lanzaba una mirada reprobadora—. Porque no quiero echar mi carrera por la borda por un lío que ni siquiera sé de qué va.

—Lo que puedo contarte es que hay personas de nuestro Gobierno planeando algo terrible y estoy tratando de detenerlos.

Joe asintió con un gesto y la miró por el espejo retrovisor.

—¿El Gobierno jodiendo a la gente? Bueno, eso no me

suena tan raro. ¿Y qué vas a hacer tú, teniendo en cuenta que trabajas para ellos?

Pine señaló a Roth.

—Él ha encontrado una prueba vital para el caso.

Joe miró al experto en armas por el retrovisor.

—¿La prueba es esa cosa enorme que llevamos en la trasera de la camioneta?

—En parte sí.

—Y vais a ser vosotros los que os entendáis con esa gente, ¿verdad?

—Sí.

—Me alegro de oírlo —replicó Joe—. Porque no nos gusta demasiado tener que interactuar con los servidores de vuestro Gobierno.

Jennifer miró rápidamente a Pine y dijo:

—Excluyendo a los presentes.

—Joe, solo estamos intentando hacer lo correcto —le aseguró Pine.

—Es lo que siempre dice vuestra gente. —Miró a Kettler—. ¿Y qué papel desempeña el Servicio de Parques Nacionales en todo este jaleo?

—Yo me limito a hacer lo que la agente Pine me pide —respondió Kettler.

—Un tío listo —dijo Jennifer, con una sonrisita dirigida a Pine.

Joe no sonrió.

—Aunque el territorio de la reserva navajo es soberano —dijo—, no os podemos ofrecer una especie de asilo, si es eso lo que andáis buscando. Pine, tú eres empleada del Gobierno federal. Y el guardabosques del parque también. Y este hombre... —Señaló a Roth—. No es navajo.

—Joe, no os voy a pedir asilo.

—Entonces, ¿qué pretendes?

—Confía en mí. Ya lo verás. No os voy a meter en ningún lío.

Joe estaba a punto de soltar algo, pero su esposa le puso la mano en el hombro, asintió con la cabeza y dijo:

—Atlee, confiamos en ti.

Joe lanzó una prolongada mirada a su mujer y después volvió a concentrarse en el parabrisas.

Siguieron avanzando hacia su destino.

La comisaría de policía estaba en una llanura. El edificio era circular y de color terracota, rodeado por una estructura de pérgolas con vigas de madera.

Cuando entraron todos juntos, algunos empleados y agentes de policía los miraron con curiosidad y otros con suspicacia.

—Es un asunto oficial —les anunció Joe Yazzie con tono seco, y siguió caminando.

Pine, Roth y Kettler se asearon un poco en los lavabos de la comisaría.

Cuando salieron, Jennifer les tenía preparado café y un poco de comida de la máquina expendedora de la comisaría.

Blum la ayudó a repartir el café y la comida. Le dio a Atlee un golpecito en el brazo para llamar su atención.

—Agente Pine, no sabes lo que me alegro de verte.

—Carol, hemos pasado por algunos momentos difíciles, pero lo hemos logrado. Aunque ahora llega la parte complicada de verdad.

Comieron y bebieron café en el pequeño despacho de Joe Yazzie, mientras él y su esposa los contemplaban.

—Quiero saber lo que está pasando —dijo Joe cuando acabaron—. Ahora estáis en mi territorio y son mis normas. De modo que no os voy a prestar más ayuda hasta que me expliquéis de qué va todo esto.

Pine miró a Yazzie y a su mujer.

—Yo no te he contado nada. Si alguien te pregunta, tú no sabes nada.

Jennifer miró con expresión inquieta a su marido, pero él mantuvo su aire resoluto sin apartar los ojos de Pine.

—Jamás le contaré nada de esto a nadie —repuso con firmeza.

Pine respiró hondo y dijo:

—Lo que hemos traído en la trasera de tu camioneta es un arma nuclear.

—Dios mío —replicó Jennifer, lívida.

Roth avanzó un paso y dijo:

—No está armada. No puede estallar.

—Eso dices tú —soltó irritado Joe, que miró indignado a Pine—. ¿Me has hecho traer a la tierra de los navajos una puta bomba atómica? ¿A la comisaría de policía? ¿Con mi esposa en la camioneta?

—La bomba no puede detonarse —repuso Pine con firmeza señalando a Roth—. Su trabajo consiste en supervisar este tipo de armas. ¿Hubieras preferido que la dejásemos en el cañón?

—¿Qué vais a hacer con ella? —preguntó Joe rabioso—. Porque lo que está claro es que no os voy a permitir dejarla aquí.

—Voy a llevármela a mi oficina.

—¡A tu oficina!

—Es lo que he dicho.

Joe negó con la cabeza, con aire disgustado.

—Bombas atómicas. ¿Cuándo demonios vuestra gente dejará de jugar con esta mierda?

—Ojalá tuviera la respuesta, Joe, pero no es el caso. Y ahora necesito unos minutos a solas con ellos.

Joe miró a su mujer.

—De acuerdo. Tomaos el tiempo que necesitéis. Voy a echar una ojeada a la camioneta. Como se le acerque un helicóptero militar, dispararé para derribarlo. ¿Os parece bien? —añadió con aspereza.

—¡Todo tuyo, Joe!

Después de que él y Jennifer salieran del despacho, Roth se volvió hacia Pine.

—¿Has dicho que vas a llevarte el artefacto a tu oficina? ¿Por qué?

—Porque cuando se negocia, se necesita munición. Y apuesto a que este artefacto vale su precio en oro.

Roth se quedó lívido.

—¿Qué pretendes hacer?

—Puedes confiar en la agente Pine —dijo Blum—. Sabe lo que hace.

—Pero tiene que entender que en este caso estamos tratando con Goliat.

—Bueno, David —dijo Blum con una sonrisa—, pues en este caso tu nombre encaja a la perfección en este asunto.

60

—¿Está loca?

Por su tono, Clint Dobbs, el jefe del FBI en Arizona, parecía a punto de sufrir un ataque al corazón, un ataque de ansiedad o ambos a la vez.

—Creo que no, señor —respondió muy tranquila Pine desde el otro lado de la línea telefónica.

—¿Dónde narices ha estado todo este tiempo? —preguntó Dobbs.

—De vacaciones, como usted me pidió, señor.

—Me cago en la leche, no ha respondido ni llamadas ni correos electrónicos.

—Señor, donde estaba no había cobertura. Acabo de regresar.

—¿Se da cuenta de cuánto tiempo ha estado fuera?

—Sí, señor, cogí las vacaciones completas.

—¿Y ahora quiere que nos veamos en la oficina de Shattered Rock?

—Sí, señor, y traiga refuerzos como le he pedido. Hablo del equipo de rescate de rehenes, armas largas, chalecos antibalas, toda la parafernalia.

—No se me insubordine. No pienso ir a Shattered Rock. Puede usted venir a Phoenix.

—Lo haría, señor, pero tengo una cosa en mi oficina que resulta muy complicada de transportar.

—¿Dé qué demonios está hablando?

—Confíe en mí, señor.

—No veo por qué debería hacerlo. El subdirector me ha echado todo un sermón sobre usted.

Pine respiró hondo.

—Creo que el subdirector podría estar implicado en lo que está sucediendo.

«Motivo por el cual lo he llamado a usted y no a él», pensó.

—¿Qué demonios está diciendo? Pine, este tipo de comentarios podrían costarle la placa.

—¿Por qué otro motivo se hubiera interpuesto pidiéndole que me apartase del caso, señor? ¿No es un comportamiento inusual por su parte? Quiero decir, ¿por qué va a mostrar el subdirector tanto interés por el caso de una mula muerta?

Durante unos instantes, Dobbs no dijo nada. Y de pronto soltó:

—¿En qué diantres anda metida, Pine?

—Algo mucho más gordo de lo que jamás hubiera podido imaginar, señor. Por eso necesito su ayuda. No puedo hacer esto sola. Y si el subdirector no va a respaldarme, necesito que lo haga usted, señor.

—¿Y por qué tengo que llevar refuerzos? —preguntó Dobbs tras otro momento de silencio.

—Porque espero compañía.

—¿Compañía? ¿A qué se refiere, a criminales? ¿A una banda?

—Depende de la definición que aplique al término, pero de hecho esta compañía podría ser más peligrosa.

—Escuche, Pine, todo esto es ridículo. Si se cree que...

Ella lo interrumpió.

—Señor, no le pediría ayuda si la situación no fuera crítica. Cuando llegue aquí entenderá exactamente lo que sucede. Es un asunto de seguridad nacional. Y no solo para este país, sino para el mundo entero. —Hizo una pausa—. Señor, intento desempeñar mi trabajo como agente del FBI. Hice un juramento. Y pienso cumplirlo.

De nuevo Pine oyó tan solo la respiración de Dobbs durante un rato.

—No está de broma, ¿verdad?

—Nunca he hablado más en serio en mi vida.

—No ha estado de vacaciones, ¿verdad?

—No, señor, no lo llamaría «vacaciones».

—Pine, su carrera pende de un hilo.

—Señor, lo que pende de un hilo es mucho más que mi carrera.

Se produjo un breve silencio.

—Estaré allí en tres horas y media.

—Y no se olvide de traer los refuerzos que le he pedido.

Dobbs ya había colgado.

Pine suspiró.

«Bueno, allá vamos.»

Después, Pine y Blum esperaron en la camioneta de los Yazzie aparcada cerca de la oficina de Shattered Rock. Era importante que aparecieran allí al mismo tiempo que Dobbs y sus hombres.

—Tú y Sam habéis metido el paquete en la oficina, ¿verdad? —preguntó Pine.

—No hemos tenido ningún problema. Hemos entrado por el garaje para que nadie nos viera. —Blum hizo una pausa—. Aunque debo decir que resulta un poco inquietante la facilidad con la que hemos metido un artefacto nuclear en un edificio en el que trabajan agentes federales.

—¿Nadie se ha interpuesto en vuestro camino?

—Un agente de la AIA al que conozco. Le he dicho que era un nuevo mueble para la oficina. Incluso nos ha ayudado a meterlo.

Pine se puso rígida cuando un todoterreno negro pasó a gran velocidad por la calle vacía. Se detuvo ante el edificio de oficinas y se abrieron las puertas.

Clint Dobbs, metro ochenta y cincuentón, cabello escaso y canoso, espalda ancha, cuello grueso y un principio de tripita, salió del asiento trasero del vehículo. Lo seguían otros cinco agentes.

—Mierda, no ha traído fuerza suficiente —dijo Pine—. Aquí no hay nadie del equipo de rescate de rehenes. Ni un arma larga. Solo tíos trajeados con pistola. ¿Por qué cojones hay gente que no escucha?

Pine encendió el motor y arrancó.

Avanzaron y se detuvieron con un sonoro frenazo junto al bordillo, delante del edificio.

Los agentes desenfundaron y apuntaron con las pistolas al vehículo hasta que Pine y Blum se apearon. Pine cogió una bolsa y se la cargó al hombro.

Dobbs parecía apoplético.

—¿Qué demonios hacen?

Pine se acercó hacia él y dijo:

—Estábamos esperándole, señor. —Miró al resto de los agentes—. Señor, le pedí que se trajera un equipo de rescate de los rehenes, armas largas, chalecos antibalas. ¿Por qué ha traído solo a estos hombres?

—Tengo conmigo a cinco agentes armados. ¿Qué se espera? ¿Una guerra?

—Exactamente. Pero esto es lo que tenemos a nuestra disposición. Ya no hay vuelta atrás. Vamos.

Pine se dirigió hacia el edificio.

Dobbs miró perplejo a Pine y después a Blum. El gesto de su rostro reflejó que su cara le sonaba.

—Nos conocemos, ¿verdad?

—Carol Blum. Fui su secretaria en la época de Flagstaff.

—Exacto. —Miró a su alrededor—. Bueno, siento de veras que haya terminado aquí, trabajando con una agente desquiciada.

—Oh, señor Dobbs, no sienta lástima por mí. La agente Pine es el tipo de agente de los que el FBI debería sentirse orgulloso. Y cuando descubra lo que ha hecho, verá que no es para nada una desquiciada.

—¿Qué es exactamente lo que ha hecho?

—Más o menos salvar el mundo.

Blum salió corriendo detrás de Pine y dejó a Dobbs perplejo y un poco ofendido. Él hizo una señal a sus hombres y les dijo:

—Bueno, vamos allá.

Miró con cautela a su alrededor, pero la tranquilidad de la calle pareció relajarlo.

—Una guerra, y una mierda —murmuró.

Una vez dentro del edificio, Pine los condujo hasta la oficina y desconectó la alarma.

Cerró la puerta después de que hubiera entrado el último agente y se aseguró de echar el pestillo.

—Muy bien —dijo Dobbs—. Ahora va a explicarme qué diantres está pasando aquí.

—Acompáñenme a mi despacho.

Entraron y Pine cerró la puerta.

Se acercó al armario, lo abrió y señaló un objeto voluminoso depositado en una esquina en una bolsa de lona.

—¿Qué es eso? —preguntó Dobbs.

Como respuesta, Pine abrió la cremallera de la bolsa.

—Esto es lo que se denomina un arma nuclear táctica —dijo.

Dobbs y sus hombres dieron un paso hacia atrás a la vez.

—Qué demonios... —ladró Dobbs—. ¡Un arma nuclear!

—Estaba escondida en una cueva del Gran Cañón.

—¿Escondida? Pero ¿por quién? —preguntó Dobbs.

—Ah, ahora vamos a ir al fondo del asunto, ¿no? —Cerró la puerta del armario.

—Sí, me lo va a explicar inmediatamente después de que telefonee a Washington y les informe de que tenemos una bomba atómica en una maldita delegación del FBI.

—Señor.

Dobbs se le acercó en dos zancadas y la señaló con el dedo.

—Ni una palabra más. Dios mío, Pine, de todas las cagadas que he visto en mi vida, esta es...

—Oh, Clint, por el amor de Dios, ¿puedes cerrar el pico un minuto y dejarla hablar para que te lo explique? —intervino Blum irritada—. Esto es importante.

Él la miró furioso.

—¿Clint? ¿Se ha dirigido a mí por mi...?

—Creo que me voy a jubilar, así que mantendré el Clint. —Miró expectante a Pine—. ¿Agente especial Pine?

Esta miró a Dobbs.

—Doy por hecho que se fijó en que el Departamento de

Seguridad Nacional estaba incluido entre los destinatarios del correo electrónico referido a la mula muerta y la persona desaparecida.

Dobbs adoptó una expresión petulante.

—No me dedico a leer el listado de destinatarios.

Antes de que Pine pudiera replicarle, se oyó ruido de botas subiendo por la escalera y después avanzando como un maremoto por el pasillo. Unos instantes después, llegó el ruido de un ariete derribando la puerta de la oficina.

—¿Qué narices es esto? —exclamó Dobbs mientras él y sus hombres se volvían hacia la única puerta que quedaba en pie entre ellos y lo que fuera que hubiese entrado en la oficina.

Pine desenfundó la pistola y apuntó a la puerta. Miró a los agentes y alzó la pistola.

—¿Caballeros?

Los agentes se miraron entre sí, sacaron las armas y permanecieron junto a Pine apuntando hacia la puerta. Incluso Dobbs sacó su pistola.

—Pine, ¿qué demonios es esto? —susurró Dobbs.

—Probablemente la guerra, señor —respondió ella.

61

Golpearon con tal fuerza la puerta del despacho que saltó de sus bisagras. Entraron en el despacho una docena de hombres con chalecos antibalas y cascos de combate, empuñando cada uno un M4 o un M16.

Con la mano libre, Dobbs sostuvo en alto su placa y gritó:

—Somos agentes federales, bajen las armas.

Ni una sola arma apuntó hacia el suelo. Los intrusos formaron un muro a lo largo del despacho, hombro con hombro, y apuntaban con sus armas largas a los agentes del FBI que tenían delante.

—¡FBI! —volvió a vociferar Dobbs—. He dicho que bajen las armas.

Las armas siguieron apuntándoles.

—¿A las órdenes de quién están ustedes? —les preguntó Dobbs, mientras sus hombres, muy nerviosos, mantenían el dedo en el gatillo de las pistolas.

Doce rifles de asalto automáticos empuñados por tiradores blindados con chalecos antibalas contra siete pistolas semiautomáticas empuñadas por agentes trajeados en un espacio reducido no iba a ser un enfrentamiento muy equilibrado.

De pronto, la fila de intrusos se abrió y por el hueco avanzó un cincuentón con traje negro, camisa blanca, corbata a rayas y zapatos Oxford algo gastados.

Parecía estar al mando del grupo de asalto.

Dobbs, furioso, se dirigió a él:

—Somos agentes del FBI, de modo que, a menos que bajen las armas, van a acabar metidos en un buen lío.

—Iba a decirle exactamente lo mismo —replicó el tipo.

Se oyó jaleo en la otra sala. Un instante después, cinco agentes de la AIA armados con AR-15 entraron en el despacho y apuntaron con sus armas a los hombres con chaleco antibalas y al individuo trajeado.

La mitad de los hombres con chaleco antibalas apuntaron con sus armas a los agentes de la AIA, mientras que la otra media docena seguían apuntando a Dobbs y sus subordinados.

—¡Agentes federales! —gritó el hombre al mando de los de la AIA—. Bajen las armas. ¡De inmediato!

Los tres grupos de hombres armados parecían estar en una situación de tablas.

Dobbs miró con aire triunfante al individuo del traje negro.

—Muy bien, los tenemos rodeados. De modo que suelten las armas.

El tipo le respondió con tono calmado:

—No vamos a hacerlo. Estamos aquí para llevarnos a estas dos mujeres. —Y señaló a Pine y Blum.

—¿Por qué? —preguntó Dobbs.

—Por traición a los Estados Unidos.

Uno de los agentes de la AIA dio un paso adelante y miró a Pine.

—Eso es una gilipollez. Atlee Pine no es una traidora. Y ahora explíquennos quiénes coño son ustedes.

El tipo sacó un teléfono, pulsó un número y habló en voz baja.

Le pasó el teléfono al agente de la AIA.

—Su director quiere hablar con usted.

El agente parpadeó desconcertado.

—¿El director?

—Harold Sykes. El director del Departamento de Seguridad Nacional. Sí, está al teléfono.

El agente cogió el móvil.

—¿Quién habla? —Cambió de inmediato de actitud al reconocer sin asomo de duda la voz del director de Seguridad Nacional—. Sí, señor. ¿Qué? No. Quiero decir... Pero es una agente del FBI. La conozco. No, no estoy diciendo... Pero ¿una traidora? Yo... No, señor... Sí, señor, ahora mismo, señor.

Con aire desolado, le devolvió el teléfono al hombre del traje negro y miró a Pine con una expresión de impotencia.

—Lo siento, Atlee.

—No pasa nada, Doug, acabaremos solucionándolo.

Doug se volvió lentamente hacia sus hombres.

—Venga, vámonos.

—¿Señor? —dijo uno de ellos.

—¡He dicho que nos vamos! —ladró Doug.

En unos segundos, el grupo de agentes de la AIA evacuó el campo de batalla y dejó solos a los tipos del chaleco antibalas y a los agentes del FBI.

El hombre del traje negro se volvió hacia Dobbs.

Este sacó el móvil del bolsillo de la americana y dijo:

—Vale, capullo, voy a llamar ahora mismo a mi director.

El tipo sonrió.

—Mejor aún, ¿qué le parece si yo llamo a su jefe, el fiscal

general, y le pido que le ordene entregarnos a estas dos mujeres?

Dobbs miró a Pine.

—Es del todo imposible que Pine o Blum puedan ser unas traidoras.

—Su opinión a este respecto es por completo irrelevante.

Dobbs recuperó la compostura y empezó a hablar en un tono sosegado.

—De acuerdo. Muéstreme una orden de detención debidamente firmada por un fiscal estadounidense y las detendremos ahora mismo, les leeremos sus derechos, las conduciremos a un calabozo federal y dejaremos que se ponga en marcha el sistema judicial.

A mitad de discurso, el tipo había empezado a negar con la cabeza.

—Esto es un asunto que compete a la seguridad nacional, no al sistema judicial.

—Me da absolutamente igual, como si se tratase una simple falta por cruzar con el semáforo en rojo —estalló Dobbs—. Estas dos mujeres son ciudadanas estadounidenses. Por tanto, son inocentes mientras no se pruebe lo contrario. Tienen derecho a un juicio justo. Supongo que todo esto le sonará, si es que es usted norteamericano, cosa que, francamente, empiezo a dudar.

—La función se ha terminado. Bajen las armas.

—¡No! —gritó Dobbs—. Váyase al carajo.

—Puedo llamar ahora mismo al fiscal general y él le ordenará hacerlo.

—Puede llamar al puto presidente y mi respuesta seguirá siendo la misma.

—Se está usted pasando de la raya.

—¿Yo me estoy pasando de la raya? —exclamó Dobbs—. ¡Somos agentes federales!

—He dicho que la función se ha terminado. Bajen las armas o abriremos fuego. Último aviso.

Los agentes del FBI se miraban nerviosos unos a otros. Sabían que si se liaban a tiros iba a ser una carnicería. Sin embargo, se mantuvieron en posición y no bajaron las armas.

—Muy bien —dijo el hombre del traje negro, negando con la cabeza mientras se colocaba detrás del muro formado por sus hombres—. No podrán decir que no les he dado una oportunidad.

Pine dio un paso al frente.

—Muy bien, me parece que este numerito de testosterona desatada ya ha ido demasiado lejos. Tenemos que empezar a negociar.

El tipo la miró perplejo.

—¿Negociar? No tienes nada con lo que negociar.

A modo de respuesta, Pine se acercó al armario, lo abrió y dejó a la vista el artefacto nuclear.

—Tengo esto.

—¿Cómo cojones ha llegado hasta aquí? —vociferó el tipo.

—Cierta gente decidió hacer lo correcto.

El tipo la miró con desdén.

—¿Quién? ¿David Roth?

—No voy a entrar en detalles.

—Sois todos unos traidores —ladró el individuo.

—O unos patriotas, al menos desde mi punto de vista.

El tipo miró a Dobbs.

—¿Ahora entiende por qué debemos detenerlas? Tienen una bomba atómica.

—¿Cómo sabes que es una bomba atómica? —dijo Pine—. Desde aquí parece una simple caja metálica.

El tipo se quedó lívido y miró a Dobbs, que lo observaba con rostro serio.

—Sí, ¿cómo sabe que es una bomba? Yo no me he dado cuenta hasta que Pine me lo ha explicado.

—Un artefacto nuclear ruso —aclaró Pine.

—¡Ruso! —exclamó Dobbs, observándola con perplejidad antes de volver a mirar al tipo—. ¿Estos tíos son rusos?

—No, son norteamericanos que colaboran con los rusos. Aunque yo dejé fuera de combate a dos rusos que estaban husmeando en casa de Ben Priest. —Pine clavó la mirada en el tipo del traje negro—. Y a vosotros los rusos os la han jugado. Os han dado bien por saco.

—¿De qué coño hablas? —exclamó el tipo.

Pine dejó sobre el escritorio la bolsa que había traído, sacó los dispositivos de vigilancia y los tiró sobre la mesa.

—Vuestros amigos rusos colocaron varias cámaras y micrófonos en el interior del artefacto.

Se produjeron unos momentos de un silencio tan sepulcral que Pine pensó que podía llegar a oír los latidos de su corazón y los de los agentes que tenía a cada lado.

—¿Cómo sé que no estás mintiendo? —dijo el tipo del traje negro.

Pine le lanzó uno de los dispositivos de vigilancia.

—Debéis de haber tenido una fe ciega en vuestros amigos rusos. —También le lanzó uno de los trozos de plancha que Roth había cortado—. Apuesto a que el viejo zorro Putin está sonriendo en algún lugar.

El hombre del traje negro cogió el dispositivo y el trozo de metal, se acercó al artefacto y colocó el dispositivo en el interior del agujero de la plancha. Y después tapó el hueco con el trozo de metal.

Encajaba todo a la perfección.

Comprobó los otros lados del artefacto y descubrió los mismos agujeros en el metal.

Pine creyó oír como decía «Joder».

El tipo se volvió.

—De modo que los rusos tienen pruebas de que fuimos nosotros quienes colocamos el artefacto nuclear en el Gran Cañón. ¿En qué posición nos deja esto? ¿No significa que el juego ha terminado?

—No, porque nuestro país todavía no ha «descubierto» el artefacto, ni por tanto le ha declarado la guerra a Corea del Norte.

—¿Y eso qué importa? —preguntó el tipo.

—No empezar una guerra y matar a millones de personas con la excusa de pruebas falsas colocadas para engañar al mundo es mucho mejor que haberlo hecho. Y eso también significa que el chantaje que nos pueden hacer los rusos es ahora mucho más débil.

Blum dio un paso al frente y añadió:

—Y os facilita la posibilidad de construir una explicación plausible a lo sucedido.

El tipo la miró con escepticismo.

—¿Como por ejemplo?

—Como por ejemplo que colocasteis un artefacto nuclear inservible en una cueva del cañón porque estabais probando métodos de almacenamiento alternativos y comprobando los factores medioambientales.

—¿Cómo?

—Yo lo hacía con monedas de centavo cuando era niña

—continuó Blum exponiendo su propuesta—. Las escondía en agujeros en el jardín trasero de casa. Pensadlo bien: es mucho más plausible que haber confiado en los rusos para volar por los aires Corea del Norte. Vamos a ver, ¿quién iba a creerse que podamos llegar a ser tan estúpidos?

El tipo la miraba con cierto desdén, pero no dijo nada.

—O podéis afirmar que todas las pruebas que tienen los rusos son falsas —añadió Blum—. Parece ser una táctica muy popular hoy en día.

El tipo negó con la cabeza.

—No, eso no va a funcionar. —Lanzó una mirada a los hombres armados que había traído con él—. De momento, vais a venir todos con nosotros hasta que podamos planear bien qué hacer. ¡Ahora mismo!

—Hay algo más que debes saber —dijo Pine—. Tenemos grabado todo lo que has dicho esta noche.

El tipo se estremeció y miró a su alrededor.

—¿Qué?

—Mi despacho está dotado de cámaras y micrófonos.

—¿Y por qué tienes todos esos dispositivos en el despacho? —le preguntó, incrédulo, el tipo.

—Los mandé colocar después de que un matón me atacase. Le repelí sin contemplaciones y después él me acusó de haberlo agredido. De modo que decidí asegurarme de que no me volvería a ver envuelta en una situación de la palabra de otro contra la mía. Lo grabado ya está subido a un lugar seguro en la nube.

—¿Cómo sé que no es un farol?

—Eso es lo bonito. Que no vas a poder saberlo.

Blum dio un paso al frente y dijo:

—Y solo para que lo sepas, llevo bastante tiempo trabajando codo con codo con la agente Pine. Y jamás, ni una sola vez, la he visto echarse un farol.

El tipo miró alternativamente a Blum y a Pine.

—¿Y cuál es la finalidad de todo esto?

—Si me pasa algo a mí, a la señora Blum, a David Roth o a cualquier persona relacionada con este caso, o a cualquiera de los presentes en este despacho, y hablo de cualquier cosa, desde partirse una uña a que lo despidan del trabajo o lo asesinen, vuestra implicación en el caso saldrá a la luz.

El tipo se quedó mirándola un buen rato. Bajó la cabeza para contemplar el dispositivo de vigilancia que todavía sostenía en la mano y después echó un vistazo a la bomba. Después volvió a mirar fijamente a Pine y en su rostro apareció una expresión de resignación.

Al verla, Pine añadió:

—Es el único modo de que todos salgamos airosos de esta situación. Creo que eres lo bastante inteligente como para entenderlo.

Se produjeron unos momentos de silencio durante los cuales todos contuvieron el aliento.

—De acuerdo —dijo el tipo—. ¿Algo más?

—Ben y Ed Priest —respondió Pine.

El tipo se pasó la lengua por los labios con actitud nerviosa y dijo rápidamente:

—¿Qué pasa con ellos?

—Espero que estén bien. Porque, de lo contrario, caerá sobre vosotros el peso de la justicia.

El tipo dudó unos instantes y al final dijo:

—Los dos siguen con vida.

—Entonces los quiero de vuelta sanos y salvos, y con una compensación económica adecuada por la mierda por la que los habéis hecho pasar. Y pienso comprobar que lo cumplís, de modo que no intentéis engañarme.

—Hecho. Siempre y cuando no hagan públicas ninguna, ejem, información confidencial.

—También vais a tener que pagar una generosa compensación económica a la familia de Oscar Fabrikant. Y ya que os vais a poner a ello, soltadle una buena cantidad de pasta a la Sociedad para el Bien. Creo que necesitamos más, no menos, bien. Y sabemos lo de Fred Wormsley. De modo que su familia deberá recibir un sustancioso apoyo financiero por su patriótico servicio a este país.

—De acuerdo, ¿algo más? —preguntó el tipo con tono seco.

La expresión de Pine se ensombreció cuando dijo:

—Hay tres cadáveres en una cueva en el Gran Cañón. Tres de vuestros hombres.

—¿Mataste a tres de nuestros hombres? —dijo el tipo con incredulidad.

—Bueno, no tuve otra alternativa, teniendo en cuenta que estaban intentado matarme a mí. Pero quiero que se recuperen sus cadáveres y se les entreguen a las familias. Y si eran militares, quiero que las familias cuenten con la ayuda gubernamental. Y sus hojas de servicio no reflejarán nada de todo esto. Quedarán limpias y con todos los honores.

—Qué magnánima —dijo el tipo con sarcasmo.

—Murieron obedeciendo órdenes. Probablemente tuyas. Yo no tenía nada contra ellos. Hubiera preferido pegarte un tiro a ti.

—Lo tendré en cuenta —replicó él, irritado—. Por si nuestros destinos vuelven a cruzarse.

Ella lo miró con una sonrisa en los labios.

—Podríais haberme secuestrado con los hermanos Priest. O simplemente liquidado. Pero no lo hicisteis.

—Bueno, lo único que puedo decir es que no volveremos a cometer el mismo error.

Ella lo miró fijamente.

—Queríais que siguiera con la investigación.

—Pero, Pine —intervino Dobbs—, ¿por qué iban a querer eso?

—Porque necesitaban ayuda para encontrar a Roth y la bomba.

—Podríamos haberte secuestrado y obligado a contarnos dónde estaba Roth.

—Más tarde lo intentasteis, tanto en el aeropuerto como en el apartamento en el que me alojaba, pero no lo conseguisteis. Lo que sabíais era que el artefacto nuclear estaba en una cueva del Gran Cañón. Solo que ya no se hallaba en la misma cueva en que vuestra gente lo colocó. De modo que pensasteis que si me sumabais a vuestra causa, aunque fuera sin yo ser consciente de ello, os localizaría el nuevo emplazamiento. El plan era capturarme en cuanto encontrara la bomba. Solo que no lo lograsteis.

La expresión del tipo ya no era de desprecio y ahora la miraba con reticente admiración.

—La verdad es que espero que nuestros destinos no vuelvan a cruzarse.

Pine apuntó con el dedo hacia el armario.

—Y vais a tener que llevaros esto. No creo que la Agencia cuente con un seguro de transporte de armas nucleares.

—Eso ya lo tenía apuntado en la lista —dijo el tipo con sarcasmo—. ¿Algo más?

—Una última cosa. La más importante de todas.

—¿Qué?

Pine se lanzó y soltó:

—Dejad de confiar en los malditos rusos. No son nuestros amigos.

El tipo la miró de un modo extraño durante unos segundos, se volvió hacia sus hombres, señaló el armario y les ordenó:

—Sacad eso de ahí y larguémonos.

Los hombres bajaron de inmediato las armas. Cuatro de ellos se acercaron al armario y recogieron la bomba. Todos abandonaron el despacho.

El del traje negro fue el último en salir.

Miró directamente a Pine y le dijo:

—Has causado un daño irreparable a este país.

—No, de hecho creo que lo he salvado. Además de unos cuantos millones de vidas. Lo único que lamento es que tú y el resto de los imbéciles que están detrás de esto no vayáis a prisión por el resto de vuestras vidas. Y ahora, ¡largo de mi despacho!

El tipo salió hecho una furia y dejó a seis agentes y una secretaria del FBI lanzando unos largos suspiros de alivio. Todos bajaron las armas y sacudieron a la vez los brazos, rígidos después de tanto rato empuñando las pistolas en posición de disparo.

Un lívido Dobbs miró a Pine y vociferó:

—¿Qué demonios ha sido esto, Pine?

—Básicamente, norteamericanos portándose muy mal, señor.

Blum se plantó ante Dobbs y le dijo:

—Ya que estás aquí, necesitamos puertas nuevas. Y a la agente Pine le hace falta una nueva silla.

Dobbs resopló, pero después miró a Pine y le preguntó:

—No te estabas marcando un farol con ese capullo, ¿verdad? Sobre lo del despacho videovigilado y demás.

Pine abrió el cajón del escritorio y apareció una caja metálica en el interior. Pulsó un botón y se abrió una bandeja. Cogió el DVD de encima de ella y se lo entregó a Dobbs.

—Los agentes del FBI no se marcan faroles. Al menos no con las cosas importantes.

Dobbs miró el DVD y después a ella.

—Le sugiero con todo el respeto que le dé un buen uso —dijo Pine.

Dobbs asintió con un gesto, se guardó el DVD y echó un vistazo al despacho antes de volver a mirar a Blum.

—Eh, Carol, compra todas las cosas nuevas que necesites para esta oficina. Incluido tu despacho. Y me mandas la factura.

—Gracias, jefe Dobbs.

Dobbs y sus hombres se marcharon.

Ya solo quedaban allí Pine y Blum.

La agente se sentó en su desvencijada silla y Blum se apoyó en el borde del escritorio.

—Bueno, gracias a Dios que ya se ha terminado —dijo Blum.

—¿De verdad, Carol?

—Bueno, al menos por esta noche.

—En eso puedo estar de acuerdo —dijo Pine—. Y, por cierto, no te puedes jubilar. Te necesito.

Blum sonrió encantada.

—Oh, no me voy a jubilar, agente Pine. A diferencia de ti, yo sí me estaba marcando un farol.

62

—¿Qué tal va la terapia?

Eran alrededor de las diez de la noche y Pine y Kettler volvían a estar sentados en el Jeep de él en el aparcamiento de ella, bebiendo cerveza.

—La verdad es que no va mal —dijo él, después de echar un trago de la botella—. El sitio no queda lejos. Y me gustan las sesiones individuales. Las que son en grupo, no tanto.

—Lo entiendo. Pero, Sam, a medida que avances te irá costando menos.

—¿Tú crees?

—Estoy segura. —Pine estiró el brazo y le tomó la mano—. Confío al cien por cien en ti. Un tío que pudo sacarnos del Gran Cañón como hiciste tú es capaz de todo.

—Ah, por cierto, Colson y Harry ya han vuelto al Gran Cañón.

—Sí, estaba convencida de que los acabarían trayendo de vuelta —dijo Pine.

—Bueno, ¿y cómo ha terminado lo del artefacto nuclear? —preguntó él.

—De momento, bien. Con el tiempo, ya veremos.

Permanecieron un rato sentados en silencio, contemplando el cielo plagado de estrellas.

—Si mejoro... —empezó a decir él.

—Cuando mejores —le corrigió ella.

—De acuerdo. Cuando mejore, ¿podremos sentarnos a beber unas cervezas como ahora?

—¿En tu Jeep? Por supuesto. Esa noche está en mi ranking de los tres mejores momentos de mi vida.

—¿Cuáles son los otros dos?

—Nuestra cita en Tony's Pizza. —Hizo una pausa—. Y ahora.

Él sonrió y después se puso serio.

—Gracias, Atlee. Por todo.

—No creo haber hecho gran cosa.

—Más que nadie.

Ella sonrió.

—Me alegra oírlo, Sam.

—¿Tú también estás yendo a terapia?

—En cierto modo, sí —respondió Pine. Se terminó la cerveza y añadió—: Será mejor que me vaya a dormir. Mañana va a ser un día duro.

Le plantó un beso en los labios y empezó a bajar del Jeep.

—Atlee, no estoy chiflado, te lo juro —le soltó él.

Pine se acercó a él y le pellizcó la mejilla. Sonriéndole con ternura, le dijo:

—¿Todavía no te has enterado, Sam? Todos estamos un poco locos. Pero la unión hace la fuerza.

Pine y Blum volaron de vuelta a la Costa Este y recogieron el Mustang del aparcamiento para estancias largas del aeropuerto nacional Reagan. Aprovecharon el viaje e hicieron una visita a los Priest en Bethesda.

Ben Priest estaba pasando la convalecencia en casa de su hermano.

Cuando llegaron a la casa, fue Mary Priest quien les abrió la puerta. Pese a que estaba informada de la visita, se quedó pasmada al ver a Carol Blum.

—Lo sé, querida —le dijo Blum, dándole palmaditas en la mano—. Me sentí fatal engañándote como lo hice, pero era necesario para poder traer de vuelta a tu marido.

Como respuesta, Mary se fundió en un abrazo con ella y ambas derramaron algunas lágrimas.

Cuando se dirigían a ver a Ben, se toparon con los chicos, Billy y Michael, que salían de la habitación de su tío. Ed estaba sentado en una silla junto a la cama, esperándolas.

Ambos hermanos tenían pinta de haber sido duramente golpeados, pero por lo visto se iban recuperando bien. Ben parecía encontrarse en peor estado que su hermano. Se le veía pálido y delgado, con una expresión de absoluto agotamiento.

Mary cerró la puerta para darles privacidad.

Pine se sentó en el borde de la cama, mientras que Blum continuó de pie junto a ella.

—Nos salvaste la vida, Atlee —dijo Ed.

—Después de poneros en riesgo —señaló ella.

—Pero ¿todo ha terminado bien? —preguntó Ed.

—Hasta la próxima vez que los líderes de este país decidan cometer otra estupidez —respondió Ben. Se volvió hacia Pine—: Me han llegado las noticias sobre Simon y Oscar.

Pine asintió con la cabeza poco a poco.

—Supongo que los tipos detrás de la operación lo llamarán «daños colaterales». Yo lo calificaría de asesinato puro y duro. Al menos el asesino de Simon lo pagó. Lo máximo que he podido conseguir en el caso de Fabrikant es una compensación económica para su familia y dinero para la Sociedad.

—Al principio —dijo Ben—, cuando David Roth acudió a mí, pensé que estaba chiflado. Pero entonces descubrí que los que se habían vuelto locos eran algunos miembros de nuestro Gobierno.

—Y le ayudaste a hacer lo correcto —apuntó Pine.

—Fue pura casualidad que tuviera programado ese recorrido en mula. Pero nos fue de maravilla.

—No tanto a la pobre Sallie Belle —añadió Pine—. Pero para el resto de la humanidad todo ha salido bien.

Ben tendió la mano, que Pine cogió.

—Te subestimé —le dijo—. Pensaba que yo era un profesional y tú una aficionada. Resulta que era el revés.

—Ben, nunca lograré entender el mundo en el que te mueves. Y la verdad es que lo prefiero.

—Yo mismo estoy llegando a esa conclusión. ¿Cómo está David?

—Lo último que he sabido de él es que se ha tomado unas vacaciones que le debían hace tiempo y ha optado por un lugar muy llano.

—Creo que se las tiene muy merecidas.

Pine miró a los dos hermanos.

—Al menos al final habéis podido disfrutar de un tiempo como familia. No lo desperdiciéis. Mucha gente no tiene familia de la que disfrutar.

Blum miró con cariño a Pine mientras pronunciaba estas palabras, pero ella permaneció en silencio.

A diferencia de la vez anterior, en este caso Pine y Blum dedicaron una semana entera a atravesar el país en el Mustang. Fueron haciendo paradas para disfrutar de América como nunca había podido hacerlo ninguna de las dos.

Ahora estaban sentadas en un restaurante de carretera en Arkansas, disfrutando de una barbacoa y bebiendo té helado azucarado en una mesa del exterior, mientras unos niños pequeños en camiseta y pantalón corto correteaban jugando al pillapilla.

—¿Sabes? —dijo Pine—, la verdad es que este es un país muy hermoso.

—En el fondo son muchos países en uno, cada uno con su particular belleza y su propia idiosincrasia. —Blum mordió el último trozo de un pepinillo después de mojarlo en la salsa picante—. Pero hay un núcleo de humanidad y, no sé, de valores que todos compartimos. Es como el pegamento que nos mantiene unidos. —Hizo una pausa y sonrió—. De hecho me recuerda a mis seis hijos.

—¿En qué sentido?

—Mientras crecían, no recuerdo ni un solo día en que no hubiera peleas. Ni un solo día en todos esos años. Uno insultaba al otro. Alguno le pegaba al otro. Otros dos competían a ver cuál chillaba más alto. Y los otros dos jugaban juntos y se lo pasaban en grande. Y al día siguiente se enzarzaban en una pelea.

—¿Qué lección sacas de todo eso? —le preguntó Pine.

—Lo único que puedes esperar es que, si uno se pone enfermo, se hace daño o necesita ayuda de verdad, los demás acudirán a socorrerlo. Por lo demás, me temo que puede pasar de todo. La vida es complicada y la gente se engaña a sí misma si cree que alguien va a sacar una varita mágica y de pronto todo el mundo se va a comportar de maravilla. Por lo que parece, no estamos hechos para funcionar de este modo. —De nuevo hizo una pausa, esta vez para beber un sorbo de té—. Pero debo decir que, a pesar de todos los gritos y todas las peleas, cuando las cosas iban bien, eran unos críos fantásticos. No los cambiaría por nada del mundo.

Volvieron al coche, bajaron la capota y se dirigieron hacia el oeste.

—Podría acostumbrarme a vivir así —dijo Blum—. Tal vez deberíamos convertir este viaje en una tradición anual.

—Thelma —dijo Pine.

—¿Qué?

—Thelma tengo que ser yo. Tú tienes que ser Louise.

—Bueno, tú y Geena Davis sois más o menos de la misma altura. Y no sabes la de gente que me dice que me parezco a Susan Sarandon —añadió con una sonrisa de satisfacción.

—Entonces, ¿estamos de acuerdo en el cambio de papeles?

—Tan de acuerdo que podría ponerme a gritar.

Y Blum lo hizo, mientras agitaba las manos en el aire como si estuviera animando en una competición deportiva.

Atlee Pine nunca se había reído tanto en su vida.

63

Pine se sentó en el recién reformado despacho y se puso a ajustar la silla ergonómica de última generación que podía hacer de todo salvo volar, aunque seguro que en alguna parte debía de tener un botón para hacer también eso. Pasó la mano por la superficie de caoba del nuevo escritorio, bajó la mirada para contemplar la reluciente alfombra y después echó un vistazo a la nueva y maciza puerta de madera.

Pero cuando miró la pared, las marcas seguían allí.

Blum había considerado que debían dejarlas como elemento disuasorio. Y Pine se mostró por completo de acuerdo.

Pine consultó las noticias en la pantalla del ordenador. En el país el gran tema del día eran los importantes cambios que se habían llevado a cabo en el Gobierno. Varios cargos políticos de gran relevancia habían anunciado su dimisión. Entre ellos había generales con mando en el Pentágono, el director de Seguridad Nacional y el fiscal general; habían aducido motivos diversos, pero ninguno hacía referencia a su participación en una fallida conspiración para borrar a Corea del Norte del mapa. A otros los habían destituido de forma tan fulminante que los habían pillado por sorpresa. Y algunos asesores clave de la Casa Blanca también habían renunciado a su cargo, dando como explicación que querían pasar más tiempo con sus seres queridos. Y, de forma inesperada, el presidente había anunciado que era posible que no se presentase a la reelección. Por último, las conversaciones de paz con Corea del Norte se habían reanudado, pero ahora encabezadas por Corea del Sur y Japón.

Incluso para los estándares recientes, era un conjunto de noticias extraordinario. Obviamente, Dobbs había hecho un buen uso del DVD. Pine suponía que en breve lo nombrarían subdirector. Vaya, pensó, tal vez debería presentarse como candidato a presidente.

Sonó el teléfono.

—¿Sí, señora Blum?

—Agente especial Pine, acaba de llegar un señor que quiere verla.

—¿Para qué?

—Viene de Washington, DC con una petición.

—Muy bien.

Se abrió la puerta y Blum hizo pasar a un hombre menudo que tendría treinta y pocos años y desprendía una actitud engreída. Era de facciones afiladas y mirada todavía más afilada. Vestía traje azul, una impecable camisa blanca y una corbata monocolor, con un pañuelo meticulosamente colocado en el bolsillo de la pechera.

Pine se levantó para recibirlo.

—¿Qué puedo hacer por usted?

—Soy Walter Tillman —dijo el individuo—. Trabajo para el Gobierno federal.

—Es lo que dice mucha gente, pero no siempre resulta ser verdad. ¿Puedo ver alguna identificación?

El tipo sacó la cartera y le mostró un carnet en el que aparecía su fotografía.

—Ok, ¿qué quiere?

—Invitarla formalmente a Washington, DC.

—¿Por qué?

—Para presentarle a una gente que quiere conocerla.

—¿Por qué?

Tillman se crispó un poco y su expresión se tornó algo sombría.

—Consideran que tiene usted talento y quieren reclutarla para trabajar en ciertos asuntos, sobre los que informaría directamente a ellos.

—Ya tengo un trabajo.

Él echó un vistazo al despacho.

—Escuche, no pretendo ser ofensivo, pero está usted en una oficina cutre en mitad de la nada.

—No. Estoy en mi oficina del FBI en mitad de la hermosa Arizona, a tiro de piedra de la única maravilla del mundo natural que tiene este país.

—Pero lo que le estoy ofreciendo es mucho más prestigioso, supondría un espaldarazo a su carrera profesional y mucho más dinero en su cuenta corriente.

—No me uní al FBI para hacerme rica. Y el prestigio me es indiferente.

—No sé si me está entendiendo. Se le está pidiendo que trabaje en Washington, al más alto nivel.

—Y yo declino el ofrecimiento.

Llegados a este punto, Tillman dejó de lado toda pretensión de urbanidad.

—Te crees muy importante, ¿verdad? Por lo que hiciste —soltó de malos modos.

Pine contempló las dos marcas de la pared y estuvo muy tentada de añadir una tercera.

—Te diré una cosa, Walt. El día que tus patronos se comporten de un modo satisfactorio para mí, me lo pensaré. Pero no soy tan estúpida como para confiar en que eso llegue a suceder. ¿Algo más?

—No, eso es todo —dijo él con hosquedad.

—Estupendo. Porque tengo que ir a un sitio. La señora Blum lo acompañará a la salida.

Como si Blum hubiera estado escuchando tras la puerta, esta se abrió y apareció ella.

Pine sacó las pistolas del cajón y las metió en sus respectivas pistoleras. Cogió la chaqueta oscura de la silla y, pasando junto a Tillman sin dirigirle la palabra, le comentó a Blum:

—Volveré en un par de días.

—Que tenga buen viaje, agente Pine.

Pine salió de la oficina.

En el garaje se puso las gafas de sol, sacó la lona que cubría el coche y la guardó en el maletero.

Encendió el motor del Mustang y emergió a la luz del día.

Tenía un largo camino por delante y ansiaba ir quemando kilómetros y minutos.

El modelo clásico rugía y su potente motor V-8 devoraba la autopista en el recorrido en diagonal entre Arizona y la esquina sudeste de Utah, desde donde siguió el curso del río Colorado durante un tramo hasta que giró hacia el este y entró en el estado de las Montañas Rocosas.

Solo hizo una parada, para ir al lavabo y comprar la cena, que se comió en el coche, contemplando el enjambre de estrellas que brillaban en el inmenso cielo.

Alzó la botella de agua a modo de brindis y dijo:

—Nos vemos pronto, Sam.

Pine condujo tan apegada al plan que se había marcado que

llegó a la prisión de máxima seguridad de Florence unos diez minutos antes de la medianoche. Se apeó del coche, su puso la chaqueta y se colocó la placa del FBI en el cinturón.

Faltaba un minuto para las doce cuando, tras pasar el control de seguridad, la acompañaron por el pasillo hasta la sala de visitas.

Se sentó en la misma silla y contempló la misma pared de policarbonato mientras esperaba.

Al igual que la última vez, media docena de guardias le trajeron a Daniel James Tor.

Lo encadenaron al suelo, se marcharon y se quedaron esperando fuera como la otra vez.

Tor destensó el cuello moviéndolo, colocó las manos esposadas en la mesa y la miró con curiosidad. Y Pine pensó que sin duda debía de sentirla, porque había accedido a verla de nuevo.

Pine metió la mano en el bolsillo y sacó una fotografía.

La miró unos instantes.

La imagen de Mercy le devolvió la mirada.

Pine la plantó contra el cristal para que Tor pudiera ver a Mercy mirándolo.

—¿Dónde está mi hermana? —preguntó Pine.

AGRADECIMIENTOS

A Michelle; este libro tiene como protagonista a una mujer que es una auténtica luchadora y puede medirse con cualquiera, y sé que esto te encantará.

A Michael Pietsch, por ir más allá.

A Lindsey Rose, por nunca jamás perder el ritmo.

A Andy Dodds, Nidhi Pugalia, Ben Sevier, Brian McLendon, Karen Kosztolnyik, Beth deGuzman, Albert Tang, Brigid Pearson, Elisabeth Connor, Brian Lemus, Jarrod Taylor, Bob Castillo, Anthony Goff, Michele McGonigle, Cheryl Smith, Andrew Duncan, Joseph Benincase, Tiffany Sanchez, Morgan Swift, Stephanie Sirabian, Matthew Ballast, Jordan Rubinstein, Dave Epstein, Rachel Hairston, Karen Torres, Christopher Murphy, Ali Cutrone, Tracy Dowd, Martha Bucci, Rena Kornbluh, Lukas Fauset, Thomas Louie, Sean Ford, Laura Eisenhard, Mary Urban, Barbara Slavin, Kirsiah McNamara y todas las personas de Grand Central Publishing, por continuar llegando cada vez más alto.

A Aaron y Arleen Priest, Lucy Childs, Lisa Erbach Vance, Frances Jalet-Miller, John Richmond y Juliana Nador, por estar siempre a mi lado.

A Mitch Hoffman, por empujarme con este libro hasta tal

punto que lo he llevado al ONCE (¡guiño a *Spinal Tap*!) en la versión final.

A Anthony Forbes Watson, Jeremy Trevathan, Trisha Jackson, Katie James, Alex Saunders, Sara Lloyd, Claire Evans, Sarah Arratoon, Stuart Dwyer, Jonathan Atkins, Anna Bond, Leanne Williams, Natalie McCourt, Stacey Hamilton, Sarah McLean, Charlotte Williams y Neil Lang de Pan Macmillan por ser los mejores en el negocio. ¡Me muero de ganas de ver la nueva sede!

A Praveen Naidoo y el equipo de Pan Macmillan en Australia, por mejorar vuestro trabajo con cada libro.

A Caspian Dennis y Sandy Violette, por ser tan buenos abogados y amigos. Nuestra cena anual de final de gira es algo que siempre espero con entusiasmo. ¡Copas de helado para todos!

A Steven Maat y todo el equipo de Bruna, por liderar el camino en Holanda.

A Bob Schule, por tu estelar trabajo leyendo el manuscrito.

A Mark Steven Long, por la corrección tipográfica.

A mi buena amiga la doctora Dana Ericksen, por toda la información sobre las excursiones por el Gran Cañón. ¡La escena de la Heineken es para ti, amiga mía!

Al agente especial del FBI (jubilado) Bob Ulmer, por proporcionarme toneladas de fantástica información sobre la Agencia. Y a su hija Wendy Noory, por ponernos en contacto.

A Dana Schindler, por proporcionarme estupenda documentación y ser una gran amiga.

A Anne y Paul Buellesbach, por compartir conmigo todas vuestras aventuras a lomos de una mula y por vuestras interesantes informaciones sobre el Gran Cañón.

A los ganadores de la subasta benéfica Carol Blum (Festival del Libro para Autores y Colegios de Amelia Island), Sung Nam Chung (Asociación de Derechos Humanos Robert F. Kennedy), Colson Lambert (Proyecto Kesher) y David Roth (Casa Museo Mark Twain), espero que os lo hayáis pasado bien con los personajes que llevan vuestros nombres. Y gracias por vuestro apoyo a estas causas maravillosas.

A Benjamin Priest, con un regalo de *bar mitzvah* atrasado.

A Michelle Butler, por ayudarme a convertir Columbus Rose en una endiablada máquina de escribir.